我爱这个能写成诗的世界

我爱诗，也

爱你

清澈如你

牛涛作品集

牛涛 著

羊城晚报
出版社
·广州·

图书在版编目（CIP）数据

清澈如你：牛涛作品集 / 牛涛著. -- 广州：羊城
晚报出版社，2024. 10. -- ISBN 978-7-5543-1324-4

Ⅰ. I217.2

中国国家版本馆 CIP 数据核字第 2024WP3375 号

清澈如你——牛涛作品集
QINGCHE RU NI —— NIUTAO ZUOPIN JI

责任编辑　廖文静　王晓娜
责任技编　张广生
责任校对　杨　群
装帧设计　友间文化
出版发行　羊城晚报出版社
　　　　　（广州市天河区黄埔大道中309号羊城创意产业园3-13B
　　　　　邮编：510665）
　　　　　发行部电话：（020）87133053
出 版 人　陶　勇
经　　销　广东新华发行集团股份有限公司
印　　刷　广州市岭美文化科技有限公司
规　　格　787毫米×1092毫米　1/16　印张32.5　字数500千
版　　次　2024年10月第1版　2024年10月第1次印刷
书　　号　ISBN 978-7-5543-1324-4
定　　价　78.00元

牛 涛

1993—2024年

诗人、作家、音乐人

英国哈德斯菲尔德大学教育学硕士。中国诗歌学会会员，中国散文学会会员，广东省作家协会会员，广东省散文诗学会理事，广东省侨界作家联合会副秘书长，广西绿城文化艺术院副院长，南粤诗歌研究学会理事，清风笺文学网总监。生前曾主编多部刊物。著有诗集《泪花，溅落了最美的年华》《青年诗人牛涛诗歌专辑》《英伦下午茶》（中英双语），译有西方哲学史《利维坦》、医学读物《与癌共存》（中译英）。曾获得"2017中国十大新锐诗人""当代杰出青年诗人"称号等数十项荣誉。音乐创作领域，曾获得2019年新音乐榜金曲盛典最受欢迎创意填词奖、"年度创意作曲人"称号，2020年新音乐榜最佳单曲奖、最受欢迎公益歌曲奖等。

★ 2018年7月，牛涛荣获《似水年华》杂志
首届主题征文比赛优秀作家奖

★ 2019年，牛涛作品《爱情
新纪元》荣获新音乐榜金曲
盛典最受欢迎创意填词

★ 2019年11月10日，牛涛荣
获"当代杰出青年诗人"称号

★ 2019年，牛涛荣获新音乐榜原创大赛"年度创意作曲人"称号

★ 2019年，牛涛荣获"献礼70华诞　我爱你祖国""优秀新人王"称号

★ 2021年3月，牛涛作品《火柴》荣获清风笺文企网2020年"真水平"年度总决赛诗歌组最佳作品奖

★ 2020年8月，牛涛被授予"中外诗歌散文交流大使"称号

★ 2023年12月，牛涛作品《那一场英伦梦》在中诗社云南分社年会活动暨诗歌竞赛中荣获"精英诗人奖"

弟弟的墓园

牛海

弟弟，我来你的墓园了　　　　　弟弟，你一生苦难不歇

弟弟，我来晚了　　　　　　　　弟弟啊

　　　　　　　　　　　　　　　你未曾有过快乐的年华

浓荫下的小月光

沿着藤蔓谱成曲　　　　　　　　我无从写起

我摘一颗星星　　　　　　　　　把你不屈的苦难

擦亮，把你爱诗　　　　　　　　把你天予的才情

又多苦难的一生　　　　　　　　分我一半吧

选一块青石　　　　　　　　　　举目望林间

一行行，强忍着眼泪　　　　　　月光织成了一场盛大的祭奠

碑刻上去　　　　　　　　　　　一任泪水流下来

这样的时刻，好安静　　　　　　弟弟，我来你的墓园了

淡雾里的梦话　　　　　　　　　弟弟，我让月亮和草木久等了

是诗神的呓语　　　　　　　　　弟弟啊，我

我在微光中想起　　　　　　　　来晚了

你孤单的一生

　　　　　　　　　　　　　　　　　　　——写给牛涛

我来陪你喝一杯

我带来花酿的稠酒

目录

上卷 诗歌

二 **我爱诗，也爱你**

三　再会了，青春

四 我们，和我们的祖国

五 散文诗 · 陌上花开

下卷 散文、小说

一 散文

二 小说

上卷

诗歌

一

你是我一生最美的年华

那年

那年的昏黄的暮色
定格在记忆里
成一幅泼墨山水画
落款了一个淡淡的唇印

那年的冰凉的月光
沏成一杯冰冻好的橙汁
请给我加一点酒精
我三天三夜难入睡

那年的青青的草地
还留着两串依偎的脚印
两旁的柳树互相问
那一对情侣怎么再没音信

那年的飘雪的长街
雪花洋洋洒洒
我一路问你的行踪
一个胖雪人指了指风雪深处
我就一路走，走到你我初见的那一天

扫码听朗诵

春之初

春之初
伊人忘了惆怅
红红的唇，乌黑的眸
她一回首
惊艳了人间

春之初
我经过冬天的风雪
终于遇见这一季
一时间，准备了许多个日夜的对白
全都忘得一干二净

春之初
风染绿了屋檐外的树林
我嘱咐春风领着她
来到我的家门口
在我最好的年华
遇见我，感动我

扫码听朗诵

银河之恋

你的模样在星河梦幻般倒映
渺茫了月明
晚霞晕染开前世最美的梦境
遥远的幻影

光年轮回中遗落了蓝色约定
你在月光下苏醒
我仍守候在银河边陲的孤星
梦交错星夜光影

茫茫银河中找寻你的身影
星雨飘落在梦境
远古的寒流冰封了夜景
我独守万年孤清

遥远星云中等待你的柔情
守望夜宇的空灵
天边掠过你幽蓝的泪影
划破银河的寂静

你是我一生最美的年华

有过你的日子
是我曾经最美的记忆
忘了在哪个十字路口失散了彼此
迷路的青春从此冷雨纷飞
过了许多年
遇过许多人后
我还要骄傲地说
你是我一生最美的年华

你的眼睛会笑

你的眼睛会笑
一汪湖水般的眉眼
漾着四季的艳丽
那是我爱的唯美风景

你的眼睛会笑
玉兰花般清纯的眼眸
一眨一眨仿佛要对我说话
那是我最爱的闪亮目光

扫码听朗诵

晚祷

十字架闪烁着温暖与慈悲
我翻阅下一章《圣经》
夜幕下的晚祷啊淹没在浓雾中
我问主啊
她如今在天涯哪一方
她如今快乐还是苦困

三年了啊我的命运
时刻与她紧紧捆绑着
在圣光中转身
依稀还见她穿一身白裙
笑得好温暖
我抓不住　我抓不住
她转眼淹没在骤起的烟雨中

我问主啊

你牵起万千条纯洁姻缘

我问主啊

你为何偏偏让她远走天涯

今夜我跪在教堂泪流满面

我求主啊我求主

让我再见她再见她一面

清澈如你

清澈如你

微红的酒窝泛起一串涟漪

温柔如你

微微上扬的嘴角勾住了甜蜜时光

可爱如你

圆圆的脸颊是我最爱的轮廓

美丽如你

一转身的翩翩在琴声中起舞

难忘如你

你的音容印刻在我余生的岁月里

永不苍老

盛夏的怀念

你最爱的那条粉红色丝巾

丝丝缕缕一环环都系在了我的青春

等盛夏的藤蔓再爬到你窗口
看看如今谁又陪着你

暖阳又折射进那间陈旧的教室
故事已经落幕了好几年
我怕夏风再升腾起漫天的蒲公英
把我秘密的心事散播得路人皆知

青草上两只翩翩的蝶
彩色的是你　绿色的是我
替我俩
永远逗留在那段明媚的时光里了

若果我爱你

若果我爱你
狠狠负了我又如何
你含笑回眸的那一刹那
在我梦里回放千百遍

若果我爱你
我背叛全世界又如何
洁白如云海的挂念，绽放如百花的爱恋
一次便倾城

若果我爱你
这次相见就是永别又如何
此生有过一个你

是我挥毫写不尽的美丽故事

若果我爱你
缘分已到尽头又如何
你是我只一次的明媚青春
你是我今生最无悔的等待

印象英伦

慢慢地，慢慢地走进
这一座如梦似幻的英伦小镇
十二月凉凉的雨
淋在我棕色的大衣上

也有过几次露水般的缘分
也有过几段彷徨惆怅的岁月
雨水中的老旧火车站
进进出出着离愁或者欢喜

再也没有了
再也没有了她的音信
无法偶遇
也无从寻觅
她是不是冬夜的梦里人

这条老街走到了尽头
身边掠过一张张异国的面孔
我身上的英镑

不够我买一杯拿铁暖暖身子

在河的对岸
是雨雾中的教堂
安详的古建筑
敲响了晚钟
我的晚祷
是想再见她一面

轻轻地
轻轻地告别
这一座飘着冷雨的英伦小镇
来日的朝朝暮暮夏雨秋风
再也与你无关
再见了
再见，也许只在梦乡

情深深雨蒙蒙

一阕《情深深雨蒙蒙》
把多年前一场纯净的梦
如蜃景投影在我眼前的烟雨中
听不清对白　看不见主角
留白是我写的一句凄美的诗行

好想回到多年前某一个傍晚
那时的淡月　那时的彩霞
悬挂在我心房之上

十年了　十年了

细雨欲来　却不忍
惊扰我这片刻往事的幻境
一串开心青涩的日子
串一串　串联起一条长长的林荫道
我骑着老旧单车载着你
驶进青春最美的一个黄昏光影里

我抱起木吉他
再为你唱一曲《情深深雨蒙蒙》
盼过了春夏和秋冬
此情也深深　这雨亦蒙蒙

扫码听朗诵

飘雪恋人

斑斓蝴蝶从油画里飞出
我蘸一笔彩墨
描你的素颜轮廓
一如描绘天使的模样

大雪纷飞的世界
你我对望在那条熟悉的街道
眼泪冻成冰
往事不需提

我曾牵着你
走过这条街的春夏秋冬

如今 我早已
没有权利
再唤一声你的昵称

我把这条白围巾
递在你手上
我们转身 在飘雪中
背对背地走
余生 你在我的诗篇里
找我的心声
找你的影踪

贝壳

我是被
海水 一浪一浪
冲上海滩的贝壳
一次又一次
潮起又潮退

我只有
千分之一的可能
在我涌上沙滩的时候
你正好从滩上经过

我只有
万分之一的可能
让你看见 让你惊叹

这打磨了多年的贝壳
包含着一颗纯白无瑕的珍珠
似我恋你的初心

月亮是我们的伴娘
太阳是我们的伴郎

你要等
等我骑着白马
越过森林　跨过浅滩
再采摘一支鲜嫩的黄玫瑰
来接你回家　来接你回家
你要等呀

你要等
等我把这颗痴心
打磨得刀枪不入　风雨不侵
再把我为你写的情诗集合成书
来赴我们无悔之约
你要等呀

你要等
等我熬过命运最苦的时刻
等钻戒被我的笔锋雕刻成爱的徽章
到那时　我策马红尘找到你
与你紧紧相拥在忘忧谷

那一天　月亮是我们的伴娘

太阳是我们的伴郎

再也不必等

恋恋深冬

深冬的冷雨淅淅沥沥

把整年的悲伤浇得奄奄一息

我面对着凉雨纷纷的街道

想象着你飞奔过来与我重逢的画面

多温暖，多动人

我从此不再孤苦伶仃地生活

北风摇晃着窗台上的千纸鹤

纸鹤被摇得头晕目眩，却还记得我嘱咐它的话

我躲在屋檐下继续折我的——

纸鹤纸船纸飞机，上面写满了我对你的衷心

一边走水路，一边走天空，兵分两路去找你

找到你，告诉你，我——爱你

是你

心乱如麻

如同星辰交织的网

我微醺　想起那个她

泪如断线的珍珠项链

对面一柜子的名牌红酒

酒红色的幻境慢慢弥漫

骤起的寒气爬到了梦的边缘

来者是她吗

白色的连衣裙　清澈的笑容

我饮尽又一杯长岛冰茶

对面的镜子里

我身后是你

夜城堡

明月光撒成满地霜

诗集里一抹我的泪光

灵魂左岸绽放的花火

照亮了命运彼岸

未知的苦与乐

那是闪电　那是春雷

劈开你尘封的心门

音乐声轰鸣般响起

神圣的命运骤然开场

我拉着你

踩着一路的荆棘

逃离这喧闹的城堡

在那目光可及的远方

是我们恋爱的天堂

长椅上的姑娘

你坐在长椅上的背影
美若一幅油画
纯白的连衣裙上
落下几瓣粉红的樱花

花不说话　静静依偎在你怀里
那便是我都嫉妒的曼妙

你是谁呢
椅上的姑娘
你是否
也像我心事重重
忧伤满怀？

明早你会发现
长椅上我赠你的粉色诗集
第一首诗便叫作《长椅上的姑娘》

故城那里

窗外蒙蒙细雨
让回忆的草地结一片霜
你好像早已离去
又好像一直站在我的回忆里
离着我　那么那么的近
又那么那么的远

走在湿漉漉的林荫道上
一路往公园的后门走
偏偏细雨不停地下
偏偏到处都是你的身影

谢谢你　陪我走过那么一段
悲伤的快乐的淡淡的时光
我有没有还在你的回忆里
占着一席之地
你知不知道　不管风吹雨打
暖春炎夏
我都在故城那里

扫码听朗诵

微黄色的午后时光

午后的阳光如蜜
一滴一滴
落在你淡黄色的毛衣上
暖暖的微风里　你温婉的笑颜
像诗里描绘的佳人那么美

静静望着
你圆圆的脸
我怕遇上你纯净的目光
让我心跳加速得好快

一朵鸡蛋花
轻轻落在你怀里

碰破了午后的梦乡
你静默的脸庞倾城一笑
可爱的空气里都充满甜味

过了很久很久
我还能在梦里见到
微黄色的那一天　阳光下
静静的那个你

我的世界开始放晴

我的世界开始放晴
艳阳暖透了雨
着白色衣裙的她在山坡上起舞
一回眸的温柔
像一朵玉兰绽放在晴空下

我的世界开始放晴
南风吹干了泪
裹粉色披肩的她走进我的花园
一转身的妩媚
像倾城的百花撒遍我的世界

恋她

这条花雨纷飞的小径

通往她的小屋

我看见含苞的紫薇花

慢慢绽放她心底的秘密

一路飞舞的彩蝶

引我到她的家门口

她梨涡的浅笑

浓浓地甜了一片我的心田

她晶莹的目光

是悬在夜空中最明亮的星

那一条闪烁的银河长长的

这头是我

那头是她

稻草人

我是田边的一个稻草人

衣衫褴褛　满面尘土

面对着远山　成天笑呵呵

飞鸟落在我肩上　它是我最好的朋友

我从来没有告诉过别人

我心里暗恋着一个人

她住在山边的小房子

她喜欢穿着黄色连衣裙

静静坐在小湖边

我的嘴巴说不了话

我的腿走不出一步

我只能这样

只能这样偷偷地望着她

有一天夜里

满天都是星光

我做了一个梦

我变成了一个英俊的青年

捧着一束玫瑰敲开她的门

梦里朦胧的光影里

她是那么的那么的美

带泪的花

阴霾的午后天空

谁断线的风筝飞进云雾里

这一刻的世界好安静

闭上眼　我听见霜染两鬓的声音

烟雨向着我蔓延

把故事的情节湿透

我在窗前滴落的眼泪啊

一半为人生　一半为伊人

潮湿的石板路何时长上一行青苔

满地残败的落花哭诉着凋零

我披上棕色大衣走进雾里

拾起一瓣紫荆花

把它紧紧握在手心里
既然你终将坠落

如若一天，我默然归去

如若一天，我默然归去
请把我一生的故事
卷进我泛黄的诗集里
葬在我爱的那片湖畔

如若一天，我默然归去
柳絮在五月的春光里纷纷扬扬
那个我盼了一世的姑娘
能否赴这最后一约

如若一天，我默然归去
来日的碧水晴空夏雨春风
再也无法写进我诗里
搁在阁楼里桌上的墨笔无声哭泣

如若一天，我默然归去
描绘我孤单的半生好像也只需寥寥几笔
假如某天一片心形的枫叶掉落你身畔
那是我这一生为你所倾城的痴心

我赠你

我赠你一山头的烟雨
让我们躲在白雾中
说着不为人知的秘密
白雾缭绕里　你一身素白的长裙
真的美得像天使一般
我用五百首情诗
也描绘不出你一半的美

我赠你一条小溪的涟漪
水花一圈圈漾开故事的情节
你端坐在水边想心事
微风拂过你长长的秀发
我可不可以做你的忘忧草
把你的愁绪从心窝里摘出来
让生命只剩下幸福　幸福

我赠你一场鹅毛大雪
为你堆积一个强壮的雪人
守护你的家门
白雪遮挡不住蜡梅的美姿
若果你愿意　若果你不介意
这个寒冬我来当你门口的胖雪人
寸步不离地守护　骄傲地留在你身边

我有一个女神

我有一个女神
就唤她做丽吧
每一个挑灯苦读的午夜
每一个迎着朝阳的清晨
她仿佛都在我身边
我的心房总有一间留给她

我有一个女神
她水汪汪的眼睛
透露着她善良青春的心
如此的一尘不染
每当世界乌云骤起、乌烟瘴气的时候
想起她，总有一股清泉流过心窝

我有一个女神
她甜美的笑颜就如芬芳的玉兰
一笑便能倾倒我的全世界
岁月一年一年流过
身边掠过了千百人
我却怎么也忘不了她，分分秒秒都是她

我有一个女神
她穿着白裙经过我身旁的时候
我便确定了我理想中的我新娘的模样
可惜缘分没有垂怜我
我和她，两个人，两条路，越走越远
但是我依然要自豪地说，这么多年来，她一直都在，丽一直都在！

推开窗

推开窗　你是天上的明星
星光交汇出一个绝美的爱情故事
可否赠我一颗星星
做成戒指送给我未来的新娘

推开窗　你是湖畔的姑娘
湖水倒映你可爱的素颜
我摘了一朵红艳的玫瑰
要怎么开口送给你

推开窗　你是满天地的夏雨
雨水打湿了我酷热的梦乡
熄灭了盛夏的烧灼
也滋润我干枯的心田

遥远

遥远了你的航船
浓雾为我们的缘分沉沉落幕
你的呢喃笑语　你的温柔眼光
都仿佛还在我身旁
叫我怎么说出这一句再会

遥远了你的星辰
我们曾经坐在夜幕下细数繁星
如今那些星星都失散在银河

关于你的一切
从我的世界渐渐淡去

假如

假如我是一匹野马
我要飞奔出黄昏的阴影
铁蹄步步溅飞碎花瓣
朝着你在的天涯
狂奔，狂奔——

假如我是一片落叶
我要选好时机，随着拂过的清风
落在你身边
你坐在长椅上静静读一本爱情小说
容貌倾城——

我踏着越来越暗的月光

十字路口的霓虹灯
交错着我流离的青春
你在哪个方向
我迎着越来越冷的晚风

怕这一错过
就失散了一生

你在哪个地方
我淋着越来越大的冷雨

红尘蹉跎了多少岁月
我俩一别流失了几个年头
你还记得我吗　你全忘了吗
我踏着越来越暗的月光

最美的光阴

甜得像蜜一般的你的笑
美得像谜一样的你的故事
你在月光下回转身姿
碎花连衣裙舞动着落红

我与你相对站着
我与你隔着一帘烟雨
却怎么遥远得
像离你有千山万水

柔得像丝绸一样的你的目光
暖得像红日一样的你的掌心
我们站在青春最亮的地方
跳一支舞惊艳了最美的光阴

眺望

你隔岸向我眺望
你无瑕的目光穿透一江烟浪
浓雾笼罩着河岸
我怕雾一散
对岸的你便消失了踪影
我怕——

你隔山向我眺望
浓绿的色彩被泼墨在这山峦间
我要翻山越岭去找你
我怕天一黑
你就会找不到回家的路
我怕——

你隔世向我眺望
你我纷乱的爱恨一笔勾销
我只怕前世我们厮守终身
今生的某天却无言擦肩而过
剩下满心浓烈的愁绪
我怕——

假如你

弯月如镰刀
采割一片你心田的忧伤
流萤在河边流转

飞进梦乡　装点起一片星空

假如你今夜要走
请带走我半生的哀愁苦难
假如你不再回头
请记得在你生命里——
出现过一刹那的我

离殇

你在远方向我眺望
要有多坚强　才能挨过冷如冰霜的
今夜
只要明月还亮着　高悬梦乡之巅
我冻死也不会离去

凋残了百花　凌乱了愁绪
冷雨打在屋檐上
遮掩我啜泣声

谁在我青春的门外
谁叹寒夜太冰冷
落花纷纷　抚动琴弦奏一曲离殇
举目天涯　会不会有你依然在等

就这样老去

缤纷晚霞天
霞光映照进我晦暗的心房
我走入黄昏的园林中
一个人重走
那些年和你一起
走过无数遍的石板路

每一步　依稀都有你的身影
每片竹叶　都余留着你的脂粉香

我愿意就在这园中老去
侍弄好花与草
种满园你最爱的牡丹花

我愿意在这园中
日日夜夜守望
好让你回来就能找得到
旧时的小屋
至今未变的我

心如雪

心如雪　纷纷扬扬
在十二月隆冬的天空飘散
寒气萦绕的指尖
洁白纯净的瞳仁

火炭也烧不出一点点温度

飘雪隔断了归途
我心房早已被冰封
心脏长眠在零摄氏度以下

盼来年开春
熬到春暖再回来
解冻我满心的冰霜
暖化那一些烂漫结冰的冬日故事

我要带你远走高飞

我转动时针千百圈
回到花雨烂漫的当初
你的吻印在脸颊
我们的誓言还听得真真切切

我拉着你
飞奔过初春的山头
绵绵山峦　无数的巨大风车
转动着我们青翠的青春时光

汽笛声刺耳
老旧火车冲破了浓雾
今天就出发
我要带你远走高飞

静静的

老榕树的千百条枝叶
把午后的阳光
切割成无数道温暖的光影
丝丝缕缕地垂下来
我躺在树下的草地上
发着呆　望着天空澄澈如梦

就这样静静的
谁也不去思念
什么也不去忧愁
春风夏雨都与我无关
这样的一个午后
静默地看着远方
静静的　暖暖的

咖啡馆的等待

浓情融化在咖啡里
淡淡的暖意被我一饮而尽
窗外大雪纷飞
我一个人在咖啡店
呆呆地凝望着玻璃外的
纯白色世界
我在等……
一个心上人

她知道我的等待吗

她明白我的痴心吗

昏黄灯影下

香草拿铁续过好几杯

只剩下我和门外胖胖的雪人

像白痴一样对望

遇见

我半生浪迹天涯

幸好能够

遇见你

在我灰暗的世界

架起一座绚烂彩虹

我一路追随着

你的步履　你的舞姿

就算落泪时想起你

也是幸福

打开我的心

除了天生注定的悲伤

剩下的

全是你

一错再错

悔字说得轻易
却跟随多少遗憾
我错了　一错再错
怕最后惩罚的是我自己

一错　再错　再错
如何去弥补当初的过犯
我哭干了眼泪
哭干了青春的绚烂

怕最后伤心的是我
我在夕阳里垂泪
眼眶泛红　追忆遗憾的当初
或许等到某一天
过错全被原谅　我微笑再启程
远远地甩掉一生的罪过

一半

天空上一半是黑云一半是白云
湖水上一半是碧波一半是静水
你脸上一半是晕红一半是黯淡
我心里一半是你另一半还是你

雨

归家的路上淋了一身凉雨
阴霾的天空哭得好伤心
落红铺满了通往你家的小径
我却再也没有权利
去敲你的家门

碧绿湖水上绽放万千朵雨花
我多么想与你化作两尾锦鲤
缠缠绵绵躲在荷叶下
偷偷说我们的悄悄话

屋檐下滴滴答答一面清澈的雨帘
隔开了孤独的我和外面的全世界
猜不透如今的你
是否
还和我同在头顶这片乌云下

如水的女子

你的倩影在水波里漾起
微微一笑枫糖般的甜美
盛夏的花雨中
站着一个可爱的你

你眼里的清澈
能融化万丈冰山

你静默时低垂的眉目
安静了整个世界

找啊找啊
找遍世界每一个角落
却再难觅
像你一样的
清澈如水的女子

夜话

辗转过尘世渡几重烟雨
渡几重烟花灿烂
你两眸的清纯始终未变

请你打开绸缎的包裹
那里面放着一本我青涩的诗集
每一首都有关于你

一湖烟水袅袅万重山
我与你对坐在灯下互诉衷肠
连归燕也在屋檐下偷听我们的甜蜜夜话

悲伤一路留痕

也许是白云路过得太安静
也许是风铃与玉蝉同收起了呢喃话语
我才睡得那么深
梦才痛得那么真

时光是停不了的钟摆
可是每当午后梦里最宁静的时分
还是要突然地，突然地撞向
满心海涌起你身影的那一刻
想起你的温柔细语，想起你的无邪善良

就算心海潮退了
蓝色的雨也不停地下
哭泣的潮也不断地翻
潮退了
从水边到我的小屋
悲伤一路留痕

我能给你的

我一贫如洗
满怀是悲伤与凄迷
我能给你的
只能是最璀璨的诗行
诗里撒满澄澈的星光
诗里悬着想念你的泪光

我一贫如洗
半生流离在人海茫茫
我能给你的
只能是最浪漫的诗行
香水百合开在每一句的开头
碧水涟漪荡漾在每一句的结尾

我一贫如洗
但我用最勇敢的心恋着你
我能给你的
只能是最绚烂的诗行
生生世世　年年月月　字字句句
仍然是写不完的你的美

扫码听朗诵

孤岭花

左手一打开
孤岭上开一片凤凰花
右手一打开
天地间烟雨全部泼墨成山水画
悬笔一绝，这一段单恋
告一段落

我对你的暗恋
瞒过了你，瞒过了青春
瞒过了沧海与高山
瞒不过，今天落泪的青月

孤岭上孤单身影
孤岭上花开渲染了结局
我临崖落泪
这一生错过，便决断了今生与来世
若天可怜悯，能不能最后一次梦见你
一次，也好

左手一打开
放生了一段苦恋，瞬间被雨淋得好可怜
右手一打开
这孤岭花昙花一现，如烟花一般短暂
把这本描绘你的诗卷，葬在花下芳土
明早这孤岭上花再放
这一朵凤凰花，绽放出我旷世悲伤

扫码听朗诵

心里的秋凉

换上米黄色的薄毛衣
把自己镶嵌进黄叶纷飞的风景里

我的新诗集
一半写深秋
一半写深秋里的你

在小公园的木凳上
我用碳素笔写写画画
又一页虎头蛇尾的爱情诗
葬在这静谧的深秋上午

算算好多年了呀

一个又一个的秋

一阵又一阵的风

我抬头望望澄蓝色的天空

白云　飞鸟　横空过的航班

好像一切都没有变

而我们却

离那一场风华青春里轰轰烈烈的爱恋

越来越远

越来越远了

扫码听朗诵

穿越任意门

你不要站在阴影里

不要学含羞草与勿忘我

天天守着小小的伤悲

我带你穿过叮当猫的任意门

你选一段最美的回忆

穿越　穿越

与微风保持同步的速度

加速　加速

闪过的彩虹和烟水

一圈又一圈

绕成游乐园里的激浪滑滑梯

深吸一口气
准备
腾空
准备
在某一段美丽岁月
砸出一朵大的浪花

面包店的姑娘

面包上点缀的杏仁与核桃，很酥脆
小圆桌上的插花，很可爱
还有浓郁的面包香
沾染在我身上的奶色风衣

而过了这么久
我却只记住了
你低头的侧脸
你淡蓝色绣着碎花的围裙
你一言不发，却赠我静默浓香的时光
垂下的碎发遮住了一点点眉眼

不经意间碰触你的目光
你清澈不见底的眸
一抿嘴的温柔低头
在三月纷纷扬扬的细雨里
萦绕在心头

扫码听朗诵

麻花辫子

骑着单车　载着你
驶过稻田间的土路
颠簸　颠簸
你的碎花裙　你的麻花辫
被溢满出来的阳光
晕染上鲜黄的色调

过了我的家　前面
就是你的家
我们从小就在一起玩
渐渐地　你也出落成一个水灵的姑娘
但那一切馨香的旧时光
还像刚晒过的棉被
熟悉又温暖

你在夕阳下一抿嘴　一低头
美丽剪影酿黄昏成酒
等穿过这片梨花雨
等你一甩麻花辫子
等浓如黄酒的夕阳彻底把我们包围
我要说出那句
藏了好久　好久　好久的
心底话

来过一场

窗棂上是摇摆的千纸鹤
还有一件白衬衣
染上阳光的馨香

院里的花草，有一双黄蝴蝶环绕
环绕出一圈很小很小的童话
太阳的温度
烘焙着午后时光，此地
我忘了她曾经种过什么花
我也忘了，我在花前说过什么话
徒留这一地蒙尘的往事

我把写给她的曲谱和诗稿
按年月，集结成册
也不枉费她
来过一场

梦里人

梦醒后，两边枕上泪
又听闻，风过沙沙声
我梦见了前世的你
只相差一次回眸
便与我三世姻缘

梦里我，两手是樱花
握不住，又不可入茶
零零碎碎的小花瓣
遥遥相映着
零零碎碎的小星光

一重山，就有一重心伤
一条河，就阻隔一次轮回
我这一条孤舟
夜泊在你的梦畔——
眠熟的杨柳岸
眠熟的小驿站

往后余生再无她
（歌词）

伤感季节孤灯暗夜
你离去在寂寥的荒街
默然离别悲伤的年月
情火熄灭回忆全凋谢

飞花恋蝶琴声呜咽
我的心内飘零着寒雪
旧梦残缺望明月皎洁
月下谁的哭声太凄切

我无悔情无罪花漫天纷飞
今生为你等一回

我心碎梦难追痴心都枉费
今生没有你的相随

往后余生再也没有她
回忆里总还有个她
暮色中归鸟衔一瓣飞花
就当诀别送到你窗下

往后余生再也没有她
一别两宽最爱的她
如何挨过相思苦的挣扎
夜夜梦醒含泪望天涯

往后余生再也没有她
离别的夜满城风沙
抚琴悲泣声声唤不回她
只好来生等你的回答

扫码听歌曲

大雁飞不过的距离

（歌词）

听着窗外淅淅沥沥的雨声
想着心中朦朦胧胧的情人
凄冷的风雨
吹开了心门
我年年月月都难忘那个人

听着窗外摇摇摆摆落花声

温暖的咖啡被掌心捂冰冷
天穹的春雷
惊碎了青春
风雨过后的我一个人在等
苦等那个人

我想把她
把她藏在我的怀里
我想把她
把她留在我的心里

可是如今
她已不在我世界里
我和她是
大雁飞不过的距离

扫码听歌曲

雾都往事

仿佛是依稀在眼前
那座泰晤士河的桥上
你身穿蓝色百褶裙走来
浓甜一笑
暖透了伦敦暮色里的天与地

岁月蔓延过经年后
往事早已搁浅在泰晤士河滩上——
风干，蒙尘，退化
雾散后，河的两岸

一半是愁怨
一半是怀念

心碎爱琴海

爱琴海上
遗落了某一个当年的约定
那一封信笺
是否还留着你的唇印
红唇　预示着心碎

一半天蓝　一半又是雪白
这座地中海的岛
不理会这一个伤心人
铺天盖地的海蓝色
淹没　淹没
把遇见和别离统统淹没

我愿爱琴海上的海市蜃楼
能够重播
当天我遇见你的场景
那是被云海晕染的爱情
能弥补一点点
一点点
再也不见你的遗憾

愿以爱琴海的名义
宣誓此情虽未果

我仍爱你
轰轰烈烈

君心我心

窗台外
一片青月　铺在小河上
悠悠我心　清浅的思绪
随水波　一浪浪
流到湛蓝的天际线
一时间　许多事情
无从说起

凌空而下的碎花与柳絮
撒满这一纸
给这一篇文章
勾勒出如此漂亮的
一个一个断点

安静的夜晚
月满这一湾
君心我心　只要还在
我这一篇文章
便终能一笔　圆满了结局

扫码听朗诵

枫林里的你

——游清远佛冈田野新世界有感而作

我遇见你的时候
可能枫叶已经红了
可能在桥的那一头
你可能会穿一身枫叶红的长裙
背景是长长的林荫道
长长的　像回忆一样悠远

可能只是风太萧瑟了
可能因为林涛呼喊着什么
我没听清你说的话
我猜与枫叶的凄美有关
嗯　一定是的

我从前就想
我们可能重逢在秋天的深处
从前的日子那样轻盈
飘落　如一片片枫

如今我与你面对着面
夕阳摇晃着一整片的枫林
我暗暗地想
如果你就这样走过来
裙摆被风来回地摇动
枫林也会被你的美感动
为你而燃烧起来
整个黄昏以你的名义
红到了天空的尽头

扫码听朗诵

当我想起你

当我想起你
午后的风又开始
撩动我淡蓝色的窗帘
吉他坐在角落里一言不发
画架上也静默地蒙了尘
后来有许多人经过
一个，也不是你

当我想起你
窗外金黄的油菜花田
安静成了一幅油画
风车一直在拼命地转
一分钟也转不回过往
后来，我写了许多爱情诗
只好隐去你的名字

当我想起你
漫天繁星陪我一起失眠
我静默着一张脸
沿着绵延的路灯
走到花田的尽头
后来院子里的花开花谢
真想描绘给你听呀

当我想起你
想起你花海里的转身
想起你倚着我看夕阳
后来还是这一片油菜花地

后来有一阵风一吹
花田和画里——
全没了你

那年的蓝蓝天下

天很蓝
你背着手
站在田野上
田野上开满了野菊花

风很轻很轻
不忍撩动你年少的小心思
只敢飘拂你
淡蓝色的长裙

草青青，在公路旁
这条路漫长得看不到头
半晌没有一辆车
只有一个年轻的邮差
骑车经过，铃铃响

你伸出一双素手
裁剪一段流水
裁剪半日花荫
你回过身
微红着一张脸
小心翼翼地捧给我

风把你推到我跟前
草染绿了身影
花瓣收录进风景
我已经记不清这是哪一年
只记得我们曾是年轻的模样

那年的天蓝蓝的，我想幸福地流泪
那年的蓝蓝天下
风轻云淡
我和你，山和水

寄不出的信

总在夜半惊醒
梦里的人依稀在眼前
一个人泡一壶茉莉
呆坐在窗前
那些没来由的心事
剪不断　理还乱

入秋了　远方的你
记得添一件衣
我这里天气依然温热
百花还在盛开
等我这封书信抵达你的家
估计已是深秋
见字如面　如当初
每天都相见

夜空没有明月

只剩几颗残星

陪我一个人等天明

要写给你的信　提笔忘字

怎么说　这满心凌乱的心事

说不出口的话

我隐晦在一首古体诗里

等天明　忘掉一夜的心事

让远走的都走得更远吧

你如今在哪座北国的城市

那里应该季候转凉了吧

等我写完这封信

天已经蒙蒙亮

装入信笺　我怅然若失

该寄到哪里去

想说的话　你会不会明白

扫码听朗诵

读诗给你听

拆封了一桌的信件

终于找到你寄给我的那一封

你说你那里下雪了

你说着你飘零的身世

你说着你暗淡的心事

你说你比以前爱哭了

窗外斜风细雨

恍惚间又到了岁暮

我该如何提笔

说说我近年来的岁月

我这里徒留一个小天地

一些未完待续

与你有关的故事

写写停停

写一纸温暖的词句

我还想看到你当年的笑颜

我还想在星月下听你歌唱

倘若命运当时没注定

倘若最后走散的不是我们

或许我还能握着你的手

读诗给你听

听着听着　你就不伤心了

读着读着　我就幸福地掉泪了

煮茶姑娘

青瓦下　一间木造的小茶馆

袅袅茶香悠悠升腾起来

漫延　向着窗外的竹林

最后融化在一片烟雨里

我对面　席地而坐

一位煮茶的姑娘

穿一身素白的旗袍

那一低头的温柔
遇上芬芳的茶香

我捧起茶碗
饮尽一杯诗意与情愫
茶叶慢慢沉淀
像往事　最后落在描着青花的杯底

窗外迷蒙烟雨
煮茶的姑娘低头不语
茶色的情绪　融化在紫砂壶里
远望青天　捧一杯普洱
烟雨散尽后　夕阳照进来
照亮了煮茶姑娘温柔的侧脸
她抬起头　一双明亮的眼睛
与我对望在袅袅茶香里

我在秋末等你

秋天里的细雨绵绵
打湿了许多心事
我一封封拆信
没找到你说好寄给我的明信片

饮着热茶　看着窗户
起一层薄薄的雾
秋天越来越凉了
我翻出来去年的毛衣

无意中看到那本泛黄的日记本

日记里的故事
总是关于两个人
后来有一个人走了
后来她一直没有回来

远处山上的枫叶红了
笼罩在淡淡的凉雾里
你如果现在回来
还能赶上这一季的红叶
还能赶上我最后的青春年华

烟雨霏霏
秋水上我写了一行行诗
一行行有关于你的遗憾
透明在秋末阴霾的天空下

扫码听朗诵

我在灯下读你的诗集

月光透过窗纱
挑亮了书桌上的烛灯
我在灯下读你的诗集
一行一行娟秀字句
你以第三人称
写你的心事　写你的身世

这插画里的薰衣草花海

仿佛微醺着淡淡芬芳
远处的秀丽身影
戴着一顶紫帽子
恍惚间　回首便倾城
你落款了几行淡雅的诗句

从春夏写到秋冬
你只字未提
我俩在人海里的偶遇
以及我送给你的我的诗集
但我仿佛都已明了
你的姓氏　我的名字
暗藏在那双夕阳下的背影里

读到冬天这一卷
诗集的最后一章
留白的城市
雪落满通往你家的路
你只是把那条熟悉的街道
换了一个浪漫的名字
你只是把我的名字
换了一个熟悉的昵称
你只是虚构了一座烟火气的小城
走过春夏秋冬　漫天白雪中
你终于写完这一部诗集
命名　以你的姓氏　以我的名字

扫码听朗诵

樱花径

繁花满枝头
绚烂了一个春
经过这一条樱花径
过了那一道拱桥
会抵达故事的哪一个章节

你撑一把粉色纸伞
遮挡着落下的樱花瓣
你从故事的哪一个桥段走来
你的身份名字　我一无所知
只看你　淡淡红的容颜

故事从这一段樱花径的尽头
由我来接着续写
我把你写进下一个章节
取名叫樱花姑娘

我等你在山丘的顶端
那一座凉亭下　樱花飞舞
故事的完结篇
是等你抵达山顶

一路樱花径　写满了叙事诗
最后一幕　最后的一帧画面
是你站在黄昏里的樱花海
我俩终于遇见
不负蜿蜒的情节
不负我伏笔千里
只为最终一次　遇见你

扫码听朗诵

二

我爱诗，也爱你

诗旅

光阴无声地淌
烟雨漫过山水外的人家
我惦念着
穿越去前世的你
如今身处在哪朝哪代

千年的烽火刀光
都被一首七绝　一笔带过
从此人间的纷纷扰扰
都与我无关

帘外雨停了花落还未歇
撑纸伞的姑娘
在石径回眸浅笑
我不留恋这尘世的幻境
收拾好行囊
再去找一位此朝文豪的故乡

雨夜伤怀

坐在阳台上听月光化成雨
滴滴答答敲打着未眠的心事
一帘白纱撩动着淡雾
撩动着心头上淡淡的愁绪

街灯全部熄灭
这座水边的城市已经空无一人
烟雨迷蒙前路隐隐约约
这是谁的梦乡
上演在现实世界

我折一只纸船放进梦里的水上
化作了一艘巨轮
慢慢驶入白雾中
不知道它会开进怎样的时空

我把心事写在便笺上
放进抽屉里封藏起一段段故事
烟雨散尽后
梦境在我眼前渐渐清晰

木偶

在远方　飘散了谁的梦乡
夜太长　冷雨不断地敲窗
这剧场　谢幕了最后的忧伤

夜色　融化了月光

雾茫茫　恍然如梦的惆怅
你心上　蔷薇吐露着芬芳
多么想　为你木偶戏再度开场
对白　温暖又感伤

破旧木偶躺在钢琴上　孤单守望
想你的夜晚如此漫长
幻灭的盼望　如星海般渺茫
透着紫水晶的微光　把夜的归途照亮

破旧木偶守在窗台上　岁月悠长
烛光照亮他静默脸庞
这孤单世上　没人为他思量
但愿等到白雪茫茫　有人擦擦它泪光

今夜，我在吉隆坡

今夜，我在吉隆坡
双峰塔斑斓泻影在我窗上
等到这杯冰咖啡饮尽
等到整条街的车马歇了喧闹
入夜多寂寥

今夜，我在吉隆坡
繁华街灯下，满眼是异乡的面孔
哪怕几句熟悉的乡音

也存在我心坎里
恍惚中听见有人用华语说"我爱你"

今夜，我在吉隆坡
夜半难眠时我在窗口望繁星
隔着飘纱，双峰塔也睡熟了
也许，那个明月升起的方向
是故乡

耶路撒冷的苦路

主的圣光
洁净我感动我
凡事包容，凡事相信
凡事盼望，凡事忍耐
无论我走过死荫的幽谷
你那一尘不染的爱
都风干我的眼泪
扶我走出苦难的国度

今夜我带着十字架
捧着厚厚的《圣经》
耳边再奏起欢欣的赞美诗
我无悔了我无悔了
今生再孤单
至少有我在天上的父

断绝了尘世的横流欲念

我一人走耶路撒冷的苦路
哪怕脚踏着荆棘，谁怕风餐露宿
前方是朝阳，是希望
是眼泪汹涌成浪潮的力量
是——爱！

午后时光

午后涓涓的时光
在我眼底荡漾
那一朵花儿被晒得低垂
好像一只慵懒的猫
绿油油的藤蔓慢慢延伸
爬满我童年的岁月

午后悠悠的阳光
吻了一口山间的小湖
流年慢慢沉淀
浮荡在我的普洱茶杯中
透着艳阳的长廊寂静悠长
通向一个温暖的午后梦乡

深冬暖阳

在午后醒来
窗外的暖阳光影

透过梧桐树林
斑驳地折射进我的房间
把这个温暖冬季一幕幕的回忆
镶嵌进镜框，挂满书房的一整面墙

桌上的咖啡
温热的浓情在蒸发
我写的那一首长诗
还搁笔在第一段
听一张收藏了好久的旧唱片
冥想着，与一首首老歌有关的回忆
歌里唱的故事，美满得让人向往
伤怀的情绪，蔓延像窗外的藤蔓

走出小楼
沿着梧桐树林的小道
向着深冬的更深处
慢慢地走，慢慢地走
故事缺了谁，如今也不遗憾
我有洒遍树林的暖阳作伴

扫码听朗诵

酒吧街

喧闹的酒吧街
撒一抹霓虹　在长岛冰茶里
流浪歌手　弹着老旧的木吉他
在拐角唱了一晚
只有　那顶牛仔帽里　几枚稀疏的硬币

整座城市　已经陷入沉睡
而狂热的梦　像一朵五彩的毒花
闪烁着异样吸引的亮光
在酒杯里绽放　婀娜

我已渐渐有了醉意
耳边是舒缓的英式摇滚
愁绪在酒杯里溺亡
有关于过去的岁月　绝口不提
我是狂欢中　黑暗的一角
最孤独的过客

记忆

望着窗外的都市
天空是一张忧郁的脸
我的香槟　冒着气泡
挥发着一个金黄色的梦

我呆望着
车流不息　人来人往
左车道刚把我的忧伤带走
右车道又把伤心带过来

一杯红酒　我未醉
一杯香槟　我还清醒
一杯接一杯
溺不死　心底里的伤心记忆

十年

十年之前　远远的故事
是镜框里泛黄的笑容
是书架上陈旧的日记
有一些人经过
有一些人离开
还有一些人
常驻心间

十年的笑声　哭声
在我耳边盘旋
光阴的列车　驶过了
就再也不回头

十年之后
我又
会在哪里

雨夜旅人

微凉的雨丝斜斜地飘洒
风雨中晚钟
缓慢地拨弄着时间
凄凉的夜色弥漫长街
一个穿黑色雨衣的行人
看不见容貌　低着头向前
一步　一步

走向长街的尽头
一场烟雨凄迷的幽梦

雨水熄灭了满城的灯火
却浇不灭顽强的路灯
晚钟的时针指向深夜
我撑一把孤零的红雨伞
坐在钟塔下
默想　回味　忏悔　盼望

黑暗长街的深处
定然有一座晴朗的世外桃源
那是无数人的美丽梦境
交错成的幻梦城堡

狂风吹翻我的雨伞
雨水肆意地冲刷我的面庞
此刻我无能为力　雨水交融着泪
我只是一个流落到此的诗人
我只是一个迷失雨夜的旅人

那一条山间小路

那一条山间小路
蜿蜒进白雾里一个洁白的梦境
迷失了方向的我
俯首询问一个在山麓歇息的老人家
绿叶间的彩蝶

生生世世　环绕她爱的那一朵野菊

那一条山间小路
跨越了一条彩带般的小溪
我一脚踏空
差点跌落错落的树丛
没有人知道　此刻有一个宋代诗人
正立在山顶雾里的那一座凉亭中

一路孤单

回首望明月
歇了暮雨纷纷
峰回路转的故事
走晕我　迷路的步履
我只是怕　一路孤单
到旅程的尽头

沿途的风景
我全都装进背包
接一壶月光粼粼的泉水
接一捧嫣红的缤纷落花

习惯了孤独
习惯了风雨悲伤
翻越过山头　群山全都熟睡了
小溪流踮着脚悄悄路过
我还是怕　一路孤单

到人生的尽头

第三号航站楼

第三号航站楼
弥漫香气的咖啡店
我用借来的纸笔
草草记下这一趟旅行的欢欣

第三号航站楼
夕阳折射进我的眼眸
金光灿烂的大理石地面
倒映出无数的过客　行色匆匆

第三号航站楼
夜已经越来越深
这趟晚点的无期限的航班啊
恰似我生命中迟迟未出现的她

盼黎明

落红飘散
遗落了一地的遗憾
我与一缕月光
擦身而过

恳请明月为我守住我的秘密
我半生的故事
藏了多少谜　藏了几多愁

一等再等
盼黎明盼红日
偏偏盼来　更冷的夜雨

迷路人

风尘仆仆地赶来
而这里不是我的家
满街陌生的面孔
一路风霜蔓延到长街的尽头

我翻遍前世与今生
所有记录在册的悲欢喜乐
找不到吾爱
找不到吾家

迷路的羊羔
噙满悲怆的泪水
我这一个迷路人
与芳华岁月失散多年后
彼此再难相认

孤独

白纱窗外的街灯
扰我难入梦
此刻的夜都市
彩绘着绚烂的霓虹
缤纷着无数的梦

而悲伤如潮
席卷我的全世界
一转身　凋谢了心声　落幕了青春

孤独有那么深　我该如何去撑
伤心随风雨布满城
断线的风筝
是追不回来的约定

等我午夜酒醒后
孤独　来得更汹涌

山水梦

烟雨被一位文豪凌空泼墨
渲染出山水间的伊人
柳絮飘飞中　她轻轻转身
一笑便倾城

白发老翁在湖面

垂钓起一段古老的故事
他的娴静身影
点缀这绝世美景

喧嚣都归于尘土
心绪寂寥又美好
待我两鬓斑白
也归隐这山水中
再不问尘世俗事
把酒吟诗　挥毫写尽此生事

悲伤流年

我怕翻开那本陈旧的日记
不敢让伤心的流年汹涌出来
短短的这一生中
雨打风吹的往事
会逼迫我流泪
会撕裂我胸膛

这些年来啊
我一直在逃离我苦难的宿命
命运却对我穷追猛打
有些事渐渐淡忘
有些事却铭心刻骨，夜夜成梦魇

泪水年年月月不干
悲伤似河水浊浪滔天

我疲惫地来到你面前
我满心是想向你吐露的悲哀
却又——
欲说还休

一个孤单的身影
渐行渐远
一首悲伤的短诗
戛然而止

心碎的声音

乌云密布的命运
我在午夜听见一声　沉重的叹息
归路无处可觅
去处却苦难重重
一滴泪落款在我诗章的结尾

你听不见我心碎的声音
你看不出我已无力
强装笑颜　撑过下一次伤痛
惊雷炸开在我胸膛
摧毁我一生的美梦

也罢也罢
若青春注定是梦魇一场
我只求今夜拼却的一醉

写在黄昏的诗

暮色里的倦鸟归巢
淅沥沥的小雨渐渐消弭
我坐在茶桌旁
普洱茶汤一圈圈晕开了时光
桌子对面
是没有了你的空座椅

浓绿的藤蔓
爬满我生锈的记忆
这座小屋似乎已沉寂了很久
连那只熟悉的小喜鹊
都再没来过

老旧的收音机
反复重播着那些旧的听腻的歌谣
我面朝夕阳静默地转过身
慢慢沉入又一个孤寂的深夜

画中竹

我独爱青翠葱茏的竹
一次又一次，破土而出的是
苍劲的傲骨

我的画卷里，拂过一场骤雨
暴雨过后

落红一半在池塘流离
一半在泥土中消散了艳丽

可是那青山绿水旁的千竿竹
竹叶还是青青，不染前尘
竹竿还是耿直，渲染禅意

那一竿最青翠的竹
甩落一身潇洒的雨水
在我的水墨画里的湖上
荡漾开一圈，又一圈
清澈的波纹
也溢满了
画卷里那位书生
一路赶考经过的
山山水水，三两人家

也打湿了
画轴外我的诗书
诗书里，我的一生

扫码听朗诵

初秋

纷纷落叶，以及初秋的雨
遇见一个诗人的伤怀
慢慢地，慢慢地
开成了稿纸上的一首诗

寂寞老树，以及昼夜的寒
茫茫天地安静了下来
那瓣花，那朵云
被我当作书签藏进俄国诗集最难懂的一页

寂寥小街，以及入秋的伤
迎来一个诗人的身影
那扇窗，那个人
是永远不可能接近的风景

伦敦雪

整座伦敦，漫天的风雪
大本钟，一动不动
我从泰晤士桥上走到尽头
只有寒风
把我的蓝色羊绒围巾吹到河滩上

坐在星巴克的玻璃窗边
大杯的拿铁搅拌着甜蜜
窗外的老街道
弯弯曲曲的小街
陈列着许多古灵精怪的东西

寒风凛冽，冰冻了情感
老旧书店里的古典小说
已经沉默了不知多少年
那一段段古英语诗歌描绘的爱情

我始终没有懂

我把我的心意与离愁拆成两半
挂在枯枝上，挂在铁招牌上
等到我也老了，这座古城更老了
记忆里还有一排
伦敦老街上那一串串街灯
忽明
忽暗

雨中亭

雨还是淅淅沥沥地下
我坐在庭院中的小亭子
左边是一片田园
右边是我随手写的一首田园诗

石桌上留着哪两位老人家
未下完的一盘棋
风雨过后，这棋盘上的帝王将相
保持沉默，按兵不动

浓密油绿的藤蔓上
每一串紫色闪亮的葡萄
都蒙上了一层清霜
一株株盆栽，保持着沉思冥想的姿态
从我小时候，直到现在

扫码听朗诵

盛夏的雨季里
好像没有太多离愁爱恨的故事
只是这凉凉的雨丝啊
点点滴滴，在心头

他乡的奶茶店

我用阳光搅拌一杯奶茶
加一把冻成冰块的月光
摊开草稿纸
搁笔在初春的那一首长诗
还是
没有下文

奶茶店里人来人往
绯红的墙壁上是谁可爱的涂鸦
就不提恋爱的甘甜
就不提午后的愁绪
我静默着
保持一个诗人冥想精致的姿态

或许我该拎起背包
买一张最晚的火车票
去一个适合惆怅的地方
去一个能完成这首诗歌的绿野或海边
去一个能好好想想心事的村落或山头
窗外，霓虹亮了
窗外，起风了

扫码听朗诵

城门外

（歌词，与张智勇合作）

城楼月光拉长了忧伤
一壶浊酒空盏惹人慌
月光残　满地霜
孤影伴烛光
一缕西风入寒窗

暗夜焚香对镜补红妆
墨色深处琴声惹惆怅
登城墙　夜未央
寂寞对空望
一曲思念愁断肠

城门外
细雨烟雾茫
一抹孤寂淹没旧花窗
待到月光揉碎念想
思念无法躲藏
几多奢望就有几多悲凉

城门外
无处话思量
青瓦灰墙孤单映成双
待到三月莺飞草长
思念漫延过江
徒留身后一世的情殇

明月，为谁留着灯

明月，为谁留着灯
哪个迟迟不归的夜行者
负了她的一汪深情

一个顽皮的孩子
爬上枝头
掰弯了圆圆的月亮
漆黑的夜空中
刻下了一道孤独的刻度

我从河水中
掬起一把你前世秀美的模样
而河畔的小船早已破旧不堪
我再也无法
抵达彼岸的故乡烟火

夜色沉淀在我的梦乡
用一句呓语
预言了我悲伤的人生
我在冷雨敲击的夜半
恍然醒过来
窗外凄凉的唢呐声
在无助地呐喊

暗黑苍凉的天穹
无数漂泊者的梦啊，无处安放
一辆华丽的马车
沿着银河奔入了红尘

留下了一道骄傲的印记

明月，为谁留着灯
哪个步履潇洒的夜行者
忘了她的一汪深情

扫码听朗诵

火柴

火柴盒一样的小屋
装着火柴棍一样多的往事
每一件
我如数家珍

木窗外的竹竿
竹叶翠绿，淌下几滴清泪
围着这座小屋
不让浓情外泄

我不愿做一根竹竿
我要做一根火柴
等啊等
我不让我赤色的心
受一点潮

等到你的生日
我纵身一跳，用尽我一生的力气
最后一抹，无怨无悔的火光
那一点热火，点燃一根根蜡烛

我躺在黑暗中，尘归尘
可我含笑
一生就爱你这么一次
连熄灭也那么的
轰轰烈烈

黄昏那场梨花雨

黄昏那场梨花雨
不是我流的泪
是山村里谁家姑娘在哭

苍鹰展开翅，从天穹俯冲
拥抱一场盛大的落幕
我低头的一声叹气
在山那头，呼啸成野风

落幕的悲伤，落幕的遗憾
山上的钟声，声声在追悼
追悼我，最终要告别的年华
江上的孤舟，从烟雨中垂钓
载满一船我的后悔与无悔

黄昏，那场梨花雨
是一个我落下的泪
在青石上烙印，在青史里纷飞
掩护我从黄昏的山水里
全身而退

雾锁山峦

迷雾锁梦乡
我找不到回去的路
一棵落光了树叶的梧桐
似一个饱经风霜的老人
站在路旁，沉默不语

我一路走，一路呼喊
我只得一盏残灯
我剩最后一点气力
穿越迷雾后
终于看清——
这是一座沉寂的山峦
包围着一座沉寂的城

风过后，落叶如雨
风过后，染我两鬓斑白
我向着无尽漆黑的夜空
升起一盏孔明灯
深陷无名的黑暗
深陷无穷的黑暗
谁看到音信，来接我回家
来接我，回家

失忆

有时候，我还会落寞地想起
那些年的云彩，那些满天的霞光
绽在记忆的上空
模糊又清晰，层层叠叠的心事

有时候，我会一下子想起
某年夏天的热浪，某年秋天的枯黄
岁月里，来过的许多人
全都面容不清，姓名不详

有时候，总有些泛黄的笔记
总有些认不全的合影
暗淡无光，又莫名神伤
我的记忆里啊，人来人往

江畔那家星巴克

暮色苍茫的余晖里
江水和江畔人们的步履
一样开始放慢，放慢

我想要一杯暖暖的燕麦咖啡
稀释在黄昏里被放大的悲伤
我想，无论我在江的哪一岸
伤心，都会紧紧跟随

坐在江畔孤清的星巴克里
让热咖啡和甜腻的蛋糕
替我融化开始逼近心脏的苦涩

低下眉头
星巴克里只得我的墨色剪影
一艘邮轮经过
我不开口，也请你啊
带走一整个春夏秋冬的
茫茫悲伤

山水之间

清澈的湖面
驶过一艘天鹅船
泛起的波纹久久未平息
我站在湖边的亭子里
等春光，等微风，等烟雨

天空湛蓝得让人想流泪
云彩浮过山头
惹醉了一座青山

我想化作一条青鱼
往水更深处一直游
屏住一口气
游进了一个迷幻幽暗的梦乡

在阳光下闭上眼睛
听到时光流过的宁静
听见鲤鱼跃出湖面的水花
听见未来慢慢走近的声音

同是梦中人

啼血的惊鸟
哭亮了天
原来只是阁楼上的一场梦
扰我半宿，不得安眠
恩怨不分明，暗夜未风雪
睁开眼
梦中人，鬼魅一般全部消散

嗜酒的诗人
灌醉了黄昏
我看看他孤苦的一生
我读读他雪月风花的诗稿
用尘世的心伤，华丽造句
原来，全是枉然
坐下来，我陪你今夜一醉解千愁

或许，我俩也只是谁梦中的人
过着泡影一般的人生
等天明，一世悲戚也就在一瞬间
全部消散

最盛大的盛夏

最盛大的盛夏
我想会有一首流金的诗歌留下
无论夹在诗集哪一页
都会一直温热着四季

最盛大的盛夏
我想会有一只小船的孤影留下
逐波划过湖面上万顷金色水纹
不靠岸，向着前面别有洞天的光阴

最盛大的盛夏
我想会有一场未完待续的恋爱留下
在湖心岛，又或在金沙滩
要一次轰轰烈烈，不留遗憾

最盛大的盛夏
却是我青春最后的年华
当夏蝉归于沉寂
当回忆触手也不可及
我想我的一部分
会在过去这最难忘的十年岁月里
永远留下

又悲伤又美好

光阴在我的日记本里
胡乱地涂鸦
一翻开便是凌乱的心事
还有几瓣风干的野姜花

卧病了半个夏天
在蝉鸣声里
我把自己的半生
想了一遍又一遍

那些静寂的梦
那些快要到沸点的情感
那一盒经不起高温的回忆的胶片
我只好放于院子里池塘下封存
我只好求无边的香樟树护荫

安静下来的午后
连窗外的雀鸟都在屏息
祈祷一场骤雨
我的卧室里只剩黯淡的光景
滴答滴答，恼人的钟摆

我开始着手
把这些年的旧衣服好好晒晒
褪色的衬衣，浸润微香的阳光
把写过的诗稿按年份编排
撕掉一叠太晦涩的年少之作
把这一段日子装进信封

寄给未来
在某个他乡的自己

岁月安静
又寂寞，又盛大
又悲伤，又美好

扫码听朗诵

我爱诗，也爱你

我爱诗
我把人生的黑夜白昼
苦痛纠缠，还有开心笑出的眼泪
在长短句里
描绘了千百遍

可是，我也爱你
你未写过一句诗
抑扬顿挫与措辞比喻
怎么我也教不会

可是你
却把自己的一生
活成了一首
最美的
朦胧诗

我爱这个能写成诗的世界
我爱诗，也
爱你

爱情新纪元

（歌词）

我要主宰我的现在
我有我的年轻时代
不管一切勇敢去爱
让那热情全都回来

我在等待你的纯爱
梦幻未来星光成海
爱情咒语谁来解开
时空转换一切重来

你是我爱情的新纪元
是我人生的转折点
我感觉有你在身边
一切都会改变

爱情的新纪元
是我灿烂的生死恋
刻下永不悔的誓言
射出爱神的箭

扫码听歌曲

我诗里的姑娘

我听见我诗集里的姑娘
在嘤嘤地哭
是怨我一章章落笔太狠

还是她的恋人人去楼空

我听见我诗集里的姑娘
在凄怨地哭
我梦游进我诗里的时空
左岸是烟雨右岸霓虹

我听见我诗集里的姑娘
在无言地哭
惹一阵清凉风
惹尽一地残红

还未见我诗集里的姑娘
我一路慌张
踏碎一地曾经的比喻和词藻
还有一次初遇见谁的心动

我发现我被困这座愁城
长街灯笼，好多个老旧的年头
都怪我爱写绝恋不留余地
本是我自作多情
迷上不曾存在过的红颜

扫码听朗诵

素描诗人

短发半遮着
你秀美青春的脸庞
背靠着玉兰花树扬起的笑脸

向着太阳，向着彩云
大酒窝，小虎牙
好像是天使的脸庞

这一个初秋的午后
转眼而逝
你年少的青春
有一朝也会蹉跎而尽

但我是爱你的诗人
我用诗句快速地素描
描绘下你不染红尘的身姿
然后
永远悬挂在我诗歌世界的
一入门的
那面墙壁上

指挥棒

（歌词）

浅吟又低唱
我音色开始发亮
又有一道光　银河漫长
在夜空翩翩画出你的模样

莫名地爱上
有你的第二乐章
指挥棒朝上　勾勒时光

天马奔出星座载你来此方

哎哟　　指挥棒
哎哟　　一颗一颗银色星光
我到摩天轮顶上
拥你入梦乡

哎哟　　魔法棒
哎哟　　彩绘出故事每一章
我放在你手心上
恋爱的徽章

写诗的夜

窗外夜风摇晃着梧桐
月影斑驳地投射在窗台
我的组诗写到一半
灵感便枯竭了
要不要，刻意再干枯地续下去

唱机里，传来怀旧的音乐
一段段伤感的歌词
押韵得漂亮
一首歌，记载着我十年来的记忆
百听不厌的是，悠扬的旋律
抒情得恰到好处

我的小狗，趴在毯子上睡着了

墙上的标本蝴蝶

鲜艳却也无法再飞翔

时光安静得像沙漏里的沙

一点一点，流干净

然后一切重新再来

关掉灯光

静默坐在窗台上

窗外的湖水泛着波光

柳枝蘸着清澈的涟漪

在水面来回地划

我定睛一看

她在续写完

我停笔在一半的诗歌

扫码听朗诵

走出繁华地带

情人在耳边的呢喃

嫣红色的蜜语甜言

酒杯摇晃着一点点暧昧

狂欢把孤独稀释得庸俗不堪

我看看左边一条街

我看看右边一条街

恍如隔世

深色调的欲望

在十字路口彻底释放

向着街道的四个方向

蔓延，蔓延

我要走出繁华地方
在我身体里的宁静
被完全消耗尽之前
我浑身触电
我无所适从

走出繁华地带
你若也疲惫不堪
请来跟我走出这繁华地带

只要转一个拐角
再走一段没路灯、满地是落叶的小街
小弄堂里的小面馆
吃一碗小面，喝两杯粗茶
刚好躲一躲骤起的细雨
喧闹的繁华声，淹没在烟雨里

你看，玻璃窗外的梧桐
雨停后，那明亮的路灯光
开出了一朵红袖添香的黄牡丹

世无双

描一笔黛眉呀
你是红楼里谁的谁
第一卷一回呀

出场的是花雨纷飞

陌上人如玉呀
可惜花骨朵溅了泪
公子世无双呀
他骑着白马风里追

看我随手撩一场雾
这座山城化成了雾
自从公子你打马过路
从此与你定了姻缘书

看我修禅度化山谷
最爱读你写的诗书
靠着你肩膀夜话围炉
你若不走　今生我也在此度

笔下的风雪

踩着一首诗的韵脚
翻越进我描绘出的白色风雪里
江上老翁
垂钓着暮雪

有人在策马狂奔
踏乱了红尘
故事变得如此跌宕难测
我的宿命

如林涛一般狂乱

那人转身在问
隔了几个朝代
我是否还能记起你
她的红绣裙
转动了一地雪花
我一脸迷惑不解
我曾认识你吗?

漫天风雪
曾是我笔下的洋洋洒洒
这文学里的尘世
呼啸在归途上
慢慢　连你的轮廓也看不清楚
我转身　隐没在雪色之中
天亮之前　你将我完全遗忘
我会封笔　还你一片灿烂天地

我此番归去　不再回来

山城清雨

袅袅烟雨
从一本朦胧散文孤本里
悠悠荡荡,蔓延而出
潮湿了一座
临江的山城

我的乌篷船

穿过弯弯的小桥，顺流而下

这两岸寂寥无声

仿佛一座空城

鸟啼落，万径的姹紫嫣红

辗转，辗转

无法，靠岸

这是谁写过的江山

酒旗飘飘，烟水——

一次又一次缭绕

我在青天上

题一首诗

落款以淡月弯弯

落款以秋星璀璨

突然，天下起万丈的清雨

突然，我在江中的烟水茫茫里

被无涯夜色，一笔隐去

扫码听朗诵

心愿星空

浮光霭霭深处的月

月光冷浸着星河

许愿星划过后

失散在茫茫云海中

那一点点细小的心愿

开花成了一朵云

遥遥路远
我无法奔赴
那一场璀璨的星空
夜落下冷霜
那是揉碎的云
轻轻化开在手心

这一纸人间绝句
我写在风筝上
放飞在骤起的晚风里
飞到天上
托人代我读给星辰听
感动了谁，遗憾了谁

一刹那
满天亮起了灯

扫码听朗诵

阁楼上

写废了一叠宣纸
写不好当初我喊你的昵称
风铃一直在低语
埋怨着为何要离开你
这一别啊
此恨悠悠，前尘往事只能弥漫
这座落寞的阁楼中

纸扇遇上晚风

吹送我孤影凄然

有时相见亦难，重逢也难

有时初秋的风刚刚起

我全部的心伤

不用构思和措辞

已然，跃然纸上

淡茶，雾气画出一张脸

吹到帘外

让一只彩蝶送别

茶桌上你遗落的相思扣

我该还给谁

想你时，倚着门窗

夜空上

月半

弯弯

扫码听朗诵

初夏的夜

初夏的夜

蝉鸣骤起的院落

梧桐叶裁剪了一段段光阴

泻影在我的青瓦白墙

好在我还能完整地想起

好在我还没有完全离去

你的样子无缺
慢慢清晰
清晰在巷弄里的
清凉的月影中

以我遗憾的青春
以我未了的情愫
还能否再恋你一次

看在我还能完整地想起
看在我，一直没有离去

午后·初夏

风拂过初夏
花园里的每一片绿叶
载着每一寸阳光
在仿佛静止的时光里
扮演一个沉默的配角

我静坐在这座小花园里
从我年少　就爱呆坐在这里
听风　听雨　听落花声
幻想着　盼望着　长大的岁月
而我如今已经成熟
却怎么　那么想回去
那些青葱的时光

我呆坐在这里
心里泛起
一声唤我的乳名
一声放学的欢笑
还有所有
在这里想过的心事

折子戏

一瓢烟雨
淋湿了半段
戏词里唱过的传说
白色水袖往明月升起的方向
如此潇洒地一抛
从此，故事前半段的爱恨
记忆里关于你的种种
全都甩袖，甩于身后的风

折子戏里
弯弯的穹顶
终也可吻到暖黄色的上弦月
描黛眉，用的是我题诗的笔
一笔撇去了冬的雪
夏的姻缘债

红色帘幕已早早合上
她已经远远离开
我这四书五经，文房墨宝

她再不能，侍一边
淡淡红袖添香
我这戏里戏外的人生啊
她再不能，站一旁
对望着，一往情深

静的夜

静的夜，我倚靠在窗台
繁星是满天泪花
替我哭尽了怀念的伤悲
风铃咿咿呀呀
摇动了这一个空灵之境

静的夜，我手绘一个她
也许命运的冥冥
最终注定了结局
你看她，你看她
仍活在我每一页诗章里

静的夜，没有一点睡意
一个没有了她的世界
寂寞的城，寂寞的灯
夜空中的星落
被我反复地涂改成她的星座

静的夜，静默的一张我的脸
我跟明月说好了

最后等这一个夏天
等到秋风再起时
要一点也不伤心地全部忘记

河畔酒店

静静河畔的酒店
晨起的寂寥
远方的烟火
我每一次错过
我每一次心伤

凉雾，倦鸟，苍树
百叶窗外，落花也
最后一次绽放
酒店的香槟
晕染着黎明，成了暖黄色

无人问津的诗稿
摊在我书桌上
写给谁，为了谁
如今都不重要

河浪，藤蔓，寒露
我坐在酒店的阳台
每重读一首旧诗
每一次想起当初曾经
笑语盈盈，往日的你

长安

明月斜映着大雁塔
清风在我耳边说
她仍在长安城
未知的某一个院落

我穿过城墙
我拨开灞柳
夜幕下的长安
在灯笼朦胧的光影里
我一遍遍地问
我一户户地叩门
关于她如今的住址
这座城沉默着
守口如瓶

走到不夜城的尽头
飞花满天地撒
众里寻她
不见伊人

古亭沉香
我年华将晚
关于这未了的缘
走到此，云飞烟灭

我从山中来

我从山中来
我为我们的缘
求了一个上上签

我从山中来
缘在两心之间
开出了并蒂莲

我从山中来
刚刚好能遇见
你等我的人世间

酷暑的雪

老旧的风扇
把昏暗的时光慢慢摇动
吱呀呀，吱呀呀
午后的窗景，一片昏昏欲睡
徒有恼人的风铃
徒有呼喊的蝉鸣

我的油画板上
一片太阳光
怎么也临摹不出
碎金散落的
万顷碧波

满身大汗的孩子们
奔过我窗前的浓荫
我突然想
要有一阵冬雪
天地多清凉

阳台上，衣服应该晾干了吧
梧桐也被晒得低垂
我撕掉了画板上的盛夏油画
描出了一场纷扬的大雪
踩着穿越的几个步伐
呼的一声
逃离了一个酷暑

清爽的雪在那头，痛快地下

山城之巅

雾霭散尽后
我看清了今夜的梦乡
层层楼宇铺陈着
一直到山的顶端
这是一座茫茫山城

那么明亮的圆月
那么璀璨的星辰
我一路经过了多少酒家

没有一户开张

每一步，踩碎遍地轻烟
整座山城暗淡无光
只有那山顶的楼台亮着奇异的灯
我还有多少时间
能让我在梦醒以前
登顶，到与云雾接洽处的酒家

一路上流萤在闪烁
我步步向着山顶
终于来到
那座山顶的酒家
一群唐宋的诗人穿着长袍
正在吟诗作乐
有位诗词大家举杯问我
"兄台何来，可否吟诗一首？"

夏日物语

郁郁葱葱的老榕树
笼罩着整个夏天
那些不能说出的秘密
在我经过时
它不经意地吐露

时光
开始慢下来

一湖碧水倒映着晴空
却把我许许多多的心事
沉入湖底

我坐在阴凉地方
读着去年夏天的诗
去年写过的谁谁
不会再与我的这次盛夏
有任何牵绊

我咬一口白云做的雪糕
清泉也冰镇得刚刚好
那一座山上的小塔
在我登上时
暂时封存起了所有的悲伤

烟雨巷

凄清清的巷弄里
青色的瓦片
摞起了好几个沉默的年头
竹篱笆里的人家
听不见人语　看不见炊烟

雾锁初春
这咫尺的天地里
我经过一扇扇铁锈的大门
叩不开的是光阴上的锁

只剩雨过后的青苔

在石板街上鲜妍

我把这青色巷弄里

最后一道黄昏的暗光

夹进我的诗书里

且作一枚水墨勾勒的书签

暮光里，谁的

一声悠长的叹息

瞬间被雾化成万般珠花

岁月无悲也无喜

蜿蜒，一如我来时的石板路

笔锋一转

我笔锋一转

花鸟破涕为笑

月色，开始皎洁上梢

照着孤单的我

望着淡雾深处的你

在梦里或庭前

我笔锋一转

故事的情节随一圈圈水丝

荡漾得清楚，漾开一夜夜

我未成眠的心事

点缀着你的笑语和唇红

这故事取名叫了，相思

我笔锋一转
这水墨色的天地
刹那多云转晴
心意，我已经写得够明白
你却假装，还在猜
墨砚里滴进一枚未有出处的泪花

我笔锋一转
用第三人称开始叙述
这样也好，不让你为难
你若到最后也未答允
我在一个人的全剧终里
再去伏笔，续集里——
那么渺茫的相遇

铁轨旁的小酒馆

南国初冬的夜
凉意滴落在枝头
这锈迹斑斑的铁轨
绵延到季节的深处
远处，有两个孩子
嬉戏着踏过铁道上的碎石
拾捡着满地的野果和残花

我坐在铁道旁的小酒馆

这杯啤酒被夜风

又添了冰霜

抬头看看这清朗的夜穹

不是天空，是云浪翻涌的星海

我饮尽又一杯酒

眼前的场景

开始被路灯晕染成淡淡的黄色

仿佛是我年少时

读过的一本漫画里

结局时温暖的场景

等到夜更深处，我醉意阑珊

整夜都不见一列火车

这永不停靠的驿站，寂寥无声

最后只剩我眼里，在摇晃

酒家的橘灯

炉火的热气

和渐渐散尽食客的夜半

我送你一杯浓酒消愁

我送你一杯浓酒　消愁

裹着碎花的风

在门外幽怨地叹

遗恨在，你每一个不成眠的夜

我送你一杯浓酒　消愁

摘一颗菊黄的圆月泡入酒
寂寂的夜里，你泪化了妆
醉倒在凉雾骤起的时分

我送你一杯浓酒　　消愁
渐渐清冷的季候风
吹得你的身世迷乱不清
伤情在，我每一个微醉中，又想起你的夜

烟雨凄迷

这雨　还是淅淅沥沥地下
坐在窗台上
凉了半晌　我手中温热的茶
天边断线的一只风筝
转了几道弯
再也看不见　它的命运

圆桌上　摊着素纸
我如何提笔
才能不负窗外
这一汪湖水的情深意重

我的小屋　好安静
好像离那一年搬来这里
已经恍如隔世
年年月月的烟雨
打湿我年年月月的诗篇

书架上　蒙尘的往事
按年份　一字排开

我的茶煮开了
倒一杯茶汤　菊花在瓷杯底绽放
慈悲的天幕　泼墨上一行行经纶
我读不懂　却临摹入宣纸

远方的天际
一弯新月　镰刀一般割断了曾经
谁来过　谁又杳无音信
我留下　我常叹烟雨凄迷
不理人间悲欢离合
月又弯弯高挂
这雨　还是淅淅沥沥地下

江畔人家

临江的山丘
山丘上的老屋
住着一个安详的老人
他常常捧一杯茶
静默地望着这条江
夜渐渐深了
我借宿在这间旧宅

一壶老酒　一碟花生米
整夜他都在说着从前的故事

从前的从前　很久很久的以前
这里还是一排排竹篱笆
一户户青翠的人家
那时的天很蓝
水天一色的时候
他总爱在窗边呆望着
那个穿碎花裙　笑着蹚水的姑娘

后来他们相恋了
在香樟树下依偎着看斜阳
那时的时光真美
慢慢地流淌　像蜜一样

后来她嫁到了很远的地方
听说那里望不到这条江
他从此常常坐在香樟树下
呆望着江水

后来的后来
所有人都搬走了
那棵香樟树也老了
只有他在这里
等了一辈子　转眼间
就是长长的一辈子

梧桐诗人

靠在玻璃窗旁

头倚在玻璃窗上
橙黄色的月光
凋谢成瓣瓣菊花
先是掉落在我心上
风一吹　四散在人间

衣服应该吹干了
煮茶的微火也渐渐熄灭
我翻出一本古典小说
看到以前读书划出的
一行行精彩的句子
那一段烂漫的日子
好像已经隔了好几个世纪

巨大的梧桐树的影子
投射在我的这栋小楼
像一场幽静的梦
像一幅素描的铅笔画
我想为这幅景　配一首抒情诗
诗里添一对年轻的我们
一直走到了梧桐道的尽头

江岸黄昏

这条江上笼罩着寒雾
我看不清楚对岸的山峦
山下三三两两的人家

在江边
呆坐到暮光漫天
这不肯散去的淡雾
将对岸泼墨而成
一幅迷离的山水画

一尾青鱼跃出江水
涟漪起了一圈又一圈
我心里安静得波澜不惊
一如这条无声流淌的江

斜阳里潮涨潮又退
暮光中我的半生
随江入海

故事转了几道弯后
终于走到的结局
有一点凄美
有一点遗憾

夜幕翩翩来迟
江上的雾散后——
满天，明亮的星斗

扫码听朗诵

安静

这园中的夜色
浓醇得像一杯普洱茶

被酿醉的心事
摇摇晃晃
好像池塘水
映照着街灯的光

我在这长椅上
想过多少心事
葡萄藤向着记忆深处蔓延
寒霜凝结在绿叶上
凝结我安静下来的青春

这是谁家的盆栽
早已枯败了几岁
斑驳的石头
关于往日　沉默不语
风又吹起来了
满院沙沙声

我折一只纸船放在池塘
载着无眠的心事
只是从这一端　到那一端
隔着我整个——
波光粼粼的青春

人走后
园中的池塘与草木
全都安静了下来
只有水波中的心事　不肯停歇
摇呀摇　晃呀晃

扫码听朗诵

策马田间
——游乡村振兴示范村迳下村有感而作

我策马在田间
远方一轮红日在下降
沉入地平线

这无边的稻田
迎风起着一阵阵浪
我把马拴在茅草亭
静看一池荷塘月色
今夜的月亮
原谅了我的迟迟归

当年那些熟悉的人
如今都在天涯哪一方
这里只剩三三两两的人家
亮着或喜或愁的灯盏
在暗夜里　明灭　明灭

过了前面的驿站
人间也睡熟了
我坐在茅草亭
深蓝色的天地里
没有一个人经过
天上的星星眨眨眼
认不出这个归乡的人

风再起时
好像回到了青涩年华
那时我们还一脸轻狂

扫码听朗诵

那时的稻田边还野草丛生
那时这一片荷塘开得多粉红
我们策马狂奔过青春韶华
迎着一样橘红色的太阳

深秋季节

深秋季节
我每天醒来想你好多遍
落花　手握不住
瓣瓣　只能留在这个秋

深秋季节
凉的风在飘台上来来回回
看见我　新出的诗集
除了你　还是你

深秋季节
我取出一件棕色大衣
如果我赴北国之秋
你还在那座城吗

深秋季节
只是遇见你　又离别你
忘掉你　又想起你
就用了半生的岁月　蹉跎了多少个秋

初冬之城

初雪落下
我的一生　暗暗换了年华
东风送寒到街巷每一户人家
淡淡　安静的岁末

云缕如丝绸
挽作天上的雪
秋红都已零落凋残
只剩凄凄的街
苔痕斑斑的石阶

雪停后
我们不再提往事
此季此地
我年年感伤
旧日心事绵绵
冰封在湖面之下

我站在漫天风雪里
城外　疏落的钟声
敲碎三更天的夜幕
归去刚好可以相衬
长街一路红红的灯笼
如果祈祷可以被听见
能不能送我到
这一年　重新开始的地方
也不至于　留下这么多遗憾

不为任何人等候

我坐在青石街的长椅上
不为任何人等候
旋转木马，拨正了格林威治时间
这迷蒙夜色里，自有我孤独的小欢喜

我站在下雪的拱桥上
不为任何人等候
什么绝恋伤心我不要
我只钟情晚钟，那清澈的禅意

我置身海岸线的转角
荒芜也是盛放，孤寂也可烂漫
万千蓝色雨滴凌空而下
蔚蓝色的故事里
洗过的天地，好清静！

三

再会了，青春

再会了，青春

再会了
我的十年青春
摘一朵木槿花
临摹一抹你曾经的甜笑
我藏进我的笔记本里
那天同看过的星空
全失散在茫茫银河里
我们的过往种种
如今空口无凭

再会了
我的十年青春
当年那条小径如今野草丛生
一双彩蝶也枯死在草叶间
我只能用一首诗祭奠
偏偏回忆被秋风一次次吹起
吹红了刚要落泪的眼睛
假如重来一次
这些那些，也一样留不住

再会了

我的十年青春
我听闻陈旧的钢琴
还在记忆里无言地哭
蒙尘的往事，瓣瓣零落
这里起风了
这里的人早已远走了
这里，曾经一路年少的足迹
深深浅浅

扫码听朗诵

稻田间

万物静默
有一个孩子举着风筝
飞奔过稻田间的土路
一直到
阡陌的尽头

我一直往前走
迎着慢慢沉落的夕阳
你曾说过
站在稻田间看繁星
被流萤包围着
许的愿一定能成真

我深深信你的话
闭上眼睛，呼吸着稻香
等夜幕翩翩而来
一点儿也不担心

一点儿也不惆怅
故事，才刚刚开始

黄昏里的人间

暮色苍茫
我在树荫下涂写着旧时光
这条路盛满夕阳的余晖
是夹杂着野花香的浓酒
被打翻在人间

凡世的烟火
星星点点　一路点燃着繁花
秋水盈盈　好像伊人的笑意
我看得见
却永远离得那么远

遇见　又错过
尘世喧嚣的故事
往往虎头蛇尾
不像浪漫小说里的结局
主角总重逢在
无边的　盛大的黄昏里

天色将晚
光阴又撕去一页
我起身离去
留在我的身后

一瓣瓣紫红的落花
和天际第一颗明亮的星

静夜稻田

水稻田间
倒映出
一颗一颗小星星
我低头或仰望
都能见冰蓝色的小光芒

这条草萋萋的路
是要通往哪里呢
一步　一步
靠近稻田里的人家
炊烟早已散尽了

流萤闪着幽亮的光
来来回回
在水畔　在心头
我那一件心事
就此搁浅在水上沉浮

人间安静得
晚风也不忍打扰
回头望望
来时的小路
竟蜿蜒而上——

抵达夜空一颗唯美的星星

临水的人家

三三两两
临水的人家
有几个嬉戏的孩童
穿得花花绿绿
从石板路经过

我好像很久很久
没有写生了
走笔在画纸上
有一轮橘红的斜阳
晕染着漫天的彩霞
映照着　几家欢喜
几家的愁

有几只归鸟在我身边
来来回回
好像也想
跃进我的画里面
它们小小的身影
一遍遍
从彩虹桥的这一头
到那一边

天与地间　好安静

我的金色年华
也临近了阑珊
有时候突然想
就这样　在此地
选一间靠水最近的小楼
一个人不言不语地
度过我的悠长岁月

每天的黄昏
从水的这一边
走到
那一头

盛夏，我怀念伦敦的夏

盛夏，我怀念伦敦的夏
阴霾的天
你依旧可以穿过小街
去公园看黑天鹅
风吹不淡，心底迷蒙的幽情
也吹不来
那个已经离开的人

盛夏，我怀念伦敦的夏
泰晤士桥上的晚风
吹来许多没有标注的故事
我到如今也没有读懂
在小餐吧坐到深夜

窗外扬起了飞絮
我拎起包，梳理好心事
该赶火车回家了

盛夏，我怀念伦敦的夏
过了十字路口
去斑斓的百货店逛一逛
泰迪熊躺在玩具火车旁打瞌睡
我用铅笔写写画画
在晚霞上涂写
风一吹便消失的一句
我会怀念你的，伦敦的夏

写到一半的诗

海棠凋残
在盛夏的光影
零碎的粉红花瓣一如我夏天里的心事
在此地，或者远方
都无处安放

风扇吱呀呀地转
清泉泡的茶，慢慢凉透了心
我写到一半的诗
早已断了灵感
剩下的篇幅
写你，写她还是写去年的夏

我从枝丫上

裁剪一缕阳光

粘贴在诗歌的断笔之处

变成如此温柔的结尾

不提一句你和她

也不负，盛夏

也尽得，风流

晚安，人世间

晚安，人世间

我的枕边书

是一本泛黄的诗集

读得出的是悲伤

读不出的是诗人一直在想念的人

晚安，人世间

睡熟的山水

倒映在我整夜的梦乡

只有一片枫叶飘过

走着走着，回过头

人生如戏，早已入戏太深

晚安，人世间

我如今甚安勿念

只是偶尔梦到你

会想起当年星夜下的你

会舍不得梦醒

会突然特别地，想你

扫码听朗诵

清光满楼
——赏中秋月

婵娟月　倒映这一片湖水上
临水的牵挂　被我掷进湖水里
漾到水中央　泛成银光
一点一点　呼应枝头上的灯笼红

九月人间　一次圆满
南粤的千家万户
有谁对着圆圆的月亮
又在思念着谁

圆桌上　几块月饼是什么馅
托盘中　一壶清酒酿着什么花
挑亮了灯　都是最熟悉的面孔
温暖　像云烟慢慢散开
沉落心底

我与你天涯共此时
那些想说的话
托付信鸽　山水迢迢也要带给你
何妨路远山高
此时我们共对着同一轮
明亮的月　皎洁的月

良辰美景　全都细笔描入书画
背景是我岭南大地的风光
画中添上一户　团圆的人家
寥寥几笔

扫码听朗诵

我记心底
清光满楼是月亮你赠我的情意

往事如风

阳光透过百叶窗
把香水百合的影子
投射在我的稿纸上
开出了一首
红袖添香的诗篇

朝霞羞红了脸庞
凉风拂动我的窗帘
一剪花枝探进窗户里
想听听我久违的钢琴声

看窗外　湖水如镜
倒映着湛蓝的天空
我决定在这里长久逗留
直到写完我最后一本诗集
直到绿色的藤蔓
爬满我湖畔的小屋

风再起时　我望苍穹
往前看　萧萧的春夏秋冬
回过头　轻悄的往事如风
一念放下　万般从容

扫码听朗诵

雾中城堡

一座棕色调的城堡
若隐若现　在一场浓雾里
中世纪风格的餐厅里
挂上抽象派的油画
鬼魅　又神秘

空无一人的餐厅
空无一人的大堂
从哪里传来的大提琴声
一直回旋着
古老的忧伤

我凭栏远望
透过浓雾前面是一片
迷宫般的园林
我陷入无边的困惑
梦呓般的大提琴声
穿过厅堂
纷扰着我不安的灵魂

城堡的主人
是不是在另一个时空
他也隐约听见
一个诗人忧伤的脚步声
他写在书桌上的一首《雾中城堡》
慢慢浮现出来

当泪落地成花

一座城池的绚烂花火
欲盖弥彰，也掩盖不了的
是我的孤单

当一段纷纷扰扰，爱恨交织
只留下一张合影
比一个心
对着朗朗红日
对着凄凄明月

空荡荡的书房
书稿散落了一地
当泪落地成花
也注定了我孤身怀念
你的一生

品味黄昏

暮色融化在我的红茶里
比我的纯抒情诗　还要清淡寡味
抿一口红霞　唇色被微醺
整座黄昏被我一口饮尽
我品出了山水的清淡
池塘的微甜
以及几十上百种花香和果香

我爱这广阔盛大的黄昏

可以承载任何一种苍茫的情感

比如我在湖边的思量

比如我在茶社的冥想

又比如　火车刚到南国

你拎着旅行箱下车

那一种迎面而来的冬暖

远处山峦　那么那么暖的斜阳

冬日江岸

江岸的林荫

把阳光切割成一片片

恍如黄叶飘落下来

我在草地上　感受光阴

奔腾如江浪

从左岸　到右岸

时间　渐渐慢了下来

好让我看清

这一年值得铭记的片段

有春日花海里的嬉笑

有夏日无所事事的一整个下午

有花雨迷蒙

有琴声悠扬

曾经也有过你

岁末的我身畔

只剩一双蝴蝶　两翼满载阳光

只剩一棵榕树　树须沉默不语

也曾经有你　依靠我肩膀

笑着说汽笛声真悠扬

说要有一天　我们坐船远扬

去一个很美很美的远方

夕阳里　一双甜蜜的剪影

留在记忆里泛黄

冬日记忆

晨起　冬日的天

落着蒙蒙细雨　湿润了人间

这湖水承接着　只开放一刻的雨花

那湖中亭　笼罩在烟雨里

半入仙境　半留俗世

我撑着红雨伞

沉默在湖畔的紫荆花树下

这紫红色的花

是南国冬日里　唯一的绚烂

走到湖中亭

往白雾更深处走

我淋了一身雨雾

我与这无穷的山水

隔着无穷的白雾

岁末的最后一首诗篇里

突然忘了那些悲欢离合
一切白茫茫的　一切只如初遇

岁末诗章

我经过校园旁的香樟林
这时的南国　才有泛黄的叶子
走到尽头　有一棵许愿树
我想不起来去年的心愿
许愿树下　笼罩起来
幽静的时光

暖冬里　淡黄色的光景
把我的身影
投射到斑驳的石砖墙上
我心里记起一串姓名
难忘的　都是已经离去的

算算好多年
没见过白雪茫茫
一季一季　时光的列车
飞奔过又一个年头
回首去　我仿佛失忆
那些流着泪欢笑的场景
发生在哪一个季度的阳光下
只留下一本厚厚的诗集
隐晦着许多　每每用比喻
我只记得好像有一个人

扫码听朗诵

已经离开了很久

难忘的　某某

兰亭序

我细细端详你的走笔

行书仿似行云流水

洋洋洒洒　字字精妙

我在字里行间

看见岁月流转　看见平生风雨

看见流水东流去　暮春斜阳晚

"浮名浮利　虚苦劳神"

怎能堪比你　一篇行书

窥破了生与死的哲学

走笔每一次勾勒

浮生每一次回转

后世的笔墨之家

都倾心于你　但望尘莫及

笔断　而意连

纸上一任洒脱　万般自然

今夜我趁月明星稀

点一盏橘灯　泻影宣纸

临帖　写的是流传下来的经典

临帖　写的是生死看破后的淡然

落款在今夕　何必是佳期

一任墨色流淌　兰亭序行书

是纸上的蜿蜒清溪

青花瓷

我不识这青花瓶上的牡丹

是开在明初还是宋代

我也不解釉色渲染的山水

是在南方还是北国

但瓷器底的吉言款

是一行半飘逸行草

默默含苞着几个世纪前的祝福

在汝窑里的温度

燃烧出诗意的最高点

千百年后出土

那一份素雅清淡　依稀可见

瓶身　青花红彩

只需寥寥几笔　你可以意会的绝色

撩开珠帘　木桌上一尊青花

少年的诗人　一笔愁绝

写青花的莲花松竹

以一首七言　名扬一方

但青花瓷不言不语

一瓶的心事　随着檀香

升入窗外　深秋晚晴天

扫码听朗诵

围炉煮茶

过了寒露的气节
窗上起了一层雾
我一人围炉煮茶
添了一勺月光
加一抹渺茫的星尘

今夜格外寂寥
只剩秋风过　风铃在响
我饮一杯浓香的普洱
醇厚的记忆　慢慢化开
茶色的玻璃窗　孤单
折射月光　直达心底

窗外的树林
摇摇晃晃　一阵阵沙沙声
这一杯浓茶　敬明亮的月
敬满天星斗　以及挥洒如墨的云烟
拆封一封来自北国的信笺
那里还有一个月就要落雪了
那里黄叶已经落满地
我想到我北国的家门口
早已荒草萋萋
无人再想起我　曾经在那里
无数个春夏秋冬

扫码听朗诵

明月之下

以天空的名义
向月亮献一束百合花
我们前生后世的故事
通过月亮的占卜
我们都能在茫茫星海中
找到答案

以山水的名义
向月亮献一汪温柔波
那水波里荡漾的不是月光
是我们曾经的年少时光
关于每一个慵懒的午后
关于每一个午夜的童话

以我的名义
向月亮献一首长诗
开头与结尾　都落笔在
渺茫月光之下
我用篆刻的章　蘸一蘸月光
在人间的夏季末尾　落款
然后　纵身拥进秋天　十月的月光

扫码听朗诵

油菜花田

朝阳从远山
投射出耀眼的光芒
照亮这一片油菜花田
远处坐落着一间木造的小屋
隐身在山下的暗影之中

我静静坐在花田旁
淡雾还没有完全褪去
就这样安静地
想起我的青春
如油菜花一样浪漫

一列火车从花田旁经过
驶进了远处更浓的雾里
我不禁遐想
列车的终点站
是不是在高山的那头

晨风摇曳着油菜花
一瓣瓣小花瓣承载着
小小的露珠
多么安静的天与地
只剩我笔记本的飘带
和一株株油菜花
在风里摇曳

秋日湖畔

独坐在湖畔
月光粼粼在湖面上
杨柳依依　迎着晚风
湖畔的长椅上　三三两两
闲聊着往事的朋友

我依然是一个人
想着重重的心事
入秋了　这是一个
适合想心事的季节
特别是　某一些
浪漫的记忆

明月照彻了心窗
我的回忆　瞒不过
今夜的月亮与星辰
湖对岸的灯光　忽暗忽明
好像我的心事
涌上心头

缘起缘落　都抵不过
换季的岁月流转
天凉了　起风了
该忘的都忘了吧
犹如湖水泛开的波纹
消失得干干净净

扫码听朗诵

初秋

阳光　不再像盛夏那样热烈
我也忘了　写了几篇
关于夏天的诗篇
爱在诗里回忆　爱在诗里沉浸
爱在诗歌里　找你

独坐在湖畔的石凳上
和暖的风　摇曳着香樟林
夏蝉已经归于沉寂
如今只有　开始泛黄的树叶

秋天每次来临
都是诗人的节日
你那凄凄的朦胧美
你那动人的故事情节
让我一次次落笔成花
不负我　年到三十的韶华
不负你　满天飘零的落花

在水畔

丝丝缕缕的云海
像是写在天空的曲谱
一半是金黄　一半是湛蓝
倒映在辽阔的湖水上
凝成了一幅经典

我坐在湖边的榕树下
翻看着一本旧旧的诗集
诗里那个年代的爱情
美得让人向往
那个年代的初逢和离别
也好像　　总是在水畔

时光流淌得好安静
夏天的蝉鸣　　像一首老歌
我终于读到诗集的末章
一首关于夏天　　留白的诗
写到了回忆　　写到了阳光
写到了那年无边无际的蓝色天空
只是只字没有交代
诗人那场盛夏的爱恋
是不是　　有一个圆满的结局

美人痣

你静静地倚在书台上
眉如弯月　　轻抿着嘴唇
写下两行心事
徒留　　一纸的温柔

冉冉檀香　　透过窗纱
撩动你微香的衣袖
你一整个季节的往事儿
恍如窗外的落叶

厚厚的　厚厚的　叠成一本诗集

你是想起了你的心上人吗？
两行清泪　缓缓划过脸颊
一滴泪　经过你脸上的泪痣
这书房里　有一种淡淡的淡淡的忧伤
弥漫开来　沉淀　如檀香的灰烬

我提笔为你写一首诗
可我　可我猜不透你的一桩桩心事啊
只好　只好凝望着你的脸颊
那一颗　注定你一生牵挂与忧愁的
美人痣

扫码听朗诵

湖心岛

我沿着湖畔的石板路
一直往前走
左手是波光粼粼
右手是纷繁的荔枝树
越过弯弯曲曲的石桥
抵达湖心的小岛

远山笼罩在白雾中
山顶的小塔
隐约在雾里　如梦似幻
小岛上有一个木造的秋千
随着清风徐来　晃啊晃

我坐在湖心的亭子里

被四面的湖水包围

天地安静得像一幅水墨画

我凝望的身影

是画中小小的云游诗人

风过后　树林摇曳

一颗颗饱满的荔枝

是画中鲜亮的颜色

坐到入夜时分

天地浸染上墨黑色

这是个没有月亮的夜晚

一幅画卷　被缓缓卷起来

收拢起来的　还有我的一生

我一生为这片山水写下的诗

木板桥

木板桥　一路延伸到湖面上

我走到桥的尽头

刚好可以看见无尽的夕光

火烧云一片一片

涂鸦在天幕上

像是一位油画大师

用心描绘出的杰作

晚风习习　把湖岸的玉兰花

吹到我身畔

这空气中　充满了花香

花朵落在湖水上

随着波纹　一点一点漂远

我转身往回走

踏着自己被夕阳投射出的影子

等待夜色　一点一点升起

明月代替夕阳

照亮这一片山水

木板桥　还是沉默着

像是一首

古老　悠长　又寂寥的长长的诗

作者是悠悠岁月

读者是幽幽的山水与天空

骤雨

骤雨打树林

这条路　起了烟雨

我撑着一把红雨伞

经过林荫道　地上砸开了

万千朵雨花　糅在飘落的碎花中

忘了要去向何处

我只身往轻烟弥漫的远处走去

骤然望见　一池荷花

还有一座　水畔木造的茶楼

半开的窗扉　传出清幽的古筝曲

和着绵绵细雨声　回荡在水上

我让店家　给我上一壶青柑普洱
坐在靠窗的位置
静静地看　白雾弥漫过荷花池
二楼传来的古筝曲
越来越舒缓
我竟有一种　身处梦境的感觉

饮尽又一杯浓茶
窗外的雨渐渐停歇
雨后的天地　好清静
荷花池上　白荷滴落点点露珠
仿佛是　一场梦渐渐消弭
我问店家　借来纸笔
潦草地写下这一首诗
把一场如梦的雨　留在诗里
落款时　默然忘了
这是哪一年哪一月
只记得　是个朦胧的仲夏

扫码听朗诵

漫长盼望

百叶窗　折射下道道月光
晚风很轻　低语着一个古老的故事
我的诗篇　墨干了一半
关于夏天的后半场
伏笔了几个小小的心愿

漫长的孤单岁月

蜿蜒　一如璀璨的银河

我频频回首

我一路铭记

尚存温暖的那一段岁月

还在记忆里　闪烁如星辰

窗外的梧桐林

笼罩着一条长街

你问明月　她能够见证

我每晚徘徊在浓荫下

孤单的身影

从来心事　说给星空听

清风明月　写进诗里

只字不提　半生零落

漫漫长的盼望

盼能有一个温暖的结局

我站在窗前

把诗篇折成纸飞机

迎风投射出去

夏夜那些一个人孤单的心事

你听轻轻风　轻轻地讲起

扫码听朗诵

最后的盛夏

这园中
一半在微暖的阳光里
一半在楼宇的阴影里
不知不觉
我已坐到午后时分

一只白黄相间的流浪猫
在墙角下睡着了
溪水潺潺　不惊扰它的美梦
溪水上面　飞过两只
缠绵的蝶

我想起时节已入秋
我想起一整个夏天
人间赠我的温柔
留下的诗篇
且还予你　当作回礼

安静的一切
我四周流淌的是
宁静的时光
岁岁年年的春夏秋冬
年年月月的悲欢喜乐
被我留在身后的微风里
盛放成　最后一次　绚烂夏花

扫码听朗诵

林荫道

我喜欢这里的林荫道
一排排不知名的树
红的叶，黄的叶
丝丝缕缕地遮挡着澄蓝的天空

我爱着这里的林荫道
你走在前面，我走在后面
深一脚，浅一脚
就像童年那条放学的路

我记住了这里的林荫道
我等你回眸那一刻，遇见你纯净的目光
冷的风，骤的雨
洗不尽这儿绚烂如初的华彩

野菊香

野菊花开满了山野
我沿着中间
弯弯曲曲的石子路
一路往夕阳的方向走去
哼着一首　古老的歌谣

花田旁的溪流
清澈如镜　倒映着湛蓝的天空
对岸的小木屋

升腾起袅袅的炊烟

人间的烟火气　温暖如初

远方的山峦上

浮过一片片云彩

我远望山峦下的小村庄

木造的小屋　一排一排

沉浸在橘黄色的夕阳光里

扔一颗石子到溪流上

水面漾开一圈一圈的涟漪

我坐在水畔　沾湿一身花露

野菊香随着微风　把我包围

我摘一朵淡黄的野菊花

那颜色好像　天边的夕阳

晕染着　温暖柔美的光

扫码听朗诵

雨中禅定

在雨中　我是在雨中

面对着青烟袅袅

我想敬一炷香　面对着天地

俯瞰着山水

仿佛入了　禅定的境界

雨花在青石板上绽放

松柏苍翠　笼罩着这一寸美丽

我也愿无愁无悔

像一棵松柏

在寂静中　一站就站了上百年

走到牌坊底下

一个老婆婆撑着伞

卖着自制的酸梅汤

她眼眸里满是岁月的痕迹

在时光里静坐

仿佛不为生意　只为修行

天地只剩哗哗的雨声

我撑伞经过林荫道

古代一位诗人的题诗

用朱砂刻在青石上

和松柏一样

这样一站　就站了上百年

扫码听朗诵

云海

海浪敲打着礁石

时光被磨平了棱角

海边的寺庙　声声晚钟

为这盛大的黄昏而祷告

流云*丝丝缕缕*

是写在天幕上的经文

我安静地坐在海边的石头上

看远航的邮轮

渐渐消失在海平面

一只海鸥　送它远行

何时能再　归来

湛蓝的海水　一浪一浪

拍打在礁石上仿佛一遍遍

轻轻敲着木鱼

我的心　安静了下来

静看　碧水清空

海鸟飞向　远空的云彩

不是微风　也不是海浪

是寺庙里隐隐约约的诵经声

让天地安静下来

我躺下来望着天空

暗暗地思忖

有什么凄美的故事

发生在　遥远的云海

等夜色降临　等寺庙陷入沉寂

我归隐在　茫茫的人海

扫码听朗诵

田野漫想

阳光和暖　微风撩动着枝叶

这田野边的午后时光

清淡得像一杯刚泡好的茶

穿过玉兰花树林

香气慢慢外溢

慢慢　陶醉了田野边的诗人

小池塘上的蜻蜓
越过荷花进了竹林深处
一圈一圈的涟漪
荡漾开我的心事
一些些　温暖又琐碎的片段

我坐在树下
想起了我漫长的过往
回忆一点一点
被阳光渲染成湖上波光
然后一点一点
往心里渗

写到一半的故事
交给这片风景去铺垫吧
它那么美　阳光那么暖
一定能交织出一个
动人的终篇

扫码听朗诵

夏日海畔

海风摇晃着椰子树
树林的沙沙声　是午后的催眠曲
我在阳光下昏昏欲睡
一艘木船搁浅在沙滩上
一遍遍　被海浪冲洗干净

天际线　有一艘游轮经过
被阳光镶了一圈金边
我不禁遐想
它要去　哪个遥远的国度

我捡起一个个白色的贝壳
留待以后　想起这个夏天的海畔
有海风　有阳光　有泛金光的海浪
沙滩上的足印　绵延到了
盛夏时光的深处

扫码听朗诵

岁月温柔

微风撩动着窗帘
向日葵染上阳光的暖色调
我的咖啡刚刚煮好
在书桌上　芳香四溢
摊开的那一本小说
终于　读到了一个温暖的结局

窗前的风铃　丁零丁零地响
引来一双飞鸟
我把半年的时光写成信
轻轻装进了信封
寄给一个　许久未联系的朋友
这悠悠岁月　一语　道不尽

小猫趴在沙发上睡着了

唱机里的唱片

也放完了最后一首歌

好像青春年华

到了这次岁末　也即将走到终场

还好　岁月温柔

终于能完结在　一个温暖的结局

风　很轻很轻……

黄昏湖岸

白鹭飞过湖滩

这一汪春水泛起了一圈涟漪

芦苇荡啊荡

故事里的风　吹得情节有一点恬淡

碧空是天上的湖泊

我想荡一叶白云

往夕阳的方向漂游

找一个约定好的人

赶赴一场山海

杧果树遮挡住点点夕阳光

我靠在树下

想说的话　只能写进诗里

一只黄蝴蝶停在我笔记本上

吮吸着词句里的甜蜜

夕阳光溢满湖面
从这一岸望去
每一岸湖畔
都在安静中发生着什么
或许是一对情侣重逢了
或许是一个孩子跑走了
或许是一只水鸟　飞远了

扫码听朗诵

月下都市

昏黄的月色下
一座都市开始喧嚣
车道上汽车川流不息
在我的相机里
定格成一道彩虹色的光

我坐在街角的咖啡店
月光在窗外温柔地泻影
那个卖花小贩
还在风中等着买花的人
玫瑰与郁金香
熬不过今晚就要枯萎
只等天空　一点点微雨滋润

续一杯冰拿铁
我的小说快要读到最后一章
小说里的一场场聚散
远没有　这座城市精彩

我祈祷　下一场遇见

可以温柔如此月光

明月落在远处的大厦顶端

照亮世人纷扰的梦

突然窗外经过一个姑娘

好像当年的她

好多年了啊　只一面　恍如隔世

扫码听朗诵

雨中小镇

细雨绵绵

我走在弯弯曲曲的小镇街道

烟火气　在雨中绵延

刚开张的小面馆

冒着腾腾的热气

路旁花店里的玫瑰

溅上微凉的雨珠

我买一束黄玫瑰

嗅着淡淡的微香

可以　写进诗里的小浪漫

那一间老旧的书店

陈列着　不知哪个年代的诗集

我一本本翻阅

岁月蹉跎不了　依然明媚的诗意

走到小镇长街的尽头

阴霾的天空　还没有放晴

我擦肩而过　无数个

撑着雨伞的异乡人

等雨放晴

我要去最高的天台

看看这座小镇的烟火

还有　那片异乡的夜空

扫码听朗诵

雨落林荫

清晨　窗上起了一层雾

我推开窗　只见一地残红

紫荆花　铺满了林荫道

屋檐下　滴落的雨水

清冷　如寒霜

雨落了一整晚

我撑开伞　走在林荫道中

淅淅沥沥的雨

落在我的红雨伞上

夹带着　几瓣残红

孤影　伴轻雾

长长的街上只我一个人

如此阴霾的天空下

踏着一地落叶与残红

裹紧风衣　走到长长的街的尽头

扫码听朗诵

风铃花开

风铃花开
我知道这是春意最浓的时分
一树一树的黄花
我走在风铃花下的林荫道
手拈来一枝黄花
猜不到　风铃花的花语

这风景我只好写进笔记本
全部带走
再夹进一瓣风铃花
留一晌春光
做下一本诗集的扉页

风铃花　把我的大衣染成米黄色
夕阳正浓　我走出一路花径
回首望去
这一条林荫道　飞花如雨
是天空写在大地
一首长长的抒情诗
结尾的一串碎花做的省略号
隐含着　风铃花的花语

扫码听朗诵

云游诗人

江山笼罩在淡雾里
晨光透过层云的缝隙

倾泻下来一缕光线

照在了江中小岛

远处的高山耸入云霄

沿着山间淌下的一缕瀑布

我挥笔写就了一首长诗

落款用　江水上一阵浪涛

石崖上的青松

迷蒙在淡淡的雾气中

石壁上有一行题字如行云流水

写着　浩气长存

我是一个云游的诗人

跋涉了几座城镇

终于来到这座山下

我要乘舟到江心的小岛

凛然地站在

天地间一缕晨光之中

浪涛忽然呼啸地奏起

我写的诗章

烟雨全部散去

我能看清　石壁上的题字

闪闪地　发着光

扫码听朗诵

夜都市

都市的霓虹

点染了漆黑的天

长桥上的彩灯全都亮起来
呼应着　远处的摩天轮

我乘渡轮顺流而下
一边看　一边写
满都市的流光溢彩
在我的笔记本上绽放

对岸的高楼森林
向夜空透射着光束
一架航班闪闪发光
穿过层层云霭
即将抵达这一座斑斓的城市

经过左岸的酒吧长廊
我决定在这一站下船
坐在江岸　用一杯冰酒的醉意
璀璨地写满这一篇　倾城的夜都市

扫码听朗诵

异国古镇

异国古镇的街道　落着细雨
两旁的阁楼爬满了藤蔓
店铺都亮起了灯
陈设的水晶项链
在橱窗里闪闪发光

一路走　一路问

今夜的酒店都没有空房
或许走到前面的码头
那一座白色的旅馆
可以让我借宿一宿

漫步在灯火璀璨的小镇
远处的小摩天轮
有一半遁入烟云之中
摩天轮　像时针
回转着古镇浪漫的光阴

走走停停　我买了一条手链
留作来过的纪念
走到旅馆楼下　雨刚刚停
还好有最后一间
望得到海的客房
疲倦的我　得以安眠

扫码听朗诵

雨林之梦

走在雨林的小道上
地上是厚厚的落叶
头顶的枝叶织成一张网
阳光只能零碎地洒下来
我分不清朦胧中的鸟鸣
从哪个方向传来

小瀑布顺着岩石而下

落在小小的潭水间

水底的水草间

有一尾青鱼游过

转瞬　消失了踪影

藤蔓爬满了老树

定格成一幅苍翠的油画

我走上石板路

往雨雾更深处走去

林涛声声　响起雨林的乐章

我顺着小流水

一不小心　就走出了雨林

阳光真暖　天真蓝

回头望　渐渐消弭的雨林

原来只是一场　空灵的梦

扫码听朗诵

小人间

橘黄色的街灯

被一个流浪画家

用调色盘　调得更加昏黄

街灯下　三三两两的路人

披着风衣经过

河水泛着波光粼粼

月色与街灯黄

交错在一起

添上一个　我孤单的身影

远处的人家
都亮起了灯　炊烟袅袅
我捧着一杯香草拿铁
坐在街灯下

一对老夫妻
相互依偎着　走到了
河畔小路的尽头
留在画家的油画上
一双　小小的身影
温暖了　小小的人间

扫码听朗诵

画里的山水

明月照亮
我画里的山水
阁楼上的姑娘正梳妆
街道蜿蜒到古城的深处
有个云游的诗人
仰望着一轮皓月

打翻了一瓶红墨
我只好描成一笔笔彩云
再添一座烟雨中的客栈
让诗人今晚
有地方可借宿

画里的诗人

挑一盏烛灯写诗

一行一行描绘下　画里的山水

他凭栏望见　阁楼上的姑娘

我顿了笔　若有缘　任他们

自己去浪漫地遇上

只隔一条街　只管朝着明月的方向

扫码听朗诵

故城的某个地方

故城的某个地方

有过我俩同度过的时光

而如今时过境迁

徒留下石板路　苔痕斑斑

故城的某个地方

你曾轻靠着我的肩

如今丁香与桂花一样美

却好像　少了一个人的身影

故城的某个地方

那里的繁星与月光

都曾一起见证

如今　星光无言　明月无语

故城的某个地方

在我的诗里还是当年的模样

如今诗集都已泛黄

要说的话　被细心藏好

故城的某个地方
再走一遍徒留心伤
杨柳依依　绿水郏郏
石砖上还刻着我俩的姓名
等岁月一点一点剥落
故事　终可以告终

扫码听朗诵

杨柳岸

湖水在杨柳岸

回转一个弯

柳絮纷飞里看见了对岸

有座斑驳的小亭子

倚着一个清秀的姑娘

一叶孤舟　驶过杨柳岸

没留下半分缘

远处的烟雨蒙蒙

我的诗　该在杨柳岸

转入下一个章节

风再起时

杨柳吹起　像伊人的秀发

青青草地　一片露珠

只有我　一个人经过

琴也不奏　笛也不吹

怕惊破杨柳岸的烟雨

怕惊动对岸的姑娘

扫码听朗诵

我提笔忘字
只得用画轻轻描绘
用淡淡的墨　渲染烟雨
改淡淡的朱砂　描对岸的你

桃花湖

小舟摇摇晃晃
岸边的杨柳被春风吹起
柳絮纷飞里
过了一道桥　绕了几道弯

摇桨的老伯伯
一直在说着
这片水岸从前的故事
从他的眼睛里
我看得到那些泛黄的时光

船经过一片阁楼
两边满是炊烟袅袅的人家
老伯伯遥指着远处
他就住在山脚下的小屋子

桃花盛开的季节
把时光晕染成粉红色
黄昏足够漫长
足以听完几十年的老故事

终于来到小码头

小舟慢慢靠岸

光阴在夕阳里流淌得很慢

回首去　湖面粼粼波光

桃花无言　杨柳无言

却在一个悠悠故事里

装点了无数个春夏秋冬

天色渐暗　黑夜足够漫长

足以让我写完　几十年的老故事

扫码听朗诵

春风化雨

二月早春　在某个朝晨

降落在茫茫人世间

尘世如一幅水墨画

上了鲜妍的颜色

一只飞鸟　从画里的枝头

飞到我檐下呢喃

我的诗章　转了文风

你听一听

诗里花开的声音

湖畔柳丝也学我

在湖面写着懵懂的诗

春风化雨　一番番洗净了世间

能让我们那些未完待续的故事

在某一片花海

再一次　重新开始

扫码听朗诵

又一岁年华　绚烂开场
故事的情节
将会怎样延续
会不会我那些秘密的心愿
在这个春天　全部圆满

野河滩

天好蓝
流云斑驳而成诗
写着我的温暖
写着我的遗憾
用一抹云霞斑斓　去落款

这一刻　好安静
野河滩旁　芦苇在荡漾
谁走后　遗落下这一叶孤舟
随着故事的情节　荡啊荡

我躺在草地上
阳光为我织一件金黄的毛衣
恍惚间　好像回到了当年
那般青涩的模样
在河边玩水　笑得那样开心

多宁静的故事结尾
河滩上的飞鸟
飞到远空

扫码听朗诵

河水淌过我的半生
在一个转弯
最后一次汹涌　如潮
我抱着我的诗集　安静地
睡着了

画中人

画中人　依稀的模样已斑驳
镜框上起了雾
被我小心地擦去
褪了色的思念
一半皱褶在纸上
一半浓情在心里

唱片机里的旧歌声
让它一遍遍重现往日
画里的人
上了淡淡妆的浅笑
好像听到了这旧日的情愫

我摊开纸
一点点临摹你的模样
只是如今已入冬
天寒地冻　寒风萧萧
怕你冷
我为你画上一身碎花寒衣

画中人　嫣然不语
你如今的心事　我只能去猜
我在画中添一双飞燕
请它　带一点你的消息回来
我就在这故地等　一直不走

冬夜雨

雨中的都市　霓虹点点
我撑伞走过
一条条熟悉的街巷
万千朵雨花
好像一朵朵水色的梅花
在这个冬夜淋漓绽放

巴士一站又一站
吞吐着悲伤或欢喜的人群
直到苍凉的终点站
走完这一程都市之旅

我经过的书店
安静得没有一个人
我路过的小面馆
在外溢着热蒸汽
我突然不知该去往何处
站在街的中心　恍然如梦初醒

浓雾笼罩着摩天大楼的高层

扫码听朗诵

下雨的一座城　苍凉迷茫
我走到雾气更深处
走到梧桐街道的尽头
雨雾慢慢弥漫过　大大的院落
小小的人家

夜未眠

直到凌晨　我彻夜未眠
满天星星陪我失眠
湛蓝的夜空
一弯　橘黄的月

霓虹熄灭了　夜更冷清
风吹拂我的白纱窗帘
窗外的风景　好像某一本小说
最后说分别的场景
愁绪都在　点点省略号里

未醒来的夜都市
传来声声扫街的沙沙声
那声音　我听来
尤其孤独

璀璨的夜空
星月辉映的是　世人纷纷
梦里的故乡
那里热闹着　人来人往

午后半岛

林荫下　曲折的小径
路尽头　有个在写生的姑娘
她的白色裙子上
滑落了一瓣木槿花

半岛的日光
和许多年前一样温暖
只是这草坪上立起来的雕塑
抽象得我一样也读不懂

咖啡馆里坐着慵懒的人们
有一种馨香　弥漫过心头
续一杯香甜　添一勺阳光
这午后仿佛是一本浪漫小说
开幕时的场景

写生的姑娘　把我画进了人群当中
而我的诗里　却只描绘她一个人
清风凌乱着心绪
我站在这里　久久凝望

一双彩蝶指引我
一路往林荫深处走
到半岛上我没去过的地方
找一块林荫下的草坪
好好躺一下午
梦里和梦外　闪着同样温暖的太阳

等一场白雪

等一场白雪
把我的世界变成童话
我收到一封
未署名的明信片
以一枚雪花　做静美的邮戳

雪花姗姗来迟
白茫茫的天地　站着一个
憨厚的雪人
守护着我　依稀明媚的青春
一场风雪　送我的小屋
一身素白的银装

等一场白雪
等一场轰轰烈烈下雪的冬天
我踏雪一路踩出的脚印
绵延成一首长诗
一朵朵冬梅落下来勾勒出句点

长诗摊开在人间
以柔情开端和结局
你看它绵延过湖畔的长路
一字一句　从童年的某个冬季
写到如今

暖冬

凭栏望着这一片粼粼绿水
暖阳宛如碎金　在波光里闪耀
那个姑娘跨过拱桥
安静地　坐在湖畔的亭子里

斑驳树影　在湖水上
美成自成一派的写生画
画里那个亭子里的姑娘
长发被风吹起
她静默的侧影
投射在我心头

湖畔有一双嬉戏的孩童
认真地拾捡着一朵朵可爱的鸡蛋花
我想起我在这里度过的童年
那一声声稚气的笑声
从岁月深处慢慢传过来

冬日的光影
在波纹上横成一行行诗句
划着水的柳丝在润色
添上一个个押韵的结尾

仿佛是在画里
凭栏处　站着一个静默的诗人
小亭子　倚着那个清丽的姑娘

榕树下

榕树的浓荫下
流转过悠悠岁月
我又平添了一岁沧桑
老榕树又添了一圈年轮

在草地上静躺下来
翻开一本我的旧诗集
我一时间想不起来
扉页写着的名字　到底是谁
年华纷纷凋落
留我一片黄叶作纪念
纹路里　写满了悠长的往日
丝丝缕缕

湛蓝的天空
温暖的阳光　明媚如青春韶华
我身上烙印下斑驳的树影
老树沉默着
树须收拢起泛黄的时光

安静的人间　只听得见我的读诗声
这一首抒情诗　我忘记了曾是写给谁
如画的云淡风轻
轻描淡写着慢慢消退的曾经

扫码听朗诵

巴黎时光

巴黎铁塔　像一根指针
指向遥遥　冰蓝色的天空
那一片片云
是我翻阅不完的
一本异国浪漫散文集

你穿一身白色连衣碎花裙
辗转在塞纳河畔
一路灯影　绵延到河岸的尽头
塞纳河上　两个依依的身影

我们来到这里的时节
比樱花盛放的季节稍晚了一些
半空中粉紫的樱花
想要落在你的连衣裙上
绣上去一朵朵新的色彩斑斓

你在河畔的光影里回过头
背景是巴黎铁塔　勾住了圆圆明月
路过的咖啡店　沉淀着
这城市许多浓情往事

你一路走　挽着飘起的长发
我一路跟　风吹起我的大衣
巴黎一夜倾情　因你一人倾城
微甜的年华　与花香的风
跟我们一路越走越浓
是你惊艳了　浪漫之城

苏州街

这条石板街
一路绵延到烟雨的深处
沿路的小店铺
没有一家开张
徒留一面面酒旗飘飘
摇乱了光影

悠悠荡荡　一条乌篷船
从哪个传说里　驶到我身边
船家问我　这里是何方
我听闻　这里名叫苏州街

我走进了哪一个
散了场的遥远故事里
旷世的一场爱恨
早已结束了很久很久

我默然看到　一扇窗户里
穿粉旗袍的姑娘　晨起正梳妆
她听不见我的呼喊
烟雾消散后　只留一地的丁香
只留这一片　从头到尾
都走不出的水乡

扫码听朗诵

冬恋

白色毛衣　淡蓝色围巾
雪地里的足迹
一路延伸　延伸到
初冬的童话

甜甜的笑容
暖化人心的吴侬软语
当天白雪再飘扬
我再想起你　暖化
冬雪的可爱

多少年后的　此季此地
天也苍苍　地也茫茫
我转世成一个雪人
等你再在这风雪里
路过

你千万要来　千万
要来呀
春风一吹
我便　化为乌有

下雨的巷弄

下雨的巷弄
谁遗落下一把红色的雨伞

青苔一整片全被淋湿
轻轻蔓延　在错落的石板

一时分不清东南西北
一时辨不清春夏秋冬
榕树下滴落的清雨
洗净了故事的开篇与结局
剩我一双　迷茫张望的眼神

阴霾的天空　好寂寥
浮云遮蔽了从前许多的爱恨
我夹着一本诗集经过
一扇一扇　紧锁的木门

冷风拨弄着满地丁香
弄得一地荒凉　无法收场
我要写的故事　可能要结局
在这一个阴雨天
故城的某个凄清巷弄里
可能终场只有一片冷雨
没有我　也没有你
但这细雨里的丁香　还温柔如往日
温柔一如你

月亮是猩红色的

月亮是猩红色的
是不是喝得微醺

微红的脸
被凉风娇羞

人间未团圆的人
人间生死两隔的人
去哪里哭诉
该怎么问这一轮
只顾自己美丽的圆月

好像好多年过去了
好像日子如流水
沧桑了容颜
你我也不是
当年的我们

月亮是猩红色的
倒映在我的酒杯中
微醉了人间
有人在天上宫阙
有人在天涯一方

我喝醉的时候
好像你又穿着蓝色裙子
在我的窗台起舞
你还是当年的模样
一点儿都没变

桃花涧

桃花盛开的季节
涧水悠悠　顺流而下
一瓣瓣桃花随风轻盈落下
落在流水上　无语赴天涯

我坐在红色亭子里
轻轻描绘
桃花涧的美景　跃然于纸上
远处是　一轮初升的淡月

乱石嶙峋　涧水盈盈而下
我的心事　被洗得渺无踪迹
添了几笔在画上
经过的行人　三三两两
在花下　被掩映而成画中人

只等明月当空
桃花涧陷入沉寂
一笔桃花淡粉　一笔月光微黄
终于圆满的画作　姹紫嫣红

在金黄色的余晖中放声歌唱

我给月亮梳两条修长的麻花辫子
明月捧着一汪湖水照了照镜子
顿时羞红了橘黄的脸庞

我给太阳画两撇浓黑的胡子

再扣一顶质朴的草帽

太阳对着碧空眨眨眼，呵呵地笑起来

我给海面建一座纯蓝的水晶宫

让你穿着一双璀璨的玻璃鞋

一步一个涟漪地迈向城堡

我给山坡上插满了粉红蜡烛

庆祝你今天的生日

小山坡化作了一个青草香的蛋糕

我给老榕树上挂满了星星

站在繁星下认真地许愿

一群松鼠也跟出来，站在我身后默默祈祷

我在你的心田插满了向日葵

我们一起面对着夕阳笑颜如花

我拿起那把旧吉他，在金黄色的余晖中放声歌唱

扫码听朗诵

旅行箱

我提着

一整箱的记忆与眼泪

满满的，沉沉的

我不知道——

能不能再塞进去

一张你已泛黄的旧照片

我拎起

一整箱的春光与秋色
鲜艳的，悲凉的
我不知道——
能不能再塞进去
一颗藏在回忆里的星辰

黄花树

黄花树　靠水而生
水上漂过　一盏盏烛灯
我从水畔经过
无数瓣黄花　吻上
我的米黄色大衣
夕阳把这一岸风景酿成酒
独醉　我一个人
一盏盏烛灯
载着一个个小小的心愿
漂在水上的淡雾中

那一场黄花雨
是不是不舍这金黄的烛灯
一阵一阵　追随而去
这黄花树开花的季节
好像特别适合相思
好像特别适合一个孤单的人
在水畔坐到黄昏
风把天地涂鸦成淡黄色
风把烛灯轻轻吹到
远处　再也望不到的地方

玫瑰花海

一蕊蕊玫瑰的花语

浪漫的秘密情话

一抹一抹

被风云油画成漫天的红霞

红得那样多情

饱吮一万种魅惑

我站在玫瑰花海里

我画里有一片红黄交织的绚烂

和一个我记忆里的你

你站在我的油画里

回转身

用唇语说了一句留白的

玫瑰花语

那片海

那一片蔚蓝的海

独自等过了千百年的时光

我是孤岛岸边的一个稻草人

始终保持微笑眺望远方

那座可恶的灯塔总闪得我睁不开眼睛

那一片孤傲的海

为了排遣整个冬日的无聊

满腹阴谋地在一艘客轮的航线上

托起一座致命的冰山

然后忍着坏笑静待时机来到

那一片落寞的海

承接着星星从半空中落下的眼泪

我是趴在一块浮冰上的小海狗

无论距离有多远

我都要漂到彼岸去找妈妈

那一片无涯的海

铺就一条蓝色的通天大道

我是一只落难者扔出的求救漂流瓶

因为他磕坏了我的一角

我决定就绕着小岛转　永远不漂出去

那一片懒散的海

和晴空对视一望　又呼呼大睡起来

我是一头沉默寡言的蓝鲸

每天待在水深处

回想着那些古老而沉郁的往事

那一片伤心的海

怀念着中世纪沉没的一座古城

我是一个眼神忧郁的水手

在船头凝望远方　想那些陆上的风光

回航的日子遥遥无期

那一片晶莹的海

有只海鸥啄破了夕阳这个大橘子

橙黄的果汁流了整个海平面

我是一个在海边长大的孩子
在海滩上专心致志堆我的沙垒

那一片黑暗的海
在沉沉的夜色下呼啸起狂澜
我是一只羽翼未丰的企鹅
风雪肆虐的夜里
我们一家人紧紧靠在一起　互相取暖

那一片斑斓的海
天幕上映现着一幅陌生的蜃景
我是一个迷失在孤岛的旅人
要赶在下一次寒流到来之前
造好竹筏逐浪出发

那一片永远的海
守望着遥远的蓝色地平线
我是一瓣被凌空抛起的浪花
只是轻轻地一碰
就打湿了月亮　打湿了故事

岁末遐想

听晚风　诉说一座城的故事
玉兰花雨　飘飘洒洒
灿烂了小路的尽头
透过窗　接一捧月光
淘洗我蒙尘的回忆

一杯浓酒　饮醉了一串往事
是飞花　还是烟雨
笼罩我孤单的梦魂
一整夜　在梦里流离失所

在门口来回地踱步
杂乱的思绪　纠缠在一起
锁住我的胸口
把悲伤的记忆系在气球上
升上无极的夜空
你听　上苍落泪的声音

等来的黎明

午夜的园中
我只听闻溪水潺潺
昏黄的路灯　照亮了几尺波纹
投影下　我孤单的身影

月光迷蒙　透过浓密的树林
泛在清波上　细碎如金
四周静悄悄的
不肯安歇的　只有
我那些喧闹的回忆

坐在石凳上
远望一轮明月
她能否听得见我的独白

我秘密的心事

在这个夜晚　格外寂寥

林外的烟火人家

亮起了都市灯光

人间的盛夏　在一场雨后

分外的清凉

我数不清　有多少个夜晚

独坐在这园中想心事

我每每等来的黎明

都是一线天的光芒

那一缕晨曦

都能暖一暖　彻夜无眠的思量

扫码听朗诵

各自远扬

电线杆一程一程

连接到夕阳之下

半山坡上的人家好安静

一下午　只飞过几只倦鸟

我沿着小路往前走

两旁的芭蕉林散发着果香

葡萄藤蔓爬满了驿站

颗颗　闪着浓紫的光

火烧云　燃烧着天空

涂涂抹抹　能画出一幅旷世名作

我站在盛大的黄昏之下

四周如海洋般的野菊花

随着微暖的春风摇曳

目送我　越走越远

走到前面豁然开朗的天地

溪水潺潺绕了半圈

水畔的人家

我在草地上坐下来

夕阳如我的青春　暮色将晚

远空飞鸟各自远扬

带不走的　是我一点点的忧伤

四

我们，和我们的祖国

我的奶奶

我长大了
您也慢慢苍老了
直到我看到夕阳中
您的背影才惊觉
岁月流逝了好多好多
您也佝偻了眼神也木讷了
您就紧紧牵着我的手
风风雨雨有我扛着
没有了您
绚烂五彩的青春
我要来有何用

扫码听朗诵

童年

我看见那棵苍翠的榕树
在阳光下慵懒地垂着须
我想起那次搬家时走丢的京巴狗
不知在哪里流浪挨饿

我看见那只铁锈的闹钟
时针停在多年前的一个下午
我翻开那本未读完的《格林童话》
一片枫叶迫不及待地掉落出来

我看见那架木造的秋千
一晃就摇过了多少时光
我拨开岁月堆积起的层层落叶
依稀可见一串小脚印

我看见柳丝来回划着水面
把小湖撩得直痒痒
我想起多年前家里那条金鱼
如果托生在这湖里　还会认出我吗

我看见那个幼小的我
端着豆浆懒洋洋地走在上学的路上
我听到那年春天的课堂上
传来一声声稚嫩的"老师好"

我看见那艘作业本折成的纸船
在小溪流上触礁沉没
船上两只首次出航的蚂蚁
拍着水大声呼救

我看见校园的向日葵笑颜如旧
花坛上写着两个值日生的名字
我想起那个胖嘟嘟的同桌
总是给课本上的名人画上墨镜大胡子

我看见滑板车孤独地躺在草地上
石凳下留着谁的一只空水壶
我想起那一串小伙伴们的名字
都散落在记忆里的午后光阴

我看见那年和父母一起蹬的天鹅船
从湖面上慢悠悠地驶过来
我伸手捞起一只水葫芦
画面定格成一片绚烂的夕光

我看见从童年伸来的彩虹桥上
缓缓走来一个儿时的我
我认不出他　他认不出我
他愣了愣咧嘴笑了："大哥哥好！"

我看见岁月瞒着所有人
从后巷偷偷溜走　从此杳无音信
直到多年后凝望着这旧照片　我才知道
那——无瑕的时光
我——真的来过

扫码听朗诵

爸爸

我看着你静默的脸庞
等岁月的皱纹慢慢爬上来
等到很久以后的一天两鬓斑白
你还是高高挺立着
依然是一个坚强的男人

把时光的指针往回转万圈
咱们再去海滩捡贝壳
逆着夕阳柔光的身影
一大一小
咱们再去沿着泥泞的山路往上爬
你一定想再把我架在肩膀上
因为　因为
那么快　那么快
我就壮得你再也抱不动了

我不管　就算是下辈子
你也要牵着我的手一起走一辈子
倘若我们失散了
我跋山涉水　走遍地球
也要找到你
然后像我们从前一样
小小的我　大大的你
飞奔过去
再喊一声明亮的——
"爸爸！"

扫码听朗诵

咱的妈
——献给所有伟大的母亲

"女本柔弱，为母则刚。"
如明月，如大海，如漫天地的朝晖
托起一棵小草的生命

我站在绿油油的山坡上

看见草木喷薄而出的绿色的生命

母爱如暖阳，春风化作雨

风雨中扶着你

磨难中牵着你

病痛中为你抹眼泪

你累了倦了，痛了哭了

你走到世界每一方，坦途或荒漠

只要你回头一望，当年的家门口

母亲还在那里，为你守望

"谁言寸草心，报得三春晖！"

但我愿我的心，能尽我孝道！

耳边响起童年清脆的笑声

眼前依稀可见当年一大一小，两串脚印

针针缝起的棉袄，顿顿浓香的饭菜

苦难岁月里的不离不弃，开心日子里的爽朗笑声

母亲，是座丰碑

用一生托起她的孩子

那是黑暗夜空的明月，那是征途上的声声叮嘱

那是润泽万物而无声的阳光雨露

那是——母爱！

我沿着林荫道一路走——

耳边响起了那一首童年的歌谣

合着一串清脆的风铃声

"世上只有妈妈好，有妈的孩子像块宝……"

因为这一份爱

所以我无所畏惧，所以我志坚如铁

所以我一路前行，所以我温暖如春
所以我向着命运的判决书，发起不屈的挑战！
因为背后，永远有我的母亲！

这又一次重生的生命
天天似糖如蜜，天天丰收着希望梦想
儿女们啊，无论你身在何方
无论你苦与乐，富贵或清贫
到哪里都别忘了——
咱的妈！

扫码听朗诵

童年的信

咚咚拨浪鼓
蓝白相间的小皮球
还有攒了一个夏天的动漫贴纸
粘了满满一厚本

浓绿茂盛的梧桐树
垂下万千缕温暖的阳光
幼年的我蹲在地上
小心翼翼地玩蚂蚁

幼儿园放学的钟声
是童年最曼妙的音乐
书本收起来　乐器放起来
奔向在门口等候的父母
一路上　叽叽喳喳地说这一天的趣事

我好像是误乘了一辆时光机

岁月还没等我反应过来

便沧桑了容颜　煮尽了时光

等到午后放学时间

我又漫步在这条归家的林荫道

捡起了一片梧桐树叶

伤怀的情感沿着树叶的纹路静静延伸

我知道

那是童年寄来的一封匿名信

扫码听朗诵

北国的雪与南国的家

我从面馆出来的时候

那凉凉雨丝就飘成了雪

北国的雪，故乡的雪

仿佛从童话世界飘来的雪

与我记忆里的每一场雪

都无法配对

斑驳的城墙下

我系上围巾，戴上棉手套

一个人站在护城河边上

心底，是化不开的乡愁

是不是茶楼上琴声太萧瑟

是不是故园里遗恨太绵长

是不是一对鸳侣的泪羽化成雪

是不是四季与草木

都怨我太久没有题诗

这古城的雪

狠狠，往我心里灌

举目遥望天涯的淡淡彩霞

我又想起南国的三角梅

我又想起南国的艳阳穿过

散落着肠粉店和报摊的小街道

我还想起家里书桌上未读完的小说

于是我涂涂抹抹

点缀几片雪花，描上一笔水纹

把彩霞修改成一架彩虹桥

沿着这架手绘的彩虹桥

只用一片雪花融化在手心的时间

就走回了广州温暖的家门口

扫码听朗诵

九九重阳节

放飞一只彩绘的纸鸢

飞过重阳节黄昏

夕阳红的天空

沏一杯清茶，赏一亩金菊

我站在青山的最高峰

饱蘸一笔彩霞

在苍穹上用正楷写一个苍劲的"孝"字

自古重阳多浓情

登高望远，斜阳正浓

这一幅天地间的山水画

缓缓铺陈

金菊盛开，映照着火红的茱萸

我想起夕阳里爷爷奶奶慈祥的笑容

在这重阳节的和风里

敬老爱老的一颗孝心

是这世上最闪耀的美德

一只又一只纸鸢

在天上环绕成心形

恩情似海怎能忘啊

扶着长辈们，我们沿着山路慢慢走

像一起走过的人生那样

那么温暖，那么悠长

那么，幸福……

扫码听朗诵

一个人的生日

一个人的生日

蜡烛把许多往事都燃成灰

多么孤单的岁月

经过了许多人后

一切，安静下来

一个人的生日

青春年华已近暮色

多么沉默的夜晚

灯火渐渐熄灭以后
等明天，青春最后收场

我的大学

那些光影
细碎成珠帘
透亮着正午的阳光
从教室两旁
披散下来

那是我曾经的校园
我曾经，一路走过
风吹凉了月光的小路
绕过棒球场经过车站与咖啡店
去山丘下寂寥的电影院
看一场无关风月的艺术片

直到如今
有时，我还能听到
日暮时的呼喊
和被明月照亮的雨夜
以及雨夜里谁的落泪声

特别在雨季
我真的想回去看看
那片蓝得让人想哭的天
碧水共青空一色

那座夜未眠的图书馆
从天台便能吻到的月亮
还有那只艺术系笨笨的泰迪熊
是不是——
还没能毕业

忽而三十

一场梦，如初醒
该不该怨秋风萧瑟
或是霜花冰凌
沧桑了镜中容颜

提起笔来
许多往事从何说起
一路上
各自走散的人
如今你不负我
我也不负你

回过身，漫天的黄叶
我许多心事
只可意会，手书无凭

那么多悲欢喜乐
那么多经过的人
一时间
我叫不出名字

只是偶尔梦醒在夜半
那窗外已不是年少的星空

梦里　昏黄的街灯
夜空下　闪闪的星

曾经年少

听风声　听雨声
听花落下来的声音
越过一道桥　抵达跌宕的故事结局
谁又会　遇见了谁

粼粼月光　荡漾开年少时的模样
曾经沧海　曾经约定下的将来
被岁月一行一行改写
到如今　我边走边遗忘
一些亲切的昵称
一些温暖的片段
我身后　寂寥的长路漫漫

我披上风衣
和往日背对背地走
也不必追问　如今有谁记得我
来年的岁月里　一个人
听风声　听雨声
听偶尔　泪落下来的声音

只盼某天　故人读到我的诗
想想写诗的人
曾是个　明媚的少年

哦，爸爸！
——写给爸爸的54岁生日

其实，你和我
都是诗人
我用墨笔
在稿纸上遣词造句，芳华春秋
你用柳叶刀
在心电图上和片子上，修修改改
逆转病情

爸爸！
其实，你和我
都是医者
你用一天排满的手术，会诊，实验
让微弱的心脏，再次强有力地跳动起来
让手术室外的家属们，放下一颗心
我用一首首诗歌呐喊，疗伤
尽量让黑暗里挣扎的灵魂，得以安歇
用一首首旋律
努力平息伤痛，燃点明媚

哦，爸爸！
原来同行半生，原来你和我
就是同一个人！

我的故事

一页一页
我在笔记本上
写下我的故事
潸然泪下　而落款
从没有人　能读懂

当天的艳阳下
又或者当天的烟雨中
发生的绵绵故事
早已随着岁月里的风
吹得渺无影踪
徒留下　诗行里
一字一句的怀念

年少的回忆
就好像此刻天边的云霞
灿烂　却即将落幕
哪里传来的钢琴声
把往日的心声
轻轻地　奏起
刚好轻敲在　每一次
回忆的断点

生日

从前的光阴全都失散
在茫茫的人海里
曾经负了你　或者负了我
如今提起　都可以一笑带过

只是有一些往事那个人
那段未完待续的缘
还留在回忆的路上
风也吹不走　雨也熄不灭
总在夜半无眠时　借着明亮的星光
投影在窗前　折射到我心房

人到三十　这天的生日
你看你看　夜空中的弯月
恰似某个人当年的笑颜
笑起来　弯弯的眉眼
我吹灭闪烁的蜡烛
许一个心愿　寥寥几句
往日的时光　一笔带过

就此别过
难忘的青春　难免留些许的遗憾
也难免　满天星光的夜里
一时分不清身在何方
一时忘了当时的梦想
难免　倦了的时候　孤单的时候
潸然泪下

清明节怀念姥爷

一声声哀乐
融化在故乡四月的阴雨里
我没能看到
姥爷在厨房里忙活的身影
我没能听到
每次进门时姥爷熟悉的咳嗽声
我眼里全是悲伤彻骨的黑白色
痛断，肝肠

一步一叩首
一步一回头
每一步，我都小心翼翼踏着小时候的
小小的脚印
旁边仿佛就是姥爷那双布鞋踏出的
宽厚的足迹

我深一脚浅一脚
好像没有一点悲伤
好像天地突然温暖
那轮夕阳
醇得就是十几年前的样子

我牵着姥爷长茧的手，无忧无虑
我越走身影越小，最后回到了孩童的模样
一对爷孙俩
走进了朦胧的光影里
路的尽头
我掂量着钢锄

扫码听朗诵

经过卖橘子汁的小卖部
不小心碰碎一瓶，溢出了
整条巷弄里，无尽的温暖夕阳

爱做梦的少年

书房里　安静的光影
我在冥想着　十年的光阴
檐下风铃　叮咚叮咚
扰我欲写一篇回忆
无从落笔

往事斑驳在泛黄的日记本里
有一个清秀的名字
多少次出现
一页一页翻过去
掉落出一片暗红的枫叶

青春的散场
比我预想的　提早了一个冬季
留下照片墙上　依稀的笑颜
我身边的某某　人在天涯

书房里渐渐黯淡下来
窗外的星辰满天
曾陪我度过多少个
爱幻想的年少的不眠夜
星光点点　它一定不会忘记
当年　那个爱做梦的少年

回家的铁轨

曾经　我还是孩童的模样
坐着一列浓绿色的火车
压过山川中的铁轨
压碎了烟雨　惊醒了林中鸟
升腾起来的白烟
取名叫乡愁
终于停在那一站
我的故乡
我听见车窗外姥爷的咳嗽声
迫不及待地奔下列车
拥进白雪茫茫里
姥爷的怀抱，姥爷说——
"小涛，回来了！"

如今　我已是而立之年
那年又坐上往故乡的列车
姥爷已经去了天堂
窗外的初春
下起了一场场冷雨
我记得那是个凄清的傍晚
举目天涯
姥爷在云朵之上
再也　回不来了
家里声声落泪声啊
唤你　唤不回来
我跪下来说："小涛，回来了！"
"姥爷啊，小涛，来晚了……"

广州好（组诗）

其一

广州好，毓秀盛红妆。
舍外木棉添锦色，庭前兰桂竞芬芳。
风过醉南乡。

其二

广州好，百舸越沙洲。
江映碧天擎日月，帆行云浪揽春秋。
山海伴神游。

其三

广州好，鸿儒共争鸣。
翰墨颂香题福地，诗书观序览群英。
天地咏贤名。

其四

广州好，春景醉羊城。
宝墨园中观古韵，白云山外沐长风。
乘兴驭鲲鹏。

其五

广州好，绿野秀珠江。
林涧飞鸿栖古道，碧潭孤鹭戏云乡。
晴晚坠银光。

其六

广州好，寻港入经潮。
十三商行名品造，四方贤贾竞相邀。
腾浪劲帆高。

月亮湖
——赏广州麓湖有感

那轮明月在湖水中洗尽了胭脂
人间有一个人的长诗就此搁笔
落款一个笔名"月亮湖"

我坐在湖畔的长廊
青草路蜿蜒过许多岁月
有一双黄蝴蝶被月光点染
结伴向着月亮湖的归宿

我在湖水里看见曾经年少的样子
出落得好清秀
望望不变的月色
明月满，我归意已阑珊

夜色沉香在湖底
我是一尾锦鲤
用一生的力气跃出水面吻了一下明月
淡淡的银波，冷冷的秋

扫码听朗诵

跨年夜

窗外升腾起烟花

整条街道陷入喧嚣

音乐会的演出精彩开场

时针一秒一秒

逼近跨越又一个年头的那一刻

连湖水都被倒映得五光十色

泛起的涟漪是水中的霓虹

于是一整年的回忆　随东风消解

于是新一本日历　被摆上桌面

我在红彤彤的笔记本上

寥寥写几个心愿

去年的厚厚日记　封存入柜

这里没有冬雪

这里没有寒风凛冽

星辰点点　半缺的明月

是天上的迎春花街

我披上大衣

从长街穿越过去

买一捧黄玫瑰　一捧红玫瑰

走到小山的半山腰

俯瞰这座缤纷的城市

黄玫瑰　摆在左边

红玫瑰　摆在右边

过去那一年　总不会被忘却

新的光阴里　愿有红红的笑脸

红红的太阳　驱散阴霾

恰似她　染了露水　红红的玫瑰

咏增城（组诗）

乡梦增城

南国生锦绣，增城入画篇。
览胜凤台飞，寻瀑白水仙。
粤曲听人醉，乡梦忆悠然。
迟菜心未改，知味品昔年。

春望增城

凯风羊城起，入我增城春。
花漫罗浮麓，香染北岸尘。

增城陌上行

增城行陌上，荔枝满园开。
邻里乡语暖，悠悠唤归来。

我的孤独

我的孤独就像
站在小学门口的石狮子
等到所有孩子都被父母接回了家

我还是　一个人站着
没有人　没有人　来接我回家

我的孤独就像
雪地中用棉花做的假雪人
我的身边站着我的好朋友
雪花淋在脸上　我们还是
憨厚地笑着
等到艳阳高照　所有的朋友都融化了
我还是　一个人站着
站着

二十年，一场梦

弹指一挥间
我已乘着这艘孤舟
摇过了二十几年
船的两侧　不断线的水纹
是我年年月月的泪痕

照片泛黄了
日记本泛黄了
我多年前发表的那一首小诗
安安静静地
缩在报纸的一角
丈量着　我对你几厘米的爱慕

小小的风筝　小小的纸船

小小的岁月里面　小小的我们
我要用一首首抒情诗
记录下青春里栀子花香的点滴往事

因为　再过二十年　再过二十年
大梦初醒
今天的铭心刻骨　海誓山盟
早已被你　我　她　和他
忘得烟消云散

南国一夜入冬

乱山幽远在云雾中
入冬的寒意
催花一点点零落
我登舟出发
越过一次次骤起的波澜

鸟语声声　从两岸
幽深的林中传来
叽叽喳喳说着
我听不懂的无忌童言

南国一夜入冬
风吹起我蓝色的围巾
小舟徜徉在天地间
穿行在梦一般的烟雨中

凝望着远方　阴霾的天空
流云被风吹散成了
天际线上的一首朦胧诗
安静的细雨开始落下
寂寞在十二月的烟云里
瓣瓣零落　下南国

岁末湖畔

南国的初冬
风还暖得像夏末
紫荆花还在一树一树的枝丫上
晕染着浓紫的色调

阳光在湖面宛如碎钻
柳丝在水面来回写着
这一年琐碎又温暖的
许多许多故事
惹得枝上的飞鸟驻足细看

回首一路
黄叶叠成一本本厚厚的诗集
诗行写在树叶的纹路里
那一个个日夜的心事
一点儿没被忘却
一点点被我重拾起

多少次，我在这湖畔的走廊长椅上

细细想着青涩的心事

从日暮玫瑰色的黄昏

一直到明月高挂在晚空

当时被随意挥霍的青春

如今留憾在我岁末的诗集里

一首诗，配一幅剪影

那好像是某一年安静的夜里

我那样安静地靠在，水边的模样

扫码听朗诵

请你来南国看看秋

请你来南国看看秋

几天的骤雨　终于歇了

暖阳又开始照彻人间

你来我住过的大院中

那间茶馆又开张了

就在林荫道走到尽头的地方

请你来南国看看秋

秋菊在等待明月圆满

如同我在这里等候你

你一定猜不透我为你备的礼物

是一本写秋天的新诗集

请你来南国看看秋

姹紫嫣红　绿叶成荫

被我彩绘在南国的人间

街角的花店　浓郁着花香
我记得你爱黄玫瑰和郁金香
我各买一束　去接你

请你来南国看看秋
岁月静好　世界是一篇小说
刚翻开秋天这一章节
仿佛天蓝　草绿　野花香
江水上霓虹点点
仿佛一切　都在等你哦
还有园中盼望的我　问每一群来雁
你启程和到达的日期

南国初秋

焚一炉香　我与你席地饮茶
茶屋里的郁金香
渲染上沉香的浓郁
你低头垂下的长发
遮蔽了清澈的目光
一切都是那么安静　不必言语
只听闻初秋的风　摇晃窗纱

袅袅烟雾里
我只想读一首很旧的诗给你
在诗里　你我被隐去了姓名
只剩下　当初唯美的桥段

午后不再那么温热

这初秋的天气　多适合

许久未见的重逢

你笑起来　还和当初一样

像我写过的你　一模一样

好像有那么一刹那

回到了从前

我们并肩看晚霞

因为你笑了

所以　我也跟着笑了

世界一家

战火燃尽稻田

你有没有看见农夫眼里的苦难

你有没有看见孩子眸中的无助

我在烟雾中听见上苍的落泪声

仇恨纷争血色的冲突

饥饿疾患交织着黑暗的人间

小娃娃伸出脏乎乎的小手

想要一块面包两块饼干

不能不能不能啊

就这样袖手旁观

上苍会发怒历史会铭记

和平鸽浴血归来

远征军吹响反攻的号角

我粉身碎骨也是一座丰碑

无论你是黑人白人黄种人

我们眼里闪着一样的泪光

我们的血都一样鲜红

世界原本一家亲

风拂过山谷扬起孩子们的风筝

把和平的宣言系在风筝上

飞到大地每一个角落

写给：

世界曾经苦难的岁月

人民和平美好的未来

扫码听朗诵

有一个地方，叫复大

有一个地方，叫复大

那是一个抗击癌魔却没有硝烟的战场

为了患者生的希望

为了挽救挣扎在边缘上的生命

为了不让他们的眼里

永远闪着无助的泪光

一个个身披白衣的医护人员

向着凶险又狰狞的癌症恶魔

无畏地宣战

有一个地方，叫复大

那里发生过太多感动心魂的故事

那里创造出太多生命复苏的奇迹

你听二楼的钢琴台上又传来悠扬的乐曲

那是患者从胸怀里满溢出来的喜乐

你看病区的每一间病房都整洁温馨
医生和护士们用心呵护着每一位
脆弱的生命
你看六楼的办公区挂满了患者送来的
鲜红锦旗
那是万语千言凝聚成一句话的
无声感激

有一个地方，叫复大
工作服上"复大肿瘤医院"的符号
沉甸甸地赋予了每一位医护人员
"厚德行医，医德共济"的
院训和使命
建院到如今
岁月流过去十几年
多少风雨曾掠过
复大的医院大楼依然巍然仁立着
像是守护生命的保卫者
像是照亮生命希望的明亮灯塔

有一个地方，叫复大
那里有一群身穿白衣的癌症斗士
不畏艰险，不惧疲倦
在抗击癌症的征途中永不停歇
多少个本已风雨飘摇的生命
战胜了癌魔让死神投降
生命的曙光再次喷薄而出
他们鼓舞人心的故事
又流传给了许许多多无助的生命
点燃起新希望

有一个地方，叫复大

它有两把对抗肿瘤的利器——

冷冻刀，纳米刀

让可恶的肿瘤无处可逃，一刀毙命

它有徐克成荣誉总院长

罗荣城院长、牛立志副院长

王远东副院长等专家领导

还有整个尖端专业的医疗团队

他们一面精心为患者疗疾

一面在抗癌科研上再攀高峰

无尽的心血，无数的日夜

誓要将癌魔狠狠打败

有一个地方，叫复大

在各位领导的带领下

复大一步步走向抗癌医学的前沿

夜以继日地探索

艰苦卓绝地拼搏

只为了让生命不再被癌魔所轻易打倒

你看呐羊城的朝阳又洒遍天地

为复大医院的大楼披上一身圣洁的光芒

医生们准备好了

患者准备好了

一起去再续生命的传奇！

扫码听朗诵

千亿朵红烛光

——致敬教师节！致敬所有伟大的老师！

您是一把火炬
把灿烂的火苗
分给每一根小蜡烛
从此小红烛留了你的温暖在心内
从此生命里有了太阳的火热与颜色

您是一把火炬
把祖国一代代孩子们的梦想，接力传递
长茧的手，温暖的笑
还有黑板上粉笔画出的彩虹
师恩永难忘，师恩大于天！

您是一把火炬
点亮每一个小小的梦想
温暖每一段懵懂的年少
等到有一天啊，您两鬓斑白
那火炬的光芒，依然生生不息地燃烧！
放眼去，这爱的火光早已汇聚成了——
千亿朵，最美最灿烂的红烛光！

扫码听朗诵

我们，和我们的祖国

风声鹤唳，步步紧逼
险恶之心，路人可见

和平的旗帜，在骤起的历史风云中

风雨飘摇！

仿佛听见当年的铁骑声

声声惊心！

分裂，霸权，反民主，反人性！

这些早已尘封在历史里的腐朽

又被擦亮，挑战我中华的权威

我们热爱和平，崇尚人类命运共同体的心

我们攻坚克难，手挽手在党的领导下实现小康的步伐

受到史无前例的扰乱！

妥协？退让？屈服？

这从不是我们中华民族的作风

呼唤和平的声音，浴血抵抗侵略者的号角

还依稀在耳畔

怎么可以，怎能容忍！

今天的威胁与喧嚣

今日的中华，放眼去

万里青山绿水

洒满了劳动人民的汗水

一座座城的繁华霓虹

交汇出了新的华彩！

这样的中华，这样的沧海巨轮

哪里是小风浪可以撼动的！

我们，和我们的祖国

我们，和我们的党

我们，和我们的手足同胞

永远站在一起！

坚决捍卫国家主权，民族尊严的决心

如万里长城的钢筋铁骨！

坚决反对反华势力，坚决走和平发展的光辉道路

是历史和人民最公正的选择！
此刻我们在五星红旗下
高唱国歌《义勇军进行曲》
为正义发声，为祖国呐喊！
十四亿人民心中的火焰
凝聚成苍穹那一颗火热的太阳
乌云过后，吓得那狼虫虎豹
四散逃亡！

扫码听朗诵

我的根，在黄土地

我的根，在黄土地
我的一片炽热的心
跟随着母亲河，奔涌向祖国的每一方
潮涨，潮又退
古今多少人，热泪滚滚
洒落在这黄河畔的热土上
郑州城外的浪涛声
奔涌进我夜夜的梦乡

我的根，在黄土地
洛阳城的湖畔
一朵一朵娇艳的牡丹，国色天姿
一代一代人的故事，红袖添香
我独爱那一朵黑牡丹
庄严，严肃，不可侵犯
等牡丹花开，绚烂了全城
我要去看看祖辈居住过的小村落

我的根，在黄土地
这河南大地，曾经孕育出多少华夏的文化瑰宝
洒脱豪迈的豫剧，可绕梁三日
大文豪韩愈的诗文，从唐朝流传至今
少林文化的慈悲与苍劲，刚柔并济
焦裕禄同志爱国爱党爱民的事迹，被人民深深记在心里
还有，还有，还有太多太多的文化瑰宝
与秀丽风景交相辉映的美丽画卷！

这首诗献给咱们中原大地的山山水水！
这满腔热血献给咱们中原大地的一草一木！
这首诗歌谱成的歌谣啊——
献给咱们中原大地，所有的父老乡亲！

扫码听朗诵

多难兴邦：2020年抗洪诗章

浑黄的浪涛
冲垮了乡亲们的家园
那决堤的江河
是不是今年悲伤的泪
我望苍穹酷热灼伤了目光
我望大地为何变了模样
2020年，对于我们中华民族
注定，是一场硬仗

酷日烧灼着城市
洪流奔涌在小村
挨过了寒冬怎能不是春

我仿佛
听见年迈人的老泪纵横
我好像
听见青年人的仰天长叹
2020啊，千难万险的2020啊！

但是我也深深牢记着
多难兴邦！
洪水冲毁堤岸，却冲不毁
我们中华儿女用血肉和钢铁般的意志
筑起的万里长城！
新闻里，人民官兵乘着皮艇
想尽一切办法，向着最危险的地方冲锋
把乡亲们，老人、孩子，一个个背出来！
无论山高水也险
一个乡亲都不能落！

我们伟大的中华民族
就是在一次次的磨难、压迫中
奋勇抗争，绝不认输！
天灾无情人有情
我们要满怀着希望与斗志
与磨难与挑战抗争到底
让它看看，中国人，是打不倒的！是吓不怕的！

天也茫茫，地也茫茫
隔岸相望，泪眼蒙眬
经历过风雨洗礼的中国龙
一定能，一定能——
承载着我们伟大的中国梦
飞向更广阔、更美好的新天地！

扫码听朗诵

黄河在咆哮！

我面对着黄河大瀑布
这是黄河在咆哮！
这是母亲河千古不朽的乐章！
我耳畔传来那一首《黄河大合唱》
那时，这是受压迫的中国人民
齐声发出的怒吼！不屈的怒吼！
两岸的山峦，世世代代
记住了这儿英雄的儿女！
这儿发出的保家卫国的歌声！

我面对着黄河大瀑布
激流卷起的凉凉水雾
淋了我一身，脸上是水花
还是感动的泪光
我要脱帽致敬
那个烽火连天的时代
那个不屈抗争的年代
那些前赴后继保卫家国的英雄！
这里的阳光在水浪上喷薄成
点点的碎金
顺着河水流向祖国的千千万里

我要礼赞这悲壮豪情的黄河大瀑布！
如今，两岸河山无恙
如今，千万人民安康
这黄河水奔流不息！
这延安情世代相传！

扫码听朗诵

抓一捧黄土啊
我要记住
这千古写不尽的，唱不完的，赞不满的
黄河，大合唱！

汨罗江悲歌
——纪念伟大的爱国主义诗人屈原

你以楚辞
向天地摊开一个诗人的答卷
你以墨笔
在那乱世之中立起不屈的脊梁
汨罗江两畔的青山草木
从战国哭到今朝
汨罗江两岸的人们
世世代代记住你的家国情怀
记住你的旷世诗情
记住你的流芳百世的悲壮豪迈

我听到汨罗江悲愤的咆哮
我听到汨罗江上不息的悲歌
《离骚》刻在了诗坛的丰碑上
《天问》烙印在历史的每一页
我蘸一笔悲悯的血泪
泼墨一首不朽的楚辞

汨罗江在咆哮！
汨罗江在悲泣！

江水啊，你千古奔流不息
你带不走，屈原用生命托起的家国情怀
你带不走，人间世世代代的怀念与痛惜
你也永远带不走，江水上空
千古不变的悲歌！

扫码听朗诵

不一样的元宵节
（与侯玉婷合作）

四周好安静，我约好的绚烂春天
迟迟未赴约而来
静得可怕，静到冰点
万物阴霾，万语千言
欲说还休

往年的这一天
即便素面朝天
也应是生动如画
莫道此时清静无喧嚣
我更喜欢你的似锦繁花
我更喜欢你的笑语人烟

今天正月十五元宵节……
全家人在一起就是幸福
一个似乎从未有过的春节
烟花沉默，鞭炮沉默，歌声沉默
大地，沉默
我心里的红旗，庄严降半旗

致敬生命！致敬可贵的生命！

而我知道，我们都在，一直都在
盼啊盼，天天盼
等春暖花开再重逢
约好了
不醉，不归！

当你发现生命最珍贵

当你发现生命最珍贵时
那些灯红酒绿，声色犬马
是否就在一瞬间烟消云散
纵然满身绫罗绸缎
也无法阻挡病毒的强悍
纵有黄金万两
也挽不回被病毒夺走的鲜活生命

当你发现生命最为珍贵
待到春暖花开病魔消退时
能否去抚一抚父母长茧的手
摸一摸孩子可爱的小脸蛋
去帮帮那些困苦的人逃离苦难

当你发现生命最为可贵时
是否就会恍然大悟
原来穷尽一生的追名逐利
顷刻间变得毫无意义

在自然灾害面前
无论地位高低，无论贫富贵贱
我们所有人都站在同一起跑线

再吹响劳动的集结号

当春天的百花绽放，彩蝶飞舞
当共和国的大地
重新染上了靓丽的颜色
我们的脸上，重现了久违的笑容

那一度的风雨交加
那一刻的生死决战
深深烙印在二零二零
这个不寻常的一年
明媚的五月，红旗飘扬的劳动节
带着火热的祝福，带着强有力的鼓舞
带着中华民族浴火重生的干劲
向我们，走来了！

祖国的人民
凝聚起无穷的力量
祖国的战士
哪里需要向哪里冲
我们的劳动精神，没有一刻停止
哪怕是流血流汗，哪怕是拼上生命
这一年的五一劳动节
我们重回到我们光荣的岗位

"复工复产一条龙，全国一盘棋！"
依然清晰地回荡在耳畔

这一年
扶贫攻坚战的收官之年！
这一年
全面建成小康社会的决胜之年！
注定是一场人民必胜的硬仗
注定不平凡，注定终生难忘！

"磨难压不垮，奋起正当时！"
跨过重重考验，克服千难万险！
何妨，山高路远
谁怕，风霜雨雪！
中华民族的吃苦耐劳
中国人民的自强不息
与这一场抗疫斗争的战歌
共同交汇成了
这一个火红的五一劳动节
最恢宏的乐章！

若想要打倒英雄的中国人民
任你是何方魔鬼，管你是哪方霸王
从来，从来都是痴人说梦！
中华民族从一次次不屈的抗争走来
前进的脚步永不停歇
庄严的五星红旗永远飘扬！

劳动的集结号一吹响
我们用辛勤的汗水

我们用勤劳的双手
去拼来一个人民的幸福明天
去拼来一个祖国的光辉未来！

再吹响劳动的集结号！
2020年，这一个劳动节
属于共和国
每片土地，每条江河，每座山川
属于我们勤劳勇敢、顽强拼搏的
每一位中国人！

扫码听朗诵

以爱之名

以爱之名
以赤子之心筑长城
被热泪点染的一捧蒲公英
被春风一吹
便化作希望播种在大江南北
每一条河流，每一座青山，每一片花海
每一颗火热的心
都在不屈地跳动！在顽强地跳动！

以爱之名
以中华民族的英雄气概
铸造成我们进军前行的光荣徽章！
隔着口罩，隔着玻璃窗，抑或是隔着万水千山
当国歌奏响，我们一起行注目礼
我们深深知道，无论身在何方

高原或沧海，严寒或酷暑
背后，总有我们永远强大的祖国！

以爱之名
所以无所畏惧，所以勇往直前
所以为了拯救同胞的生命
置生死于度外！向病魔无畏宣战！
等春回大雁归
相逢无语泪阑珊，浓情两心牵
我们以爱之名！
以中华儿女为共同的姓名——
向着这一季来之不易的春暖花开，挺进！

扫码听朗诵

盛夏赞歌

如火燃烧的人间
阳光仿佛要点燃每一片绿叶
但我仍看见
那么多人在奔忙
在酷热的阳光下辛勤地劳动

我看见戴着头盔的建筑工
和挥汗如雨的环卫工人
他们滴落的汗水
是一枚枚闪光的
勤劳的徽章，在熠熠生辉

我看见在炎热的教室里

仍然坚持教书育人的老师
他在黑板上用粉笔绘的板画
是孩子们
美好前程的蓝图

我看见在烈日下
采核酸的医护人员
他们穿着厚厚的防护服
把青春的奉献
大写在滚烫的大地上

我看见保家卫国的战士们
他们航行在我们的边境海岸线
又或者守在边疆热土上
威威我中华
从来不容侵犯！

我看见了
中华儿女都在奋进！
中华儿女都无畏酷暑在前行！
让这骄阳似火的光芒
点燃我们更明亮的前程！

扫码听朗诵

许愿树的哀悼
——2020年清明，哀悼疫情中逝去的同胞

许愿树，何时再花开
有人喝了孟婆汤，一去不回头

像闪过的流星，抓不住
我，抓不住

愿你再开花
一片片纯白色花瓣
是一尘不染的灵魂
等夕阳落下
面朝西山，苍生一起哀悼

我不要一张张照片变黑白
我不要哭声弥漫街道的整夜
我站在大地的正中心
摊开手掌，任雨水落下
接一捧雨花啊
手心里，荡漾开
他们，当年
微笑的模样

扫码听朗诵

双刀光辉

有一种痛苦
叫癌症
有一种更深的绝望
是当肿瘤挥刀斩不尽
放化疗也无效
生命开始倒数——
在它面前
多少颗心悄然碎裂

多少行无助的眼泪　默默低垂

但再难的险　再痛的苦
命途也不会有绝路
岂不知
有两把刀——冷冻刀　纳米刀
会让这步步紧逼的索命癌魔
闻风丧胆

癌魔的冰火炼狱——冷冻刀

当冷冻探针
夹带着势如破竹的攻势
在现代医学影像精确的引导下
刺入肿瘤恶魔的心脏
注入的氩气让冷冻针尖降至零下160摄氏度以下的低温
肆虐的肿瘤恶魔
犹如雪原上的困兽
等待着一场席卷天地的雪崩
将它狠狠埋葬
紧接着注入的氦气
又将探针针尖迅速升温
一场冰火交织的战役
把肿瘤恶魔彻底摧毁

曾经多少人
从四岁的孩童
到近百岁的老人家

都因这把斩妖除魔的冷冻刀
在绝望中重获了生命的希冀
它的冰点
却燃起了生命最暖的温度

扫射肿瘤的冲锋枪——纳米刀

任凭癌症恶魔千变万化
任凭它为了吞噬生命无处不在
有一把瞄准它的冲锋枪——纳米刀
已经上了膛，严阵以待

它精准地对准可恶的癌细胞
带着救死扶伤的大医精神
带着挽救生命的光荣使命
释放出高压脉冲
让癌细胞身中百枪
千疮百孔地倒地凋亡
同时不伤及任何正常的组织
就如同一枚英勇的导弹凌空而去
丝毫不偏差
精准地落在敌人的心脏
杀它个片甲不留
一刀进
一刀出
刺破了生命最昏暗的黑云
曙光绚烂地重照在一张张笑颜上
一刀起

一刀落
冰火电光让癌症恶魔永无翻身之地
这双刀，交错着闪烁出最灿烂的光辉！

福满新春

大红色的灯笼，遇见了
孩子们红彤彤的笑脸
华灯初上的夜色
托举着传世书画里圆圆的月亮

时间滴答滴答啊
又要指向一个全新的刻度
脚步不曾停歇啊
又要踏上新的旅程
游子的心啊，已经翻山越岭
又回到故乡的家门前
又看见亲人们的笑脸
那是暖化冰雪的温情
把祝福和爱折叠好
装进大红色的红包
塞进孩子们的小手里

来一壶烧酒，暖暖身子吧
故乡的雪，是不是比记忆里还要飘扬
饺子上桌了，菜也摆好了
抓一把花生，拿几根红薯干
咱们唠一整夜！

喜庆的大红色，渲染了华夏大地
一个"福"字倒过来，我敲响新年的门
那两副贺岁的对联
排比得漂亮，笔挥得绝美
这浓墨重彩、龙飞凤舞的红色新春
我们一起欢度！

扫码听朗诵

五星红旗飘过七十一载！
——共庆新中国成立七十一周年

长安街上的红旗飘飘
一路绵延到辉煌灯火的深处
天安门庄严肃立
托起了共和国苍穹上
一轮火红炽热的太阳
祖国的千山万水，此刻被无数的五星红旗
渲染成了壮丽的红色海洋

2020年，我们迎来了祖国母亲七十一周岁的华诞
当国旗再度伴着国歌缓缓升起
我们昂首向着国旗庄严肃立
耳边又响起那一首
从小唱到大的《义勇军进行曲》

值此祖国母亲七十一周年的生日
十四亿中国人民
眼角那一抹感动的泪花
心中那一株爱国的火苗

汇聚成千万里的红色海洋
在最灿烂的天空中
写出一行浓情的祝福——
祖国母亲，生日快乐！

扫码听朗诵

一起走过的高考季

一场艳阳天
半日梧桐雨
遇上羊城疫情的风云变幻
你们的青春年华
这一场硬仗
注定打得轰轰烈烈

杧果熟透的季节
蝉鸣声响起的午后
那一串串深藏的记忆
那一串串熟悉的姓名
我们隔着口罩
以最坚毅的目光约定
青春不散场
友谊，更在天长地久

这一段岁月
风雨落地，而成崎岖路
那又怎样
命运的新篇章
打开了小锁，璀璨的满天星光

一瞬间全部闪亮！

愿你们的梦，沿着人生大道

一路开成英雄花

愿你们的心，铭记这一段

我们广州人守望相助

共同抗疫的英勇时光！

我们，一起走过的毕业季！

夏日的风又吹动一片片三角梅

仰望这片流云似海的苍穹

无论你去到哪一方

常回来看看

这座我们深爱的城市

远处

又泛起斑斓彩虹色的广州塔

指引你们出发

等待你们

学成归来，逐梦人生，报效祖国！

扫码听朗诵

仲夏羊城

我愿有一江凉雨

可润两岸的人家，步步杧果花

我愿有流金斜阳

夏花从此不愁烂漫

江对岸的荔湾

有我们的同胞，有烟火人家

风吹来的彼岸花

我握在手心

烟水两茫茫，自难忘

这一次仲夏

这一季羊城，疫情如黑云压顶

我们用血肉之躯

筑起了打不破的天险！

血汗可流，风雨可挡

我家乡不可犯

我同胞不能散！

今夕，又何夕

一路来

我淋一身梨花雨

衣襟血与汗

我晒一身古铜色

成钢铁之躯

又到雨过天晴的时分

愿执广州塔，为银笔

蘸珠江水，作浓墨

在这片苍穹

书写斗志，呼唤希望

题诗，以我们共同的名义

扫码听朗诵

不能忘的百年路

曾经

那一张张不屈的脸

曾经

那一片片血染的天

还有一串串熟悉的英雄的名字

一声声战鼓和号角

一代代人的奋斗与跋涉

我们一步步，走向了新时代的中国

时光的金色指针，指向了

我们党成立一百周年的华诞！

百年征程，百年巨变

百年中，前赴后继保家卫国，建设中华的——

共产党人！

把民族的荣光，把青山与绿水

牢牢挑在了两肩！

我们的党，扬起了伟大的旗帜

带领曾经苦难的中国人

从黑云苦雾的笼罩里

夺回——

咱们中国人自己的江山！

带领咱们中国人——

重新在世界之林挺起

钢铁的脊梁！

不信，请看看威武长城

不信，请听听黄河浪涛

村庄丰收的稻田里，质朴的笑脸

广厦千万的都市里，霓虹光点点

我们在共和国澄澈的蓝天下

抬头感受那一丝温暖

最幸福的笑脸

如今

那一串串脱贫攻坚路上

泥泞里的脚印，踏平了坎坷成大道！

如今

那一声声

"我是党员，我先上！"

都存在老百姓的心坎里！

春风化雨，说不尽的恩情

迎着初升的新一轮朝阳

我看见那条中华巨龙

迎风腾空

逆着时光的轨迹

回首去看看，我们伟大的共产党

一百年，一百年了啊

这一条

振兴中华的万万里光辉路程！

扫码听朗诵

最美的花朵
——献给孩子们

让我们做祖国最美的花朵

敬爱师长，团结同学，努力学习

我们的笑容像花朵一样灿烂

让我们做祖国最美的花朵

小小的心愿会开出大大的梦想

在呵护和鼓励下勇敢成长

让我们种下一朵最美的花朵
用爱和汗水浇灌它美丽开放
等到那并不遥远的未来，做祖国的接班人！

扫码听朗诵

我的党，我的母亲！

回首这条路
沧海桑田，岁月流转
屋檐下曾经做梦的少年们
长成血性的好儿女
风雨里，春光里
一直都有你
我的党，我的母亲
对着明月朗朗，仿佛是母爱
光明耀长路
也甜甜地，也温暖地
洒遍我一片心田
跟着母亲走，紧拉着母亲的手
看一帆烟雨过了万重山
拼一次大地春回千万家
我的党，我的母亲！
恩情似海怎能忘啊
我披一身春光
我骑着快马
向着你飞奔
向着你飞奔

奔向你温暖的怀里！

五月的晴空下

风吹动我的发

那一面火红的党旗飘扬

乾坤朗朗，热泪盈眶

母亲啊

儿女们将不负您的期望

恩重如山，常在心头

前赴后继，建设中华！

苍穹架起一道彩虹

雨雾蒙蒙

党旗飘扬起来，用一抹火热

点亮这个送给母亲的节日蛋糕——

母亲节快乐啊

我的党，我的母亲！

扫码听朗诵

好大一棵树
——献给2021年五四青年节

那时花开，热土栽培着小树苗

那时的少年扬帆启程

今日乾坤，一片片参天大树又护荫着一方热土

今日的青年征途中风雨无阻

好大一棵树，好硬的脊梁

一片片青山绿水圆满了

一个又一个火红的中国梦

好大一棵树，好美的绿荫

我们排排挺立成祖国的顶梁柱

我采摘了一篮子的春光与浪花

我的山水画牢牢定格了今日的五四

成长在最美好的时光里

我们怎能忘却使命

怎能停下脚步

今天的青年

让祖国放心，让人民放心

我们身经百战打头阵

我们一片赤子之心更火热

哪里需要，就往哪里冲！

一阵夹带着百花芬芳的春风

不经意间

把日历吹到2021五四青年节这一天

吹得我的山水画里

烟雨骤散

全部上了春天鲜艳的颜色

也柔柔地

吹得这一片片苍翠的树林

突然间，开满了鲜花

扫码听朗诵

五月的太阳，五月的花

五月的太阳，五月的花

百年的奋进，百年的路

勤劳勇敢的中国人民

跨过高山，爬坡越坎

长路漫漫，一棒接一棒

在我们党的带领下

在红旗飘飘的光辉下

用劳动，用智慧，用汗水和坚强

迎来了这一个

不一样的五一劳动节

迎来了这一年

铭心刻骨的百年华诞！

回首过去——

一路路泥泞里，一座座险峰上的足迹

无声串成了一曲又一曲的赞歌

张眼望去——

战胜了疫情的中国

决胜了脱贫攻坚战的中国

迎来"十四五"开局新篇章的中国

站在建党一百周年的光辉新起点的中国

这消息，随着春风和彩蝶传递

只在一瞬间——

绽放出了

五月的太阳，五月的花

印刻出了

百年的奋进，百年的路！

扫码听朗诵

青青小树苗
——献给2021年植树节

青青小树苗
未来参天林
我把这一捧种子埋进芳土
光阴会孕育出浓绿的福荫

青青小树苗
可期成大器
有朝艳阳天，染绿这一座座城
用春天的希望叩开千万家的大门

谢谢你，青青小树苗
我爱你扎根热土的情怀
我爱你无惧风雨的倔强
只顾向阳而生，向着希望而生！

播种下，青青小树苗
功德在，万代华夏人
等美景成林，绿茵成风
我看见，原来这翠绿就是希望的颜色！

扫码听朗诵

一夜又天明
——以此歌词礼赞所有在人间的天使

呼吸机　滴答滴答
走廊里　谁的泪花

永远的雪白色衣衫

这又一次夜阑珊

白墙壁　锦旗红花

陪着你　青春年华

熬红的眼睛眨呀眨

护士站温热的茶

一夜又天明　夜夜总关情

你累晕的黎明

你倒下的场景

怎能不让人红了眼睛

一夜又天明　生命线女兵

睁眼如梦初醒

又扛起了使命

红日托起天使的黎明

（献给暨南大学附属复大肿瘤医院的护士们！献给所有圣洁伟大的

白衣天使！）

时代玫瑰

——三八国际妇女节礼赞

不是泪珠，不是露水

破晓时分，点染这玫瑰园中

万千朵玫瑰的

是新时代女性奋斗的汗水

不是艳阳，不是火焰
最黑暗时，一路在大地辉映
烙印每一步的
是玫瑰色月光延伸到黎明

不在寒冬，不在盛夏
三八初春，时代的玫瑰园里
绚烂铿锵玫瑰
迎风怒放烙印了一片苍穹

不问路遥，不怕艰苦
慈爱的光芒，疗愈了心里的伤
迎疫战，斗贫困
新时代的中华女儿如海洋般的玫瑰——
点燃共和国最火红的天！

扫码听朗诵

牛年大吉

牛年的脚步
踏着祥云缓缓走来
一路溅起金光闪烁

这个南国的暖冬没有寒风
这片浓绿的树荫下
仿佛是夏天的风

我看见

孩子们在悠长的假期里

奔跑的步伐

稚气的笑脸

还有一往无前的滑板车

喜气洋洋的对联

辞藻溢满了华彩的祝福

如诗又如画的蝴蝶兰

摆上千家万户的桌台

我在珠江畔回过身

迎着橘红的阳光

挑一笔彩霞的暖色调

在天穹上写四个大字

"牛年大吉"！

扫码听朗诵

有你才有我

——献礼祖国建党一百周年

苍穹之下　我爱的中华

千山万水　美成一幅画

当我举起右拳宣誓的时候

我知道　我从此有了家

炊烟袅袅　我依恋的家

千言万语　说不尽牵挂

当我投入党的怀抱的时候

我知道　我从此有了妈

有你才有我　天涯不分割
与你手挽手　千难万险咱一起过
我的祖国我的党
我深爱的妈！

有你才有我　血脉相连着
与你心连心　你歌唱我来轻轻和
我的祖国我的党
我永远的家！

扫码听朗诵

天菊
——哀悼袁隆平院士与吴孟超院士

两位可敬可爱的老人家
在瞬间变成黑白色的五月
踏着蹒跚的步伐
走向了天上
结束了
这为祖国艰苦奋斗、无私奉献的一生
徒留，人间
泪流，满面
天上怎么忽然
下起了泪做的雨
天上怎么忽然
散落下瓣瓣的菊
让我们

再送您一程

让我们

再送您一程

华夏大地

留着你们的音容笑貌

祖国山水

留着你们的丰功伟业

这洒泪的菊，丝丝缕缕

迎上五月微暖的雨

晨曦破晓时

万里稻田向着一个方向

垂头哀悼

万千患者生命的奇迹

又想起您无上的医德

天上的菊

地上的雨

一路在天地间

铺成两行——

浩气长存的挽联！

扫码听朗诵

五四！五四！二零二二的五四！

五四！五四！二零二二的五四！

中国共青团迎来了她的百岁生日！

中华民族的年轻一代，

担起了民族的重任，

扛起了时代的大旗，

稚嫩的脸庞，却藏着不屈的坚强！

祖国的青年——

不计报酬，无论生死，

往人民最需要的第一线冲！

原来青春可以如此英勇！

原来青春可以如此刻骨铭心！

五四！五四！二零二二的五四！

中国共青团成立一百周年的金色华诞！

在新时代的红旗下成长起来的青年，

不负祖国的厚望，

不负人民的期盼，

中华民族的新一代，

是勇敢拼搏的新一代！

是满怀家国情怀、爱国主义的新一代！

咱们中华进步的接力棒，

一棒接一棒，齐心协力，众志成城——

奔向更美好的明天！

五四！五四！二零二二的五四！

百年路上，初心更坚定，斗志更昂扬！

我想起为中华之崛起而奋斗的英勇战士，

我想起为祖国和人民奉献一生的雷锋同志，

我想起改革开放中奋斗不息的青年人，

我想起为了祖国奔赴最困难地区的大学生，

我想起守卫在祖国边疆风雪中的战士，

我想起抗疫斗争中抹干眼泪救死扶伤的白衣天使！

我又想起当年课堂里的琅琅读书声，

如今变成庄严的宣誓声！

怎能不眼含热泪，怎能不满怀感动！

祖国的新一代建设者、开拓者是好样的！
祖国的青年，是好样的！
二零二二的五四青年节，
让青春的赞歌唱得更响亮！
让青春的红旗永远飘扬！
走过百年路，
新的征程谱写新的华章！

喜迎二十大　再踏新征程

湛蓝的天空
相衬着飘扬的五星红旗
千万里的绿水青山
如今万家灯火璀璨
丰收的果林
金黄的麦田间
驶过一列奔驰如白马的高铁

我们的党中央
带领全党、全国人民
一路上翻山越岭，攻坚克难
走过了万水千山
只要心中存着那一抹中国红
何惧山高路远，谁怕风雨交加
终于，换来了今天的辉煌成就
今天的幸福美满
今天的风清气正
今天咱们老百姓更美好的生活

饱蘸一笔感动的泪光
添上一抹奋斗的汗水
我们要共谱新的华丽篇章
凭着我们共同的中国梦
凭着我们一颗颗火红的心
我们砥砺前行
我们再踏新征程
我们要用昂扬的斗志
饱满的热情
为党的二十大欢呼喝彩

我们不会忘记
一路走来洒下的血汗
我们更难忘却
每一次荣光背后的众志成城
我们深深相信
中华儿女在党的领导下
艰苦奋斗，一往无前
敢教日月换新天

我的祖国我的党
您的爱
已深深烙印在我的心田
让我采一捧花送给您
让我把年华岁月献给您
今朝华夏，别样灿烂
人民用最真挚的感动
最饱满的干劲
迎接党的二十大
迎接我们的新征程

扫码听朗诵

盛世中华
——喜迎国庆，喜迎二十大

缤纷的金秋

稻田里丰收的喜悦

荡漾在每一个人脸上

天也蓝蓝，水也清清

我在花香弥漫的微风里转过身

红旗被抛起

庄严地升上共和国的蓝天

喜鹊在家家传颂

这是新中国成立七十三周年的日子快到了

这是我们光辉的二十大快要召开了

今天的家园

日月辉映，笑脸相对

我们生活在越来越富强的祖国

我们有一颗火红色骄傲的心

我的祖国

祝您生日快乐

我亲爱的党

我们用实际行动迎接您的二十大

吾辈当自强

生逢盛世中华

定不负，盛世中华

向前进，勇敢的中国人

苍生在上
——致敬时代楷模徐克成教授

一生风雨，任你岁月流转
这颗初心，早已百炼成钢
我题诗向您致敬——
我们的徐克成总院长

我的徐爷爷
致敬您，为苍生而战的一生
致敬您，与癌魔决斗的一生

水墨丹青
撒上南粤的金光点点
再蘸一笔
患者们重生时感动的泪花

我要描绘出
您慈祥温暖的模样
那一抹笑容，那一声声叮嘱
长留此地，辉映长空

您是南粤挺起来的丰碑
您是搏击风浪不言败的战士
山水迢迢，风尘滚滚
您的足迹却布满了一条条
通往山水深处贫困患者的家中

苍生在上
您用生命顶起来一个个奇迹

苍生在上
一生的故事留在我们心中

用诗，用词，用乐章
歌颂您千百回
这乐章取名叫——《苍生在上》

扫码听朗诵

玉婷美

您是南粤大地的女儿
一身荔枝红的纱裙
一双明媚闪亮的眼睛
一抹温柔与端庄
还有　那一把温暖心窝的嗓音
中国电视荧屏史上
刻下了您　侯玉婷
一个瑰丽秀美的名字
临摹下您　侯玉婷
一种旷世难觅的绝代风华
在这片热土
您璀璨了一个年代

然而不止这些
然而何止这些
您一生播爱　甘为人梯　育人无数
奔走在慈善的第一线
拯救了多少困苦的孩子　家庭
春风化雨　朝朝与暮暮

无数观众不会忘记您
孩子们不会忘记您
学生们不会忘记您
我　永远爱着您！

珠水浪滔滔　岭南多烟雨
红颜千万种　姹紫嫣红擦身过
有谁能比玉婷美
今朝泼墨——
再写玉婷美！

念师恩

三尺讲台上
老师您洒落的汗水
浇灌出多少幼苗
绘出的粉笔画
那是孩子们未来的蓝图

金秋时节
课堂上的琅琅读书声
教室里的谆谆教诲音
都存在学生们的心坎里
伴他们迎着朝阳
向着人生的康庄大道
勇敢地迈进

桃李无言，下自成蹊

您的教诲
常常回荡在我们耳旁
您深切的目光
仿佛一盏指路明灯
温暖我们，指引我们
跋涉在人生的每一程

您的奉献
是春雨，也是暖阳
滋养了一片片心田
又到一年教师节
让我们满怀感恩地喊出
那一声最深情的
谢谢您，感恩您，我们亲爱的老师！

扫码听朗诵

凝望

（歌词，与赵海艳合作）

静静的，
隔着口罩望着你，
还是那么清晰，
白的战袍红的心，
我们一步步接力，
把爱传递；

静静的，
隔着口罩望着你，
还是那么美丽，
阴霾总会过去，

破晓红日照大地，
把温暖传递；

一段酷暑一段雨，
段段都是硬战役，
虽然困难重重，
但华夏儿女，
从不惧风雨；

一段守护一段曲，
段段颂我中华魂，
隔着口罩凝望你，
依然那么清晰，
那么美丽。
隔着口罩我爱你，
我爱你……

扫码听歌曲

中国龙
——迎接2024年元旦

北国飘雪茫茫
南方银杏叶　缓缓落下
两地的思念　乘着鸿雁
飞到南　飞到北
总为我捎去一份岁末的祝福
这一年　回首望去
春夏秋冬　全都闪烁着光芒
一路上　我们步履坚定

一路上　我们风雨兼程

我们登上一座又一座山顶

饱览这绮丽的风光！

走在落叶叠成的小径

或者白雪覆盖的大道

我们感激　我们热爱

我们拼搏过　我们无悔了

这一路　转了几道弯

翻过几座山　越过湍急的河

我们抵达了辉煌的终点

让我们昂扬起龙马精神

迎接龙年的到来！

我们都是龙的传人

我们共同期待

这一年的到来

手挽手　肩并肩

我们站在南方的微凉冬风里

你们站在北国的雪花飘零中

在同一个时刻

让我们仰望苍穹

一条中国龙正从时光深处

向我们飞来！

它满带着吉祥　热情和锦绣祝愿

它要赐福给这个可爱的人间

它是我们的——中国龙！

亚运圣火，点亮中国

亚运的圣火
点燃我们的澎湃激情
它升起在美丽的古城杭州
连西湖也泛起波澜
连断桥残雪也因此融化
连越剧也起了惊艳的高腔
凌空甩起五彩的水袖！

全亚洲的目光
凝聚在这一座古老又新颖的都市
你且看　亚运健儿以优美的身姿
像一尾锦鲤　跃入水面
赢得全场的喝彩
赢得一枚枚金灿灿的奖牌
你且看　接力棒一棒一棒
运动员向着前方全力冲刺
冲向那象征着荣誉的终点
你且看　篮球场上
她们传球　跳跃　投篮　扣杀
在最后的时刻赢得了比赛
你们战胜了对手　赢得了荣誉！
终于　五星红旗在会场骄傲地升起
你们披着国旗
热泪盈眶　不负自己　不负祖国！

我们和你们　在一起！
祖国和你们　在一起！
愿秋的风捎带我们的喝彩声

愿红日见证我们衷心的骄傲
送到那座璀璨的城市
亚运健儿　是你们多年的汗水
擦亮了亚运圣火
此刻天涯海角　我们同心相印
亚运圣火　点亮了中国！
也点亮了亚洲　点亮了世界！

扫码听朗诵

日月同辉，照彻我的祖国
——写在2023年国庆与中秋佳节来临之际

大地苍茫，万里青山绿水
回望都市，霓虹广厦千万
又到了中秋与国庆来临的时刻
喜悦的微笑，在每一个
中华儿女的脸上
夜半，我在明月光下
抚琴吟唱一首《但愿人长久》

清晨，我在朗朗红日下
为祖国唱一首生日快乐歌
祝贺你，我亲爱的祖国
生日快乐！

幸福满溢着我们的日子
收获的快乐，未来的期待
还有我们作为中国人的自豪
充满了我们的内心

我们要齐心协力，在党的领导下
拧成一股绳，奋勇前行
把我们的家园建设得更美好
让我们的明天更灿烂！

共和国成立七十四周年了啊
我们祖国这艘巨轮，乘风破浪
迎着朝阳，迎着希望前进
你且看夜里明月圆圆
好像传世书画里的古典美景
家人们团聚在一起
笑语不休
你且看清晨朝阳万里
五星红旗迎风飘扬
我们扶着长者，牵着孩子
共同唱出我们的国歌！

此刻，人间美满
此地，幸福长存
在这个时间
日月同辉，照彻我亲爱的祖国！

扫码听朗诵

血染的风云
——读《史记精华》有感

英雄的血　英雄的泪
篆刻在史记的每一页
狼烟滚滚　一匹枣红马

驮着沉甸甸的家国情仇

从山那头奔腾过来

一路　泥泞的脚印

司马迁的笔　每落一次

苍山上的晚钟　每敲一次

历史的尘烟　在一页页记载里

慢慢　尘埃落定

我冥想着　一个一个轮回的盛衰

我细品着　一个一个英雄的生平

回眸远望　那一个个年代

依然在喧嚣

箭雨满天　淌血也淌泪

悲壮的歌谣　响彻云霄

合上最终一章

有几人终成大器

有几人含恨结局

不改变的是那一股英雄气概

不改变的是那万般柔情钢骨

陌路相见　拔剑

为了家国　为了明天

为了远在故乡的妻儿

血染的风云　摇荡着战旗

狼烟起　千里马蹄声

血洒疆场　留一句没有记载下来的

无怨无悔！

扫码听朗诵

今年军歌更嘹亮
——献给2023年八一建军节

一身军装
一颗红心
一生使命

中华民族一路走来
不惧风浪，谁怕艰险
因为有我们解放军
嘹亮的军号，挺直的腰杆
锤炼千百遍的赤胆
冲锋在前，保家卫国，守护人民
一路泥泞的脚印
一双长满茧的手
一声军号诉不尽的
浩气长存的英雄气魄！

我要说当兵光荣，一身铁骨一颗红心
汗水浇灌出中华好儿女！
我爱听军营里嘹亮的军歌
无论任何灾情困境中
他们举着"铁军来了"的旗帜奔向第一线
总会让老百姓们热泪盈眶
红旗下最可爱的人们
阳光下最勇敢的人们
在这2023年的八一建军节
我们道一声，中国人民解放军，你们辛苦了！

前方纵使是洪水或猛兽

我们的陆海空三军，势不可挡
陆军坚定整齐的脚步，踏石留印！
海军的战舰航母，乘风破浪！
抬头再看
一字排开的空军
在湛蓝色的明媚天空里
划出比彩虹更加美丽的光辉曲线！

扫码听朗诵

延安行

迎着漫天飘洒的细雨
那是不是当年
红军战士的血泪
那是不是人民感动的泪花
一步　一个泥泞的坑
一步　踏碎岁月的尘屑
我听闻历史的笙歌
激荡了数十载　还在这群山中
不肯安歇　不屈歌唱

延安的苹果　待到十月秋风起
一定分外的红艳
南泥湾的黄土
孕育出陕北的好江南
我撑伞往前走
细雨打湿了我的白衬衣
我仰望这条山路
山路的尽头

那窑洞里　还在传来
历史的轮回里　激昂的对话
共和国的摇篮　最初一声呐喊

延安！延安！
细雨飘飞的七月
终于与你相遇
眼里的泪光　和夏雨混成一块
延安！延安！
我驻足在伟人居住过的窑洞里
体验那烽火连天的火热年代
党徽仿佛被映红　熠熠生辉
延安！延安！
我永远的延安！

扫码听朗诵

您的恩情从未忘
——献给建党一百零二周年

党旗飘飘　天空湛蓝
一颗红日仿佛是我们中华儿女
爱国爱党的心
我们感恩　我们感动
感恩党啊　带领我们过上
越来越好的日子
这颗心　永远向着党
无论天涯海角　您的恩情　从未忘

党啊　您是我的母亲

您是中华民族的引航人

让这片热土　绽放光芒

因为有您在

民族有了希望　人民有了好日子

天地换了日月　更有新一片晴朗

如今　且看中华大地

万物更新　山清水秀广厦千万

人们撸起袖子加油干

为了更美好的明天

团结在一起　艰苦奋斗　昂首阔步

声声赞美　齐夸党的领导

前面　是更美好的明天

党啊

我愿永远做您的孩子

我愿永远听您的话

我愿永远忠诚于您

这颗心　永远爱着您

这份情　永远不改变

是您带来了光明　带来了美好

我要投身到火热的奋斗中去

我要用双手建设我美丽的祖国

回报党　回报我的母亲

党啊　您的恩情　从未忘

扫码听朗诵

明天会更好
——写在2023年五四青年节

春风拂面　万物更新
又到一年一度的五四青年节
这是青年的节日
这是属于青年奋斗者的节日
中国的青年　一心向党　凝心聚力
为了祖国的明天
将汗水洒在各条战线上
他们是祖国的希望
他们托起了祖国明天的太阳
他们让祖国　明天会更好

青春　从此多姿多彩
青春　从此斑斓闪耀
一路艳阳或者风雨天
我们从没有说过放弃
我们一直在坚持
一路深深浅浅的足迹
是我们千里跋涉的痕迹

五四青年节又来到
我们再吹起奋斗的集结号
这一次
保持热爱　奔赴山海
星光不负赶路人
这一次
不说疲倦　不言放弃
未来靠我们的双手去创造

扫码听朗诵

让我们手牵手　心连心
我们用辛勤的汗水
让我们的祖国——
明天会更好!

劳动的旗帜满山坡
——写在2023年五一国际劳动节

万里青山，千里长河
中华儿女挥洒着汗水
用双手去开辟一片新的蓝天
无惧风雨，砥砺前行
走过的风景
我们彼此烙印在心里
又到了一年一度的五一劳动节
明媚的蓝天下
我向您说声："辛苦了!"

远望华夏大地
金色的田野闪闪发亮
高铁穿山而过
广厦千万拔地而起
水果挂在压弯的枝头
这都是劳动的果实
这都是劳动人民
用辛勤的汗水
写在大地上的壮丽赞歌!

我们整装再出发

明天一定是更美好的未来

艰苦奋斗，勇敢拼搏

用双手去创造绚烂的生活

你看，劳动的旗帜满山坡

映着无限的朝阳

这是又一年的五一劳动节

这是我们共同的节日

中华儿女，齐心协力

向着更美丽的明天，迈进！

扫码听朗诵

雷锋人

唤一声雷锋

你有了许多传人

赞一句雷锋

未曾褪色的精神

有一位雷锋

在我记忆里长存

喊一声雷锋

看见的就是我们

走山一程跨水一程

步履坚毅爱深沉

要不负你的英魂

连一座桥扛一座村

青山为初心作证

你的精神在回声

走山一程过水一程
步步未能忘党恩
如你当初的赤诚
牵一双手扶一个人
人民仍惦记你啊雷锋
如今万万雷锋人

祝福

踏着万千朵祥云
新年的脚步走向曼妙的人间
你看迎春花　在微暖的风里
含苞着浓情与新意

我将对你的祝福
饱蘸一笔浓墨重彩
写进红彤彤的对联里
悬笔一绝
勾勒出新希望的斑斓色彩

南国的紫荆花
还一树一树地开放
我在人群当中
一眼望到了你
我俩就这样

含笑着　相对无言
幸福在清风里　从我掌心
吹到你身畔

这一幅红"福"字你收好
这一个小玉兔你留下
你且看日月同辉　阴霾散尽
这一程　定不虚此行

我跟着你走

我跟着你走
唤一声母亲深深的眷恋
烽火连天
变成广厦万千金色麦田

我跟着你走
哪怕一路全是千难万险
血肉相连
筑起我中华万万里天险

南国艳阳北方飘雪茫茫
儿女们身处在哪一方
抬头都是
共和国的太阳

世界万千我自大国泱泱

身边淌过黄河长江
描不完的
共和国的华章

玉兔呈祥

一只小玉兔
穿过白雪茫茫
来到我家门口
满带一身祥瑞之意
送来一场瑞雪丰年

浓紫的蝴蝶兰
轻轻摆上我的书桌
玉兔在花畔呢喃着祝福语
可爱得令人满心欢喜

写好的一副对联
满溢着浓情的新年祝福
我要等到除夕夜
贴上我家的门框
寓意着一整年的平安喜乐

从此一夜一夜
窗外烟花绚烂绽放
孩子们穿着新衣
闹着要放一放爆竹

玉兔蹦蹦跳跳

穿行过一条又一条街道

把新春的祝福

送到每一户人家

又一岁年华流光溢彩

我定睛一看

小玉兔奔跑过的足迹

在雪地里

划出一道华美的词句——

"玉兔呈祥"！

扫码听朗诵

一颗童心向着党

——写在2023年六一国际儿童节

孩子们　你们真幸福

成长在多姿多彩的新时代

成长在春风里　红旗下

成长在浓浓的爱里

让那红日引领着你们

奔向光辉的未来

继承革命先辈的光荣

建设我大中华！

一颗童心向着党

从小听党话　感党恩　跟党走！

感恩啊　这海洋般的恩情

感恩啊　这美好如梦的生活

感恩啊　我们生活在这片热土！

做一个血性少年

不问前路有多远

伴着疾风　勇敢去冲

把我们的祖国

建设得更美好！

长路漫漫　叮嘱在耳畔

你们一路洒下的汗水

汇聚成一首灿烂的长诗！

万颗红心向着党

在党和祖国的关爱下

你们一定是好样的接班人！

又到了一年一度的

六一国际儿童节

我折一只千纸鹤

我折一只小纸船

未来　也可飞腾成鸿雁

未来　也可乘风破浪成巨轮

孩子们　你们未来可期！

孩子们　节日快乐！

扫码听朗诵

元宵圆圆，明月圆圆

大红色的年味还没有褪去

缤纷的年花还在千家万户盛开

红包叠成一摞摞小山

叠起了一个个五彩的心愿

新春佳节，总要以一个美丽的元宵节

画上一个美丽的句点

此刻我捧着一碗浓香的汤圆

碗里七彩的元宵

浓香陶醉了心窝

润光倾倒了明月

我铺陈开宣纸潇洒写一句：

"元宵圆圆，明月圆圆！"

烟花燃亮了一片星空

那一盘圆月的光辉洒在我心头

孩子们又背起了书包

在新学期校园的操场上

扬起可爱的脸

大人们鼓足干劲

带着家人的祝福和嘱托

投入新的奋斗中

这又一次浓情漫溢的元宵节

糯软圆润的元宵一户传一户

再越过山水，万里飘香！

南粤还是北国

传来一句琅琅歌声

"元宵圆圆，明月圆圆！"

扫码听朗诵

五

散文诗·陌上花开

月夜思量

青瓷茶壶，茶香在外溢，陶醉了煮茶的人。

月光慢慢勾勒，勾勒出我想念的那人的模样。

人间，此时，安静，清凉。

跨过拱桥，那座小楼，曾是你的故居，如今徒留胭脂香。

晒过月光，皎洁的心伤，漫过秋凉，一地的惆怅。

满天细碎的黄叶，纷纷扬扬，落成了雨，吹得故园里看不清有个人，泪落得一夜苍凉。

人间，一夜，叶落无数，天亮的时候，不见了月亮，泯灭了思量。

奇旅

从立秋到白露，我炽热的诗情，被骤雨打湿，渐渐沉落，要写的梦，提笔便忘记。铅灰色的云，大片的，大片的。蒙蒙天宇，没有我爱的盛夏宝蓝色，没有我爱的幻境美景。

把百叶窗关上，把写景的书翻开，未读完的多瑙河，未读完的大峡谷，未走到尽头的薰衣草田——

我闭上眼睛，都能完全地沉浸，都能听到、看到、闻到呢，这世界在等着我的奇旅……

广州恋曲

羊城初夏的风，随我的步履，溅起一径落花。

这一树树南国的姹紫嫣红，从西关吹到东山，从白云山吹到珠江水，吹过我熟悉的每一条街。

一路走，一路写，半生岁月兜兜转转。我绕过一条又一条散落着肠粉店和小茶楼的街，最后被这一季的飞花，轻盈盈地，托举上澄澈的半空中。

朝朝暮暮，春花秋月，都是关于你，广州，和广州城里的人。

我把花果与山水，夹进我的笔记本里，等我一打开，名为《广州恋曲》的组诗，已然华彩满溢，闪闪发光。

某一天，我像个不羁的少年，背着吉他出走。别为我忧愁——

我就在广州塔下某一处角落，抱起吉他唱一曲《广州恋曲》——

与你共对着同一轮橘红的月亮。

扫码听朗诵

抵达，诗歌的圣地

台上川剧的脸谱一变，峨眉山便起一阵烟雨。台下青花茶壶嘴一吻上茶杯，宽窄巷子便起一阵辣香的炊烟。

而我在等小二续茶，在等火锅把底料熬到味蕾的极限，在等这川蜀之地的一位姑娘，穿过杜甫草堂的诗歌胜地，抵达我写佳人最华丽的诗章里。

提笔，怀想，落笔，心魂又荡漾。

回头看看小酒馆打烊后的夜空星光，加上九眼桥映照一片波光，再加一把麻椒，总能灌醉一个年头。

早知川蜀如此多娇，我也学诗圣，穿越山水，归属此地。

在青春结束的前一个夜晚，从成都的任意一个街口，抵达。

扫码听朗诵

百花园中，百花开

在去年的诗歌朗诵声里，在去年的宣誓里，在去年不屈的乐章里，在去年的阴霾里，那一双双含泪的眼所呼唤的春回大地，终于，来了。

南国的三角梅沿着一路笔直的大道，延伸到春天的大门口，风啊风，替我轻敲着铜绿色门环，一打开便是万紫千红的花海，还有一位山坡上吹横笛的少年。

闭上眼，扬起面容，阳光在耳边细语着："千难万险，咱们中华民族挺过来了！"

你看，那是国色天香的牡丹，我独爱黑牡丹那一抹庄重和沉静。你看，那是把瑰丽开成几瓣的紫荆花，怒放着紫里透红的生命。你看，那是纯白里透着微黄的鸡蛋花，可爱如三月的白色晨曦里点缀着一抹橘红阳光。还有那一片片我唤不出名字的绚烂花朵，汇成海洋，汇成长诗，汇成华夏的新乐章！

百花园里，百花开！春回大地，用新的希望渲染了整座都市、整片苍穹。

如若咱们是这一朵朵花，如若祖国是这片蓝天下的春天，我们给祖国献一颗感恩的露珠——

正如那不朽的诗句所说——"谁言寸草心，报得三春晖！"

扫码听朗诵

下了毒的茶

你这一杯茶，是不是下了柔情的毒？渺茫月色下，你和昨夜的梦中人，我竟然都分不清楚。

只能挑灯，加一勺灯油，又挑亮了月色。我在渐渐泛起的微醺之中，惊然看见你的红唇，与我诗行里的纹路全部吻合。

醉了茶，醉倒在夜的更深处。恍恍惚惚里，夜色揭开绸缎，一阵阵风的低语，在帘外与帘内不停地哭诉，在梦里和梦外不断地哭诉。

你这一杯茶，是不是掺了泪酿的花？我置身红尘里，北风往这座山城不停地刮。

只能无语，无诗无酒也无画。

你的泪先是花了眼角的红妆，然后滴落在我这一杯被下了毒的茶。

守夜的月亮

闭上眼，你的模样更清晰了。书桌上的孤灯，淌出一道清光，把我日记本上你的名字，照亮了。

眠熟的星辰，守夜的青月，还有这整夜煎熬不成眠的人。

曾共你在北海道漫天飘雪中无言对望，也和你在香榭丽舍并肩看晚霞，这一帧帧画面循环播放，逼迫我在子夜彻底心碎。

月亮用一道光，把我们曾经坐过的旋转木马围起来，点亮一串串金黄灯泡，木马旋转一圈又一圈，一圈又一圈地轮回——

直到我们希望渺茫地再次相遇，或者是有一天彼此都全部忘记。

在青春的背后

在青春的背后，是一道被太耀眼的阳光吻出的伤。哪怕将黑板上的朦胧诗或者几何公式涂涂改改，这隐痛也一直在，一直一直在。

在青春的背后，是一张偷偷传递的小纸条。所有暗藏的情愫、懵懂的青葱就这样接力传递，甜透了一个个莺飞草长的午后。很久以后，这些纸条被年华撕碎后天女散花，洋洋洒洒，你和我，啼笑皆非。

在青春的背后，有一张模糊不清的海报，有一台五音不全的电子琴，有几本泛黄的数理化教材，当时看不懂，现在更看不懂。

当我在迈向中年的路上，彻夜往回走，终于走到青春时光，那一片回忆之地——原来，青春只剩下一地旧玩意，发过霉的衣裳，结了蜘蛛网的窗，以及我一时欲言又止的伤。

那一湾水畔

阳光从你身上流淌过就变得亮，微风从你围巾上划过就变得甜。而我，从你身边经过后，就突然成了爱情诗人。

当年当天，此时此地，时光踩水而过，溅起的水珠，落地成花，也在我的诗篇里，落笔成点睛之句。

时光一点点，慢慢堆积成懒得回看的几本日记。绝口不提那无限的回忆，但我在上一本诗集里总能找到你。

你是不是也会像我一样，时常想起那一湾水畔？你会不会在某个夜晚，又出现在你回头望我的转角？还有淋漓的水丝，还有满天的星光。

扫码听朗诵

寒风再起时

南国的紫荆还留着一树一树的红，长街上我只能寻到一片落叶。刹那间置身在这老城区的十字街口，四面标记着春夏秋冬，我一时分不清来时路，辨不明秋与冬。

这一年四季的时光，被我拼接成一段默片，把这条老街的人流加速十倍播放，我始终能看到在街角咖啡馆发呆的自己，一日一日，从天光到街灯又阑珊。

惊觉年末的冬风，拂过前院的竹林后，开始往我的窗户里吹，往我的日记里吹，往我的相册里吹，再往我无从说起的记忆里吹，刹那间，这一年无数悲欢交接的往事，全部结了一层清霜。

寒风再起时，我那件挂在衣架上沉默了一年的黑色大衣，突然飘扬起了衣角……

扫码听朗诵

心碎的诗人

有一只名叫抑郁症的毒蜂，狠狠蜇了一下我的心脏，从此以后血泪不止地流。安静的灵魂，突然发生了一场惨绝人寰的地动山摇，让我的诗和梦里的亭台楼阁、假山真花，轰然间全部崩塌。

悲伤的火焰在张牙舞爪，像地狱里窜出的魔鬼，灌多少杯烈酒也无法熄灭，无法熄灭。

从此以后，我面无表情地看四季轮转；从此以后，我满脸泪花地望明月高高挂。

很多年，很多年，很快就过去了。当你再路过这条长路的街角，有一个裹着破棉袄的沧桑汉子，蹲在地上用粉笔认真地写诗，还是那样漂亮的长短句。他什么都忘了，他抬头愣了愣，张了张干裂的嘴巴说："我不是在乞讨，我，是个诗人，嗯，我是个诗人。"

这林间的月不是故乡的月

这林间的月不是故乡的月，陌生的亮光不如路灯熟悉。冷风残酷地吹，树影狂乱地摆，我想我的大衣被文上了道道月光，道道是月神划出的孤独的刻度。

这林间的月不是李白写过的月，映照得那样招摇，不顾暗夜里的旅人习惯了黑暗。诗卷里的月是清冷的，昏黄的，适合在仰望时突然想起某个温暖的人。我在诗词里，找不到这样的月。

这林间的月不是记忆里的月。一阵风过去，星辰也黯淡了，山水也消弭了。我在山路的转角走错了岔口，算不出离天光还有几个时辰。疾风越过草地，瘦马跑了八百里，当我遇见山麓凉亭里穿古装的酒客，我惊诧自己是不是走进了画卷里。

抬头望望，这才是诗人眼里的月。

黑夜里的孩子

时钟滴答滴答，一圈顺时，一圈逆时，我在极暗又极冷的夜色里等了不知道多久，时间还是一开始的模样。时光是跛足又失明的老者，在原地打转。

这空屋里的一切，蒙尘的电子琴，蒙尘的旧书架，蒙尘又凋残的盆花，全都屏着呼吸，一言不发。寒气猖狂地蔓延到我脚边，试探着我孤独的临界点。

故事要从何说起呢，从音乐盒失了声的那一刻，还是童话书被撕碎的那一刻？

门外的风不停地叩着门环，我不敢开门，我像是第一次一个人留在家里的孩子。

第一次，走走走，走到恐惧边缘的孩子。

警徽闪亮！
——致敬第一个中国人民警察节

憧憬你的警徽闪亮，惊艳你的英姿飒爽，用坚守把黑夜熬到天亮，用无悔点亮千家万户的平安。

南方的酷暑中，北国的冰雪里，那一身警服是最美的衣装，挺直的腰板是咱们老百姓稳稳的靠山。

蓝色警灯在旋转，明亮警笛在呼啸，出警的速度要比疾风更快！只因为，群众在等，群众在迫切地等！

无论我身在何方，无论城市还是村庄，所有罪恶都因你闻风丧胆。

第一个中国人民警察节啊，风在起舞赞颂你，人民衷心感谢你，千百座城市瞬间点亮霓虹——致敬你！

站直了庄严敬一个礼，祖国的警察同志们，你们辛苦了！

祖国有条行经每一寸土地守护平安的长城，这是每一通电话、每一个站岗、每一条洒满汗水的巡逻和出警路线连接起来的正义长城！

用赤子之心，用庄严誓言，用坚守担当，用正义之光铸成的警徽，在这一个中国人民警察节，折射出太阳一般的火热的光芒，点燃千山万水、千家万户平安的烛光。

扫码听朗诵

花田的风

捻一株薰衣草，花田有浓紫色的光阴，把我的黄昏夕光，把你青春的长发，染成流光的紫、淡香的紫。

捻一株薰衣草，夹在我待寄的书信里，再裹一抹斑斓流霞，投递给未来的我们。见字，如面。

捻一株薰衣草，花田风过后，铃铛响了一响。摇摇摆摆，如潮上岸，紫色的海洋起了波澜，晚霞映照成天上的粉紫花田。

采一束薰衣草，它的花语"等待爱情"，我等你来发现。捆上了这束紫，你在这场粉紫色的黄昏里，醒来后的窗外——

有紫色的晚晴空，共薰衣草花海，一起屏息站在微香的风里，等待爱情，等待一场我们的爱情。

你低头看看窗台外的我呀，我把痴心揉碎进薰衣草，把整个花季撒向你——

乘着五月的风！

陌上花开

陌上花开，历经了一个暖色的黄昏。我加了一把柴，把暮色里的天空，烧得更通红。

你来，或者不来，都有我和一个憨厚的稻草人，在田间，在野菊丛旁，一直一直等。

倦鸟归来时，栖息在我一首诗的右上角。那首诗里，你我并肩看过的金色黄昏，就这样，在你离开的岁月里，成为我一遍又一遍翻阅的回忆，一次又一次，如此难过，却又回不去的风景。

陌上，人未归。天地渐渐安静，昏暗。你来，或者不来，都有我和一只苍老的柴犬，在檐下，在炉火旁，一直一直等。

这一夜海岸

这一夜风雨凄迷，淋湿了我谱的蓝调，也冲毁了我写过的城堡。我诗里描绘过的那个女郎，采摘薰衣草归来，站在蓝色的海水旁，找不到原来的灯塔，也失散了灯塔不远处那间名叫忧伤的酒吧。

这一夜风雨狂呼，大海上有一万朵雨花，献给苍天提前作情人节的礼。我诗里写过的那个女郎，突然忘了自己的命运如何。所有的意境和伏笔，被海浪卷入海底，徒留遗憾的夜风，摇动着椰树，女郎的长发飘飘。

这一夜风雨飘摇，我在一刹那间失忆。我这一部部诗集里，写过的海岸女郎，与我再没有一点瓜葛，恩怨在电闪雷鸣那一刻都作罢。

等到天光破晓，我实在难以记起你——

要怨就怨这呼啸无边的海风！

要怨就怨这负心的倾盆大雨！

我不是归人

我不是归人——

我终是个过客。

我一路风尘，一路处处为家。

衣襟别着一枚霜花，裁剪了一寸异乡的雪景。那银白色的浩瀚星海，归于我笔下，一纸的云淡风轻。

有一脉山水在等我经过，有一些故事在等待发生。我一步步逼近一个温暖的开场，那里面炊烟袅袅，大红灯笼高挂着乡愁。有一个姑娘，把小月牙挂在了耳朵上，闪亮晶莹。

风翻过的云海，相衬得人间更苍凉。不倦的雁鸣反复提醒着，我不是归人，我终是个过客。

这一片山水挽留的好意，那一位姑娘隔着黄昏或者黎明的眺望，我只能说抱歉，我只能说来年或来世相见。故事在我身后慢慢消隐，我好像听见谁的呼喊。

我不是归人——

我终是个过客。

我一路颠沛流离，一路在告别，一路上四海为家。

我忘了我为谁而来

我忘了我为谁而来，我似乎忘了我是哪一位。这里的黄叶纷纷而下，我等到黄昏时，已愁得两鬓斑白。

我忘了我为谁而来，我眼前的你是哪一位。抬头细看你弯弯的眉眼，弯成了一道桥，在怨我负心，在怨我迟到。

我忘了我为谁而来，我们彼此的关系也从未被说破。我与你隔着如此瓢泼的一场雨，等雨停，再与你说说关于缘分的恩怨。

我忘了我为谁而来，我四周望望，这应不是约好的重逢。我帮你擦擦泪花的胭脂，就当我们重新遇见——

茫茫人海里，一切结束又开始。

孤本

我是博物馆里平摊着的一本末代文豪的孤本诗集，我的纸张每一页泛黄，写出我的那个诗人，早已离去十几世光阴。

孤本里装着伊人晨起梳洗的红妆，两人偷偷定下的盟誓，以及缘分相隔了天涯，酒醉在夜半的愁怨。

他和她，早已离去，前尘旧事，也不要再提。我面对着这一排排游客，无言，怅然心伤。漫长岁月，日复一日地蹉跎。

多想有一把火，让我也奔赴那个世界，让诗人把我交给她。我在这世上，已无人能读懂，段段情话，七言或五言的绝句，全是枉然。

我是这博物馆中平摊着的一本痴情种的孤本诗集，某一夜，黑暗中下起了飘飘的大雪。闭上眼睛，一路亮起了那个朝代的红灯笼，他穿越时空，来接我了。

阴天

未亮透的清晨，谁喝完的咖啡纸杯，孤零零地躺在草地上。风在沉沉地低诉，复述了一遍我昨夜的梦，可能是剧情过于晦涩，幽深的树林，好像没有一棵香樟树，完全听得懂。

昨夜定是一夜清雨，把我的盆栽洗得干干净净，我拆开一封远道而来的纸信，也顺手拆开了一个阴暗的黎明。

忙不迭的脚步，开始经过院落外的石阶，但只是喧嚣了一阵，又陷入暗淡的阴天。

无所事事的年少光景里，始终未能明媚的晨光，穿不透我日记本的厚厚纸张——

呆望树荫的眸子，如此沉郁，无光。

天狼的重生

题记：水至绝境是飞瀑，人到绝境是重生。

暮夜的雪地，沉入死寂。一只受伤的孤狼，忧伤地趴在小河边——

风不忍问它的身世，雨水舔着它的伤口。

天色，越来越暗了，孤狼拖着一只伤腿，以一种悲壮的姿态，等待最终如黑暗潮水一般的死亡，将它彻底淹没。

这暗夜的呼啸，从四面八方围拢过来，这匹受伤的孤狼，再一次，站了起来。

它要向它的神作最后的祷告？

它要好好看看，这一生奔袭过的白色战场？

不！不！它没有停止过战斗，以狼的名义，拖着半条腿，也要向前行，它一路拖出的血迹，便是走向黎明的路！

它一遍遍怒吼，一遍遍忍受着痛苦！它饥饿，它不甘，它狂怒！

最后，倒在一块铺满雪花的巨石上。

等天亮，雪雾散去后，那匹孤狼啃食掉了漫天的星星。它眼里冒着蓝色的光！它周身的皮毛仿佛带着电！

它在绝望的尽头，重生了。夜空中，万般星座退下，一座新铸造的天狼星，像一柄匕首，划破苦难——

新生，来临！

都市森林

我喜欢在下雨的时候，坐着一辆陌生的公交车，一站一站，迎向一个未知的终点站。

灰蒙蒙的雨，笼罩着一座水泥森林。那一座座霓虹闪烁的大厦，包裹着多少人年轻时的爱恨。

我看见一个清丽的姑娘，打着一把红雨伞，踩着雨花在等车，她朝天空仰起的脸，又精致又好看，一座钢铁泥石之城，也长出了叶绿花红。

上上下下，多少一面之缘的旅客。雨水不断淌下的车窗，模糊了车窗外明灭的红绿灯，以及购物中心上巨大的爱情电影海报。

开始入夜的都市森林，一万盏灯光，明灭着年轻的生命。一把把雨伞下，含苞着你最好不要猜透的美丽心事。

海岸小镇

这玫瑰色的黄昏云海里，灯塔照亮的海岸线，你穿着白纱裙，曾经路过。

你走过后的海岸小镇，开出万朵纷繁的玫瑰，婀娜的杰克·丹尼酒，浸入另一种微甜。一轮夕阳微带着醉与罪，在海平面融化开来，调和成刚刚好的风情万种。

如若不是你——

如若不是你曾经路过——

我怎么会又来到这里，我怎么会还深深地记得，夕阳之下的剪影长宽有几米，白色旅馆在雅典街几号巷弄里，以及我离那年离别你，好像已过了几个夏季——

又好像隔着整整一个世纪。

海边

海岸边，一只倦鸟站在礁石上，在无能地盼望，盼望它在天空走散的伴侣能归来——

就像我枯等到日暮，眼前的海域沉入墨染的黑色，或许再难偶遇，那天夜色下，一见倾心的穿天蓝色连衣裙的姑娘。

海潮里的白色气泡在升腾，又泡入了半颗月光色的柠檬。石崖像一个静默的渔夫，在安静地等待一杯水果酒。

我扔出的漂流瓶，写满了我最得意的诗行。可惜，一次又一次被涌上海滩，大海未细读，便退回我的稿子。

我眺望最后的海霞，在饮了那一杯水果酒醉后，或许再难清楚地忆起，那天夜色下，一顾倾城的穿天蓝色连衣裙的姑娘。

孤单的渡船

荒草萋萋，摇摆的芦苇草。等细雨飘落后，庭前花与山涧水，连成了一首诗。

何处漂流来的渡船，停靠在溪流畔。每敲一次晚钟，每一次惊心。

星光是天际的落花，纷纷扬扬地跌落人间，惊起一树熟睡的归鸟，惊起一沙丘熟睡的梦。

我要赶在午夜的骤雨狂风到来之前，把这一片风景卷进书画，逃向山那头晴朗的天地——

只是呀，一不小心，遗落了那只孤单的渡船。

九龙湖

逆着凛冬的寒风，一路往山顶上走。草地上一点是淡绿，多半是枯黄。

群山围起来，一整片清冷的湖。我没看见九龙盘踞，我只看见染遍了清霜的山与水、天与地。

入夜之后，我坐在山坡上的木椅，看酒店亮起古典故事里的灯，看月亮从浮云中探出了头，看林风往山坡一遍遍地吹……

吹得九龙湖，一夜间白了头。

那天的风真大

那天的风真大，吹乱我的告白词，吹得你的回应，模糊得我听不清楚。

吹亮青春里无尽的雪绒花，在街灯打开那一刹那，凌空而下，彻底把我们包围。

那天的风真大，你的睫毛沾上雪花，清澈的眼睛一眨一眨。你冻红了一张可爱的脸，抿起嘴，低下头，终于应允我的告白！

月亮悬在我背后，也感动地落了泪……

风又吹起漫天的雪花啊，我拥你进我的雪色长袍，呼吸你长发的微香，对望你温柔的眼眸。

这如此冷的风，把我的大衣扬起又落下，我孤单的半生告一段落。

那天的风，真大——

那天的风，真好——

吹得人间只剩我和你，让我从此有了你。

活在我的诗歌里

姑娘，我记得，你一直站在我的回忆里，回忆里的春夏，回忆里的凛冬。过了这么多年月，我已沧桑了容颜，你也许已经许身某某，可站在我记忆里的人啊——

还是，初逢着你的时候，穿米黄色长裙的姑娘，笑起来像孩子一样。

你的照片，我剩下得不多了。这一夜，我一遍遍醒来，一次次睡去，终于用梦里的片段，拼凑出我们初相见时完整的场景。花店旁，风在微醺地吹，无名的花雨有情地洒下。

笔放下，雨是苍天的泪。结局的爱恨，我一个人收下。抱歉了，叨扰了你如此久的青春时光。

从今以后，我活在我的诗歌里，因为我记忆里的你也常留此地。每天醒来，想起是一个有你的世界——

多美。

走不完的梦

湖水，载着一个波光潋滟的午后。凉风吹翻的粉红帽，遗落在油绿的草丛中，无人认领。

无边无际的金色光影，将我彻底笼罩在一场惊艳绽放的梦里。恍恍惚惚里，谁的一张微甜的脸，我如此熟悉，却喊不出名字。

天地间，如此安静。堤岸弯弯曲曲，恰似我一场走不完的梦。

孤单湖畔

盛夏的夜，默默地起风了。

淡淡的月挂枝丫，我在湖边，终于走到了黄昏。倦了倦了，坐在长椅上，看看明月，月光洗涤着白天鹅的羽毛。

天上的星光斑斓，交织，交织，投影在孤单的人间。此刻独自看星星的人，我想都是孤单的人。

风吹乱了竹林，竹影更狂乱，惹了一地清凉的露水，凝聚成一首伤感的诗。

我在街灯下，安静地回忆。有一些温暖的往事刚想起来，又被风吹得无影无踪。

此刻在风里沉默的，我想，都是寂寞的人。

心碎酒吧

暗蓝色的曲调中，再倒入一杯浓酒搅拌均匀。吹萨克斯的年轻人，用音符调酒，调得气氛更加微妙。

我满心愁苦，买醉的夜，圆月总是高高挂，那么明亮，如此皎洁。

窗外飞花满天，没有一朵沾染上这世俗的酒意。

给我再来一杯，比威士忌更浓烈的酒。我心头燃烧的痛苦，靠酒精一点点浇灭。

酒吧老板，请我又饮了一杯浓酒。

更醉的我，题了一首诗，赠予他——

《心碎酒吧》。

我有种将要别离的预感

我有种将要别离的预感，缘来一场，原来是渡一次劫。月色将要阑珊，霜将要漫天而下，要说再见，你要趁月光还明媚。

我有种将要别离的预感，还有些许我的好，你莫要挂心头。旧时山水旧年的彩霞，你看，没有一朵花开到现在未凋残。

我有种将要别离的预感，你这一次转身如此决断。空寂的夜，奈何万般的愁。淡月努力透过窗纱，亮不起一盏残灯。

我有种将要别离的预感，对伊的不舍，留待下一章节再谈。别离就在眼前，就此告别吧，你别怕，目送你到路尽头，我再走。

我有种将要别离的预感，终于你向左，我向右走。一路上曾要与你，一起嫁给我的白色梨花——

含着恨，漫天而下。

落雨的城

下过雨的老城，烟火气又开始喧嚣。我经过卖唱的流浪歌手，从口袋里摸一个有些生锈的硬币。

屋檐下的雨帘，断断续续，是在遗憾着谁人未完待续的故事。这一场雨水，雨花溅落了街灯的泪。我面对着这座夜都市，风吹乱我的发。万般霓虹，缤纷着青春。我突然想起一个旧朋友，他的电话再也打不通了，擦肩而过，也许也认不出。

雨消散在空气里，阵阵青草香。

有时想落泪的伤感，无关一座落雨的城，有关于一个再也不能见的人。

黑暗黄昏

黑云投射下来，染黑了一片一片的牡丹。我的影子，站在风里，莫名感伤，痛哭一场。疾风，甩出一路的泪花。

这个黄昏里，有一个命运凄凉的新月派诗人，带一身难解难猜的秘密，从我笔端所有的故事里，全身而退。

黑暗，来临；悲伤，逆着寒流而上。明明是个盛夏，凄清如一个深秋。烟雨埋葬明月，我临岸落泪，如此悲哀。如此阴霾的一个黄昏，如此不甘命运，却终说出了再见的新月派诗人。

好在他比我好，曾经真正地活，真正地写过漂亮得令人落泪的朦胧诗。

浮沉在梦里的月

在秋水倒影里的素妆，叠起几行被花露沾湿的词句。阴暗在巷子里的影子，隐约在梦里和梦外。

游走在你心湖里的愁鱼，随波荡向一片不为人知的水域。暗淡在雾里的星辰从花枝上滚落，和你首饰盒里的银珠混成一块。

辗转，辗转，放飞在幼时的纸鹤回旋在记忆上空，绕起一串针绣的结。

清冷的铜镜晕开浮沉在梦里的月，你重读搁了半晌的诗书，随手撩起一场更浓的雨雾。

青涩年华

让时光倒流回那年的蓝天下，我背着斜挎包，走在去教室的路上。稚气的脸上有一种倔强，清澈的眼睛里，看得见绚烂的梦。

放学后的人潮里，叽叽喳喳说不完的故事。我还能清晰地记得，那时候阳光正好，手中的咖啡，温热着美丽的年华。

那时候的书架上，还放着一本本古典小说。我爱在温暖的午后，沉浸入一个烂漫的故事里。日记里的涓涓心事，也模仿着小说里温柔的语气。

那时候的光影，有时还能折射进我的梦里。我在这个秋天边走边回望，看见那个青涩的我，隔着漫长岁月看着我，他爽朗地笑了——

他说："我一直都在。"

云峰山之韵

我在深秋，跨越千山万水，奔赴莱州一场盛大之约。云峰山岿然不动，仿佛等了我整整一次光阴的轮回。槐花树郁郁葱葱，阳光为山路镀一层薄金。岩石嶙峋，仿佛等待某一位书法大家飘逸的挥墨。空气中弥漫着槐花香，一场深秋里的诗意之旅。

我愿化身一只飞燕，俯瞰你笔架山的轮廓，那是上苍苦心的雕刻，庄严地摆在这一座墨色渲染的城市。

登到山麓，仰望郑文公之碑，历史不言也不语，只留碑刻文字讲述着千百年来的沧桑故事。站在碑下，我如此渺小，我只能仰望。

一路温暖的阳光，为我披一件暖和的秋衣。一级一级台阶，引我到山峰。莱州的风光，映入眼眸，那一抹枫林之红，搭配上苍茫都市，仿佛是墨砚旁的一抹朱砂。

在笔架山的山峰上，我愿做一支瘦笔，请赐我灵感写一篇飘逸的行草！

起风了，听人说，雾散后，那边是大海的方向……

凝望

我凝望着安静里的你，背景是一片水畔的木槿花。夕阳里，你不言也不语，画面上了嫣红的颜色，衬托你略施粉黛的容颜。

你不知道我在凝望着你，你在水畔的花簇中沉默。这一幅安静的画面，用我这一首诗做浪漫的旁白，我愿你能听得见。

木槿花掉落在你的百褶裙上，你用手捏起一朵，别在了发髻上。这个黄昏和我一样，为你所倾倒。

但我和你隔着淡雾，你不知道，我凝望着安静里的你。天色将晚，一抹夜色隐去了我还来不及好好看看的安静里的你。

秋天的故事

木桌上开放着红蔷薇，我的红茶散发着淡淡的温热。时钟滴答滴答，每一秒午后的时光都值得被我收藏进诗集。

忘了有多久没有弹奏钢琴，蒙尘的琴谱上是一个休止符。阳光透过纱帘，温柔了整个房间。阳光绽放在墙壁上，好像一朵朵向日葵，初秋竟可以如此温柔。

天空蓝得像是在童话里，微风暖暖的，把我要说的话吹送了三百里。

再添满一杯红茶，铺陈开稿纸，写一个秋天的故事吧。写写秋天的菊，写写黄黄的叶，总有温暖的阳光把主角的影子拉扯得——

很远，很远……

一路苍茫

开着车，缓缓地驶在江畔公路上。夜幕初降，都市汇聚起南国的璀璨霓虹。珠江水，泛着点点虹光，静默地，静默地流淌着。

转一个弯，看见了广州塔，高耸入云，直达云乡。这时，我放慢了车速，天空下起淅淅沥沥的小雨。

紫荆花，落满地，清雨沾湿了都市的霓虹。我的车窗上，闪耀着淡紫色的光芒，凝望着，凝望着，心里宁静而恬淡。

所有的风景，被甩在我身后。街景慢慢地，慢慢地幽深下来，雨好像慢慢停了。我摇下车窗，把心事扔进风里。夜已经慢慢深了，这南国的都市还不肯安歇。

一辆深黑色的车子，消失在长长的林荫道。一路行驶，哪里的喧闹都不去——

只往，只往，家的方向。

扫码听朗诵

父亲

幼儿园响起了放学的铃声，一群群孩童叽叽喳喳说着趣事，走向在门口等待的父母。那时的天蓝蓝的，春燕在枝头呢喃着童年的歌谣。那歌谣，悠扬了多少年，如今，还在我心上。我一个人，在校园里荡秋千，爸爸接我又晚了。暮光里一个孩子的身影，荡啊荡，荡啊荡，哼唱着刚学的小调。爸爸怎么还没来呢？我望着空荡荡的校门口。终于，爸爸高大的身影出现了，我欢喜地奔过去，大手拉着小手，走进回家的那条长长的林荫道。春花，一瓣瓣飞舞，直到小小的家门口。

多少年后，风霜早已沧桑了面孔，我偶尔望见父亲的白发。父亲，慢慢苍老了。这十年，他带着患病的我，跑遍了无数医院。夕阳下，爸爸慢慢消瘦了，我也慢慢高大了。那条归家的林荫道，还在轮回着春夏秋冬；幼儿园的孩子，换了一轮又一轮。爸爸老了，好像也变成了孩子。有一天我加班到很晚，银亮的路灯下，父亲坐着，在等我回家，好像当年我在幼儿园等爸爸一样。大手，拉起一双长茧的手，走进回家的街巷里。秋风，一阵阵萧瑟，直到小小的家门口。

换一个人代替

直到夜色将你完全淹没，直到轰轰烈烈的剧情被烫下一个疼痛的句点，直到月光入了酒，凝成一捧花。我的一错再错，我的有口无心，我的独自山海，你都原谅在慢慢逆风而起的飞花里。

"能共你爱过，暖暖的令我自豪。"当时你爱坐在摇椅里，听着音乐，一点点沉入梦乡。我替你盖上白色毛巾被，我听见你的梦呓里有我的姓名。

如今，直到风吹过所有我们走过的野菊花开放的小路，一路上所有湖上鸳侣都散了场。直到流云涂涂抹抹，浮在天上的点点往事被擦得一干二净，我们仍记得的，我们放不下的，老天替我们全部失忆。

我想不用太久，你的香气在此地也会消散得了无痕迹。我想应该不用太久，我们出现在彼此生命里的身影，也会被姻缘的月老换一个人代替——

以后我们的故事，为避免伤心，千万别再提及。

我还会多少次地梦见你

梦里的旧城，青苔长满了石板路，烟雨笼罩着一座梦幻的城。那明月摇摇晃晃，那银河悠悠流淌……

我看见穿着蓝色旗袍的你站在小桥上，把花瓣撒到水波里。竟然，竟然又一次在梦里遇见你。略施粉黛的容颜，恰似当年一样倾城。

无法接近，无法接近……烟雨散尽后，你的身影像化开的水墨一般，消失得无影无踪。

这座空城只剩下一个迷路的我，等破晓时分，从梦里惊醒。我轻轻问我自己——

怎么还没有忘记你？

怎么还能在梦里遇见你？

春秋与冬夏，无数的梦境，有你的惆怅背影，有你的回眸浅笑，有我们并肩看彩霞的山丘。

于是我在稿纸上写下一个铭心刻骨的标题——

我还会多少次地梦见你。

我还会多少次地梦见你……

雾锁愁城

一江烟雨，雾锁愁城。飞坠的纸鸢是不是断了线，再也回不来，掉进一个无人能料的梦境里。

过了几重苍茫，又翻过几个繁华之地，我只听见胡笳悠扬到深处的乡愁。过了一道桥后，杳无音信。

好个镜花水月，好个花灯万盏。

你以残存的红唇，在这一章故事的末页，吻了一个痴情的落款，还了一个夙愿，换了一个夙愿。

苍生如梦——

此恨无穷。

华南植物园恋曲

从小，我便牵着父母的手，徜徉在这园中。那时的天好蓝好蓝，我欣赏着一株株名花，一棵棵古树，它们不言也不语，却满载着珍贵与高洁。一路走，走到林荫深处，走到我童年的尽头。

如今，再踏上华南植物园，我才知道，你拥有这么多高贵的植物，你有着"中国南方绿宝石"的美称。你是上天对羊城的恩赐，是我们的福祉。我静静地欣赏着，淡紫色的报春苣苔，红艳的越南抱茎茶，可爱的杜鹃红山茶……一个个名字，我如数家珍。这定然不是人间的美景，这是天上的星辰落入凡间，化作一朵朵珍奇的花朵。多少心血，才浇灌出这般美丽的花园！

我摊开画册，涂涂抹抹，一笔一笔记下这华南植物园的美景，添一抹淡红，加一抹深紫，背景是羊城的夕阳。园中好安静，这一幅画作，我会一直留存。直到我很老的时候，摊开画册，我还能回忆起，那陪伴我无数个春夏秋冬的华南植物园，那园里的清风，那园里的姹紫嫣红，都深深留在脑海。

起风了，我收起画册，走向林荫的更深处。我的曼妙记忆，像园中的花朵，盛开了一季又一季。

扫码听朗诵

下卷

散文、小说

我用蜡笔画一个爸爸
——献给父亲节

大明拿着两个硬币，在糖葫芦摊旁讨价还价。小虎抱着他爸爸的篮球，在窗口喊我去投篮。"嘘！"我让他们都别吵，我要趁爸爸没回家，用蜡笔画一个他。

猫咪把头伸进鱼缸里，准备练习潜泳的本领。蚂蚁在路中央挖了个小坑，打算让路过的大象摔一个大跟头。"嘘！"我让它们都别闹，我要趁爸爸没下班，用蜡笔画一个他。

小蛇被淘气的猴子当双节棍耍，直摇得晕头转向、眼冒金星。大公鸡再次顽强地爬上树，准备用一个下午彻底学会飞行。"嘘！"我让它们都别玩，我要趁爸爸没到家，用蜡笔画一个他。

动画里的鸟儿想飞进现实世界，结果被屏幕撞得满头大包。卖火柴的小女孩的眼泪化作漫天飞雪，寒彻了整个童话世界。"嘘！"我到客厅把电视调成静音，谁都不准走漏一点风声，我躲回卧室继续画我的画。

小玲把新买的蝴蝶结弄丢了，在回家的路上哭得满脸花。哥哥因为上体育课穿凉鞋，现在还在学校被罚站。"嘘！"谁也不准打断我的构思，我画画不用哥哥帮忙，他画的人永远只有三根头发。

小唐握着惨不忍睹的成绩单，垂头丧气地往家走。大雄从口袋里掏出一把一毛钱，边走边想着自己的投资方向。他一不小心踩塌了蚂蚁挖的陷阱，那只埋伏在洞穴里的小蚂蚁气坏了，骂骂咧咧地跳出来重新挖好坑。

暮色把天地镀上一层薄金，夕阳和月亮从两边一起使劲，将璀璨的夜幕缓缓扯开。我的画快完成了，你看我画得多像爸爸呀，我把画藏在枕头底下，突然听见一阵敲门声——

"嘘！爸爸好像回来了！"

扫码听朗诵

老黄牛非凡的十年
——记我的父亲牛立志

在这个金秋时节，我们党迎来了举世瞩目的二十大，习近平总书记的报告让我们感动万分，激动不已。这十年，中国发生了翻天覆地的变化。

"非凡十年"，要有一个小的切入点，或许更有说服力。我想说说，我的父亲牛立志，这十年的"平凡"与"非凡"。

我的父亲是暨南大学附属复大肿瘤医院院长，博士生导师，"广东好医生"称号获得者，国际冷冻学会副主席，亚洲冷冻学会副主席，有着38年党龄，从部队退役已经20年了。

数一数，他的名衔可真不少啊！我作为他的"秘书"，是真实地看着他走过了近十年不平凡的奋斗历程的。

父亲小时候家里不算富裕，加上兄弟姊妹多，负担重，平时生活过得紧巴巴的。听姑姑说，谁家做了肉，父亲一定蹲到人家门口，直到讨一碗肉吃才肯回家。

后来，父亲发奋读书，被第四军医大学录取了，从此生活就不一样了。不仅不用交学费，每个月还有补助，连衣服都是学校发的。父亲在军校接受了严格的医学训练，入了党。

直到今天，父亲常常跟我和哥哥说："我的一切，我们家的一切都是党给的，爸爸衷心地感谢党，爸爸每次交党费都是交得最多的。"我想，父亲那颗爱党报国的心，在那时候火热起来。

时光荏苒，一下子几十年过去了。父亲带着我们从西安来到了广州。先是在南方医院工作，退役之后，由于赞赏总院长徐克成教授的办院理念，来到了复大肿瘤医院。

复大肿瘤医院在各级领导的关怀下，从一层楼发展成了现在的两个院区。父亲潜心钻研冷冻消融、纳米刀消融等技术，在肿瘤微创领域不分昼夜地攻坚克难，让这门技术走在了世界前列，给中国争了口气。

巧合的是，我们医院的主院区北院，刚好就是在十年前建院的。从此，复大肿瘤医院踏上了不平凡的"十年征程"。

父亲平时很节俭，西裤西装都洗得变了颜色，发白了也不肯换。但是每次捐款的时候，他都是捐得最多的人之一。记得有一次他参加"红棉老兵义诊志愿活动"，正值寒冬季节，他临行前竟然发现自己连件合身的棉袄都没有。因为我特别胖，父亲只好穿着我的特大号棉袄出发了。

后来我看照片，父亲在一间小屋子里为一位老人家细心地问诊，大棉袄外面还套着一件小小的红背心，看起来既好笑又心酸。父亲几乎把所有的精力都放在治病救人和科研攻关上，只要医院有一个危重病人情况不稳定，他就吃不好也睡不着。

一年365天，算上春节，每天7点钟准时到医院，晚上走廊灯都熄灭了他才走。如果有患者情况不稳定，他干脆就睡在医院，随时做好抢救的准备。有了他和医院各位医护人员的悉心照料，一个个患者重新燃起了生命的希望，一个个家庭又有了欢声笑语。

我常常觉得，父亲就像一只勤勤恳恳的老黄牛，每天努力地工作，不问回报，不知不觉间已走过了很远很远的路程。

许多往事依稀还留在脑海。只记得小时候，父亲在家的时间很少，回到家，坐在凳子上也拿个血管钳转啊转，一直在找手术的感觉。我小时候问过爸爸："你在干啥呢，爸爸？"父亲说："爸爸不想浪费时间，随时都要练习手术的感觉。"

有一次我最心爱的一条裤子破了，我哭成小花猫一样回到家里。父亲刚好在客厅，拿过我的裤子就说："爸爸帮你缝。"我好奇地问爸爸："你会缝衣服吗，爸爸？"父亲笑了笑，说："爸爸连心脏、肚皮都能缝，衣服怎么不会缝呢？"那条裤子我穿了很久很久，因为是爸爸帮我缝好的。

还有一次，我摔了一跤，胳膊上要缝针，到了医院，父亲说他来帮我缝，我痛得哭天喊地，爸爸第一次那么严肃地对我说："小涛，你已经长大了，要坚强。"是呀，随着他坚毅的步伐，我也慢慢地坚强起来。

非凡的十年，自然有非凡的故事。这十年来，有将近70个国家的患者来到我们医院寻求治疗，在地图上，这些国家的布局刚好与习近平总书记倡导的"一带一路"路线相吻合。

其中，还包括父亲救治过的英国皇族伊丽莎白夫人、亚洲某国卫生部部长。一个个外国患者为中国医生竖起了大拇指，这可真是为咱中国医学界在世界上争了光。

非凡里有着平凡，平凡里也孕育着非凡。看着父亲这十年来，脸上的皱纹多了，头发也渐渐白了，我常常感叹时光的流逝。但是，能和他并肩走过岁月里的酸甜苦辣，生活在这么好的时代里，我也感到暖暖的自豪。

有一天吃饭，不知道谁说起来一个话题，谈到父亲已经退役20年了。父亲说："只要保家卫国需要我，我能做手术救人命，70岁我也上前线。"我暗暗记下了他的话，有这样的父亲，我也不能给他丢人，我也要好样的！

时光不会辜负一个人的努力，年复一年的付出总会有回报，父亲也收获了沉甸甸的荣誉。除了无数的荣誉称号，更重要的是，办公室里已经挂不下的红彤彤的锦旗。我想这些不仅是对他医学成就的肯定，还是对他仁心仁术的认可。

又是一个朝霞满天的清晨，我和父亲走在上班的路上。我望望霞光四溢的天空，心里暗暗想：下一个十年，我也要陪父亲一起走下去，我要好好照顾他，让他更有精力去医治患者。

下一个十年，我们的祖国在党的带领下，会更加非凡！拉拉勾，奋进的征程上，我们一起走！

扫码听朗诵

【附记三则】

"牛院长，请你一定要治好我，我还要抚养我的孙子"

60岁的周阿姨来自香港，6年前发现了右肺结节，当地医生手术切除了这个结节，当时病理报告是原位癌。6年后，发现左肺又有一个结节长大了，香港医生考虑再给她做手术，但是又考虑到再次手术对她的肺功能影响会比较大，因此比较犹豫。周阿姨开始四处咨询，看有没有办法能够既消灭肺结节，又保护肺功能。后来，周阿姨经友人介绍，了解到广州复大肿瘤医院的冷冻消融技术，便专程来到了广州，找到牛立志院长团队。开始手术前，周阿姨握着牛院长的手说："牛院长，请你一定要治好我，我还要抚养我的孙子。"牛院长当时很纳闷，是什么原因让周阿姨说出这样的话呢？经过跟周阿姨聊天，牛院长得知，周阿姨的儿子是一位飞行员，在一次飞行事故中不幸去世了，留下一个小孙子，周阿姨说一定要看到小孙子长大才放心，这是她的使命。

牛院长听后非常感动，下决心一定要把周阿姨的肺结节彻底消灭掉，让她能够健康地生活下去，把她的孙子抚养成人。这个肺结节直径有1.9厘米，术中，冷冻针正插靶心，最后形成了超过肺结节边界1厘米的冰球，完全灭活了肺结节。牛立志院长对同事说："肺结节完全消灭掉了，我感觉我对得起周女士了，让我们也祝福她健康长寿。"

暖心的故事在复大肿瘤医院天天上演，病魔无情，但人有情。早发现，早治疗，愿我们都能够多陪伴亲人，一起走更长的人生路。

87岁老人心脏功能差，又患肝癌，怎么办？

近日，一位87岁的老人家在家属的陪同下，找到广州复大肿瘤医院牛立志院长团队寻求治疗方案。老人家此前长期因为心脏功能不好，连活动都比较困难。经过检查，他的心胸比例已经超过0.8，心脏已经扩大。像这样心脏功能不好，又是老年人的患者，已经无法耐受任何全麻手术了。

前一阵，老人家在体检中又发现了肝癌。那么，老人家现在该怎么办呢？牛立志院长经过评估，给出了治疗方案，那就是采用局麻下的微波消融手术。手术中，可见一根针插进肿瘤中央，微波"发力"，很快就把肿瘤烧死了。因为局麻对患者整体没有什么影响，所以老人家的手术很顺利，没有对老人家造成其他伤害。

牛立志院长解释说，对于严重心功能不全的患者，尤其是老年人，开刀手术的风险是比较大的。而局麻下的消融手术则不同，在手术过程中，患者是清醒的，医生与患者聊聊天就把手术完成了，对人体的风险要小很多。

对于这位老人家，采用的是微波消融。简单来讲，就是通过高温把肿瘤烧死。我们平常使用的微波炉，释放出的热能可以把食物烤熟甚至烤焦。而微波消融就是利用这种原理，把肿瘤原地烧死，不需要开刀，只用一根微波针插入肿瘤中心，用高温来达到杀灭肿瘤的目的。术后，牛院长去看望老人家，老人家已经恢复得不错了。牛院长握着他的手说："祝您健康长寿！"

14岁女孩坚持抗癌7年

这是一个14岁的女孩，早在7岁的时候，就发现患了滑膜肉瘤，开始漫长的抗癌路。当时实施手术切除以后，又出现了多次复发，采用了手术、放化疗、免疫治疗等治疗手段。

到今天为止，这个女孩忍受了无尽的癌痛，还有手术带来的痛苦，但是她一直很坚强，与滑膜肉瘤抗争了7年，也从一个孩童成长为一个少年。

天意弄人，最近，她的肺上又出现了两个转移病灶。这个时候，传统的放化疗、手术都已经不能用了。女孩陷入了绝境。好在天无绝人之路，女孩在父母的陪同下，找到了广州复大肿瘤医院牛立志院长，做粒子植入治疗。简单来说，粒子植入治疗就像埋一颗地雷进肿瘤，定向爆破，摧毁肿瘤。

手术很成功。牛院长感叹，整个手术过程中，这个孩子非常坚强，一声也没有喊痛，她的坚强程度超过了很多大人。在场的医护人员都很受感动，也很心疼这个饱受病痛折磨的孩子。连护士姐姐都感叹："真想让我家孩子来看看这个坚强的少年，学习她面对多舛命运的坚忍不拔。"从7岁开始，整整7年的抗癌路，是相当不容易的，希望这个女孩能够少受病痛折磨，一天比一天好起来。

未曾谋面的爷爷

我与我的爷爷牛德会未曾谋面，他在我出生的第三天就因为脑溢血去世了。有一年，我回到西安老家，看到照片里的爷爷牵着年幼的爸爸。爸爸和爷爷长得真像，听家人们说，爷爷和爸爸的性格也很像，话不多，却任劳任怨，一辈子跟一头老黄牛一样，为家为单位做着贡献。

二姑跟我讲，爷爷奶奶从河南洛阳来到西安的时候，爷爷去了一间饭堂做小工，包包子、包饺子这些活儿很快就上手了。后来，又做得一手好菜。奶奶性格大大咧咧的，在家里很少做饭，有事没事还数落爷爷一顿，爷爷每次都默不作声，闷头干着家务活。

后来，爷爷因为会打算盘，成了饭堂的会计，这下空闲时间就多了，一下班，就回家给四个孩子做饭。爸爸经常怀念，爷爷做的小酥肉是他记忆里最好吃的菜了。

爷爷十分疼爱这四个孩子，二姑当时下乡，每几个月才能回家一次。每次爷爷都会给二姑带上十斤粮票、十块钱，还有十个油酥馍，生怕二姑在乡下受罪。

爷爷在爸爸小时候，就鼓励爸爸要认真学习，将来一定要考上大学。爷爷经常辅导爸爸学习数学到深夜，多累也无怨无悔。爸爸果然不负厚望，最终考上了第四军医大学，成为一名外科医生。

爷爷到了50岁，遭遇过一次打击。当时爷爷已经是饮食公司的会计了，公司的出纳贪污了钱，却把黑锅让爷爷背。爷爷被关了几天，最后把家里的自行车和缝纫机都卖了去还钱。打那以后，内向的爷爷就更加沉默寡言了。我想，爷爷后来的病，就是在这时埋下病根的。

提起爷爷的去世，我们全家不禁扼腕叹息。那段时间，爷爷的脸色一直蜡黄，问他，他只说有点头晕，休息一下就好了。没过几天，就到我妈的产期了，爷爷勤快地把家里收拾得干干净净，准备迎接孙辈的到来。

那天，我妈分娩出了我和我哥这对双胞胎，爷爷听到这个好消息，一时兴奋过度，马上昏迷过去了。周围人赶紧把爷爷抬上车，送往我爸还在读研究生的大学医院，我和哥哥刚出生，也在那家医院。就这样，爷爷还没抱过我和哥哥一次，就脑溢血陷入了重度昏迷。

那段时间，爸爸简直操碎了心，一边是双胞胎儿子出生，一边是父亲准备做开颅手术。很多人劝爸爸放弃，爸爸却要搏一把，看看手术能不能挽救爷爷的生命。他作为医生清楚地知道，可能救回来也是植物人了。爸爸一夜之间愁白了头。

最终，爷爷还是走了，全家人在病房里，看着慈祥的爷爷永远闭上了眼睛，不禁泪如泉涌。

回西安的时候，我和爸爸去了趟当年的老楼，记得爷爷就是在一楼昏迷的。爸爸走着走着，走不动了，眼眶红了一片，对我说："小涛，爸爸太遗憾了，太心痛了。"

是啊，爷爷，你要是还在，能跟着我们享多少福啊，你怎么就这样走了呢？

那天晚上，我睡不着，坐在窗边，捧着爷爷拉着爸爸的照片，照片里的爷爷多慈祥啊！多少年后，爸爸又拉着我的手，可能几年后，我又拉着我孩子的手。亲情，就这样一辈一辈传下来。

泛黄的照片里，爷爷那样慈祥地笑着。爷爷，若有来生，我愿在您膝下，快乐地长大。这一次，您要一直一直陪着我们，拉拉勾。

扫码听朗诵

我的奶奶

我推开家门，走进奶奶的房间。奶奶躺在床上，半睁着眼睛，看起来还是很虚弱。奶奶如今已经94岁高龄了。

我坐下来，握着奶奶的手，对她说："奶奶，我回来了，您孙子牛涛回来了。"

奶奶刚刚得了一场支气管炎，还在恢复期。她微微睁开眼睛，看着我，好像一时间认不出我是谁。过了一会儿，奶奶才反应过来，轻声地说："牛涛回来了，我当飞行员的孙子回来了。"

奶奶得老年痴呆症已经快三年了，不知从何时起，奶奶幻想中的我开始从事不同的工作。这一次回家我成了大领导，她拉着我问工作辛不辛苦；下一次我又成了司机，她一直问我跑运输累不累。可见，这一次我又莫名其妙地成为飞行员了。我一时间有点哭笑不得。

自从三年前奶奶得了一场大病，便一直瘫在床上。当时在医院抢救了好几天，大家都以为奶奶撑不过去了，最后奶奶还是挺了过来。我记得奶奶曾经拉着我的手说："牛涛，你还没有结婚，奶奶不想离开。"我哭了，哭得那么难受。果然，奶奶凭着一股子意志力挺了过来。

没想到，回到家以后，奶奶便开始一点一点变糊涂了，经常不认识家里的人。清醒的时候，奶奶会把枕头移开，拿出一个破旧的红包，里面全是过去这些年我们一家人给奶奶的零花钱。奶奶偷偷把我叫到屋子里去，跟我说："牛涛，奶奶攒的钱，都给你结婚用。"我笑着对奶奶说："奶奶，您花吧，我能挣钱，您想买什么就买什么，不够我们再给您。"

可惜，奶奶已经没有自己去买东西的能力了。

后来，奶奶变得更糊涂了，一天到晚在屋子里唱歌，"太阳当空照，花儿对我笑……"又或是，"弯弯的月儿，小小的船，小小的船儿两头尖……"一次，我端着牛奶去奶奶房间，奶奶看起来特别高兴，拉着我说："牛涛，奶奶参加唱歌比赛，奖金有十万块，你帮奶奶领回来，奶奶都给你。"我只好跑到楼下的广场转了一圈，然后回来跟奶奶说领了奖金。那一刻，奶奶高兴得像个孩子一样。我的眼泪却在眼眶里打转，奶奶虽然离这个现实世界越来越远，她却一直关心着我。她是最爱我的奶奶啊！

我记得从小时候起，奶奶便陪伴在我的身边。每年冬天，奶奶都会给我织一件新毛衣，做一件新棉袄。奶奶的手特别巧，做出来的衣服都特别合身。我刚上小学的时候学习不太好，经常被留堂，有一次，赶不上班车回家了。我待在学校的传达室里，焦急不安。不知过了多久，我远远看到一个佝偻的身影走过来。我仔细一看，那竟然是奶奶。耳朵听不见的奶奶，竟然一路摸到了学校，这距离至少有十公里。奶奶见到我，差点哭出来："牛涛，奶奶还以为你走丢了呢，吓死奶奶了。"后来我才知道，奶奶发现我没有跟班车回家，越想越急，便一路边打听边走，一个一个报摊地问，终于找到了我的学校。路途中，奶奶还跌了一跤，满身是尘土。打那以后，我便下定决心，一定要好好读书，不让奶奶再担心。我也再没被留过堂。

思绪又回到现实，奶奶在窗外折射进来的阳光里慢慢睡着了，我看着奶奶慈祥的脸庞，握着她的手，感受着岁月沉淀下来的温暖的亲情。不管奶奶糊涂成什么样，我一定会一直陪伴在她身边，哪怕我的职业天天变，哪怕最后奶奶完全认不出我，我也一定会像当年奶奶找到我一样，总是回到她的身边。

午后的阳光更暖了，把我俩的身影投射到墙上，慢慢地，成为一幅温暖的剪影。

奶奶，往后的岁月无论多么悠长，我都会一直一直在。

扫码听朗诵

姥爷，小海想您了

我的姥爷（我称呼他为爷爷），叫姚宗礼。经历了半年病痛的折磨，他去了天堂。此刻的陕西潼关，细雨绵绵，我仰面朝天，泪痕满面。

静下来，我写下了这封给天堂的姥爷的信。

敬爱的爷爷：

坐在您常坐的木椅上，尘封的儿时记忆慢慢清晰、澄澈、跳动起来。我一两岁的时候体弱瘦小，您和奶奶（我的姥姥）整宿整宿不睡地照看我，我的体质才慢慢好起来。爷爷，您不用再担心我的身体了，我这些年靠自己后天努力，已经吃成一个快80公斤的大胖子了。

因为我爸妈那时候在医院的工作忙，我在您和奶奶身旁长到四岁多才跟着他们去了广州。听舅舅说，我走的时候，他看见工程师出身、一生坚强刚毅的您第一次掉眼泪。爷爷，您知道吗，我刚到广州的时候操着一口肉夹馍味的陕西话，普通话都说不利索，幼儿园里讲粤语的广东小朋友们都不跟我玩……现在，我又把陕西话忘了，每次和您视频磕磕绊绊地讲着不标准的陕西话。您如果再等等我，我就快要学会了……

奶奶偶尔会提起您年轻的时候，只有几件单衫，在冰天雪地的哈尔滨上大学，晚上就睡课桌。爷爷您好强啊！我看来是没有遗传您抗冻的本事，我在广州的冬天还要睡电热毯。

记得我小时候，您常常背着手在院子里散步，我就有样学样也背着手、驼着背跟在后面，像个小老头。爷爷，您看院子里的树，还是那么青葱，一如昨日。树影斑驳间，我恍惚看到一个大大的您、小小的我，一前，一后。

爷爷，小海长大成人了，我会努力给弟弟妹妹们当个好哥哥。您如果想我了，就来梦里找我。爷爷，我会想您的。

姑姑的知青岁月

每当我的二姑讲起她当年的知青岁月，总会思绪万千，那是一段艰苦的岁月，却也充满着快乐，那是二姑的青春年华。

当年，二姑才刚满18岁，响应毛主席的号召：知识青年到农村去，接受贫下中农的再教育。从西安出发的时候，每个人胸口都佩戴着一朵大红花，二姑当时感觉可骄傲了。二姑随着大伙来到了离西安不远的长安县下乡，正式开始了自己的知青岁月。

这种骄傲的感觉还没持续两天，二姑和一起下乡的知青便感受到了农活的辛苦，以及在农村生活的艰难。每天早上6点钟就起来了，那时是9月份，大家一起去田里割稻子。有时候双脚磨出了水泡，还得坚持着把活干完。有一次，二姑正在割稻子，突然看见一窝小红蛇，可把二姑吓坏了。一条小蛇向二姑游过来，差点就要碰上她的腿。二姑赶紧叫来田里的农民大伯，才把红蛇赶跑了。还有一次，一只蚂蟥爬上了二姑的小腿，农民大嫂赶过来，嘱咐二姑不要用手拔，那样蚂蟥会吸进肉里，她用鞋底拍了几下，蚂蟥才掉落在地上。这时，二姑早已吓得面色惨白。

刚开始，大伙还有白面馒头吃，后来，只剩下苞谷面了，每天吃不饱，还要高强度地劳作，大伙都受不了了，很多人想尽办法要回城市，可是二姑却沉下心来在农村扎根。她好像爱上了这片土地，爱上了这里质朴的民风。

闲下来的时候，最容易想家，二姑会坐在田边，看着家乡的方向，四周炊烟袅袅，不知不觉，已是星光漫天。不知道为什么，农村的夜空特别明朗，星星和明月透着清光，二姑在清风里，在微微的稻香里，每每会坐很久很久。

这时候，大伙的伙食更差了，不是挂面就是苞谷粒稀饭，一个个都瘦了。而且，每次刚坐下来吃饭，没等吃完，上工的铃声又响起来了。

村里有位善良的赵大伯，经常招呼二姑和几个知青来家里吃饭，本来赵大伯家里也不富裕，却经常杀一只鸡来款待知青。赵大伯对二姑说："可苦了你们这帮城里来的孩子了。"二姑却说："大伯，我不觉得苦，我每天都过得很充实，我喜欢这里清净自在的生活。"

二姑在长安县下乡快五年了。周围的朋友基本上都调回城里了，二姑是最后一批调回城里的，临别时刻，二姑回望着那片山村，那一片片稻田，不禁湿了眼眶。青春岁月能有几个五年，二姑把最美好的年华都奉献给这里了。在这里，有二姑的好朋友，有仿佛是亲人的农民兄弟姐妹，二姑不舍啊！

时光荏苒，转眼二姑已经快70岁了，离那段岁月越来越远了，可是那段记忆却如此清晰。有一年，我陪二姑又去了一次长安县，那里发生了很大的变化，农民的生活越来越好了。

我和二姑在那片稻田旁坐下来，天色渐渐晚了，二姑静默地望着远方，轻轻地说："当年，二姑就在这片稻田里插秧，割稻子。当年的人们，都去哪里了呢？"

我和二姑在稻田旁坐到很晚很晚，星星和月亮都出来了，那清亮的光芒仿佛和当年一模一样。微微的稻香里，二姑遥望着故乡的方向。

扫码听朗诵

二姑的"小饭桌"

我的二姑牛素娟，是个任劳任怨的人，这几年来到了我家，一边照顾奶奶，一边照顾我，我对二姑的感情很深。而且，二姑做的饭实在太香了。

以前，二姑在西安是干"小饭桌"的，就是在家里放满架子床，供附近的小学生中午吃饭休息。还有些学生是全托的，除了周末，每天都在二姑家吃饭睡觉。后来，姑父也加入进来，一起干"小饭桌"。二姑说，那些年干得可有劲了，一点都不感觉累。

万事开头难，刚开始，招了半天生，就来了一个人，结果国庆节回去后又不来了。姑父想了个办法，在阳台拉了个横幅，就叫"黄牛小饭桌"。因为姑父姓黄，二姑姓牛。后来，姑父想了想，改成了"博爱小饭桌"。

再后来，旁边一栋楼的一家"小饭桌"不干了，就把他的几个学生介绍给了二姑。没想到，这几个学生吃了二姑做的饭，赞不绝口，而且，其他地方三四个菜，二姑这里每顿饭六个菜，还会给学生买牛奶水果，每个周五还给学生做汉堡包吃。没过多久，二姑家里便住满了，又租了一间屋子，很快又住满了。

二姑和姑父分工很明确，姑父接了学生回来，二姑已经在家里把饭做好了。最多的时候，有三十几个人在二姑家里搭食。二姑能够两个铲勺一起翻炒，做出一份份美味的佳肴。

有一段时间，有个"坏小子"老是把吃不完的饭菜倒到楼下的花盆里去。后来，楼下的业主找上来了，姑父赔了半天不是。那个孩子叫晓明，常常在学校里打架，学习成绩也一般。姑父对他说："人家都找上门了，差点就要找你了，要不是伯伯道歉，你可能就被揍了。"

晓明说："我不怕，要不，咱俩去揍他们？"姑父说："可以啊，他爸是体育学院的，他两个儿子都是拳击教练，你去吧。"晓明吓得不敢吱声了。

后来，姑父和二姑才知道，晓明的父母离婚了，很少有人关心他。姑父便把他当自己儿子一样看待，经常带他去超市买好吃的，还辅导他做作业。听说，晓明后来变成一个好学生了。

还有一个叫小梅的小姑娘，也让二姑、姑父难以忘怀。每次发的苹果，小梅都藏在枕头底下，回家的时候再偷偷带上。经过打听，二姑才知道小梅的父母早年去世了，剩下小梅和姥姥相依为命。小梅说："我想把苹果带回去，让姥姥也尝尝。"

二姑和姑父经过商量，决定免掉小梅所有的食宿费用，免费在这里吃住。多年以后，小梅考上了重点大学，还经常回来看望二姑、姑父。

前年奶奶得了一场急病，家里没有人能照顾奶奶，二姑义不容辞地决定，不干"小饭桌"了，去广州照顾老妈。就这样，三年过去了。

我成了二姑"小饭桌"唯一的学生，只是，我吃得好胖好胖，二姑的饭菜实在太好吃了。

这几天，二姑买菜摔了一跤，胳膊都肿了，我才意识到，二姑也快70岁了，我决定从今往后，所有的菜都由我来买。

那天晚上，我在厨房给二姑打下手，二姑说："二姑想再干'小饭桌'，可是二姑老了，再也干不动了。"

我轻轻地说："二姑，我长大了，以后，我来给您做饭。"

二姑抹了抹眼睛："傻孩子，这点活我还是能干的，想当年……""'小饭桌'，或许是二姑一辈子最得意的事业吧。

二姑好像陷入了悠长的回忆中，窗外刚好是无边无际的星河，长长的，像回忆一样。

扫码听朗诵

姑父

我的二姑父黄建利，就像我的第二个父亲一样，常年关心着我，鼓励着我。这段时间，姑父又从西安过来了，我和姑父泡上一壶茶，又有聊不完的话题。姑父常常说起他的一生，一生正直善良，却也因此吃了不少亏。让我从姑父的年轻时代说起吧。

姑父出生在一个知识分子家庭，他是家里的老大，从小担负着照顾弟弟妹妹的责任。后来，姑父进了西安眼镜厂工作，由于工作细心认真，姑父27岁便成了副厂长。姑父不善于巴结领导，却与手下的员工关系特别好，用姑父的话来说："我的群众基础特别好。"

当时，厂长经常和领导们在外喝酒作乐，也暗示姑父：你要跟我们站在一起，没事往区里多走动走动。姑父却想：我就是搞技术出身的，厂子里那么多活要干，我往区里跑有啥用呢？因此，姑父从不与他们一起出去喝酒作乐，一下班就回家给家人做饭。

姑父由于不善疏通跟上面的关系，跟厂长有了些隔阂。平时，厂长就坐在办公室里喝茶，而姑父却在厂子里加班加点地制作眼镜，姑父的手艺非常好，配出来的眼镜谁用谁满意。我和哥哥从小就戴眼镜，从我记事起，我们的眼镜全是姑父配的。

有一次，厂长让姑父加班配几副眼镜，说是区里的领导要用。姑父却说："有好多老人家等了快一个月了，我们要先把他们的眼镜制作完，你这事要排队。"打那以后，姑父和厂长的梁子结得更深了。

还有一次，厂子里有一个员工得了急病，需要输血。厂子里只有包括姑父在内的三个员工是O型血，姑父便放下手头的工作，跑去献血。回来以后，竟然听说厂长说他上班时间开小差，扣了他两毛钱工资。要知道，那时候两毛钱可以买不少零碎了。这下姑父气得咬牙切齿的，可是善良的他还是忍了下来。

姑父一入厂，便写了入党申请书，可是过了很久，一点消息都没有。他听说，厂长把他的入党申请书偷偷扣下来了。姑父又写了一份，当面交给厂长，后来还是不了了之。

后来，姑父对这个厂子实在失望了，便自己出来做生意，跟人合伙开了一个眼镜店。可是姑父太善良了，营业款都存在人家那里。最终，经营不善，那个人卷款逃跑了，姑父又落得了个人财两空。

人生从巅峰一下子掉到了谷底，姑父消沉了很长一段时间。他不舍地放弃了配制眼镜这门手艺，到一间学校当辅导员。可是1000块工资，扣掉车费饭钱，一个月根本剩不了多少。

再后来，姑父跟二姑办了个"小饭桌"，供中午放学后的学生吃饭睡觉，这一下，整整干了十年，才攒够了一套给儿子结婚用的房钱。每次姑父来我家里，都把我家打扫得干干净净的，连纱窗都卸下来重新洗一遍。我的卧室特别乱，可是只要姑父在，我每天回家一切都整洁如新。

姑父有一次对我说："小涛啊，姑父这一辈子，就一句话，一事无成。"我说："姑父，起码您对得起自己的良心；您是值得我敬佩的。"那一年，我得了急性焦虑症，在家里瑟瑟发抖，我记得姑父坐在我床边，看着痛苦的我，说了一句："牛涛，别怕，姑父在。"这句话，一直烙印在我心上。

昨晚，我又跟姑父出去散步，看着他的背影，他已经有些苍老了，头发也斑白了。我想，姑父本可以过着锦衣玉食的生活，却因为正直善良，一生屡屡受挫，吃了不少亏。但我仍相信那句话，皇天不负善心人。起码，我长大了，我要努力奋斗！姑父，您以后要没别的事，就跟着我过好日子吧。"别怕，有侄子在。"

扫码听朗诵

最好的幸福

什么是最好的幸福？我从我的二姑牛素娟和姑父黄建利身上看到了。二姑和姑父一辈子恩爱，似乎从来没有吵过架。这一段时间，奶奶生病了，瘫在床上需要人照顾，二姑和姑父便放弃了在西安的"小饭桌"，来到广州照顾奶奶。

姑父虽说是女婿，但比儿子还孝顺，每天推着奶奶出去散步，给奶奶洗衣服做饭，一点怨言也没有。闲下来的时候，姑父会和二姑聊聊从前的事情。二姑知道姑父在认识她之前，下乡的时候曾经暗恋过村里的一个长辫子姑娘，经常拿这跟姑父开玩笑："你是不是想你的长辫子姑娘了？"姑父只能苦笑着，不回答。

从他们当年的爱情说起吧。姑父和二姑都住在西安城郊，两家只隔着一道墙。姑父家是知识分子家庭，条件比二姑好一些，却一直用各种方式"表示"。厂子里面发了什么小电器啊暖水壶啊，姑父都拿给奶奶。时间长了，奶奶对姑父印象特别好。

姑父长得很帅，本来是要进电影厂当演员的，可惜身高差了一点，没通过。姑父消沉了一段时间，二姑看姑父挺可怜的，就经常陪他聊天。后来，姑父振作精神，接受分配进了眼镜厂，没几年，就因为技术好，人缘好，提了副厂长。这让二姑对姑父刮目相看，两人心里也暗生情愫。

那年，二姑下乡回城，发了60斤粮食，这下二姑愁坏了，这可怎么往城里搬啊？没想到，姑父已经骑着自行车来到二姑下乡的地方，硬生生用自行车把60斤粮食驮回了城里二姑的家里。二姑当时觉得，这个小伙子挺靠谱的。

后来，二姑和姑父越走越近，两人经常一起逛公园。二姑做饭特别好吃，经常带着饭去眼镜厂给姑父。有一次过节，姑父买了一束花给二姑，二姑又惊又喜，两人的关系就这么确定了下来。

结了婚以后，生活就剩下柴米油盐，还有孩子。可是二姑和姑父一直很甜蜜，有时候二姑脾气急，姑父听着批评，一句也不还嘴。我有时候觉得，姑父是这个世界上脾气最好的人了。

时光一下子过去几十年，二姑和姑父的儿子当了医生，也有了一个儿子一个女儿。二姑和姑父来到广州后，一边照顾奶奶，一边照顾我，把家里打扫得干干净净的。每一次遇到挫折，我心情不好，姑父便带我去爬山，开导我，鼓励我。回到家里，又有二姑香喷喷的饭菜，我便感觉，我是这个世界上最幸福的人了。

92岁高龄的奶奶有时候会犯糊涂，以为姑父是家里的保姆。有一次，奶奶问二姑，你请这个保姆一天多少钱？二姑说："一天一块钱。"奶奶竟然很吃惊："太贵了，改成五毛钱吧。"姑父就在旁边，笑着说："行，五毛就五毛，我继续干。"我感动于二姑、姑父的孝道。

一天夜里，奶奶发烧，二姑和姑父都守在奶奶身边。二姑对姑父说："将来咱们也会像咱妈这么老的，谁照顾我们啊？"姑父拍拍二姑的手："那我就不变老，我来照顾你。"

我在门口远远望着，二姑靠在姑父的肩头睡着了，姑父示意我不要出声，让二姑睡一会儿。我的眼睛好像湿了。一辈子相濡以沫，这也许就是人间最好的幸福吧。

窗外的明月圆圆的，人间的小团圆、小幸福就是亲人间互相搀扶着，互相温暖着，一直都在一起，白头偕老！

扫码听朗诵

我的干妈侯玉婷

说起我的干妈侯玉婷，在南粤大地，可以说无人不知无人不晓，我亲切地称她为侯妈妈。侯妈妈曾经主持过《共度好时光》《万紫千红》《百花园》《一曲难忘》等脍炙人口的节目，更主持过第十一届亚运会，为国家争了光。当时中央电视台在全国选拔，侯妈妈过五关斩六将，终于脱颖而出，搭档著名体育评论员与主持人宋世雄、孙正平、韩乔生，16天的直播没有一天缺席，没有出一点差错。

侯妈妈获得过无数荣誉，曾经荣获首届"金话筒全国十佳主持人""全国法制十佳主持人"等荣誉，光是荣誉证书就摆满了一个房间。"金话筒奖"的角逐非常激烈，那是每一个主持人的梦想，侯妈妈再次凭借高超的艺术造诣和广泛的观众基础，赢得了这个荣誉。

侯妈妈是看着我和双胞胎哥哥牛海长大的，对我们疼爱有加。曾经有十年我们断了联系，等我从英国回来，又和侯妈妈续上了缘分。这时候，我已经成了一名青年作家，写了许多诗歌和散文，侯妈妈一篇一篇朗诵，让我的诗歌和散文被更多人听到和了解。侯妈妈的朗诵大气又不失细腻，让文字插上了翅膀，飞向更远的地方。值得一提的是，在2020年疫情开始的时候，由我创作、侯妈妈朗诵的一系列抗疫作品引起了巨大的反响，我们"以笔为枪，以朗诵为战歌"，最后双双荣获广东电视艺术家协会颁发的抗疫作品特别贡献奖。

不光是朗诵我的作品，侯妈妈还一腔热血地朗诵其他作家的作品。更要感恩的是，侯妈妈时刻鼓励着我，让我对生活充满了信心和干劲。每当我遇到了挫折，或者心情低落的时候，侯妈妈便会放下手头的所有事情，耐心地开导我，我每每又重拾希望，别人都说，侯玉婷老师对我比亲儿子还亲呢！是啊，我和侯妈妈聊天，是我最开心的事情了，我跟侯妈妈无话不谈，我们既像母子，又是朋友，可以说"亦师亦母"。

侯妈妈虽然到了退休的年龄，但是侯妈妈"休而不退，退而不休"，仍然任广东广播电视台《法案追踪》特别顾问。同时，侯妈妈还在一间名为"艺加教育"的语言艺术培训机构培养孩子们。我去过好几次呢，那里的氛围可好了。"艺加教育"里一群热爱语言艺术的老师，孜孜不倦、满怀热情地教育孩子们，从小培养孩子们的语言天赋。从"艺加教育"这里走出了许许多多获得大奖的小主持人。要说留给我最深印象的，就是侯妈妈的定制班。孩子们一见到侯妈妈，就大声地喊："侯老师好！"侯妈妈是那么疼爱班里的孩子们，每次都会给他们带点小零食，用心准备每一堂课，帮助他们提高语言表达能力。

我曾经和"艺加教育"的负责人王剑锋主任聊过，王主任对侯妈妈赞不绝口，他对我说："我曾经是个内向的人，但是我发现这个社会太需要语言沟通能力了，所以我创办了这个机构。侯玉婷老师身上的精神和动力感动了我，她教出来的学生都特别优秀。许多原本内向的孩子，变得开朗、自信了，这是我最感动的地方，他们会受益终身的。"我向包括侯妈妈在内的"艺加教育"的老师们表达崇高的敬意。

如今，我也成了一名诗人，曾经获得"当代杰出青年诗人"称号，出版数本专著，成为诗刊的主编。侯妈妈说，她也以我为傲。

是啊，时光一年一年过去了，侯妈妈的风采依旧未变。她还在奋斗，还在努力，还在播撒着爱。侯玉婷妈妈，我愿永远和您走下去，您的爱温暖着我，这篇文章我深情地献给您。如果可以，您来朗诵儿子的这篇文章，可以吗？

扫码听朗诵

荧屏凤凰侯玉婷

青涩年华

20世纪50年代末，正是中华人民共和国改天换地的激情岁月，侯玉婷出生在北京一个知识分子家庭。这是一个充满温馨与和谐的家庭，父亲是中国人民大学经济系教授，母亲是校务办公室职员。侯玉婷从小就生得清丽可爱，一双炯炯有神的大眼睛惹人怜爱，因为在家排行老四，亲友们都亲切地唤她"四儿"。

儿时的侯玉婷，就特别有表现欲，经常手舞足蹈。侯玉婷从小就和播音结下了不解之缘。中华人民共和国第一代播音员、中央人民广播电台著名播音员费寄平恰好就住在侯玉婷家对面的单元楼里。侯玉婷特别崇拜费寄平，喜欢他声音的抑扬顿挫之美，经常缠着费寄平。费寄平看这个孩子有灵气，又热爱播音，抽空就教她朗诵，遇到生僻字，还会让侯玉婷反复熟读。可以说，费寄平是侯玉婷播音人生的启蒙老师。

转眼间，侯玉婷就长成了亭亭玉立的大姑娘。一次机缘巧合下，长春电影制片厂的导演在海淀区红星照相馆橱窗里看到这位小姑娘的照片，觉得她长相甜美可人，几经周折联系到侯玉婷。因此，侯玉婷的第一次荧屏结缘，是在电影《拔哥的故事》。她在电影里扮演了一个戏份儿不多的角色，但也受到了许多观众的关注。后来因家人不支持，侯玉婷与影视圈失之交臂。

追梦少女

侯玉婷虽然有一份稳定的工作，但是她没有忘记自己年幼时的主持梦。她在报纸上搜罗各个电视台招聘主持人的消息，一口气报了中央电视台、解放军艺术学院等单位。她虽然没有经过科班系统的培训，但无论是选读的童话故事，还是歌唱的《洪湖水浪打浪》，都给评委们留下了深刻的印象——这个女孩有灵气。当时广东电视台急缺主持人，来北京物色播音员的王淑明一眼就看中了侯玉婷。侯玉婷经过与父母商量，决定去广东发展，开启了她与南粤大地一生一世难解的情缘。

初到广州，人生地不熟，王淑明给予了侯玉婷无微不至的照顾，听她倾诉烦恼，指导她业务技能，帮助她渡过生活上的难关。多年来，她们像母女一般的感情从未断过。

为了尽快适应新生活，侯玉婷刻苦训练，每天对着院子里的木棉树吊嗓子，练形体，背台词，跟主持界各个领域的老师虚心请教。

终于，侯玉婷第一次上镜的机会来了。那时候正值中华人民共和国成立30周年大庆之际，侯玉婷录制的一组文艺节目要在当天黄金时段参加联播。最终，她圆满完成了任务，一颗南国"荧屏明星"开始升起。之后，随着一档档节目，侯玉婷走进了千家万户，走进了老百姓的心中。

荧屏常青树

转眼间，侯玉婷已在广东电视台历练了8年。随着改革开放的深入，新文化新思想冲击着社会，侯玉婷成了这一代人的精神偶像。她甜美的长相、温润如玉的声音、端庄又不失灵动的主持风格，得到了观众的认可。《百花园》《一曲难忘》《共度好时光》等20多个文艺节目都有她的身影，可以说，她红遍南粤大地。

就在侯玉婷对文艺类节目主持驾轻就熟的时候，一个挑战来了。1987年，第六届全国运动会将要在广东举行。

当时，中央电视台已经确定好了宋世雄、孙正平、韩乔生三位"老牌体育解说"为全国运动会主持，计划选用一名广东电视台的女主持来搭档三位男主持进行解说。或许是侯玉婷自带"京派"气质，又或许是侯玉婷多年打磨的主持功底过硬，经过一番试播，中央电视台拍板："就她了。"

高兴之余，侯玉婷感受到责任重大。

她努力学习体育知识，虚心向体育新闻界前辈请教，用大量时间与搭档的三位老师进行磨合，确保自己能够"同频共振"。

那个盛大的日子终于来了，多位国家领导人出席。这天，天公作美，时任广东省省长叶选平为侯玉婷打气："小侯，天助我们，一切顺利！"

侯玉婷稳住情绪，走上演播台，以从未有过的激情和活力开始了直播。接下来的15天里，侯玉婷连续奋战，没有出差错。最令侯玉婷感动的是，开幕式结束后，李鹏总理与她握手并合影："六运会开幕式很好，与你成功的主持分不开！"闭幕式结束时，叶选平来到直播间，兴奋地握住侯玉婷的手："小侯，你成功了，你为咱们广东争了光！"

六运会后，电视行业迎来了春天。1988年，一个专门为电视节目主持人设立的奖项诞生了——"如意杯"。这时的侯玉婷主持各类节目都游刃有余，且她主持的节目深受老百姓的喜爱。她从全国40多家电视台100多位参选主持人中脱颖而出，进入了"如意杯"决赛。决赛现场，侯玉婷朗诵了一首自己创作的长诗《不枉此行》。"我似乎在梦中看到了南国的天边，升起一片希望的红云，于是便身不由己地奋起追寻。"这首诗歌抒发了侯玉婷从北京来到南方工作，一路奋斗不息的心声，朴素真挚，打动了评委。最终，侯玉婷捧回了沉甸甸的荣誉——"如意杯"大奖。时隔三年，举世瞩目的亚运会要在北京举办，中央电视台有意在地方台物色一位女主持人做现场直播。敢于挑战的侯玉婷再次向中央电视台请缨出战。因为有六运会成功的主持经验，还有宋世雄等老师的极力推荐，侯玉婷从无数候选人中脱颖而出，再一次成为幸运儿。

1990年9月22日，北京亚运会盛大开幕，中央电视台进行直播，宋世雄、孙正平、韩乔生、侯玉婷联袂主持。连续15天的报道，侯玉婷除了做直播，还要跑比赛现场采访，整理赛况。比赛直播有很多突发状况，比如中国队与泰国队的比赛本来没有安排直播，但由于民众热情高涨，便临时决定直播。侯玉婷临危不乱，和搭档圆满完成了这一突发任务。每当疲惫得撑不下去时，侯玉婷便用凉水洗洗脸，然后又走向演播台……

最终，整场赛事圆满成功。回到广东后，时任广东电视台台长刘炽见到她，第一句话就是："你为广东立了大功！"

凤凰再起飞

1995年，广东发生了几件震惊人心的大案，为了将恶势力绳之以法，许多公安干警献出了宝贵的生命。当时，电视台很少有法制节目。侯玉婷敏锐地觉察到，是时候担起新的社会责任，开拓新的电视节目领域了。

"扬警威，悼英魂，镇悍匪"这个主题盘旋在侯玉婷心头，她将想法跟台里领导汇报，并得到肯定。在走访了烈士家属和了解了社会情况后，侯玉婷亲自策划并主持了一场晚会——"向人民敬礼"。这场晚会格外成功，也引导侯玉婷走向了自己的新节目——《与法同行》。作为节目主持和副监制，从挖掘题材、脚本撰写到实景拍摄，她都提出了自己的见解。

由于节目的特殊性，侯玉婷认识了一群"特殊朋友"。此后，她为他们的"新生"点亮明灯。2001年，节目组举办了一场"侯玉婷与囚友畅谈人生理想座谈会"，侯玉婷分享自己的人生，倾听他们的人生，为他们照亮迷途。

2005年，侯玉婷还接到一个特殊任务，担任广州第六届"明日之星"的副领队，带领佳丽们去法国拍摄。

侯玉婷还深入美国20多个州做采访，走进华侨家庭，了解他们的生活。令侯玉婷感动的是，这些侨居海外的华侨有不少是侯玉婷的"粉丝"："那时候我们就爱看你的节目啊！"

她在东南亚国家也遇到不少老观众。可见，她的形象已经插上了翅膀，飞到了世界各个角落。

我与我的侯妈妈

该说说我与侯妈妈的故事了。

我父亲是一家民营肿瘤医院的院长，在办院之初收治了几位病情极度严重的贫困肿瘤患者。患者没有钱医治，医院想请"全民偶像"侯玉婷帮忙呼吁社会捐款。侯玉婷知道了这件事情后，立马联系媒体，呼吁社会爱心人士捐款。后来，在侯玉婷的呼吁下，患者收到了来自四面八方的善款，才有机会接受治疗。时至今日，他们还记挂着"恩人婷姐"。也因此事，我家与侯玉婷结缘，我和哥哥认她为干妈。

新冠疫情期间，我创作了《我们都是"蒙面超人"》《平安！中国！》《隔着口罩的"我爱你"，还是那么清晰》等抗疫诗歌，全都是由侯妈妈倾情朗诵的。《广东电视周报》还专门报道了我与侯妈妈的创作故事，《羊城晚报》也开辟专版报道了我和侯妈妈用诗歌朗诵支援抗疫的故事。当年我们双双获得了广东电视艺术家协会的表彰。之后，侯妈妈为我的其他作品朗诵。我的作品，经过侯妈妈温柔细腻的朗诵，仿佛插上了翅膀，传播得更广更远。

退休之后的侯妈妈在一家艺术机构里带学生学习朗诵和播音艺术，培养了不少优秀的学生，其中有不少学生获得"小金钟奖"等奖项。

侯妈妈奋斗的一生，让我懂得，人的潜力是无穷的，要不断努力，绽放自己的光辉。我们不会忘记，南国的荧屏里曾经飞出来一只闪耀的凤凰，她的名字叫——侯玉婷！

那年的自驾游

岁月悠悠，流转了多少时光，可是有一些记忆是永远抹不去的，比如那年我与姐夫一次畅快的自驾游。那些山水，那些烟火气，那些清晰或模糊的面孔，常常出现在我的梦乡。

记得那年，我还在英国留学，复活节要放近两个月的假，我待在英国没事做，便买了张机票回国了。我知道毕业以后再没有这样长的假期了，我就要工作了，于是我与姐夫做了一个痛快的决定，两个人去自驾游，刚好姐夫那段时间有空。

说走就走，怀着无限憧憬的我们，一上高速公路就被堵住了，一整条路都是看不见头的车流，我记得那时低头看着地上的一行蚂蚁，连它们都比我们跑得快。

好不容易车流能动了，我们找了个路口便下了高速，因为我们都快饿扁了，狼吞虎咽地吃了一顿腊排骨火锅，那滋味很特别。

谁也不知道，后面有什么事等着我们。我们要往重庆去，糊里糊涂开上了山路。刚开始，我们看着两旁骑着自行车远游的人，不禁感慨："他们胆子真大呀！"没过多久，两旁也没人了，再走了一段路，只剩前后的泥头车，路面开始坑坑洼洼的。我们只能沿着大车压出的车辙往前开。这时候我们才感慨，咱们才是胆子最大的人啊！

没想到，在经过一个隧道的时候，车灯打开后却忘了关。等下一次停车又打火的时候，车竟然没电了。我俩当时就傻眼了，这可怎么办，后面的泥头车刚开始拼命地按喇叭，后来才无可奈何地绕过我们往前走了。

姐夫嘱咐我在车里好好待着，他一个人沿着下山的泥路去搬救兵。后来，他打电话给我说，找到一个汽修厂的人，答应半个小时以后上山来帮我们打火，姐夫满面尘土地回到了车上。我一手举着红牛饮料，一手叼着烟欣赏着这一片没啥可欣赏的土山，放下了心来。没想到，一个小时过去了，还是没人上来，我们又慌了。他们该不是把我们忘了吧？这样下去天就要黑了。夕阳开始渐渐沉落西山，四面无边的黑暗带给人更多的恐惧。

我饿了，只好拿起带来的面包啃起来。不知过了多久，一辆小面包车的光束射过来，我推推姐夫，姐夫睡着了，嘟囔着："腊排骨味道不错。"我赶紧说："姐夫，醒醒啊，我们有救了。"姐夫一个激灵醒过来。

小面包车在我们旁边停下来，原来他们也是一家人出游，不小心开到这片荒山上了。希望终于来了，面包车司机大哥用一根电线连接两辆车，终于帮我们打着了火，汽车又发动了。我们想塞点钱给人家，大哥硬是不要。我问大哥："大哥你是哪里人啊？"大哥回答道："我们是广州人，住在白云区，你们可能没去过。"

我瞪圆了眼睛，我也住在广州白云区。后来才知道，我们两家就住前后两栋楼，看这奇妙的缘分！

告别了大哥一家人，下了山才知道，原来我们开上了雅安地震断裂带还没有完全修复的一条路，想想真是惊险。记得那座小镇也在地震中受到了损害，当时还黑漆漆的一片。我们转了几条街，终于找了一间小馆子，吃了顿美美的炒菜。那盘茄子烧豆角，真香！

吃完饭，我们决定连夜往重庆开去。姐夫太累了，又睡着了。我喊了一声"姐夫怎么走"，只听得姐夫又嘟囔了一句："茄子炒豆角味道不错。"我只好喝两罐红牛，跟着导航，一连开了四个小时，终于到了重庆。

美美地睡了一觉后，走出窗台，那片明媚的天、美丽的山城，让我恍如隔世。

我们找了一家洗车店，说给老板双倍的价钱，让他帮我们把车洗干净。老板摸着头有点不明所以："你这白车没那么脏啊，干吗要给我双份钱？"

我苦笑道："老板，这是辆黑色的车。"

老板和伙计两个人哭笑不得，拿着冲击水枪开始洗车。

在重庆的日子，天天都那么美好，我们住在姐夫一个发小大姐姐的家里，品茶聊天，或开着这辆饱受苦难的车逛了一个又一个景点。

告别了大姐姐，我们又上路了。我们游历了苍山洱海、荔波小七孔、泸沽湖、天门山、凤凰古城。一处处美景，让我留恋，让我陶醉。只是我和姐夫都养成了一个习惯，白天随时检查车灯关了没有。

这些经历，等我回了英国以后，光吹牛就吹了半年多。

许多年过去了，那年在雅安惊险的经历我还没忘却。相信那片山水、那座小镇已经恢复了模样。有机会，让我们重逢在下一次旅途中吧，我还想去尝尝那盘茄子炒豆角的味道。

带自己去旅行

我是个特别喜欢去旅行的人，长期待在同一个地方，真的会把我闷坏的。我所享受的旅行，绝不是一站又一站地走马观花。我喜欢一个人开着车，带上一套我喜欢的唱片，想到某一个目的地，说走就走。

可是，这几年的疫情让"说走就走"变成了一种奢望。

我怀念那一条条古巷，怀念那一片片清澈得像洗过的天空，怀念那仿佛鬼斧神工的山山水水。可是，疫情让我们变成了一只只困在鸟笼子里的鸟。

这一困，就是三年。

这三年来，我找到了另一种让灵魂去旅行的办法。那就是，冥想。

说起来，冥想这种办法还是我的心理医生教给我的。在想象中，将自己置身于一片你最爱的风景中——

有时是一片油菜花地，有时是一片烟雨笼罩的山水，有时是你小学时的校园。你放空一切杂念，慢慢，慢慢融入那片环境里去。那种平静而舒缓的感觉，会让你有种故地重游的美丽感受。

我常常用这种方法，重遇那些记忆里的风景。

尽管病毒肆虐，这世间的美好依然存在着。

曾经，我和我的姐夫两个人开车穿越大半个中国，饱览苍山洱海、泸沽湖、天门山、荔波小七孔等数不尽的美景。记得有一次我们从雅安往重庆开，到了以后，我们跟洗车店老板说我们这车太脏了，双倍价钱都可以。

老板愣愣地说："你这白车没那么脏啊，干吗要给我双份钱？"

我苦笑道："老板，这是辆黑色的车。"

当年的那些岁月，真美好啊！我刚从英国毕业回家，有一段时间，天天盘算着去哪里旅游。可是现在，一来工作忙，二来疫情已经成功把我们关进笼子里了。

最近，我刚读完《霍金传》，受到很大的启发。霍金一生只能坐在轮椅上，但他的思想却漫游了整个宇宙。

所以，朋友，如果你也被困在疫情里，请带上你的思想遨游吧，那些你难忘的美丽风景，还在你的脑海里。

我曾经写下一句话，"我们首先要活在美丽的精神世界里，才能将精神世界里的美好投射到现实世界里"，用在这里，刚好合适。

我每天在冥想的世界遨游，从中获得了无穷的快乐和自在，从纷繁与杂乱的现实中脱离了出来。

朋友，放上一张你最爱的唱片，轻轻闭上眼睛，一起出发吧，第一站，我带你去参观我们广州最绮丽的广州塔！下一站，你做决定——

去哪都行！

丰收的菜园

我的姐夫一家人生活在西安。姐夫在西安的郊区买了一套小别墅。别墅前面，有一块小菜园，姐夫在那里种满了蔬菜。

那年我回去的时候，已胖得不成样子。在西安住了两天以后，姐夫便带着他儿子和我一起去郊区别墅，准备让我好好锻炼。

第一天下地干活，我们的任务是把土地整个翻一遍。姐夫给了我一个耙子，我拿着耙子照了一张相，看起来真有点像八戒。

没想到，翻土地这么累，我以为翻一遍就行了，没想到姐夫说要把土地整个翻得稀烂才行。我只好拎着我的耙子一遍又一遍地翻土，到最后快累得晕过去了。外甥毛毛在旁边给我加油："舅舅，你太胖了，赶紧劳动啊！"

等把土地翻得松软了，我瘫在长椅上起不来了。这时，外甥抱着篮球来了："舅舅，你陪我去打篮球吧。"我实在是动不了了，姐夫却认真地说："陪毛浩宇打篮球去吧，打完篮球回来跟我做饭，晚上再徒步5公里。"

我喝了口水，跟着外甥一起去了篮球场。这时，我的坏心思起来了，偷偷跟外甥毛毛说："毛毛，舅舅买两瓶可乐，你一瓶我一瓶，好不好？"要知道，姐夫从来不允许我喝可乐，我只好出此下策。

我俩正喝得开心呢，没想到姐夫来了。我和毛毛捧着可乐，尴尬得说不出话来。毛毛先开口了："爸爸，舅舅非让我喝的。"这下完了，姐夫把我身上所有的零钱都没收了。我苦笑着对毛毛说："舅舅以后跟你一样赤贫了。"

累了一天，回到家里，我准备饱餐一顿，没想到我们三个的晚饭只有一把挂面，再加上姐夫在菜园里摘的几根黄瓜。那顿饭，我吃得毕生难忘。

姐夫跟我说："牛涛，不想当八戒，就听姐夫的话。"

晚上，我和姐夫打着手电筒，在小区里走了5公里。因为小区没装路灯，周围黑漆漆的，我有点害怕。姐夫却特别享受，一路给我指方向。

第二天，在地里播完种子，姐夫终于让我休息了一下。我们坐在露台上喝茶，看着这一小片菜园，我有种成就感。不久，这里就会长满蔬菜。我终于体会到农民伯伯的辛苦。

中午，我们的午饭是炒莴笋配挂面。又是挂面，我的脸都快绿了。可是，姐夫只带了挂面。我跟姐夫说："能不能不吃莴笋啊，太硬了。"姐夫惊愕地说："你以前炒莴笋都不削皮的吗？"我满脸茫然："莴笋要削皮？"又闹了个大笑话。

下午，我和姐夫还有外甥一起爬山。我累得上气不接下气，但是想想姐夫的苦心，只好咬牙坚持。等到了山顶，我看着整片山庄，晚风习习，真是惬意！

接下来，我们回西安市区住了一段时间。等到再回菜园时，我们种的黄瓜已经结果了。那天的炒黄瓜和清汤面，不知道为什么特别好吃。或许，因为这是自己种的黄瓜吧！

第二天，我就要回广州了。晚上，我和姐夫在露台上聊天。姐夫叮嘱我："牛涛，你的人生路还长，一定不能懒惰，记住这一段时间的汗水和辛勤，好吗？"

我用力地点点头。晚风一阵阵吹来，我望着这一片小菜园，再抬头看看郊区特别晴朗的夜空，心里暗想：我会努力的，漫漫人生路，靠自律和勤劳去创造。

我永远会记得的，这片山水，这片菜园，以及每一滴洒落的汗水。

某个人，某座城

忘了谁讲过一句话："因为一个人，爱上一座城。"我关于每一座城的记忆，往往都与某个人有关。关于那个人的记忆，如烟云般在城市的上空久久不散。我相信，天涯咫尺，若有缘，一定能相见。我去，或你来。

从我在英国留学的那座小城讲起吧。在英国的哈德斯菲尔德小城，我留下了我的初恋。我与她相识在一个柳絮纷飞的春日里，我们越走越近。那座小城，留下了我们依依的身影。我们会在学校的咖啡厅里聊着天，一直到天色将晚，我们才离开。她很爱喝咖啡，我还专门为她买了一台咖啡机，结果我把咖啡机鼓捣坏了都没搞明白怎么用。下雪的日子，我们会穿着厚厚的大衣，走在路灯一闪一闪的街道上，我俩都是生活在南国的人，见到雪可开心了。我的棕色大衣，是她给我买的；她的天蓝色大衣，是我买给她的。就这样，两个身影，在古老的英国小城里，美成了一幅画。那段时间，我们仿佛有说不完的话，她是个安静的姑娘，总爱静静地听我吹牛，然后"扑哧"一声乐出来，让我觉得自己特别幽默。我们爱在校园的小溪边，一人一个耳机听歌，两个人谁也不说话，静静地看着河流，带走那段那么短暂却那么美好的岁月。有一首歌这样唱道："在那座阴雨的小城里，我从未忘记你。"是的，我从未忘记她。

香港是我特别爱去的一座城市，那里的霓虹璀璨，那里的星光斑斓，都让我记忆深刻。但是，香港的一个人，才是让我对香港情有独钟的原因。我从小便爱听香港歌手陈慧娴的歌曲，她的歌曲《千千阙歌》《飘雪》《人生何处不相逢》，都是我的最爱，陪伴我无数个不眠的夜晚。我家里的唱片架上，放满了陈慧娴的唱片。记得那年，我在网上看见陈慧娴要在香港开演唱会了，赶紧订了一张最靠前的票。盼啊盼，终于等来了那个日子。我坐火车去了香港，来到红馆。等了许久，突然，灯光暗了下来，音乐声响了起来，全场开始欢呼，我也兴奋起来。让我最激动的是，唱《人生何处不相逢》的时候，陈慧娴走下台和观众们握手，我竟然和她握了手，我太开心了。最后一首歌曲，全场大合唱《千千阙歌》，"来日纵使千千晚星，亮过今晚月亮……"我流泪了，这首歌曾陪着我长大。陈慧娴的歌声，让香港在我的记忆里如此美妙。

我出生在西安，却在广州长大。说起西安我的家人们，最让我牵挂和感激的，就是我的姐夫。我的姐夫对我来说，如父如兄。前些年，我一度状态很不好，姐夫专门放下手里的事情，飞到广州来陪我，带我爬山，教我做菜。前年，我回西安待了一段时间，当时我胖到了100多公斤。姐夫说："这是牛涛回来了，还是八戒上门了？"

刚好姐夫那段时间不忙，带着我开始"拉练"起来。姐夫是个特别自律的人，每天起床带我走两个小时去西安有名的永兴坊吃一碗臊子面，加一个肉夹馍。一路上，我对我的故乡的美才重新领略到。然后回家开始买菜做饭，我跟着姐夫学做菜，变得可"贤惠"了。下午就开始跑步健身，每每把我累得喘不上气，可是少一米姐夫都不让我停。周末，我和姐夫会到姐夫家在秦岭的小别墅种菜，每次姐夫就带一捆挂面、一瓶酱油，跟我说："牛涛，咱们就这点面，再去外面摘点黄瓜啥的，这几天就这么过。"我真是过了一段一点儿油水都没有的生活，终于减肥成功了。我打心里感激姐夫。

我到过的城市很多，我的亲朋好友都在远方的一座座城市里，让我牵挂，让我惦记。有些记忆模糊了，有些姓名却一再地被想起。来日方长，等我想起来，再一点一点告诉你，可以吗？

扫码听朗诵

英伦爱情故事

1

或许一切，都是上天注定的。

那是好几年前的夏天，我到天河签证中心办理留学签证。去英国留学一直是我的梦想，我向往那里的诗情画意、古老的建筑，以及浓浓的英伦气息。这一回，去英国留学的梦想终于要实现了。

我正在背关于我所申请的那所大学的相关信息时，突然一个女生从右边拍了拍我："同学，你也是去哈德斯菲尔德大学吗？"

我愣了一下，眼睛都直了，不夸张地说，眼前这个女生长得真好看，樱桃小嘴，笑起来弯弯的眉眼，略施粉黛便可迷醉人心。我一下子说话都不利索了："是……是啊！"

女生笑了："不好意思，因为我看到你笔记上的东西了，我也是去英国哈德斯菲尔德大学的呢！"

"呀，这么巧啊！我叫牛涛。"

"我叫小雪，那咱们加个微信吧，等到了英国联系！"

我记得那天面试的时候我都心不在焉的，满脑子都是小雪的身影。说实话，长这么大我从来没谈过恋爱，第一次遇到让我如此心动的姑娘。

不过我劝自己还是老实点吧，人家那么漂亮，肯定早就有男朋友了。

从那天开始，我心里就住下了一个人，她叫小雪。

转眼到了9月份，我收拾好了行李，终于踏上了去英国的旅程。可是一切并不是那么美好，我的抑郁症复发了，到了英国，每天感觉昏天暗地的，痛苦的感觉几乎将我撕裂开来。终于，扛了两个月以后，我彻底崩溃了，办好了休学手续，又坐了十几个小时的飞机，回到了广州。

回来之后的第二天，我就住院接受治疗了。那是一段黑暗的日子，大剂量的用药让我备受折磨。

终于有一天，我看见小雪给我来了一条微信，问我怎么没再联系她，我只好道出了实情。小雪鼓励了我许多，让我振作起精神来。

第二天，我就不顾医生和家人的劝阻，重新申请签证返回英国。

谁也没想到，这次回英国，我的人生发生了那么多事情。

2

回到英国，我的精神明显好了很多，我开始享受一个人的英伦时光。一天，我正在街上散步，突然看到一个姑娘拎着一个气球站在树下，她的同学在给她拍照。我定睛一看，那不是小雪吗？

我大声喊了一句："小雪！"我的同学站在我身旁阴阳怪气地说："那可是我们学校的女神啊，你咋会认识呢？"

嘿嘿，我真的认识。

"牛涛，你回来啦，真高兴又遇见你！今天是我的生日呢！"

"真巧啊，生日快乐，小雪！"

那天遇见以后，我和小雪的关系好像又加深了一层。或者说，上天好像总是有意安排我们见面。

接下来的事情，就更巧了。复活节假期，我订了回广州的机票。在飞机上刚坐下来，我就感觉一个很熟悉的人坐在了我身旁。

我扭头一看，小雪竟然跟我同一趟航班，而且座位竟然相邻着。

那一刻我心里呐喊着："感谢老天爷啊！"

小雪也惊呆了，瞪大了眼睛，一时竟不知道说什么好。

那一路，我们聊得特别愉快，我就快把我半辈子的幽默用完了。我们彼此更加了解了，原来，小雪是广州本地人，我出生在陕西西安，但从小跟随父母来了广州。为了小雪，我要把粤语讲好，因为她的普通话是真的很普通。

3

再次回到英国的时候，已经慢慢进入暮春。我和小雪联络更紧密了。我讲粤语讲得非常慢，声音也很低沉，她却说我讲的粤语很好听。她也很喜欢听我唱粤语歌。说实话，我唱粤语歌真的挺好听的。哈哈，自夸了。

那一段时间，谁晚上约我我都不出去，我坐在宿舍的床边，唱歌给小雪听。小雪是那么好的听众，她的声音和她的性格一样温柔。我还会讲些我小时候的故事给她听。总之，那是一段多么温馨的时光啊！

过了两周多，我鼓起勇气约小雪去看电影。没想到，她一下子就答应了。我还清楚地记得，那是最新一部《复仇者联盟》。看电影的时候，我情不自禁地瞥了她一眼，她的侧脸真美。

我们之间的情愫，好像就这样慢慢萌发了。看完电影，我们沿着校园小河旁的小路一直走了好远，那天晚上有点凉，我脱下外套披在她身上，她没有拒绝，我想，小雪可能也有一点点喜欢我了。

后来，她经常煲好粥送到我的宿舍来，还帮我打扫卫生。我的宿舍真是乱得跟案发现场一样，到处都是书，还有我买的玩具和唱片。

那段时间，小雪看到我就笑，眼里充满了动人的光。我的心都要融化了。一次，我们一帮朋友一起出去唱K，我点了一首黎明的《爱情影画戏》。其中一句歌词，就是唱给她听的："唯求情人你有天可以，欣赏这个痴心汉子。"

后来好几天，她都自己偷偷放这首歌。

我们的两颗心，慢慢贴在一起了。

可是我从没有谈过恋爱，我根本不知道怎么表白。两个人若即若离的关系，就这样，谁也不说破。后来的后来，小雪曾说过："哪怕你一点反应都没有，我也觉得能陪在你身边就很幸福了。"

好姑娘，多么好的姑娘！

4

我有个坏毛病，看见一张废纸都喜欢折成纸飞机。有一次小雪来我宿舍，我说："小雪，你不是要跟同学去法国旅游吗，这架纸飞机送给你。"

没想到，小雪真的一直放在手提包里，珍藏了好久好久。小雪还从法国给我买了一把名牌雨伞，因为坐地铁的时候不小心磕着了，还专门买了小星星贴纸贴在掉漆的手把上，我感动得快要掉眼泪了。

谁也没想到，幸福的时光这么短暂，自打小雪从法国旅游回来之后，我就隐隐约约感觉到，我的抑郁症又复发了。这可恶的魔鬼，一直不肯放过我。

我开始沉默寡言，经常反应慢半拍，有时候甚至会语无伦次。我经过一番痛苦的思索，决定放弃小雪，我知道我发作起来有多么吓人，我不想连累她。

我开始慢慢疏远她，有时候她要来给我送吃的，我也借口说不饿，不让她来了。现在想想那时的我，真是可恶，这样做会让她多伤心啊！

终于有一天，小雪来到我宿舍，背靠着桌子哭了，哭得好伤心。

"对不起，小雪，我伤了你的心。"

"我知道你有抑郁症，我愿意和你共同去面对，你也应该知道你是我喜欢的人，你怎么能突然就这样远离我呢？"小雪越哭越伤心。

我不知哪来的勇气，一下子搂住了她："对不起，对不起，从今天开始，你就是我女朋友了，好吗？我从第一眼就喜欢你了，真的。"

小雪擦擦眼泪，看着我，终于破涕为笑："好，我答应你啦！你要宠我哦，我都追你这么久了，以后换成你追我！"

"好！"

第二天，我们俩就去伦敦旅游了。那泰晤士河上宝蓝色的天，杜莎夫人蜡像馆里的俊俏蜡像，还有我已经忘记名字的一条条古街道，都一直留在我的记忆里，往后余生的许多诗篇，我都在描述着那一片风景，以及风景里的她。

后来，我们倒了几次火车，来到一座叫赫尔的海边小城，那里实在是太美了。我还记得小雪挽着我的手，轻轻对我说："我们一直这样下去，多好。"

我的心甜到了极点。

我为她买了一只白色的手表，对小雪说："这只白色的手表送给你，请原谅我迟来的表白。"

小雪含着泪，用力点了点头。

5

回到哈德斯菲尔德后，我暂时舒缓的情绪再度失控，甚至连学业都无法继续。最让我难过的是，我和小雪开始吵架了。

小雪不理解我为什么无法为了她，让自己好起来，但抑郁症发作起来，真的是身不由己。我由于痛苦万分，开始酗酒，经常喝得醉醺醺，加上大量吃药，我的身体开始变得极度虚弱。

有一次，我又在宿舍喝得微醺，小雪推门进来，一下子生气了："牛涛，你怎么能这样，你就不能把我当成你的药吗？"

我站起来，痛苦地说："小雪，你怎能明白我啊，你怎能明白我？"

小雪推门跑了出去。我心想，我们应该已经走到尽头了吧。

事实正是这样，那段时间有很多人追她，但我听说她都拒绝了。我们彼此也都没有主动联系。

很快，她就毕业回国了，我们之间的感情就这样戛然而止。几个月以后，我也毕业了，回到了广州。我们偶尔会在微信上聊几句，我知道她一个人在邻市开始做生意了。

一年后她生日那天，我冒昧约她出来吃个饭，因为她的生日是我们在英国第一次见面的日子。

她好像画上了眼影和口红，她依然美丽如昨，只是相比当年在英国的她，好像变了一点点，或许是更成熟了？我说不上来。她应该已经有新的伴侣了，我从她的态度里感觉出来了。

"小雪，你现在过得好吗？我们在英国的时光，我仍然难忘。不过，我对不起你，祝你以后幸福。"我先开口了。

"牛涛，我们共同度过了在英国的美好时光，我们互不亏欠。我心里仍感激你，不过我们都要向前看，也祝你幸福！"小雪轻轻地说，我的心好像突然间疼了一下。

她的眉眼弯弯的，恰似我第一次见她的模样。

那个星光斑斓的地方
——英国留学随想

春

那些不知名的花儿，一路开放在登山道两旁。我朝着远处的灯塔，不知疲倦地走着走着。路边的农场散落着无精打采的野马，还有漫山遍野灿烂的野花。我默默地想，住在这山头的人，生活该有多幽静。

暖暖的阳光淌在身上，暂时洗涤去了异乡的孤单。漫山遍野都是野兔，可是一见人，就全跑了。

我站在灯塔下，远望着我求学的这座小镇，远处的火车站上空架起了一道彩虹。那栋孤零零的教学楼还是那样沉默地矗立着，好像是这座城镇义不容辞的守护者。

我靠在石阶上，回忆着家乡，回忆着家人，竟然睡着了。

直到满城中灯光点点，我才慢悠悠地醒过来。天边划过一道航班的弧线，我心想，是不是追着这条航线一路跑就能回到家呢？

清凉的晚风，把野草吹得呼呼作响。

夏

这边的夏天一点热意都没有。我一个人坐着火车，去到了一个靠海的地方。我倚在海边，点点星光洒落在海上，映进我的瞳孔中。异乡的月亮好像特别大特别圆，斜挂在海面上，辉映得海水一闪一闪的。

我沿着海岸线漫无目的地朝前走，一排路灯"哗"一下全亮起来了，把黑夜映照得特别明亮，我也就不害怕了。

我突然看见有一个瘦骨嶙峋的老人家靠在路边，捂着肚子，皱着眉头。我慢慢走过去，把身上的零钱都给了他。

我说："先生，我很想念我的家。"

老人家说："我已经没家了。"

秋

漫天的黄叶把校园铺成一片金色的长廊。往往在自习室忙完，天已经完全黑了。我吃完一顿炸鱼薯条，一个人走在校园里的小河边。我才惊异地发现，入夜后的校园这么美。

在这条小河边，我不知度过了多少个不眠之夜。我望着星空，想着心事。偶尔有只胖鸽子来我脚边转转，发现没食可吃，又摇摇摆摆地走了。

家人好吗？奶奶身体还好吗？哥哥还那么操心我吗？爸爸还那么忙吗？我一遍遍打理着我的心绪，思念像涟漪一样在我心头荡漾开来。

小河边有一艘永远都不开的小船，已经很破旧了，可是里面竟然还住着人，真奇怪！

慢慢地，夜深了，可是教学楼的灯还亮着。星光像破碎的水晶一样，在河水上闪烁。我拾起一片枯黄的落叶，心想，该回家了。

冬

漫天飘雪随风而下，把整座小镇装饰得格外美丽，校园的一切都白茫茫的，很是可爱。我又一次看到雪，心里可激动了。堆雪人，打雪仗，好像又回到了童年。

教学楼前，布满着一双双脚印，星星点点。同学们都裹得像个毛球一样。

等到入夜，我一个人坐在星巴克的窗边，望着窗外形形色色的异国面孔来来往往，心里百感交集，我就要离开这个地方了，当初刚来的时候那么想家，现在怎么会又这样依依不舍呢？

终于到了那一天，我拎着旅行箱，踏上了去机场的火车。临别的时候，夕阳映照在我的脸庞上，我回头轻轻说了句："再见了，我还会回来看你的。"

扫码听朗诵

那一场英伦梦

回想起在英国留学的那一年，一股酸楚总会从我心里涌上来。对我来说，英国是童话仙境，也是一场噩梦。

或许，对于许多年轻人来说，去英国读书是一件非常惬意的事，甚至是放浪的时光。去比斯特小镇逛数不尽的奢侈品店，去伦敦漫步塔桥，坐一坐梦幻般的伦敦眼，去剑桥大学领略一番英式书卷气，或者在KTV和黄的黑的白的朋友喝得一醉方休……反正天高皇帝远，离父母的管教隔着半个地球，正是享受人生的最佳时刻。

可是，对于我来说，这些欢乐似乎跟我一点关系都没有。英国，对我来说是一个痛苦交织的地方，我在那里流了多少泪，痛得多么深。

我，差点就死在那里。

你会问：为什么？

因为，我是一个重度的抑郁症患者。

五年来，我受尽了抑郁的折磨，几乎每一年都有那么几次重度发作，让我像身处炼狱一般崩溃。而在英国留学期间，正赶上了我有生以来发作得最严重的一次。这一次，让我的英伦之旅染上了血色的阴霾。

好多场景、感受都在脑海里蔓延开来，我闭上眼睛，慢慢理清我的思绪。从哪里说起呢，就从我在机场准备离开那一刻开始吧。

记得那天下着瓢泼大雨，我收拾好行李准备出门了，突然一摸手提袋，护照竟然不在里面。我顿时吓出一身冷汗，先是把手提包翻了好几遍，又打开旅行箱发了疯似的找。最后，我才想起来，原来我昨天拿出护照来想看看签证日期，看完直接扔床头了。

还没出发就这么倒霉，我隐隐有一种不祥的预感。

我和爸爸迎着暴雨开车到了机场，到了国际出发大厅，我知道，离别的时刻到了。爸爸说话突然有些哽咽了，我看见他眼睛红红的。过去这五年来，他为了我的病操碎了心，陪着我一家一家医院寻医问药。他是一个颇有成就的外科医生，但是隔行如隔山，他对精神医学一知半解。他的办公室里，全是关于精神疾病诊断治疗的书，他都快成为精神科专家了。

我的箱子里，半箱都是他为我准备好的药物，我每天都要吃很多种药，抗抑郁的，平衡情绪的，缓解心慌的，镇静的……爸爸用了一周时间帮我把每一天的药在药盒子里摆好，他怕我不按时吃药，或者忘了吃啥药。

一步一回头。走到安检口，我回头看了看爸爸，突然心里一酸，这几年下来，他好像真的苍老了好多。我对着爸爸笑了，挥了挥手，转身往前走去。

转过身后，我边走边哭。我想，爸爸也哭了。

飞到了曼彻斯特，我又转火车坐了一个多小时，抵达了我所求学的小镇——哈德斯菲尔德。这是一座美丽的小镇，四周的山丘包裹着精致的镇中心。浓浓的英国古典气息，弥漫在每一个角落。我的大学就处在镇中央，棕色的教学楼古老而庄重，一条清澈的小溪横穿过校园。

抵达小镇的时候已是午夜，我拎着笨重的旅行箱转了好几条街道，愣是没找到我的宿舍楼。后来，我看到一个亚洲面孔在街边的柜员机取钱，我猜可能是韩国或者日本人，便上前去用英语问我住的"Aspley Hall"怎么走。没想到，这位兄弟很热情，直接帮我拎起行李带我去。我们一路用英语聊着天，等快到楼下了，他来了一句："你是中国人吗？"

我说："是啊，你也是？"我俩顿时相对而笑——两老乡扯了半天洋文。他又问我："看你像是北方人，你是哪里人？"我说："我是陕西人。"他一下子瞪大了眼睛："我也是陕西人！"

"你陕西哪里的？"

"我西安的。"

"我的天，我也是西安的！"

我都惊呆了，这一下火车不仅遇到同胞，还是老乡！

我俩便用陕西话聊起来，这飞了半个地球，还能说陕西话，真是神奇的缘分！

老乡大哥帮我把行李搬到了房间，又帮我连上了Wi-Fi，收拾了房间，聊了半天我才送他走。

我心里暖暖的，真的好暖。

宿舍的房间不大，但是感觉很温馨，对面是学校的商学院，往左能看到学校中央那条小溪。

我困极了，很快便进入了梦乡。我梦见了爸爸，他似乎还站在机场的安检口，往里眺望着，眺望着……

刚开始的几天，我还没有任何症状出现，我惬意地感受着这座小镇的美丽。

说到噩梦的开始，要从第一节课讲起。

课一开始，我就蒙圈了。导师是一个严肃的印度人，可能是因为他的口音，我几乎一句都听不懂，幻灯片上堆积如山的专业术语，我更是查都查不过来。等到小组讨论的时候，我彻底傻了，英国同学问我怎么分析这堂课的理论，我支支吾吾一句也说不上来。

回到宿舍，我就开始心慌，喘不上气了。我坐在床上开始冒冷汗，四周的东西开始变得模糊，一些恐怖的场景开始不由自主地窜进我的大脑。我捂着胸口大口大口地喘粗气。

这些，都是我抑郁情绪开始爆发的征兆。

晚上，我摇摇晃晃地去了一间西餐厅吃饭。我看了半天菜单，也没明白上面写的都是啥。最后，我苦笑着对服务生说："请给我任何一份用牛肉做的食物吧。"

服务生愣了一下。我想，我一定显得很傻。接下来，我就品尝了难吃得令我毕生难忘的一道半生不熟的牛扒……

我周围的同学，都在尽情享受着他们的留学生活。中餐馆二楼的KTV，夜夜都有中国学生唱歌喝酒到天亮；每到周末，一对对同学结伴坐火车去曼彻斯特、利兹购物逛街；甚至，在国内有伴侣的男生女生，都迅速地又找了新的对象，有些可能还不止一个……

而我的生活，则像这英伦阴霾的天气一样，黑暗又无助。

我的胸闷心慌变得越来越频繁，呼吸都成了一种负担，到后来心脏会随着跳动一下一下地疼。但这些身体上的难受，我早已习惯了。最令我生不如死的，就是抑郁症的恐怖之处：心理的折磨。有时候我会对着窗外狠狠地痛哭一场，有时候又一言不发地呆坐一个下午。记忆力、思考能力都变得低下，学业更是越落越远，再也跟不上了。其他同学都开始写第一模块的论文了，我连第一模块讲了些什么都没搞懂。

最操心我的爸爸，此时此刻，会有多难受呢？

因为时差的关系，爸爸每天凌晨2点钟都上了闹钟，跟我视频聊天。他每天都要做好几台手术，还要开会，出门诊，做实验。半夜2点钟被闹钟闹醒，再看见痛苦不堪的我，他有多难受！我每每想起来，都内疚得好难受。

犹记得一天午夜，我跟爸爸视频的时候，我突然忍不住大哭起来，流着泪跟爸爸说："爸爸，我真的好痛苦，真的快支撑不住了。"

爸爸回答我的那句话，至今仍然烙印在我脑海里："儿子，爸爸对你只有一个要求，那就是活着回来，回到爸爸身边，爸爸会陪着你一辈子。"

有一件事情，真的让我很伤心。

那是一天傍晚，我拎着两袋在超市买的牛奶和肉菜往宿舍走。突然，一个印度小伙子风风火火地跑过来，看似很着急地跟我说着什么。我听了两遍才明白，他说他的朋友在不远处昏倒了，他急需点钱送朋友去医院。

我感觉事情好像有点不对劲，但还是打开了钱包，问他需要多少。他一看到我钱包里有一叠50英镑的钞票，眼里一下子放出光来，飞快地抽出一叠钱跑了，回头还用英语骂了一句很刺耳的脏话。

我的两袋东西滚落了一地，我傻在了原地。

抑郁在加深，黑暗在肆虐。

我感觉，可能由于我第一次离家人这么远，我这五年来最严重的一次抑郁暴发了。我开始在原有的症状之上，出现了可怕的幻觉。

有一次，我半夜醒来，清楚地看见一个人站在我宿舍中央；有一次，我看见宿舍里满地的蛇爬来爬去。

幻觉，是会要人命的，比最痛苦的抑郁还要可怕一百倍。

终于在一天早上，天蒙蒙亮的时候，经过一夜恐怖幻觉和抑郁情绪的折磨，我做了一个令自己真正解脱的决定：离开这个世界，结束这一切。

离开前，我突然想再看看美丽的朝阳，我到了教学楼顶层的露台，迎着暖阳的光辉，笑着流泪。我要解脱了，一切痛苦都将结束了，这个对我过分残酷的人世间终于将拿我没办法了。

回到宿舍，我在厨房找到一把小刀，然后对准自己的手腕，一刀一刀狠狠地划……

等到血流了一地的时候，我眼前突然浮现出爸爸慈祥的微笑，脑海里突然冒出一个场景，当他看到我躺在地上，变成一具冰凉的尸体，他会怎么样？

我放下了刀，用布缠住了伤口，走向学校的诊室……

我突然明白了：有人牵挂着你，深爱着你，你也牵挂着他，深爱着他——你和他的生命是紧紧相连着的，你没有权利自己先离去，留他一个人在世上，那是最残忍的事情。

记得爸爸曾经说过："小涛，你只要活着，哪怕你成了植物人，也是爸爸活下去的动力……"

曙光，终于来了，而且来得那么突然，那么令人惊喜。

有一天，我在自习室碰到了一位同班的英国大姐姐，我跟她并不是很熟，只记得她经常带着《圣经》。

她看到我憔悴不堪的样子，而且因为我那天忘戴手表了，她抓起我的手腕，问我发生了什么。

大姐姐笑起来很甜，让人觉得很有安全感。我忍不住向她吐露我所有的故事。

听完我的经历，她沉默了许久，然后说了一句："跟我去教堂吧。"

接下来的日子里，大姐姐把我当亲弟弟一样照顾，领我去她家做饭给我吃，有时候我不舒服，她打车半个小时送饭给我。她常对我说："只要你感觉到心魔又来攻击你了，立刻给我打电话，无论我在上课、睡觉还是兼职，我马上来找你……"

第一次去教堂，教堂里的兄弟姐妹听说了我的情况，都像亲人一样关怀我。

等到第四次去，我正式做了祷告。

世界，终于变得灿烂起来。原来，除了家人，还会有人这么爱我。

只是，我吃胖了，好胖好胖。

我的学习进度立马跟了上来，写起论文来文思泉涌。

毕业论文成绩公布的时候，好几个同学打电话来安慰我，说如果没过，大不了再读半年，千万别想不开。

我们学校论文40分以上就算通过，但只能拿到普通学位，70分以上就可以拿到荣誉硕士学位。这两种学位的差别是很大的。

有一个好哥们在电话里说："涛哥，我过了，41分，总算毕业了。你如果没过，可千万别影响情绪啊，再读半年怎么都能毕业了。"

我有点尴尬地说："嗯嗯，兄弟。可是，我拿了71分。"

转眼到了回国的日子，我在机场出口等爸爸，远远看到爸爸高大的身影过来了。

我笑着对爸爸说："爸爸，英国之旅结束了，儿子毕业了！"

爸爸笑了，我也笑了。

"儿子，你以后再也不要离开爸爸身边了，爸爸会守护你一辈子。"

"嗯嗯，爸爸！我也会陪着你一辈子。"

夕阳的余晖折射在我们的面庞，暖干了所有的眼泪……

星巴克的思念

咖啡的香气慢慢升腾起来，我开始看不清咖啡屋里一张张陌生的脸。一时间，我无从识别这是在当年的英国，还是在我家小区外的咖啡屋。

这就是我爱的星巴克，一个我用一杯杯浓醇咖啡消磨了无数午后时光的地方。

又到年末了，窗外北风凛冽，我坐在靠窗的座位，感觉特别暖和。我点了一杯香草拿铁，吐气在玻璃窗上，然后用手指画了一张圆圆的脸。她是谁呢，我或许永远不会告诉别人了。

倘若这是北国，窗外应该已经大雪纷飞了吧。记得当年在英国留学的时候，我也爱捧一本小说，在星巴克里消磨一整个下午。那间星巴克就开在我们学校里，看着窗外纷纷扰扰的异国的面孔，我时常想家。后来，我遇到一个长着一张圆圆的脸的姑娘，我们偶遇在星巴克，她捧的小说竟然和我的一样都是张爱玲的小说。我们便坐到了一起，从文学谈到生活，谈到她的故乡、我的故乡。

我和她同样爱喝香草拿铁，只是情深缘浅，后来我们各自回国了，她如今还好吗？

思绪回到现实中，那样美丽的遗憾一次次留在我的诗篇里。转眼我已经快30岁了。这十年发生了很多事情，还好都过去了。

我爱在这家星巴克读小说、写诗，又用发表诗歌的稿费来买咖啡，买杯子。我的生命，因为这间咖啡屋而浪漫起来。虽然，我好像自始至终都是一个人。

英国那间咖啡屋里，早已换了一批又一批年轻的学生，他们的青春还闪耀着，还芬芳着，正如加了十分糖的咖啡。

窗上那一张用雾气画的脸，慢慢模糊了，我的眼睛好像也被什么模糊了一样。我看着窗外渐渐浮起的晚霞，想起了某个远在天涯的人。

我常常会在星巴克里，捧一杯咖啡，想着许许多多奇怪的问题。比如说，生活中的悲伤从哪里来，最后又为什么消散；既然知道最后要消散，当初为什么流泪伤心。比如说，如果当年我开了口，现在我身边是不是就多了一个人。比如说，时间怎么过得这么快，转眼我就到了而立之年，与青春年华渐行渐远。

而咖啡，年复一年，还是那么馨香。

让往事如雾气一般消散吧，我收起我的笔记本，走出了星巴克。

或许未来的某一天，缘分来的时候，我在星巴克猛然抬起头，看见了一张圆圆的脸，笑起来像花朵一般——

一如当年，一点儿没变。

我与爱情诗

我喜欢写诗，这是大家都知道的。我尤其爱写爱情诗，这点大家更加了解。不知道为什么，每次一拿起笔来，本来想写点豪情满怀的诗歌，才写两句，什么"爱恋"啊，"思念"啊，就又出来了。朋友曾笑我："牛涛你每天都得失恋一次吧。你这速度，一年得谈多少次恋爱啊！"

这点我是真的冤枉了，我只谈过一次恋爱，说老实话，可能只有半次，在留学的时候，才半年就结束了。我自认为我真不适合谈恋爱，跟着女朋友逛街，对我简直是种折磨。

可是，在诗里面，那些美丽的遗憾的惆怅的场景总会反复出现，被我用凄美的文字写得淋漓尽致。

今天与一位写作的前辈聊天，他对我说了一句话："其实我仔细思考了一下，所有写作隐秘的源泉，都是爱情。"我深深认同这一点，爱情最美的展现，应该不是在现实中，而是在文学中。而诗歌，能够裁剪出几幅最美的意境，展示出爱情的曼妙。

我诗里的她，是一个模糊的综合的形象，她不是一个确切的人。我认为，女人爱的是一个个体，而男人爱的是一个模糊的综合体。当然，这是我个人的看法。

话题扯远了，我们言归正传。

我最新出版的一本诗集《偷偷为你写情诗》，已经被当作礼物，情人节的时候被很多朋友送给女朋友了。而且我是相当够朋友啊，一分钱都没收。

有一次，会写情诗还让我闹了一个笑话。有一个我的好兄弟，刚交了一个女朋友，让我帮他写一首情诗，送给他女朋友，我二话没说就答应了。结果，我的情诗写得倒是深情款款，可是我习惯性地署了自己的名字，那个哥们竟看都没看就转给女朋友了，还说了一句："我为你写的情诗，只属于你一个人的礼物。"

结果可想而知，他女朋友的一句话犹如晴天霹雳："你能解释一下，牛涛是谁吗？"

这下，丢人丢到姥姥家去了。

但是，我还是从爱情诗里得到过很多快乐，发表的快乐，与诗友分享的快乐，完成一首佳作的快乐。

可是，有时候静下来，望着窗外的烟雨，看着花瓶里的薰衣草，还是会有点怅然若失。

你知道吗，薰衣草的花语是"等待爱情"。

上个月，我哥哥写了一封情书，想给他的女朋友，经过我的修改，简直成了感人的美文。我把我哥夸得像一朵花一样，就差小时候得过三好学生没搬出来。或许，她就是我未来的嫂子了吧。我衷心地祝福哥哥。

无论如何，我依然觉得这样的日子挺好的，与爱情诗相伴，诗歌不会跟我吵架，诗歌也不会让我陪它逛街。那些美丽的故事，绽放在诗集的每一页，字字珠玑。

如果你还在暗恋着某一个人，就来找我吧，我送你一本爱情诗集，或者帮你定制一首。你放心，今天送，明天她就得相思病——

想你想的。

我的诗歌年华

算一算，诗歌已经陪我走过快20年的岁月了，那一本本陈旧的笔记本里，记载着我无数个春夏秋冬，无数个春夏秋冬里的悲欢喜乐。在长短句里，我写我的悲伤，写我的快乐，写秋叶飘落下来的静美，写夏阳绚烂的光影，写某一个离开了很久的姑娘。

我从小学三年级，就开始写诗了。那时无意中读到家中的一本《最美丽的诗歌大全》，我便深深爱上了这样的抒情方式。只是，那时的文字是青涩懵懂的，每一首诗估计有一半是抄歌词，现在想来，真是汗颜。后来，有一次哥哥读我的诗，对我说："牛涛，你的诗歌，我几乎可以唱出来了，一半都是人家的歌词。"从此，我便开始写自己的心声了。

直到那一年，我写的诗歌《前进，在人生的旅途》获得了全国中小学生"小作家杯"大奖赛三等奖，我正式决定，长大了，我要当一名诗人。记得那时，我的语文老师魏老师对我说："牛涛，你将来当了大诗人，记得回来学校看看啊！"我不好意思地笑了笑，长大是多么遥远的一件事啊！

这些年，我到过很多地方，还去英国留学了一年，我把我看过的风景一幕幕写进了诗歌里。我的诗集，就好像一本相册，涂写着一幅幅光景，一岁岁年华。我在英国留下了许许多多的爱情诗，因为我的初恋留在了那里。如今，看着这些英伦风情的爱情诗，我还会想起那个姑娘。她永远活在我的诗歌世界里，就算已经分开了那么久。

我不爱晦涩的语言，我偏爱着用流畅的语句，一行行书写我的情愫。我觉得诗歌要让每一个人都看懂，都能体会到其中的美妙意境，这样的诗歌才算好诗。

平时，我爱带上我的笔记本，到楼下的小花园里，写上一首隐含着小小心事的诗。那些花草，那溪流旁的杨柳，在一旁偷窥着我的心事，它们是我诗歌的第一读者。就这样，无数的心事从心里流淌出来，汇聚到笔记本上，凝聚成一首首烂漫的诗。

去年，我带着我的诗集回到了我的小学，想找到魏老师。听校长说，魏老师已经退休几年了，我打听到魏老师的住址，一路寻摸，终于找到了魏老师的家。

没想到，魏老师已经瘫痪在床了，我心里一阵难过，轻轻坐在她身旁："魏老师，我是牛涛，您还记得我吗？"

"牛涛？你是那个爱写诗的牛涛？我记得你，我记得你。"

"魏老师，我实现了小时候的梦想，真的成为一名诗人了，我还当上了诗刊的主编，我给您带来我的新诗集了。"魏老师的眼泪流了出来，她接过诗集，抚摸着封面："我们的牛涛有出息了，我们的牛涛真的成才了。"

我想，我要继续写下去，永远写下去，不辜负魏老师对我的期望。

有时候，一个人待在家里，我会找出以前的诗稿一篇篇回味，当年的心境又浮现在脑海。那英国的雪还像我诗歌里写的一样白茫茫吗？那成都的夜色还像我诗歌里写的一样璀璨吗？那个姑娘笑起来，还像那首诗里写的那样甜吗？

今夜，月光皎洁，我已经年到30，坐在阳台上，安静地写下了一篇怀念青春的诗。诗歌里写到了明月和朝阳、春暖与冬寒，却隐埋着那一串串熟悉的姓名。放下笔，又一本笔记本写到最后一页了，我闭上眼，温暖地笑了，却怎么笑着笑着就流泪了？一页页诗篇翻过去，月光替我照亮一首首诗，20年了，当年那个爱写诗的少年，一如当年，从未改变。

品茶成仙

我每天都离不开茶，无论写作，听音乐，还是发呆，手边总有小青柑茶。刚开始喝小青柑茶，是为了减肥，喝了半天，半斤都没减下去，但倒是让我彻底爱上了普洱茶，一杯浓浓的茶水入喉，心里感觉特别暖。

此刻，小青柑茶冒着浓浓的雾气，让我的书房充满了陈皮的香。音箱里传来怀旧的歌曲，与茶香交织在一起。我一边读书、写作，一边品茶，一切都美好得恰到好处。

我哥哥也喜欢喝茶——茉莉花茶。每次我出差或者出去旅游，都给他带茉莉花茶。礼尚往来，哥哥每次出差回来，也给我带一罐极品普洱茶。

有一天，哥哥好像反应过来了，对我说："牛涛啊，你每次给我带的茉莉花茶，最多也就100块。我给你带的普洱茶，都五六百块啊！"

我这抠门的哥哥啊，我说："哎，都是一片心意，一片心意。"

"好，那我下次给你带点青青河边草，也是一片心意。"

"哈哈，哈哈！"我和哥哥都笑了。

其实哥哥对我特别好，我的每一台手机都是他给我买的。知道我爱喝茶，他捎给我的普洱茶就没断过。

这几年，我又开始收藏紫砂壶，这样一来，喝茶变得更有禅意了。我不再听流行音乐，而是换上了非常缓慢悠扬的古琴曲。那种境界，别提有多美妙了。

有一回我正在书房里写诗，爸爸突然推门进来，给我来了一句："牛涛，你这是要成仙了。"

"爸爸，你要是再给我整一炉香，我就真成仙了。"

有时候，我就待在书房里什么也不干，就静静地听着音乐，静静地想着心事，那些浮沉在心海里的往事慢慢变得清晰起来。

一间屋子，有茶，有音乐，便是一个世界。等你喝普洱微微上头的时候，我给你再斟满，咱们聊聊那些藏在心里的话。

爱犬康康

我曾经养过一只特别可爱的蝴蝶犬，我给它取了一个特别可爱的名字——康康。

康康刚到家里的时候，还特别小，它最大的特点就是有一双圆圆的水汪汪的眼睛，脑袋也毛茸茸的，整个人，不对，整只狗看起来圆滚滚的。

记得那时候我还在读大一，有很多时间在家，我经常带它出去散步，邻居见了都夸它可爱。我从不用狗链拴住它，我觉得那是残忍的。而且，它实在是太小了，看起来真是一点攻击性都没有。有时候经过一只大狗，朝它吼两声，它就吓得躲到我身后了。

唉，要多没出息，有多没出息。

转眼间两个月过去了，它还是一点没长，我却特别开心，永远这么大，多可爱啊！

那段时间，它是我最好的朋友。我跟它有着共同爱好，一起看电影，一起听音乐。而且我看得出来，它乐在其中。我会把平板电脑往桌子上一放，然后找一部想看的电影，康康就趴在桌子上，一声不吭地陪我一起看。有一次看《泰坦尼克号》，最后所有人在水里挣扎的时候，它好像害怕了，用小爪子捂住自己的眼睛。那样子，实在太滑稽了。

它还喜欢听轻柔舒缓的钢琴曲，每当我放音乐的时候，它总是悠闲地趴在毯子上，看起来舒服极了。

我曾经打过一个不太恰当的比喻：这样可爱的小狗，可以靠颜值吃饭，整天啥也不用干。而有些大黑狗，却自己发奋图强，立志成才，考个证，成为缉毒犬、导盲犬，最终自食其力。

哎呀，扯到什么地方去了？

有一段时间，我的功课特别繁重，每晚调好闹钟必须9点钟上床睡觉。可是每晚9点的时候，我还是看节目看得津津有味。后来它不知怎么的，好像知道了闹钟一响我就该睡觉了，打那以后，闹钟一响，它就围着我转，不停地喊，催我去睡觉。我只好乖乖上床休息。

时间久了，它不再是一只宠物，而是我的家人了。我们的感情如此之深。我记得有位作家这样描述狗："它一言不发，却就这样一辈子与你相依为命。"这句话，让我湿了眼眶。

谁也没有料到，会出那件事情。

那段时间家里各种虫子特别多，奶奶在家里各个角落放了蟑螂药。

下午放学我回家的时候，有点好奇康康怎么不马上围上来跟我亲热。我走进卧室，看到它的身子已经软了，眼睛半睁着，痛苦地呼吸着。我一问奶奶，才知道它可能误食了蟑螂药。我心里焦灼万分，赶紧抱起它往宠物医院跑。

坐在出租车上，它已经闭上眼睛，咽气了。它断气后，身体变得那么的软，我悲痛欲绝，眼泪在眼里打转，终于大哭了起来。

康康，你在天堂还好吗？十年过去了，我还没有忘记你，"十年生死两茫茫，不思量，自难忘"。

原谅我没有照顾好你，我还为你准备着你爱吃的零食、你爱听的CD。我打算再去一趟宠物市场买只蝴蝶犬，你能投胎再遇见我吗？我一眼，就能认出你。

我会在人群中，喊出你的名字："康康！"

扫码听朗诵

十九至二十九

十年光阴，就这样过去了啊！十个轮回的春夏秋冬，留给我一本本日记，一次次笑语和泪痕，一段段如将要褪色的水墨的回忆。我看着满天星辰，看着一个20多岁的我，慢慢地走远，走进弥漫起的烟雾中。无论我怎样呼喊，他都没有回首。

有时候我在想，三十而立，我现在这样子，到底算是立了还是没立呢？这个问题曾经几次让我纠结得没睡好觉。

记得19岁那年，我刚上大学。看着课堂上30多岁的老师，还真觉得有一点点代沟。下了课，净想着到哪里吃烧烤喝啤酒，到哪里去打游戏。谁料到，大学光景那么快就度过了。后来我慢慢体会到，无论一开始多漫长的时光，就在你叫苦连天地熬着的时候，"刷"一下就过去了。所以，无论岁月是苦是甜，我们都好好珍惜当下吧。

大学毕业后，我去了英国读书，那是美好烂漫的一年。功课不忙，我一个人背起包走遍了许多美景。那段时光，仍然弥漫着拿铁咖啡香，仍然笼罩着淡淡烟雨，仍然在我的记忆里美丽地喧嚣。

前几天和一个好朋友聊天，我问他，你大学时候的理想是什么？他愣了一会儿，苦笑着说："有一次大家在一起打牌，我郑重地说，我将来要拿诺贝尔经济学奖。后来，我一直考不到经济师的证。"

我不禁笑出了声，回答道："不瞒你说，我以前跟同学说，2020年的诺贝尔文学奖就是我的了，现在看来，不是那年诺奖颁错人了，就是我想得太多了。"

年少轻狂的我们，总有那么多可爱又天真的梦呀！但是，我仍然坚信这些梦是庄严的，有一天，一定会以另一种方式开出花来。

工作了以后，我开始认真对待我的人生，但同时我依然生活得像个孩童。我每天早上醒来第一件事，就是看当天的星座预测，这几天我看得越来越郁闷。巨蟹座每天的幸运颜色，不是珊瑚橙就是酸橙绿，或者薰衣草紫。我这大早上的赶着上班，上哪找这些颜色啊！

想起这些细碎的生活小事，我仍然觉得温暖。我迷恋着任何能令我快乐的微小而光明的事，那些事能令我远离世界的纷乱，让内心平静下来。

又是五六年的光阴，就在低落阴郁中，欢欣雀跃中，无悲无喜中，慢慢流过去了，像一阵巨大的冰蓝色的潮水席卷过礁石，然后顷刻间，了无痕迹。

再见了，我二字头的人生，我还念着你的悲欢喜乐，我还不舍你的青春模样，但我有更明媚的未来，拉拉勾，我会带着你的梦想，一往无前地往前走。

我们，顶峰相见！

29岁的天空

天还像当年一样蓝，天空下的一片片草地，童年嬉闹过的旧操场，却早已换了模样。我有时觉得一切都已远去，消失在看不见的时空里，有时一切又那么清晰地在眼前。

在每次雨后清甜的空气里，在漫天纯白羊绒般流云开始席卷时，一切仿佛还是从前的模样。

若不是日历翻过了一页又一页，若不是书架上蒙尘的旧散文集全部泛黄，若不是多人来过后又都消失在茫茫人海里，我真的不信，我已来到而立之年的门口。

时间还是留下了印记。比如我收藏的两箱CD，已经没有机器可以播放。比如我从前为之得意洋洋的爱情诗，现在看起来如同无病呻吟。比如那大院里疯玩的孩子们，仍然踏着滑板车，在夕阳的光影里放肆地撒野，像极了我们当年的模样。

他们会冲着我喊："叔叔，帮我们捡一下球哇！"

我忘了从何时开始，每天都会写日记，一本又一本硬皮日记本替我小心翼翼地收藏着无数走过的日夜。比如某一天，我在凌晨还坐在珠江岸用耳机听歌；比如某一天，我在面朝大海的酒店阳台发呆到夜幕上星辰闪烁。大部分时光里，我都是一个人。

这些从前的我啊，这些十几岁二十几岁的我啊，我会永远记得你们。

29岁的天空下，花开得正好，阳光温暖得刚刚好可以解冻冰封。一切走散的，失去的，遗憾的，我们一定会重逢在美丽的——

另一个时空。

最后的台历

午后的阳光柔得像丝绸一样，将往昔投射进一位静默的老人家的脑海里：那些青葱岁月，无数春夏秋冬的画面，一幕又一幕，还有一生中那些难忘的时刻与地点……

我在整理书桌上乱糟糟的稿纸，桌上摆着台历。日期还停在上个月，我轻叹一声，翻过了一页。

我捧起台历，一页页翻过去，一颗心好像被慢悠悠浇了一杯加了糖的苦茶，有着说不清的滋味。

那些用大红的字写在年初的雄心壮志，好像只能一笑而过了。这本台历，就这样一言不发在我的书桌上站了一年。有些月份一片空白，有些月份勾勾画画。

从头翻到尾，每翻过一页，我好像听到了呼啸的风和雨，渐渐地，才呼吸到岁月静好的味道。大红色的台历，封面上有一只喜庆小老鼠的剪影，它在这个世上逗留的时间不多了。大红色渲染的每一页里，藏着小小的悲伤。

我不会丢掉你的，这一年无数个日日夜夜、悲欢喜乐都被你封存在心。

小老鼠啊，等你再来的时候，你肯定还是这般喜庆活泼的样子。我却不知道去了哪一方，不知道沧桑成什么样子了。

再见的时候，别来无恙？

人到三十

岁月悠悠，转眼十年光阴已经过去了，今年，我已经人到三十了。这十年，有过美好，有过遗憾，曾经赶路在满天红日的清晨，曾经迷茫徘徊在凄迷的夜半。青春年华，最终落幕了。

20岁出头，我去了英国留学，那是一段浪漫的日子，我至今还总是怀念。每天捧着一杯咖啡，走在美丽的校园，跟每一个过路的人打招呼。下雪的晚上，我会戴上耳机，一个人走到校园的河流旁，静静发呆。雪花，一点一点落在我肩上。我是个生活在南国的孩子，在英国看到的雪令我难以忘怀。读完研究生后，我回到了国内，开始在一家医院的行政部上班。

当年的那些同学，如今基本上都已经结了婚，有了孩子，剩下我还过着一个人的生活。但其实我并不感到孤独，我每天都会看书，抄笔记，在文学的世界里徜徉，那感觉真美妙。很多人会问我，你都30岁了，怎么还不恋爱结婚啊？我只能说，可能缘分还没来到吧。一个人的日子，真的挺好的，有假期的时候，我会背着包，一个人去香港看音乐会。音乐会结束后，一个人坐在维多利亚港的海边，满眼是璀璨的霓虹。又或者，我会开着车，去到麓湖旁停下来，然后租一艘船，划到湖中心，躺在船上看小说，听音乐，直到红霞满天。

我还是怀念我二十几岁的时光，可以和朋友们一起去吃烧烤，露营，那时大家都还没成家，我们在野外，一边吃东西一边喝啤酒，微醺地看着满天星辰，聊着未来的人生，聊着自己的理想。星星，是一盏盏不灭的灯。

我的工作不算忙，每天中午，我都要写一首诗，我想诗歌已经融进了我的生命里。每天中午，我会泡一壶浓浓的普洱茶，然后把笔记本拿出来，把我的春夏秋冬，把我的喜怒哀乐，全写进诗歌里。我现在还兼任两个刊物的主编，业余生活读着别人的好诗，也是一种享受。回头看看，这些年写过的诗拼成了一条悠长的我的心路历程。

小时候，觉得长大真的好遥远啊，没想到，转眼我已经30岁了。春天又来了，那个周末，我一个人徒步走回了市中心我曾经的大学，那里的年轻人的青春还如花般盛放着，而我应该已经算是一个中年人了。

回过头，一路有风雨也有晴；往前望，山山水水，注定还要走很长的一程。

那个晚上，我一个人开车到郊外，满天是繁星。突然，一颗流星划过，我闭上眼，许了一个愿。一切都好安静，星光照着30岁的年华，慢慢开场。我披着风衣，一路往前走，前路一定有某一些美好、某一个人，一直在等我。嗯，等着我呀，我就快走到了，就快了。

南国初春

从窗外的一树树嫩芽看得出，春天已经来了。枯木逢春，春天是给人希望的季节。新的四季开始轮回了，春光无限美，我要趁春天多走出去看看。

走在满是嫩绿色树叶的林荫道，我总是思绪万千，很快天气就会开始转暖了吧，厚厚的羽绒服可以收起来了吧。

从电视里看到，北国还下着雪，我真庆幸，生活在南国这样一座四季如春的城市。

春天是个适合看花的季节，我总爱去市郊的一片花海看无边无际的迎春花，那夕阳下的花海透着朦胧的光影，简直美极了。我的书桌上摆着一瓶蜡梅，到现在都没枯萎，我爱它鲜艳的红色，爱它顽强的生命力。

天气已经没有那么冷了，我爱捧着一本小说，到山麓的凉亭，或者江边的咖啡馆消磨一个下午，沉浸在文字的海洋里，直到满天亮起了星辰。我收起书，走进微暖的春风里，该回家了。

记得哪位作家曾写过，春天是个适合卧病的季节，这种说法真浪漫。这个初春，我就发烧在家里躺了五天。百无聊赖躺在床上，我烧得迷迷糊糊的。好受一点的时候，我会坐到阳台上，看着春光明媚，看着满树翠绿，心情也好了许多。

记得儿时的春天，过得都那么快乐啊！脱下羽绒服，和小伙伴在大院里骑着滑板车，等待着新学期跟同学们见面。那一条林荫道上，再没有残败的落叶，一片生机勃勃的景象。如今，我还住在这座大院，那些小伙伴都去了哪里呢？

春光映照进心田，我在树下默默许愿：又一次明媚的春天啊，请把忧愁都带走，把希望撒向尘世。

我感恩，人间有如此明媚的时刻；我感恩，岁岁年年都馈赠我们一个闪亮的春天。

一片绿叶掉落在我手心，那是春的回信，我想，它答应了我所有的祷告。

沿着林荫道一直走，我听见时光敲响了第一响，时针指向了一场新的春天。

走啊走，走到林荫道的深处，孩子们在嬉戏玩闹，一个小皮球滚落到我脚边，我把皮球扔还给孩子们，继续往前走，走到春天的深处，走回我童年的一场南国初春。

扫码听朗诵

麓湖烟雨

有时候我会梦到它，有时候我会突然停掉手边的事情去到麓湖边坐着发呆。就这样，我从一个小不点长大了。那麓湖上的烟雨，还是常常萦绕在我心头。

小时候，我住在离广州麓湖不远的地方。打开窗户，是一片紫荆花海，一年四季都荡漾浮动着艳丽的浓紫色。我时常坐在阳台上，捧一杯牛奶，看看浓浓的紫色海洋，那紫荆花的浪花快要吻到我的窗台。坐在阳台的木头沙发上，适合冥想，适合发呆，适合捧着一本故事书一口气读到天黑。再往远处看，就是仙境般的麓湖山水了，天晴的时候，我能看到一个碗大的湖荡漾着金光。我时常幻想，我可以踏着紫荆花海往前飞奔，穿过细雨，点着枝丫，然后踩着一个小山头扑通一下跳进麓湖的水波里。

童年的小心思，是一个个童话故事。记得小时候，每到夜晚，在家里总能听到不知从哪户人家传来的轻柔的萨克斯曲。在我小学一年级的时候，这个演奏者还在一个一个音地练习，三年级的时候，已经变成流畅悠扬的萨克斯曲了。所以我童年的夜晚，总有明亮的台灯下的作业、CD机里的粤语老歌，还有窗外似乎永不停歇的萨克斯曲。

这样的一个个夜晚，当我奋笔疾书写作业的时候，总不免幻想这个吹萨克斯的人是谁呢，他或者她，为什么这么坚持练习萨克斯呢？这成了我童年时光一个美丽的谜。如今，当我再度走到麓湖边的时候，烟雨还是朦胧得恰到好处，那座长桥还是有许多老人家聊得热火朝天。我找个安静的地方坐下来，看到一个刚放学的小朋友背着书包往家走。一瞬间，许多往事从记忆的湖底慢慢浮现出来，陌生又熟悉。

麓湖的烟雨，只在雨后出现，永远湿润着我童年的时光，那熟悉的萨克斯曲却再也听不见了。

回得去的麓湖风景，回不去的——
麓湖畔长大的童年。

扫码听朗诵

烟雨春日

最近一直云山雾罩、阴雨绵绵的，烟雨总是笼罩着远山。大院里的湖水上也飘浮着淡淡的雾，加上我有些阴霾的心情，我想，这或许就是春愁吧。

这几个周末，我都会去踏青，看着一树一树的风铃花、木棉花沾着露水，显得分外妖娆，心情也顿时开朗了许多。但我独爱那一整片漂亮的金鱼草，在烟雨中，它仿佛是一幅油画。我在一个公园里坐了一趟特别的缆车，一个人坐在一张缆车座椅上，从一整片花田上悠悠晃过，有点害怕，但更多的是惊喜。看着脚下的花草拂过，我仿佛仔细阅读了一本写花的散文集。

偶尔，我也会和同学去江边走一走，听着船舶的汽笛声，买一杯奶茶，撑着伞感受雨中的浪漫，心里感到无比惬意。

周末的晚上，我会和同学去市中心的私人影吧，那小房间被装饰得非常漂亮温馨，地上还散落着气球，我们把灯关上，选一部温暖的电影，细细观赏。电影落幕后，我们会来到阳台，看看窗外细雨中的夜市，星光点点，不禁感到一份浓浓的温暖。

平时，我还是爱在家里待着，看看小说，品品茶。那天一位同学还嘲笑我："怎么老是约你都不出来，你背地里干啥事呢？"我只好苦笑："我天生就是宅男啊，最近又把酒戒了，出去聚餐我是真没啥兴趣啊！"

晚上在家里，我爱把稿纸铺陈开来，写一写最近的心声，每当完成一篇比较满意的散文，我便像个得了表扬的孩子一样无比开心。我这辈子和写作是分不开的，尤其是在这样烟雨蒙蒙的春日里，有太多美景可写了，不记录下来，真是浪费了这样美好的春光。

写完文章，我会打开广播，听一首老歌。节目主持人是我的一个好朋友，她的声音特别甜，我就这样默默地支持着她。她选的歌我都特别爱听，尤其爱听她选的港台老歌，有太多经典曲目让人难以忘怀。夜晚昏黄的台灯下，我就这样听着歌，慢慢地睡去。

听人说，这阴雨再过几天就要停了，我打算去爬一趟山，站在烟雨里，再好好感受这朦胧的美。等阳光吐露而出，还有很多新的美景将诞生。

我期盼着太阳冉冉再现，又不舍这朦胧烟雨，不过，无论是阳光明媚，还是烟雨朦胧，且让我们慢慢行走，细细品看，总有一处风景能深深地感动自己。既然很多美好的景色留不住，那就让这一片烟雨永远留在这篇短文里吧。

三月百花香

阳春三月是春意盎然的季候，百花争艳，绿水潺潺，人间被五彩的颜色装点得万分可爱。

三月又是三八妇女节所在的月份，正如那首歌里唱的"女人如花花似梦"，女性的柔美，与百花相衬。

我家的阳台养着许多花，三角梅、海棠花、月季花、杜鹃，把小小的阳台装点得像一个花海。我常常捧一本书，泡一壶茶，坐在阳台静静地享受，花香环绕着我，我的精神愉悦到了极点。每每坐到黄昏，还是舍不得离开这一方天地。

我的卧室常年插着各种花，我尤其喜欢黄玫瑰，我爱它浪漫的感觉。我每每在花畔写诗，黄玫瑰常常出现在我的诗篇里。

在家里待腻了，我总爱去小区里散步。小区里有一条林荫道，种满了木棉花树。又到了木棉花开的季节了，木棉花是英雄花，也是广州的市花，它开在高空中，仿佛披一身红袍的巾帼英雄。说来令人发笑，我去年被一个大杧果砸中了头，今年又被一朵木棉花砸中了头，我想，恐怕是我的好运要来了。

这样看花的好季节，不出去踏青简直是浪费人间的美好。我和家人们去看了樱花，看了桃花，徜徉在花海里，那一幅画面简直美得像油画。那天，我和家人们去看了油菜花，夕阳下的油菜花美得让人想落泪。我站在油菜花丛中，留下了一张照片，愿这个春天的百花香气永远留在我的影集里。

春天里，伴着花香、温暖的阳光，让时光仿佛流得很慢，我特别喜欢在午后躺在榕树下，捧一本老旧的散文集，呼吸着被阳光烘过的青草香，静静地度过一个午后。我在日记本里写下了大大小小的心愿，无论能不能完成，我都会努力的。一行行日记，终于写到了这个季节，写到了我30岁的春天，一切都会越来越好吧。

我开始喜欢跑步，这样的天气不冷不热，我每天晚上都会去大院里的操场上跑步，走走停停，看着一个个大院里的人，或夫妻二人，或小朋友结伴，叽叽喳喳地聊着天，星光闪闪的，真美好！操场旁边种满了玉兰树，香气弥漫整个操场。这让我想起小时候，那时候我可爱一个人跑去收集玉兰花瓣了。

又一个傍晚，我打开灯，坐在阳台上，翻开一本席慕蓉的诗集，放上一张梅艳芳的唱片，花香好像特别浓。这是浓情的三月，这是充满女性柔美的三月，连三角梅都仿佛想窥探诗集里的文字，连海棠花也仿佛在认真听歌曲里的词句："爱过知情重，醉过知酒浓……女人如花花似梦……"

三月的百花香，静静地弥漫……

扫码听朗诵

帽峰山下的花海

帽峰山下的那一片花田，其实一直在等我，它已经为我准备好了万千朵姹紫嫣红，等着我前来。

黄昏下，我说不出名字的一朵朵花盛满夕阳，我走进花海中央，被花朵包围，那真是一种前所未有的浪漫的感觉。

我爱花，正如我爱一切浪漫美好的事情一样。但我不爱花束，它预示着凋零，短暂的绽放后便是枯萎。此刻我面对着一望无际的花田，那是不会枯萎的美好。

花田旁是一条小溪，许多孩子在里面嬉闹玩水，我多想回到童年，也在水流中撒一撒野。

有一辆孩子们乘坐的小火车，围着花田一圈又一圈地转着，我可以听见孩子们爽朗的笑声。

夕阳渐渐沉入西山，余光仿佛给远山涂了一层胭脂。我近看看花丛，远看看群山，最近的烦心事全都散到了九霄云外。

每个周末，我都会和几个好朋友选一处郊野去踏青，但这片花田是我今年最爱的地方。渐暗的黄昏里，景物慢慢暗淡了，空气中还弥漫着淡淡的花香。一朵一朵花，随着风轻轻摇曳着，摇曳着我恋花的心绪，摇曳着人间的美好。

我坐在花田旁的秋千上，轻轻荡啊荡。朋友笑弯了眉眼，打趣说："你再不减肥，就把人家的秋千压垮了。"哈哈。

左边是清清流水，中间是无边花田，右边是一片萧萧竹林。如果有人将此景临摹入画，该是多么娟秀绝美！中间，站着一个消散了忧愁的诗人，他正酝酿着一首烂漫的诗。

黑夜将我淹没在花海之中，整片花田亮起了灯，花海在橘黄色的灯下显得更加艳美。

我要走了，约好下一次花季，我再回来。等我回来。

沿着小路往回走，回眸中，花海在灯下拂动，远处炊烟袅袅，父母亲们喊着孩子们回家。

木棉花开的季节

这几天阴雨连绵，小区里的木棉花落了一地，我捡了几朵木棉花回家，摆在我的书桌上。看着红艳而不媚俗的木棉花，心里开朗了许多，仿佛驱走了阴雨天的阴霾。

木棉花又称"英雄花"，是广州的市花，因为它开在半空中，仿佛燃烧的火焰那样壮观，又仿佛是英雄的血染红了花瓣，所以称之为"英雄花"，这个名号它当之无愧。

我每每会撑起雨伞，走到大院里的长路上去仰望木棉花，这正是木棉花开的季节，雨水淋湿了木棉花，偶尔会有一两朵掉落下来。木棉树，仿佛一把火炬，燃烧着壮丽的火焰。

春天，因为木棉花而变得更加美好。每个周末，我都会选一个公园去踏青，欣赏着一树一树的木棉花，心情就敞亮了许多。

做人，当如木棉花，生来一身傲骨。前两天回家，我桌上的木棉花不见了，问了一圈才知道，被姑姑拿去煲汤了。晚上，我品尝了一盅木棉花排骨汤，滋味确实很好。木棉花还有药用价值，它就这样无言地润泽着人间。

木棉花离开枝头的时候，还是那样娇艳，一点也不枯萎，这就是它强大的生命力。这天，我一个人去欣赏木棉，心境恬淡又安静，我带了一个布袋子，捡起一朵朵落在地面的木棉花，它是那样的美丽，不染尘俗。回到家里，我跟姑姑说，这几朵木棉花可不要用来煲汤了，我要用它们装点我的卧室。我在卧室的每个角落都放上了木棉花，我静静地坐在书桌旁，木棉花仿佛一盏盏红灯闪亮在我的卧室，那感觉太美妙了。

我真留恋这个季节，百花盛开，尤其是木棉花，绚烂了整个人间，染红了这座城市。

时间过得很快，天气也慢慢热起来，我真希望时间流逝得慢一些，让我能再流连于木棉树下。那一天，我带着笔记本，来到木棉树下的长椅上，望着满树的木棉花，不禁想起了许多英雄人物，他们也是这样，正气凛然，无愧天地。我写了一首诗，名叫《木棉花开》，有空我读给你听，好吗？

连绵数日的雨，终于停了，满街都是落下来的木棉花，仿佛长街成了一路红地毯。我捡起一朵木棉花，细细地观赏，放进了我的手提包里。花季虽然短暂，但木棉花留下的英雄气概却鼓舞着一代又一代这座城市里的人。我也要更加坚强，像小小的木棉花灿烂地燃烧自己的人生。可爱的木棉花，英雄的木棉花，未来的每一年，我们都不见不散，好吗？

你看天边的红霞，明艳得像被木棉花染红的一样，这是木棉花开的季节。

扫码听朗诵

白云深处有人家

我从小就住在广州市白云区，我对这个美丽的区有着浓厚的感情。我家住在南方医院的大院，这个大院实在是太美了，一进门，一排怒放的木棉花燃烧着春日的晴空，我偶尔会捡拾一朵，拿回家里，摆在我书桌上。顺着大门再往里进，便是一片香樟林，直通大学。大学校园里有好几个小花园，我经常漫步在花园里，听着音乐，想着心事，看着散步的老人家、嬉戏的孩童，想起我的童年岁月。

小时候，我和哥哥牛海，还有一群小伙伴，在每个周末都骑着单车在这个大院里疯玩，那段日子让我永远怀念。我上的幼儿园，也在大院里面，叫作南方医科大学附属幼儿园，我常跟人打趣道，你看，我幼儿园就上名校了。

回到家里，从窗台往外望，能看见一片小湖，远处是白云山。白云山层峦叠嶂，烟雨凄迷的时候，特别美丽。有一句唯美的诗词，我觉得形容白云山特别贴切，叫作"十里青山半入城"，白云山处于白云区，绵延进广州城，真是我们白云人的骄傲。它是那么美丽，从哪个门进都能感受到不一样的绚烂多姿。

我常常一个人在周末的早上，从家门口的大门上山，经过半个小时，爬到白云山的山顶，中途还会经过一片翠绿的竹林。来到山顶，先喝一碗山水豆腐花，然后走上观景台，看着朝气蓬勃的都市，整座广州城尽收眼底，实在是太美了。

只是我这个人比较迷糊，经常下山就跑到别的门去了，还得打车回家。不过这不影响我对白云山的热爱，它是广州人有特殊情结的地方。

偶尔，我也会约上三五诗友，到白云山上喝早茶，谈天说地品美食，来一杯清淡的菊花茶，看着窗外的无限风景，好不惬意。

白云区还有一个地方充满了我儿时的回忆，那就是南湖。我小时候常常跟父母和哥哥一起去南湖放风筝。爸爸可擅长放风筝了，看着风筝一点一点飞向远空，我的心灵也跟着飞扬起来。最后风筝在天空中只剩一点小影子了，我常常想，我要是和风筝一样会飞，该有多好啊！

当然，我的小学也是在白云区上的，那就是著名的京溪小学。记得以前，每天早上，爸爸会提早把早餐买好，骑摩托把我和哥哥送到班车站。有一次，爸爸买早餐晚了，我和哥哥已经上了班车。坐在最后一排，就能看见爸爸骑着摩托追着班车赶。同学们问我："那是谁呀，追着我们的班车不放！"我尴尬地笑道："那是我爸爸，他追上来给我和牛海送早餐呢。"

曾经有一段时间，我搬到越秀区去住了，可是上了大学，我还是搬回来了，我依恋白云区的美景，我熟悉这里的风土人情，这里是我的根，是我的家。

周末的早晨，远山被阳光镶了一圈金边。嗯，这辈子就住在这里了，我喜欢白云区的一草一木、一山一水。心里宁静又纯净，就好像此刻晴空里的白云一样。

扫码听朗诵

春日里的图书馆

轻雾淡淡缭绕着图书馆的屋顶，一切都处在安静之中。我经过一路林荫道，来到图书馆的门口。一路上，枝叶都发了新芽，在雾气里轻轻摇晃。

坐在图书馆的门口，回忆飘到了很久很久以前。记得很小的时候，父亲在寒暑假便带着我和哥哥每天来图书馆看书。第一次来图书馆，爸爸让我们自己去找喜欢的书，我转了一大圈，愣是不知道看什么。突然，我远远地在一本书上竟然看到了自己的名字，我拉着哥哥轻声说："牛海，你看那里有一本《牛涛大辞典》。"哥哥定睛一看："啥呀，那是《牛津大辞典》。"我尴尬得冷汗直冒。

记得小时候，我在图书馆里看了许多名人的传记，那一个个故事深深烙印在我的脑海。有一次，我看到一本书，叫作《再别康桥》，便拿起来翻阅。那一首首诗，简直太美了，我从此便爱上了现代诗。

雾气渐渐散去了，我的思绪回到了现实中。春天来了，图书馆前的草地也变得嫩绿，一片春意盎然。飞鸟落在屋上，鸟鸣声是晨光里的一首浪漫歌曲，唤着春光，唤着你我。

这时候，图书馆还没什么读者，我买了一杯咖啡，走进了文学区，我最爱在这里遨游在小说的海洋里。一杯咖啡，一本小说，能让我的一个午后幸福无比。窗外的雾气渐渐散开了，阳光折射进安静的读书室，一切都那样恬淡。我要选一本有关春天的散文集，伴我度过这一个曼妙的清晨。

我的好几本书，都是在图书馆写成的。上午读书，下午写作，加一杯浓香的咖啡，那段岁月真美好！

读书读累了，我会到下面的小花园走一走，许多孩童在那里嬉戏。那里有一座凉亭，四周栽满了竹子，我喜欢坐在里面，捧一杯清茶，头顶的光影倾泻下来，温暖着我，一切都美好得刚刚好。

春日的图书馆，我爱的图书馆，你以书香绽放，芬芳了我生命的每一程。图书馆，是精神最美丽的家园。而当古老的图书馆遇上新生的春天，总能交汇出不一样的明媚色彩。读了一天的书，夜幕慢慢降临了。满天是晶莹的星光，春夜的风有一点点寒凉。我借了一本未读完的小说，慢慢走出了图书馆，空气中有露水的清甜。回首望去，明月落在了图书馆的屋顶，月光泻在我身上。整座图书馆陷入宁静之中，迎春花开放在小路两旁。我慢悠悠地走着，这条路我从小到大走过了无数遍。一路从童年走到中年，走过四季轮回，走到如今这个明媚的春天。总有温暖，一如从前。

告别樱花季

回忆这个春天，最难忘的就是漫步在樱花径里的浪漫。淡粉色的樱花开满了枝头，遮挡住了湛蓝色的天空，一切都被渲染成童话里的颜色。

我是从什么时候爱上樱花的呢？应该就是小时候看电视剧，里面漫山遍野的樱花，以及樱花下的浪漫初遇，或者依依告别，令我无比向往。那时候，我记得一个公园有樱花开放了，便缠着父亲带我去，结果去早了，整个公园只有一朵樱花开放，虽有遗憾，却也不虚此行，这让我知道了，想要看到樱花，得在适当的季节适当的时间才行。

前段时间，我的心情有些莫名的阴霾，便常常去公园赏樱花，坐在樱花树底下，偶尔有几瓣樱花随风飘落在身旁，粉红色的世界为我的心情平添了亮色，一切烦恼都随风而去了。

这个春天，我去了好多个公园赏樱花。那天又去了一个公园，公园里开满了樱花，掩映其间的一座小木屋是个典雅的茶社。我信步而入，点了一壶菊花茶，坐看窗外雨停之后的樱花林，品着香茶，觉得满心惬意。我静静地独坐到黄昏，仿佛置身于一场梦里一样。我看见窗外有一位撑着花纸伞、穿着旗袍的姑娘经过，窈窕淑女搭配上这唯美的樱花，成了一道靓丽的风景。

闲下来静思的时候，禁不住思绪飞扬，于是我一次次把樱花写进诗里，似乎希望挽留住樱花这短暂却惊艳的美丽，挽留住这无限的春光。好几首诗发表以后，所得稿费被我换成了下一次去公园的门票。

樱花季就要过去了，满枝头的樱花随风飘落，那场面凄美而动人。总有人爱把樱花跟爱情联系在一起，因为它们都是那么圣洁美好。我虽然总是一个人走在樱花树下，却也能被感动，仰望着纷繁的樱花树，忽然想起了某一个人，突然就生出想要落泪的冲动。

此刻是午夜时分，我从梦里醒来，再也睡不着了。梦里，我置身于无边的樱花林，路的尽头仿佛有一位深情款款的姑娘等了我很久，樱花纷飞中，我使劲睁大眼睛，却怎么也看不清她的面容。醒来之后，那份感受还清晰无比，我便打开笔记本电脑，写下这篇短文，记录下樱花的美好。

樱花，今年要和你说再见了，可你那一树一树的粉红还留在我的脑海里，留在我的诗行里。谢谢你每年来人间一回，让我的生命也可如此浪漫。来年，再和你相约，等你如期而至，等我再为你提笔。如果可以，你能否再次出现在我的梦乡，让我再一次走在樱花雨里，让我看清路的尽头那位朦胧的姑娘？

赋闲感慨

假期时光，一个人待在家里，喝喝茶，发发呆。窗外的疾风骤雨，让人哪里也不想去。一会儿心情舒畅，一会儿又无聊得有些烦闷，一天转眼就过去了大半。

又到了要感慨"一年快要过去一半了啊"的时间，这近半年的时间如一匹白驹，在你还未能尽情地悲欢时，已经踏着时光轴奔腾而过。我还记得元旦那天晚上，我把车刚刚停好，看着窗外的烟花，心里满是唏嘘，这已经是2022年的第一天了。转眼间，人好像轻盈踩着溪流上的石头，一步，两步，三步……又跨跃过了四月天，许多事情被遥遥抛在了身后。

疫情之下，几乎每个周末，我都是在家打发过去的。我不知道喝了多少杯茉莉毛尖、多少杯榛果拿铁，就在这一天天的消磨中，惯看了一个春天的繁华与凄清。

今年广州的天气很是反常，每当快要艳阳高照高温袭来的时候，就会有一场倒春寒姗姗来迟，让你又要披上外套，举着雨伞走在斜洒的风雨里。仿佛是人间还不舍得让上一年的冬天离去，仿佛想让我新买的羊绒围巾能多戴几天，又仿佛想让我的29岁能多停留一阵。

这一年，我考上了心理咨询师。过去无数个日夜，我捧着一本看得似懂非懂的教材背题，最后擦着分数线而过。当我开始看案例分析的时候，竟然觉得好像每一个症状我都有。这几年，人们的心理阴影被无限放大，一轮又一轮的疫情考验着人们心里最后的防线，许多朋友都找我诉苦。我这么一个心理咨询师，经常抑郁得自己都要看医生，更别提帮别人了，别聊着聊着把别人聊抑郁了。

或许是因为一轮轮疫情下每天只能盯着自己的健康码，或许是因为一次次倒春寒不让盛夏真正地到来，或许是因为早已忘记了徜徉山水间或者酣畅聚会的快乐，连诗歌里最美的人间四月天都稀里糊涂地过去了。除了我被这一季开得灿烂的木棉花砸中过一次脑袋之外，我好像没留下关于这场春天的美景的印象。

对于一个写作者，对于一场五彩纷繁的南国之春，这真是个遗憾。

我还是写了许多诗，我主编的诗刊也在一期一期地出版，可是我越来越缺乏真正来源于生活的感动。那天与一位诗人朋友聊起来，他说他也有这种感触。或许是因为过了20岁出头那种满心都是情愫的岁月，或许是因为疫情把人们之间的距离拉远了，又或许是因为每天见到的风景除了家里的窗景就是办公室的窗景，这一年的写作总显得那么刻意，那么像华丽文字的堆砌。我也对现在的自己深感失望。

年初我买了两盆海棠花，现在有一盆开得正茂盛，另一盆枯萎了。我办公室窗外的紫荆花，经历几场风雨之后，也全部凋残了。它们掉下的花瓣，仿佛是落了一地的泪。自打它们凋零以后，我写的诗就再也没出现过这两种花的名字。

我们如今，还有泪吗？我不知道，临近30岁，我的生命仿佛缺少了水分，不会再伤春悲秋，也越来越没有感慨，就这样日复一日地度过，没有波澜，仿佛一潭死水。偶尔听听以前特别爱听的唱片，我好像也没多大感触。

以前总感叹，长大的日子真不好玩。现在开始感叹，人到中年的日子更加不好玩了啊!

有空给我来通电话吧,或者来我家里,你很无聊的时候,我也真的好无聊。这半年我包饺子的手艺进步很多。我这里还有好多小说,都是这两年闲在家里买来读完的,你要来的话,随便选。

我仍然会写下去,我仍相信未来的日子里会有光。或许,下一个五月,一切都会灿烂起来。毕竟未来,还有无数年头排山倒海般奔来,还有无数年头让你感慨:"时间过得太快了!"

与世无争

我想,我并不是一个自信的人。

经常有一个念头"我到底能干些什么",会让我一下子非常沮丧,像怒放的火花突然遇上一阵寒流,红光瞬间消失得无影无踪。

29岁的年纪,我在单位干着一份没有任何压力的工作,常常中午没什么事我就回家了。有时候手机忘了开,一打开,一条新消息都没有。不知道你有没有这样的经历,人特别难过的时候,会一赌气把手机关了,等隔了半天再开机,却没有一个人找你。

记得上学的时候,我就是个沉默的孩子。除了一个人默默地写文章,写诗,我很少跟同学们一起出去玩。年轻人的五光十色,我更是没有碰过一点点。那么美好的青春,就在沉静落寞中度过了。

没有课的时候,我会一个人带着一本小说到麓湖,租一艘小木船,划到湖中央,然后躺在船上看小说,直到暮光漫天,那让人有一种想要流泪的冲动。

我开始写诗,把我的悲欢一点点涂鸦在笔记本里。诗歌是清贫的,少有朋友爱好,我的知音就更少了。可是每当有人给我来消息,说读了我的诗集非常喜欢,我都会非常感动。

我在文字里流浪,疗伤,沉默不语,与世无争。

我想我可能有社交恐惧症,我害怕人多,那让我有种不知所措的感觉。我甚至不知道客套的时候，怎么样才能做到游刃有余。事实上，学生时代有许多同学也不善言辞，可是在社会上历练到快30岁的年纪，大家都熟练了，只有我，好像没变。

后来参加了工作，我依然沉默着，偶尔的小欢喜，偶然的痛苦不堪，也是一个人承受着。

记得有一个周末，我开车回家的路上，看到朋友圈里面晒照片，一群朋友去长隆欢乐世界玩，把我羡慕得啊！我一转方向盘，也去了长隆，一个人玩了一天的过山车。后来从照片里看到，我笑得好开心，像个无忧无虑的孩子。在那天晴朗的半空中，我以少有的快乐，遇上一次盛大的彩霞。

我何时可以改变呢，我真的不知道。日子一天天流去，我身边掠过了千百人，他们都到哪里去了，他们都长成大人的模样了吧？

那天我经过单位旁边的幼儿园，听见里面咿呀咿呀的童语，我在铁门外站了很久，好像回到自己的孩提时代，和小伙伴们嘻嘻哈哈地玩闹，在盛大的黄昏里重活了一次，笑得那么没心没肺，那么开心。

我想，我依然是个不自信的人，沉落在一个又一个黄昏或深夜里。

与世，无争。

"五月花号"航船

此刻，千万城市被大雾蔽日，阴霾与病毒以光速传递。更解不开的是，人人心里的烦恼和惆怅。

风云变幻，挡不住我浪子的脚步。明媚的五月将如约而至，我要乘上我的"五月花号"航船出海，冲破层层迷雾去找破晓的地方，甩掉身后浓厚的黑雾般的恐惧。

静默的提琴，立在我船头的甲板上，镀上了一层温暖的阳光。

它曾一遍一遍以低音拉奏我写过的旋律。

站在堤岸，我望向海的尽头，那里未沾染半分尘世的忧伤，那里的红日和圆月都不需要戴上口罩，那是我的目的地。那里也没有病毒，没有不堪重负的恐惧。那一片星光斑斓的地方，保留着我们世界从前的模样。

五月，这个明媚的季节到了，百花铺成一条欢送的道路。

我的航船，为赴山海星月之约，启航了！和平鸽在前面引航！

海天一色，海鸥吟唱，背后是越来越远的海岸线，直到完全消融在雪白色的天际线。

我站在甲板凭栏处，面对着无边无际冰蓝色的海域，海潮一浪浪冲刷着我内心的黑暗。

多么辽阔的世界，多么明媚的天地，我每日写一篇航海的诗歌，它和应着潮水的鸣奏曲。我的"五月花号"，不知破浪前行了多久，进入了漫漫长夜。

无涯的夜幕里，我躺在甲板上吹着凛冽的风，这一刻，满天星斗开始喃喃而语，我听得清清楚楚。

终于，在一夜彻底的冰冷之后，旭日从海平面升起，航船驶进万道金光里，阴霾的世界被我远远抛在了身后。

灼红的朝阳，把"五月花号"四个大字烫在我的船身！

我扬帆归航，带上了能够抗衡这世界所有苦难与阴霾的力量。

下一次"五月花号"出航，还在五月，还是朝着那个希望升起的地方！

朋友，你愿意一起来吗？

南国初夏

从每天明媚的艳阳天，从日历上"立夏"那两个字，从街道上人们清凉的装扮，可以看得出来，夏天真的从凉爽里走来了。南国的初夏，别有一番风味。

为了好好感受初夏的样子和味道，我几乎挤出一切时间一次次去爬白云山，站在山顶上，看着整座都市沐浴在阳光之下，再来一碗山水豆腐花，那感觉实在是太惬意了。阳光掠过树林，暖暖洒下来，我坐在长椅上，写了一首关于夏天的诗，落款了这个春天。

虽然告别了春天的花季，但是夏天仍然有许多花开放，尤其是我钟爱的玫瑰。上个周末，我和几位朋友去一个山庄住了两天，那里的花田开满了绣球花、野菊花、长春花，更有一个装扮得特别漂亮的玫瑰谷，玫瑰花肆意绽放，在初夏的阳光下，花朵上的露珠闪烁着，艳丽鲜活，简直美极了。初夏的风，带着一丝微凉与温暖杂糅的花香，温柔无比地轻拂着我，那感觉只有四个字可形容：夏天真好！我坐在花田旁的椅子上，欣赏着为这个夏天拉开了帷幕的一场花的盛放，一直到暮光满天。

我有个习惯，就是徒步。立夏这天，我一个人从家里徒步到了麓湖。每到夏天，我都喜欢来这里，沿路欣赏美景，初夏时沐浴着温暖又不热烈的阳光，盛夏时在林荫小道上感受充沛的负离子和树荫下的清凉，那感觉舒服极了。整片麓湖闪着粼粼波光，芦苇随风摇荡，几只白鹭在河滩上悠闲散步，天地仿佛是一幅展开的画卷。我走得不知疲倦，绕着麓湖一圈又一圈，眼眸中看到和发梢、皮肤感受到的一切，深深地保存进我的记忆。回到家里时，我才发现脚底竟然磨出了一个大水泡，看看手机，竟然走了18公里，这次立夏之旅真是让人难忘。

勤奋的脚因为这次忘我的徒步而受伤，我只好在家休息几天。一个人独自休整的时光也挺好的，我坐在阳台上，看着远处静谧的山峦和楼下烦嚣的城市，内心沉浸在静静读书的快乐中。阳光透过窗户洒在我身上，我的猫咪也在我脚边懒洋洋地打盹，煮一壶美式咖啡，让咖啡香弥漫满屋，然后写一首关于夏天的诗，就这样消磨了一个下午，特别惬意。这时候，终于要开风扇了，午后宁静的时光里，风扇"吱呀吱呀"地转着，窗外的景色在阳光下仿佛静止了一般，我仿佛回到了童年某个午后的梦乡里。

我的朋友不少，南国的夏天来了，欢迎你来这座城市观光。如果你来，我一定带你去喝早茶，品尝南国食材新鲜、风味特别又无比丰富的小吃，喝一杯浓浓的养胃且提神的青柑普洱茶。吃饱了，喝足了，我们再去较少舟楫的珠江边散步，在整条仿佛被阳光镀金的江边，我们一路聊着共同感兴趣的话题，走到长路的尽头再往回走。

无论是一个人，还是和朋友在一起，无论是在家里，还是外出踏青，我都能清楚地感受到这个夏天的不一样，少见的凉爽，又不乏温暖，醉人心田。前几天，我去从化踏青的时候，在一家商店寄了一张明信片给你，上面有一首小诗，温暖如这场夏天，诗名就叫作《南国初夏》。

用这首诗，承上启下，告别春天，迎接夏天。再见了，今年的春天，你留给我的回忆我会永远珍藏。你终于来了，我等了很久的我亲爱的夏天！

广州之夏

不知从什么时候开始决定，我要在广州灿烂地无悔地度过这个炎热的盛夏。可能只是因为，这是我29岁的夏天，我固执地认为，29岁是我青春里的最后一年，而这个夏天是我青春里的最后一个了。

不过，一切都无妨，趁着阳光又一次开始热烈，烂漫一些又如何呢？

我是多么爱夏天啊，练拳击时大汗淋漓，然后来一瓶冰镇的运动饮料。喝不完的冻奶茶和手打柠檬茶，再来一块冰镇的西瓜，还有读不完的杂志和诗歌。张眼望去，湖面上是碎金一般的波光，扬起脸庞，眼皮上传来温热，梧桐切割下太阳的光影，还有未完待续的所有的梦。

多曼妙的一切！

每次我驾车经过横跨珠江面的大桥的时候，仿佛是科幻电影里未来城市一般的珠江新城，总是绝美得金光四射。广州塔下，一江珠水，从很远的地方来，又要到很远的地方去。那清澈的乡愁，足以温柔整座城市。

图书馆的造型像一摞散漫的诗稿，仿佛是一个朦胧派诗人刚刚整理好的毕生心血，然后极其庄重地放在了水畔。每当夕阳西下，面对这一幕景观，我总是打开车窗，深吸一口气，然后感叹活着真好啊！这座城市，虽然高度现代化，却弥漫着水汽迷蒙的诗意和灵气，真好！

如果你在白云山，那便能见识另一番诗情画意。每次我站在白云山上的观景台俯瞰这座城市，看着地平线被茫茫热浪滚烫得模糊，那无边无际的绿茵呵护着这座南国城市，使之成为夏天里最有风情的地方，我不禁感恩这条半入城的山脉，让广州成了一幅画卷。

这种美妙的感觉，这种盛夏里温暖的像午后梦初醒的感觉，让我常常有种想到山顶广场卖山水豆腐花的冲动。

又或者你在东山或西关，逛完书店，你可以跟着我随便找一家阴凉的糖水店，点一碗双皮奶或者龟苓膏，听听老人家们为一点点琐碎的家常聊一个下午，那种感觉让你内心宁静极了。

夏天，是上苍温柔的眷顾。而我住在广州的夏天里，更是命运仁慈的安排。

如果你要来广州，今年就来吧，我陪你赶赴一场广州的盛夏。我们走在无边无际的阳光里，抬起头，笑得像刚放暑假的孩子一样温暖、灿烂。

扫码听朗诵

盛夏闲话

好久没出去走走了，这段时间心情比较恬淡，生活简单得像一杯清茶。不过回想起来，这大半年我似乎喜欢上了简单清淡的生活。

以前我特别喜欢一种感觉，就是随着飞机腾空那一瞬间，期待着到另一座城市去感受不一样的风土人情。自从疫情暴发以来，这种体验基本上戛然而止了。

我在家读了很多书，基本上都是文学类的，又把《上下五千年》一整套书全部读了一遍。我还买了很多张唱片，只要是我喜欢的，哪怕是贵得离谱的珍藏版，也毫不吝啬地买回来听。

不过，这些似乎都赶不走那种弥漫在整个生活中的乏味的感觉。夏季又来了，外面热得跟火炉一样，每天更是只能待在屋子里。有时候透过玻璃窗往外望，每一片叶子都好像要燃烧起来一样。

这就是疫情里的又一场盛夏吧。

回想过去十年的时光，这几年特别不同，却也让我对这座城市的感情更深了。因为出不了远门，平时都是在市里转悠，这座城市像一朵饱满绽放的牡丹花，热情，鲜艳，我更加热爱这座城市了。

昨天看到一个朋友在朋友圈里发了一句话——"我的命是空调给的"，确实，城市已经变成一座大火炉了，这时候你要是出去登山，回来就外焦里嫩了。

或许我们都感到有些无聊，但是，即便是待在家中，也要自己给自己的生活加点调料。

看看书吧，那里面有许多故事。你要是实在热得受不了，我这有一本《北极百科》，给你降降温。

我的生活依然波澜不惊，我也已经习惯这样平淡的生活了，无悲也无喜，或许这才是生活最好的状态。

时间过得很快的，等到秋高气爽，约上三五知己，我们去踏踏一路上曾经满载着阳光的落叶。登到山顶，你看那火烧云，是夏天在人间最后的落款。

扫码听朗诵

夏夜

夏夜，总是充满了幻想，充满了浪漫。夜空中闪闪的繁星，林中绵绵不绝的蝉鸣，还有微带着花香的风，都是我无法忘怀的记忆。

童年的夏夜，是最难忘的。我记得，每到暑假，我都会跟着爸爸妈妈回西安老家。夏夜里，能看到草木中点点的流萤，月亮也特别明亮。每当吃完饭，姥爷总会带着我去买一瓶冰镇的橘子汽水。回到大院里，我喝着汽水，仿佛和姥爷有说不完的话题。姥爷有咳嗽的毛病，颈椎也不好，我会轻轻拍着姥爷的背，唱儿歌给他听，或者教姥爷讲粤语。结果一个夏天，姥爷连"你好"这个词都没学会。有时候，我会轻轻靠在姥爷的大腿上，听他讲爸爸妈妈年轻时候的故事。风就那样温柔地吹着，吹到了岁月的深处。

回到广州，夏天的夜晚开始闷热起来。我们把空调打开，我睡在爸爸身边，爸爸每天晚上都会给我讲一个小故事。那些精灵，那些勇士，那些可爱的小动物，仿佛在爸爸的讲述里都活了过来，我每每听得入迷。爸爸真是个讲故事的能手，家里的童话书摆满了书架，我从小就被这些温暖的故事熏陶着。有时候爸爸下班早，就会带着我去爬山。山上的风可凉快了，我记得山路上有一家小卖部，每次离小卖部还有几百米远，我就开始央求爸爸给我买雪糕，爸爸好像每次都妥协了。所以在我的记忆里，夏天总是和甜蜜的雪糕分不开。

后来上了中学，暑假的夜晚，我会骑自行车到湖畔，安静地坐下来，看粼粼月光泛在湖面上，四周是不停歇的蝉鸣。我静静地望着湖水，望着远山，望着繁星点点的夜空，不禁感到从未有过的宁静。那时候，我已经开始写诗了。不知道为什么，我的诗歌里，写夏天的诗特别多。那一片湖山，常常出现在我的笔下。路灯把我的影子投映到路上，我看着一个个孩子骑着滑板车疯玩着，玩累了就回到父母身旁喝点水、换件衣服，接着继续飞奔，不禁想起了我的童年，以及我童年的夏夜。姥爷已经走了，我望着天上的星辰，好像姥爷那双慈祥的眼睛看着我一样，不知不觉，我的眼眶湿润了。

转眼之间，我已经成人了。我还是那么热爱夏天的夜晚，我总觉得，那夜空中一定交织着许多许多的梦。每到夏夜，我都会从冰箱里拿出冰镇的酸梅汤，坐在阳台看小说，播放我喜欢的唱片："时间累积，这盛夏的果实，回忆里寂寞的香气……"我在微风中，沉浸在一个个故事里，那感觉太惬意了。读累了，就来一杯酸梅汤，再看看万家灯火。夏夜，真是一场美丽的梦。

转眼间，到了今年夏天。那天夜里，我和爸爸去爬山。还是那条不变的山路，路灯把两个身影投映在地上。只是，当年那个小不点已经长得比爸爸还要高了。天很热，经过那家小卖部的时候，爸爸轻声说："小涛，咱们买两个雪糕吃吧。"我愣了愣，笑着说："好，爸爸，我买给你。"这回，换爸爸想吃雪糕了。

月光仿佛特别温柔，倾泻在无边无际的林海，夏蝉在大声地叫喊。宁静的夏夜里，一对父子越走越远。走到山顶，我们坐在长椅上。我轻声地说："爸爸，你再给我讲个故事吧……"

宁夏

"那是个宁静的夏天，你来到宁夏的那一天。"耳机里的一首老歌，温柔如旧。

不知道为什么，这个初夏过得迷迷糊糊的。朋友跟我说话，我总是愣了半天，然后来一句"哦——什么意思"，场面一度十分尴尬。

这个夏天，热得很柔和，热得很清甜，好像入口即化的西瓜一样，一下子就甜到了心窝里面。偶尔的一场骤雨，把窗外的香樟树的每一片叶子洗得宛如初生。

我常常在午后醒来，然后若有所思地看着窗外一片金黄，想着一些细碎的心事。比如我是不是该做点什么事情，以铭记这场夏天呢？比如下个月的生日，到底该怎么过呢？

说实话，要不是因为最近又胖了，生日我就打算自己买个大蛋糕，然后一个人在家把它全吃了。我真的是太喜欢吃蛋糕了。

以前常听人说一句话"再不疯狂我们就老了"，感觉好像一直跟自己没什么关系，现在想想，真的来到这个年纪了，有些惆怅，有些不甘，有些憧憬，但还是要走下去。时光从未止步。

一个人的夏天，也挺好的呀！我最近的周末，都安排得满满的。我去了购书中心，买了几张唱片回来。我特别喜欢收藏唱片，看着一张张风格迥异的唱片摆在我的柜子里，我就有种说不出的满足感。

那天哥哥说："你应该是咱们这个大院里面碟片最多的人了，但是我给你提个意见啊，赶紧买个唱机吧。你这相当于攒了一屋子电池打算用来照明，但忘买手电筒了。"我真的没有唱机，哈哈。

我还喜欢一个人去咖啡馆喝香草拿铁，对于这个口味的咖啡，我从上大学一直喜欢到现在。咖啡的苦香慢慢弥漫，弥漫过被咖啡馆定格的午后光阴，除了时针在动，时间仿佛温柔地停滞了。

喝完咖啡，我正准备拎起包离开，突然咖啡馆里传来一首老歌，我又坐了下来，整个人安静了下来——

"在我心里面，宁静的夏天……"

夏日徒步

每天的生活，被写作、读书温暖地充满着。这样的日子，流淌得很慢，却很美丽。偶尔去公园踏青，那里的青草香一直弥漫在我有关初夏的诗文里。

从初春到现在，雨没完没了地下，偶尔的艳阳天成了奢侈品。天气好的时候，我喜欢一个人出去走一走。我越来越中意一个人的漫步了。

那天，我背上换洗衣服和一大桶水，从白云区一直走到了越秀区的麓湖，那是我小时候生活的地方。天气闷热得让人心烦，我买了瓶冰镇可乐喝，然后往小时候读过的小学走。我感觉脚底都快踩上风火轮了。

一切都没变，小小的操场，六层楼的教学楼。可是，当年那一群喧闹的孩子已经都近了而立之年。一代一代人，怎么这么快就长起来了啊！

我看了看电子地图，已经走了快15公里。要不是意志力支撑着我，我早就晕倒了。

在学校门口，我看到一个坐在轮椅上的姑娘，她看起来好像我的小学同桌。我的小学同桌在三年级的时候，有一个周末和家里人出去游玩出了车祸，全家人都受了重伤，她也从此退学，过上了坐在轮椅上的生活。我不忍去打扰她，但我心里默默为她祝福。

小学对面有一间门诊部，我小时候体弱多病，经常去输液。我记得有半年，家里买了一本《常见病大全》，我看完以后，觉得好像所有症状我都有，把自己吓得整晚整晚睡不着觉，嚷着爸爸带我去看病。有件小事我记得特别清楚，有一次我在家里煮粥，粥煮好了以后我竟然眼睛湿润了，嘴里默念着："儿子不孝，这可能是为你们做的最后一顿饭了。"长大以后才从医生那里得知，这属于轻度的疑病症，随着时间的推移，病慢慢也就好了。至于这句台词，我也不知道从哪里学来的。

我是个念旧的人。在小时候生活过的地方走走停停，那些光影，那些梧桐，那些美妙的记忆，交织在我的脑海里。

暮色渐渐降临。再见了，我要回家吃饭啦，我会永远怀念的，我的童年时光从没有离去，而我也从未走开。

快乐的童年时光

夏天是我最爱的季节。对夏天的热爱，要从我的童年说起。

小时候，我住在部队大院里。大院里有三个小花园，到处都是鲜花和绿树。每到初夏时，玉兰花飘落一地。奶奶非常喜欢玉兰花，我常常小心翼翼地拾起一瓣瓣鲜嫩的玉兰花，然后用橡皮筋捆起来，拿回家给奶奶。奶奶每次都可开心了，夸我孝顺。我爱初夏玉兰花盛开时，满大院里玉兰花的香气，那味道浓郁得令人陶醉。

到了夏天，终于不用再穿厚厚的一层。我和哥哥会换上短袖，在大院里疯玩，大院里的每个角落都留下我们欢乐的身影。爸爸、妈妈会给我们买冰激凌吃，这是夏天最快乐的事情之一。我最爱香草味的冰激凌，非常香甜。在每次大汗淋漓的时候，再来一瓶冰镇的可乐，简直太畅快了。

爸爸常常一手牵一个，带我们去爬山。一路上，听着蝉鸣，爸爸鼓励我们要克服困难往上爬，不要怕累，无限风光在顶峰。爸爸一边走，一边给我们讲故事，有时候是童话故事，有时候是爸爸小时候的故事。

我眨着眼睛问："爸爸，你也有小时候啊？"爸爸笑着说："当然啦，爸爸也曾经和你们一样是小朋友。有一天，你们也会像爸爸一样成为大人的。"我在太阳底下，看着爸爸高大的身躯，想着，成为大人那得多久，估计得等好久，现在先好好玩吧。我和哥哥也会给爸爸编故事：孙悟空大战猪八戒，蜘蛛侠迎战奥特曼，班里的王大毛没考及格被爸爸揍。在欢声笑语中，我们不知不觉爬到山顶。看着整座城市就在一片火热的金光下，我心想：夏天，真好！

很快，暑假就来了，那可是我和哥哥的快乐时光。我们会用最快的速度把所有的作业做完，然后两个人就开始筹划暑假怎么过。爸爸、妈妈会带我们去游泳。

有一次，哥哥去游泳池，趁爸妈没注意一下子跳进了1.8米的深水区，可把爸爸吓坏了，赶紧跳下去把哥哥救上来。那天中午，爸爸严肃地批评哥哥，还不准他喝汽水。吃饭时，哥哥看起来可委屈了，因为我有一大瓶蜜桃味的汽水，哥哥却没有。趁爸爸不在时，我把剩下的半瓶给哥哥喝了。哥哥说："真好喝啊，谢谢啦，牛涛。"我笑着说："呀，有福同享有难同当嘛。"

暑假有太多空闲时间。有时，我和哥哥会去花园里面下象棋。两个人都想赢。有一次，我耍赖赢了几局，完全没按规则来走。哥哥生气了，说我耍赖皮，我俩就打起来了。爸爸刚好出门，看到我们打得不可开交，一下子生气了，让我们回家罚站。最后，爸爸给我们讲了一句诗，"本是同根生，相煎何太急"。我还来了一句："香煎何太急是什么菜？"爸爸一下子哭笑不得。不过，我和哥哥转眼就和好了，我俩的感情可是铁打的。

转眼这么多年过去了，我和哥哥都成了大人，爸爸、妈妈也看起来日渐苍老了。时光又流转到这一年的夏天，我给哥哥打电话说："今年夏天，咱俩出去旅游吧，好好玩一番，就像我们小时候一样。"

哥哥说："好！一言为定，就像我们小时候一样！"

重返校园

这校园还是当年的模样，陌生的脸孔从我身边掠过，再没有熟悉的人，当年的笑语远去了。

我住过的宿舍，不知换了多少人。远远望着那飘台，窗帘已换了颜色。

那座小桥，是我曾经想心事的地方。当年的恩怨，早已烟消云散。

咖啡店里的香草拿铁，还是一磅一杯，熟悉的味道是唯一未变的记忆。

那个姑娘，如今去了哪一方？我记得她的身影，仿佛化作飞柳，还在河畔婀娜。

是时候放下了，这里早已物是人非，我的记忆却久久未散去。许多年过去了，悲伤一直未停歇。

我已不是当年的年少模样，多羡慕这里欢欣的无忧无虑的青年。在最好的年华，爱过恨过，却一定不会后悔。

而我轻放了她的手，遗憾像漫天的落花，把我包围在悲伤的正中央。

我不再属于这里，一切只活在回忆里。风在轻轻地说，该走了，该忘掉了。

转过身，背对着湖畔的明月，再见了，我走了，从此这段记忆，记忆里的她和他，全部留在身后的飞花里，一样都不带走。

不成眠

窗外是一片蝉鸣声，从四面八方透过纱窗倾泻进我的书房。又一个没有月光的夜，又一个无悲也无喜的夜，又一个不成眠的夜。

我记得我夜晚10点半就睡了，现在是凌晨1点，又从刚刚开始发酵的梦里醒过来。最近一段时间，失眠的阴影就这样笼罩着我。我在床边坐了一会儿，确定自己再也睡不着了。

想起晚上的抗抑郁药还没吃，我起身接了一杯水，将一把药吞进了肚子里，还不忘自嘲一句"吃个营养夜宵"。

在睡着以前，我又经历了一个多小时的煎熬。最近我加了一味抗抑郁药，副作用让我感到浑身的骨头上都有小蚂蚁在啃。那种感觉真的难以描绘，生不如死。

这一段时间，黑暗得令人害怕。早上在单位，当我勉强挤出一丝笑容说早安的时候，同事总会说："你怎么这么憔悴啊？"

嗯，要不是早上喝了两杯苦咖啡，我已经不是憔悴了，而是已经昏迷了。昨天我认真考虑过，要不要去心理医院再住院的事情。惆怅地思考了很久，我得出了答案，再熬一周多，看看情况再决定。

窗外好像开始下起小雨了，蝉鸣声渐渐熄灭。谷雨过后，夏天就要来到了。我还在难以释怀春花怎么这么快就覆盖了冬雪，夏天又来了。

要及时伤春悲秋，否则当你回头，许多个年头都已经过去了。

我把耳机塞进耳朵里，听起陈百强的歌。陈百强一生饱受抑郁症的困扰，他声音里的悲哀，他歌词里的悲哀，常常让我心碎。

或许，每天深夜里的写作是疗愈我心魂最好的方法了。抑郁的恶魔，往往在深夜里休眠，我甚至能听见他浅浅的鼾声。

我真的不想再去住院了，真的，真的。精神病医院的病房，能让你看见这世界最恐怖的灵魂。我不愿意，不愿意。

但是，事实表明，我每年都要去一趟。每一年，我的抑郁症都会严重到药物无能为力的程度。

许多泪倒流回心里以后，被内心深处极低的温度冻成了冰碴，然后被狠狠揉碎在心脏里。

以前我是个很爱玩的人，经常背起包来场说走就走的旅行。这几年，我的精神慢慢败落了，我开始热爱在文字里漫游、回忆，或者找寻和还原一个人模糊的模样。我出版了四五本书，没有一本是快乐的文字。我不再迷恋物质生活（我曾经为了买一个爱马仕卡夹排了一个小时的队），现在我只喜欢打开电脑，或者翻开我的笔记本，涂涂写写我的心事，再撒上一层文学的亮粉和碎钻，让它闪闪发光。

我想，这未尝不是一种好事。

一路在告别，一路在苦斗。

我经常想不通，抑郁症怎么会找上我，又怎么会长期居住在我体内，像附身的魔鬼。但我还是为了那一点点希冀，在努力地煎熬着。

相信我，这种滋味真的不好受，真的。

我走到客厅，泡了一杯茉莉毛尖，房间里顿时香气四溢。我的眼睛有些湿润，脑海里闪过了许多温暖或悲伤的画面。我有些心慌，随手打开药瓶，吞下一粒稳定心率的药。这黑夜还有好几个时辰，足可以让我把这几年的人生翻来覆去想个遍，然后选出几个明媚的日子，收进记忆的收藏夹，再用它去回击纷至沓来的糟糕日子。

让我在暗色的文字里沉沦吧，直到沉沦进又一个黎明，用艳阳的光粉饰我无尽的悲伤。

小时光

夜半突然醒了，怎么也睡不着，想想已经很久没有写散文了，我干脆起身写一篇小散文吧。

窗外是一片黑暗，对面的楼宇有几扇窗户闪着光。终于度过了一个多雨的夏天，但是满世界还是温热的。我的日子还是那样平淡、温暖，过着一个人的小时光。最近特别爱听歌手陈百强那首《盼望的缘分》，"自己孤单，还要天天唱着情歌……"我自己又何尝不是这样呢？天天一个人，却天天写着情诗。许多人都好奇，问我：关于你情诗里的女性美，灵感从哪里来呢？其实，写诗不一定要有一个确切的对象，往往想象出来的模样更加朦胧，更加唯美。

说起这个夏天，我过得有滋有味的，去了好多地方旅游，也留下了一首首诗。我想，等有一天不用上班了，我一定自己开着车游历大好河山，然后把一路上写下的诗篇出一本书，无关悲喜，无关爱情，只写美丽的山水。此刻，我一边写字，一边细嗅着房间里袅袅的沉香，这让我的内心十分平静。最近不知怎么的，总是很焦虑，心里安静不下来，我特地去买了沉香，每当袅袅的香气弥漫书房，我便会沉下心来。人到三十，有的同龄人已经很成功了，当然也有的混得灰头土脸的，我好像尴尬地处在中间。曾经，我也试过急功近利，但常常感到身心疲惫，后来，我听到一句话：沉淀困苦，放过自己。或许来到这个岁数，我们都要学会放过自己，累了倦了，给自己一个喘息的机会。

我们终将越来越成熟，我真的感到，一个人越长大越孤独。如今，双胞胎哥哥快要结婚了，我们俩从前天天在一起玩，可是现在连聊天都只有寥寥几句话。周围的同学也大都结婚了，大家在一起聚会的时间也越来越少了。我时常感到孤单，不过，还好有文字陪伴我每一个难成眠的夜晚。在一本本小说里，诗集里，我找到了属于自己的快乐。

未来可期，这四个字送给自己吧，过一会儿，黎明就要来了，新的一天又要开始了。一点点潦草的心事，留在这篇小短文里。我想未来也会有无数安静下来的时光，点上沉香，我再跟你细细说，我一个人悠长岁月里的小时光。

晚间时光

我今年养成了一个特别好的习惯，那就是早睡早起。基本上每天回到家，吃完饭看一会儿书，晚上9点左右我就上床睡觉了。我估计我在同龄人中应该算是睡得最早的了。

我曾经饱受失眠的困扰，后来我开始练习冥想，我会在吃完饭后看一些能让自己平静的书，然后开始冥想15分钟，很快睡意就上来了。冥想的内容很丰富，我会回忆当天一些开心的片段，我会回想最近去过的很美丽的地方。这让我既平静又愉悦。

手机是睡觉的一大天敌，只要手机在你手旁，一不小心你就玩了一两个小时，而且越看越兴奋。所以，晚上我尽量不碰手机。

有时候，月亮很圆，我会坐在窗台看明月，看晚星，看万家灯火，有灵感的时候，再写一首小诗，那感觉太惬意了。

睡觉的时候，我们家简直比白天还热闹。我会打开手机听相声，这个习惯我已经保持五六年了。不知为什么，听完两三段，我很快就睡着了，相声简直是我的催眠曲。

哥哥的屋子，便会传来绵绵不绝的财经广播，我一句也听不懂。因为哥哥在银行工作，他对这些非常感兴趣。我曾经半开玩笑地说："你晚上睡觉都在听天书啊！"哥哥摇摇头，咧嘴笑了。

父亲则会听历史故事，房间里传出低沉的噪音，有时候我完全没听明白在说哪个朝代的故事。

就这样，大家都睡去的晚上，我们家叽里呱啦的声音不绝于耳，各个房间传出不同的声音，家里跟演奏交响乐一样，时不时还会传来一声我响亮的笑声。

有时候，我的心情比较郁闷，我会任性地打开小音箱，听一夜歌曲。我本以为别的房间听不见音乐声，没想到有一次我站在客厅一听，那声音震天响。我开始明白大家有多包容我。

有时候，从广播里听来的内容直接就在梦里上演了，所以我会做一些特别滑稽的梦。我还在想，哥哥的梦里是不是经常有一大串数据来回播放？

每天醒来的时候，我都会觉得非常舒服，阳光柔和地洒进屋子，广播的声音已经停止了。

这几年下来，我讲话常常笑料百出，逗得大家捧腹大笑。当然啦，这是因为我已经夜间进修相声五六年了，肯定得有点成果。

我愿意一直这样下去，享受每一个温馨的晚上，在每一个甜甜的梦里去冒险，然后养好精神，开始全新的绚烂的一天。

夜读

小时候，爸爸总要求我晚上9点半熄灯，准时上床睡觉，可是写完作业就已经9点20分了。我经常听见外面没动静了，就一个人爬起来，躲在被窝里看书。我看的书可多啦，有《海底两万里》，有《钢铁是怎样炼成的》，有高尔基的许多作品。那时候，正是爱做梦的年纪，有时候读完一本小说，心情久久难以平静，我便会撩开窗帘，看着外面璀璨的星空，一个人发呆好久。可以说，从那个时候开始，我便深深地喜欢上了文学。

后来上了大学，我都是每晚上在自习室里待到最晚的一个人。图书馆有太多好看的小说和散文集，我每每捧一杯咖啡，沉浸在文字的海洋里。那间安静的自习室，留下了我青春的身影。有时候看到夜色已深了，我便带着几本借来的小说，一路沿着校园的湖边往回走，那星空还是我年少时看到的模样，一点儿没变。每次回到寝室，我都小心翼翼的，生怕惊动已经睡熟的同学。

记得以前，每个寒暑假，我的小外甥都来广州找我。我每天晚上都会陪他读一本绘本，我们最爱读几米的绘本，《时光电影院》《布瓜的世界》《我不是完美小孩》，这些都是我们的最爱。渐渐地，小外甥再也不爱玩手机游戏了，有空就拿着书一个人静静地读着。我俩还会一起写诗，虽然写出来的诗七零八落的，可是每次我们都很开心。我觉得，现在的孩子应该去感受书的魅力，千万不能被手机游戏占去了宝贵的童年。

小外甥渐渐长大了，可是那些充满童真的绘本，我至今还不时翻出来看，一个人可以在书里重新当一回孩子。

工作了以后，我还和父母一起住。爸爸还是要求我每天晚上9点半准时上床睡觉，跟小时候的要求一样，一分钟都没延迟。可是我自有对策，我会播放轻音乐，开一盏小灯，等他们睡着了，再爬起来看书。我家里有四个书柜，放满了我买的小说，我开始读一些世界名著，领略更深层次的文学作品。夜深人静时，捧一本引人入胜的小说阅读，我想这世界上再没有比这更美好的事情了。嘿嘿，爸爸至今都以为我每天按时睡觉，这篇文章一定不能让他看到。只是他搞不明白，我睡了十几个小时，早上上班的时候怎么还是那么困。

我还喜欢去有书柜的咖啡馆看书，下班早的时候，我会一个人去咖啡馆，点一杯香草拿铁，选一本我从来没看过的书，一看就看到晚上八九点。在咖啡香里，我读了许多历史书、哲学书，我对这个世界的认识更广了，不再局限于文学领域。每每直到爸爸的电话一通接一通，我才依依不舍地放下书回家。爸爸啊，你什么时候才能不把我当小孩子啊！晚上9点半，谁睡得着啊！

又是一个星光明亮的夜晚，我在卧室里读完了一本凄美的爱情小说。我走到小阳台，又一个故事落幕了，又一个故事等待开场。我的人生在夜读中，那么温暖，那么宁静。

星星连成线，那是写在天上的一首诗，读完它，我安静地睡着了。

对于我来说，人生仿佛就是一篇连载的长篇小说，等每晚夜深人静时，我再去细细品味。我是作者，也是读者，我要写得更灿烂辉煌，读得更淋漓尽致。

扫码听朗诵

坚持

某种程度上来说，我是个只有三分钟热度的人，前一阵刚想好好学习书法，没几天时间，字帖就不知道被我丢到哪里去了。而且最要命的是，我买了各种字帖回来，唯独忘了买毛笔和墨。用我哥的话来说：你是打算欣赏书法啊还是打算学书法？我特别羡慕那些拿起笔来龙飞凤舞地写几个字，然后就成就了一幅艺术品的人，那实在是太潇洒了。可是我的心静不下来，对着一个字练大半天，我可能就在原地睡着了。

学书法就这样耽搁了，当然，字帖从此再也没找到。

我总结了一下自己的个性，大部分事情一定要很快出结果，我才能做下去。如果需要漫长的坚持，我就很容易放弃。我当然知道，这世界上所有的成功都需要持之以恒的坚持，我是时候好好想想这个问题了。

其实仔细想想，人为什么会容易放弃，就是因为人本身的惰性实在太强大了，要做到完全的自律实在太难了。我想这就是成功的人只有小部分的原因了。为什么有老师带你的时候，往往过一段时间你就学会了？就是因为有人监督你，让你脱离自己的三分钟热度，脱离自己经不起的诱惑和强大的惰性。

不过话说回来，有一件事我始终坚持下来了，那就是写作。我想这很简单，因为我热爱它，从骨子里热爱着它，所以根本谈不上需要去坚持。我从小学四年级写的一首现代诗《前进，在人生的旅途》获得全国中小学生"小作家杯"大奖赛三等奖之后，已经坚持写作20年了。这里面有整整十年无人问津，对于那段岁月，我记忆犹新。每周五晚上，我都会把写满诗歌的信纸装进信封里，贴上八毛钱的邮票，然后庄重地寄出去。结果整整过了五六年，才在一本杂志的边角发表了一句话。受过的批评很多，旁人的劝阻也很多，但是我一直没有放弃。

终于，我于2017年在一本诗刊开设了我的专栏，我记得我当时抱着第一期样刊兴奋得抱着枕头哭，这样的成功来得太不易了。

人往往熬过了黎明前的漫长黑暗，就会迎来盛大的繁华。打那以后，我获得"当代杰出青年诗人"称号，成为杂志副主编，荣誉一个接一个地来到。

经过这一番回忆，我想我明白到，三分钟热度的根本原因是，我不热爱这件事，所以我坚持不下去。我想，我余生中不会再浪费时间在我不喜欢的事情上了，而要把美好的光阴花在自己热爱的事情上去。我的意思不是你热爱打游戏，然后打了十年游戏，那只会让你一事无成，再送你重度近视加散光——要去做要去坚持积极的事情。

如此，我真的相信，你会感受到无穷的快乐，并和我一样取得令自己欣慰的成绩的。来，把手递给我，我拉你一把，我们一起熬过黑暗，赶赴下一场黎明。

只要有梦

我们有多久没有谈论梦想了，我们有多久没有好好思考自己的人生理想了？平日里，我们奔波在上班下班的途中，我们被各种琐事缠身，我们为柴米油盐发愁，可是，不知不觉中，或许我们已经忘了当初的理想。

人生路漫漫，我们总要坚持一些事情，日子才会过得有盼头。无论此刻离我们的梦还有多远，无论我们的梦想说出来会有多少人嘲笑，我想，我们都要为之努力，不要放弃。

曾经，我是个爱好文学的青年，我不停地写稿子，然后投出去。我记得那时候，每个周五，我都要郑重地把一摞信纸装进信封，贴上一个八毛钱的邮票，然后投进信箱。这样的日子，一晃眼就坚持了十年。我只在一本刊物的边角发表过一句话。那时候，我真怀疑我自己到底有没有写作能力。终于，曙光来了，一本刊物的主编非常欣赏我的诗歌，为我开设了专栏，那一刻，我真的欣喜若狂。我想，这就是坚持的力量吧。

如今，我已经成为几本刊物的主编，发表了大量作品，获得了许多荣誉。我还在努力，因为我的梦想很远大。"人如果没梦想，和咸鱼有什么区别？"相信大家都听过这句台词，我想起周星驰先生的拼搏之路，从一个龙套演员，一路打拼到光芒万丈的著名影星，他并不英俊，可是靠着一股坚持的力量，最终实现了梦想。

重拾自己的梦想吧，无论你此刻生活得有多么不如意，只要有一个梦支撑着你，你在什么时候都不会绝望。因为，你的前方有目标，你听得见未来的召唤。

有时候，我也会倦怠，尤其是遭遇打击与挫折的时候，但是想起自己的梦，我还是一次次坚持下来。前一阵子，和一位老师聊天，他说最近有一帮热爱文学的青年找到他，问他把写作作为自己的职业可不可以。这位老师一口否定了，理由是，这条路太难走了，或许很长时间都看不到回报，或许一辈子都没有出头之日。我认同这个说法，但是，我觉得只要热爱，就不应该放弃自己的文学梦。或许你可以先干着别的工作，但是手中的笔千万不能放下，一旦放下，或许你一辈子都重拾不起来了。当我们老了，想起年轻时的文学梦，想到自己当年就那样放弃了，会不会觉得遗憾呢？

我想起我的一位朋友，他原本在工地上干活，年少时因为种种原因辍了学。但是他热爱读书，报名参加了自学考试。他白天工作很辛苦，晚上却坚持看书，第一次考试，报了两门课，全都没及格。他更加拼命读书，连干活的空隙也在看书，工友们都嘲笑他。但是，读大学是他的梦想，他第二次去考场，一次过了三门课。几年过去，他已经拿到大专文凭了。拿到毕业证书的那天，他哭了，这张文凭凝聚着他多少心血啊！他坚持学习，过五关斩六将，一本本教材都被他翻烂了。后来他又拿到了本科毕业证书。他因为学的是汉语言文学，在读书的过程中，对写作产生了浓厚的兴趣。他给我投稿时，我听说了他的故事，立刻决定发表他的文章。他一直坚持着自己的梦想。前几天，他对我说，如果有可能，他还要考研究生。我鼓励他，一定要坚持下去，你是好样的，你最终会改变自己的命运的。有一次，我去工地上看他，只见他满身油污，坐在草地上认真看着书，我不禁眼睛有些湿润，他是我的榜样，他用自己的汗水和辛勤向梦想不断地进发！

坚持下去，无论你有什么梦想，只要有梦，人生就是精彩的。梦想会让你变得无坚不摧，梦想会让你变得和别人不一样。当你跌倒了，当你累了，看看满天的星辰，它们明知星光微弱，却坚持闪烁，我们不就是一颗颗绽放着光芒的星星吗？

就算一切付出都暂时没有回报，就算一路荆棘，哪怕需要移山填海、披荆斩棘，请你一定要坚持住。等到梦想如朝阳般升起的时候，回头看看这一路，一切都值了。

只要有梦，人生值得；只要有梦，人间值得。

我的减肥日记

对于这大半年时间，我只想大声喊一句："太不容易！"

我减掉了25公斤，从一只"猪"还原成一个人。练得最狠时，我每天徒步暴走20公里，练拳击练得两个拳头都是伤，每天中午枯燥又激烈的减脂课让我非常累。

但是，还好我坚持下来了，付出的汗水有了回报。

回到半年前，身高1.8米的我胖到112公斤，连系个鞋带都气喘吁吁。但是，我还是执迷不悟，该吃该喝，一顿不落。

有一次，认识的歌手朋友见了我仿佛不认识一样，连招呼都不打。迷茫时，一个小姑娘拦住我问："老师您好！请问您知道牛涛老师在哪里吗？"

那一刻，我简直快要晕过去。原来英俊潇洒的我，已经埋在几十斤肥肉里了，怪不得大家不理我，我已经胖得大家都认不出我了。借用小品里的一句话："残酷的现实直逼我心理防线了。"

从深圳回来的第二天，我马上到单位旁的健身房开了卡。这已经是我这些年办的第N张健身卡了，但是这次我真的下定决心，吃再多苦也要改变自己，再苦再累也得扛过去。

我的减肥生涯，就这样开始了。

这年1月，广州的风刺骨的冷，可是每天4时30分，我就裹着大外套出门跑步了。跑到6时，回家洗澡换衣服上班。

刚开始，教练给我安排的中午的这节课非常累——"快！快！波比跳，开合跳，伏地挺身……"

每节课热身完，我就快要趴在地上了。我的体重太大，心肺功能也差，锻炼起来比别人辛苦。

每次汗水湿透衣服模糊眼睛时，我都告诉自己，不拼命就永远这样肥胖下去了，对自己狠一点！

终于，我发现我的大肚子渐渐平下去了。我在日记本里写下四个闪闪发光的字鼓励自己——来日可期！

日复一日地坚持减肥，我竟然10天减掉了6公斤，体重跌破了90公斤。

人生吃的苦，都会化成蜜糖还回来。减肥半年，吃了很多苦，但是减掉了25公斤，我非常自豪。

我想和大家分享一句话："只有做到别人根本做不到的，才能得到别人根本得不到的。"

当晨曦正好，我们跑步去吧！

我的拳击故事

经过这几个月的拳击锻炼，我的改变太大了。拳击不光是一种运动，更是一种发泄负面情绪的渠道。我想，我已经深深爱上了拳击这项运动。

收拾房间时，我无意中找到丢失很久的旧手机。用这台手机时，我才22岁。我把手机充上电，里面的旧照片把我震惊到了。我那时那么瘦，看起来很阳光。那时，我还在上学，一下课我就去健身房跑步，身材保持得特别好。再看看镜子中的自己，双下巴、大肚腩，我瞬间特别讨厌这样的自己。我曾经一度减肥成功，因为一段时间的胡吃海塞，又胖回来了。

说干就干，我又开始减肥。我开车去了大学城，准备骑自行车锻炼。我绕着大学城骑了两圈，累了就坐在江边的草地上，看着江水缓缓流过，闻着青草的芬芳，瞬间感觉很惬意。运动能让人感到快乐。

做了一桌子好菜，全家人围在一起吃饭，我就蹲在小板凳上啃黄瓜。闻着肉香，真馋，可我还是忍住了。

上班的中午，我没休息，约教练练了一节拳击课。我曾经学过很长时间拳击，因为很久没练，很多出拳的套路，包括踢腿的方法，我都忘了。对着沙袋一通乱打，我把沙袋打得左摇右晃。教练苦笑着说："你这不叫拳击，而叫打架。"

我又开始了我的拳击锻炼时光。每天中午，我风雨无阻去练拳击。当戴上拳击手套那一刻，我感觉浑身充满力量。我开始把组合拳拆分开来，一个步骤一个步骤地练。

用了半个月，我终于能流畅地打出一套拳法。练拳击很耗费体力，但是打完后，我觉得特别解压。

接下来，我就开始和教练打实战。打实战，就是两个人穿上护具，在健身房的拳击台上真刀真枪地对打。教练这时不会手下留情，我稍微防守不当就可能脸上挨上一拳。打实战更加累，因为对方不是个沙袋，不会站在那里等你打。我要不断调整步伐，找机会进攻，还得防止被对方找到可乘之机。

又练了半个月，我的拳击水平一下子上来了，从刚开始的光挨揍，到后来有时能够击中教练一拳。我的防守能力大大提高。刚开始，我的手老是垂着，一点防守意识都没有。现在，我会把自己护得紧紧的，眼睛紧盯对手，找到可以攻击的机会。

有一次，打完拳击，我和教练脱下护具，我浑身都湿透了，但是感觉特别畅快。我感觉我已经深深爱上拳击这项运动了。它不仅能够锻炼身体，还能够发泄不良情绪，连人的反应能力也变快了。3个月下来，光靠拳击我减了12公斤，体脂率也下降了，人也有精气神了。同事都说我变化太大了。

又是一天中午，我换上运动装，戴上拳击手套，对着镜子里的自己自信地笑了一下，说："加油，今天，我要赢！"

我与抑郁

当我写下这些灰暗的文字的时候，我已经被抑郁症折磨了十年。无论我有多少泪，都已哭干在黑暗漫长的岁月里。

多少次我想要自我拯救，可是抑郁的黑潮将要吞没我的时候，我没有一丝力气反抗，只能等待，等待，然后被完全淹没。那种冰凉的绝望，像行走在没有月亮的冬夜里，前路漫漫，荒草萋萋，而我根本不知道曙光何时会来临。

是啊，曙光什么时候能够到来呢？

我常常看起来若有所思，其实那是我的心被抑郁一点点蚕食的时刻。我眼里的世界是黑暗的，没有希望的。每天十几粒药吞下去，似乎收效甚微。

我有时会抱怨命运，怎么会摊上这样难治又痛苦的病？我有时看着这尘世嘻嘻哈哈的红男绿女经过，会有种恍如隔世的感觉。我不是他们中的一员，从来也不是。

我经常会想写一些光明的文字，可是打开我的心，全是黑云滚滚，我承认，我一点也不快乐。就这样岁月漫漫，人已经将近中年。

闭上眼睛，我会幻想，我有着快乐的人生，再不被痛苦所纠缠。可是睁开眼，满屋子昏暗的光景，已经冰凉的残酒，提醒着我，一切都还是原来那样。

那次崩溃时试图跳楼，要不是姑姑死命抱住了我，奶奶也拽着我的胳膊拼命地喊"牛涛啊牛涛，可不敢跳啊"，要不是我的亲人，恐怕我的坟头已经长草了。

也因此，我感到愧疚，深深地愧疚。

我还是要努力活下去的，死亡不会那么轻易来临。我还是相信会有曙光来临的，无论这个长夜多么漫长。

我想要走上一条自我救赎之路，我看过很多书，我拼命健身，可是效果永远那么轻微。

如果生命只剩下一两年，我便会解脱，那是不是一种幸运呢？还是一种更大的不幸？那么，在这一两年时光里，我应该怎么过活呢？我想起史铁生在《我与地坛》里曾经写过，出车祸成残疾人之后，他曾经陷入对死亡的思考里，一度想要寻求解脱。可是后来，他想明白了，死亡不是一件急于求成的事情，它迟早都要来的，那么在来之前，自己应该怎么活呢？

具体的原文我已经记不清楚，但是这一段文字的大意深深烙印在我脑海里。承受过巨大灾难的人，该如何扛着痛苦往前走？这个问题，我估计要一直思考了。

我一度酗酒，后来才发现酒精不是解决问题的方法。可是除了酒精，还有什么能够让我得到暂时的舒缓呢？我不知道，药物不行，吃喝玩乐不行，爱情不行，甚至亲情也不行，这不是有答案的问题。

我的父亲陪我走过了十年的看病之路，在无数个犯病的时刻，他都在我身边。我的姐夫，不远千里来到广州陪伴我，带我锻炼、旅游，只为让我开心起来。我的哥哥，陪着我去英国把研究生读完，他曾一只手握着我的校徽对我说："牛涛，你一定要毕业，不然你一辈子都会没有着落的。"我的亲人啊，下辈子让我重新来到你们身边，还今生欠你们的债。

最后，我对我的家人朋友，对我的青春，对所有曾想要帮助我的人，深表谢意！对于我的人生，以及过去黑暗的十年光阴，深表遗憾！

命里的寒冬

当我写下这些文字的时候，一场倒春寒正侵袭着南国刚刚绚烂起来的天地，凉雨在窗上无休止地拍打。我心里的冷雨也放肆地下，哪一片是砸在地上而成雨花的泪，根本分不出。

几天前，我的心理医生告诉我，我的抑郁症又复发了。我本已经满满的药盒子里，又添了几片红白相间的胶囊。

这是人间的初春，却是我命里又一次狠狠砸下冰雹的季节，我命里的寒冬。

从19岁第一次发作，到如今已经过去十年，我遍体鳞伤地熬过一次又一次情绪的大低潮，我拍拍脸上的血与土，一次次踏上路途。这取名叫抑郁的魔鬼，始终没有放过我。

没有放过我！

朋友，你能告诉我，春归时百花都是什么颜色吗？

朋友，你能告诉我，青春年华的爱恋是不是好比麦芽糖一样甜？

我不知道，我眼里全是黑白色，全是可怕的黑白色。

有时候我会带上一本童话，一个人划船到小湖的中央，然后半躺在木船上，直到彩霞满天。我看着灿如烟火的黄昏，泪流满面。

当呼吸也渐渐变成了一种负担，当吃下去的一把把药都像哑火的武器，对抑郁无可奈何，当黑暗一次次来临时，我听见我无声的求救。

世界在一瞬间被冰封，我无力招架，我无路可退。

呆坐在雨停后的夕阳里，雨后的霓虹不掺一点心伤，那初上树梢的明月皎洁得透明。

一瞬间，时间竟开始倒流，我眼睁睁看着自己一次次跌倒又重新站起。最后，我回到了婴孩时的模样，一睁眼，我放肆地哭出来，哭得那么理直气壮，那么肝肠寸断——

哭我这辈子要经历的无数次命里的寒冬。

放下焦虑

我们每个人都会有焦虑的时候，有些时候，我们甚至会被焦虑折磨得很痛苦。过去，我常常被各种各样的焦虑所折磨，比如，这篇文章会发表吗？明天参加活动时会下雨吗？我的亲人身体状况都好吗，不会有什么大病吧？甚至会臆想出来一些焦虑，比如，我突然遭遇车祸了怎么办？我昨天做的梦不会是什么不好的兆头吧？这些莫名的焦虑，仿佛是小火烘烤着我的心，常常令我心力交瘁。

朋友和亲人经常劝导我，凡事看开些，可是我好像总有这样的心魔，会不自主地担心很多问题。我承认，在与焦虑抗衡的时候，我常常败下阵来。

当然，我也有舒缓心情的办法，比如去湖边散步，听着音乐，看着湖面一圈又一圈的波纹，这样会让我放松很多。又或者，我会在唱机里放上一张我最爱的怀旧唱片，然后写一首诗，慢慢地心情就变好了。可是，大部分时间，情况不允许我这样放松，我要上班，要忙工作，操心着很多事情，还要故作轻松，那时候的滋味简直太难受了。

前几天，爸爸给我买了一本书，名叫《焦虑的时候，说焦虑好了》。初看这本书的标题，我一时不明所以，等我看完，才醍醐灌顶，原来，当我们焦虑的时候，都有一个"万一会发生什么"这样的假设在脑海里，这样的念头多了，我们便承受不了了。我们有时候就像一头在斗兽场的公牛，看见红布就猛地冲过去，想要把我们担心的事情解决掉，最后会再受一次伤。

我学会了不要去和焦虑做正面的对抗，那些念头也是我的一部分，爸爸让我每天把焦虑的事情写下来，再看最后真正搞砸了的事情会有几件。

这时候我才发现，原来担心的事情很少会成真的，就算真的搞砸了，也会有很多补救办法。那些多余的焦虑，根本是自寻烦恼。

我开始每天给自己留出一两个小时的时间，关掉手机，泡一壶茶，安静地坐在房间里冥想，想那些美好的事情，不被任何世俗的事情所干扰。等我睁开眼睛的时候，深呼一口气，便觉得一切都那么轻松。

我还让自己更多地亲近大自然，每个周末选一个公园，约上三五知己一起去踏青。坐在清澈的小溪旁，看着无边的春色，仿佛万般烦恼都被抛到九霄云外了。

当然，运动也是一种减轻焦虑的有效的办法。我专门请了教练，每天中午练一个小时拳击，直拳，摆拳，勾拳，把沙包打得左摇右晃，每次练完，出一身汗，浑身畅快极了。这个办法，还让我10天减了6公斤肉，真是意外的收获。

记得有一句诗这样说："若无闲事挂心头，便是人间好时节。"心头没有了焦虑的困扰，如今我感觉自己是个快乐的少年郎。我把那本书放在床头，每天晚上都会读上几页。

还在焦虑的朋友们，请放下焦虑，畅快地活着，拥有晴朗的内心。看着你焦虑的样子，我会心疼的，真的，因为我曾经从那段折磨里走过。

阳光也好，阴雨也罢，你来，把手放在我手心，默数三个数，从此，放下焦虑。

遇见稻田

我从前只是特别爱听李健的那首《风吹麦浪》，随着歌曲的起伏，感受那一片片稻田随风摇曳的美。那景象，只是出现在我的幻想里。

直到这一天，我真正直面夕阳下一整片金黄的稻田，稻穗已经快成熟了，稻田里的水也抽干了。随着微风，稻浪一阵又一阵，我如同归鸟一般满带着倦意，倚在稻田旁的一棵树下，感受着暖阳下的慵懒。

稻田旁有一架绿色的风车慢悠悠地转着，转动着故事里许多恬静的章节，一圈又一圈，指向蔚蓝色的天空。我走上风车，这个角度刚好看到整片稻田。那稻田旁有一户人家，正炊烟袅袅，我刹那间想归隐于这般宁静的生活。

听当年作为知青下过乡的姑姑说，那时候每次领粮食，都是65斤带壳的粮食，等到去了壳，只剩下45斤白花花的大米了。在那段年月，吃一顿大米饭，是多么奢侈的生活！

夕阳的余晖照在我的脸庞，我轻抚过细碎的稻穗，这是丰收的季节。从此我写秋天，再也不提及萧瑟伤感了，我要写这五谷丰登的喜悦和丰满。

做个农夫吧，远离尘世的喧嚣。走到此，我才发现城市里的生活是多么令人疲惫。我想就这样，带一本最爱的书，每天静坐在自己的小院落中，沏一壶毛尖茉莉或者大红袍，从日出看到日落，刚好看完一本温暖的小说。

远离那些杂乱和焦虑，远离那些精神内耗，这田野间适合一个伤感的人慢慢地疗伤，慢慢地怀想，最后想不起当时为何伤心。

风吹起漫天的黄叶，把我的头发吹得凌乱。我坐在树下，不知过了多久，舍不得离去。生命慢慢回归本来的样子，没有乱七八糟惹人心烦的消息，因为这里压根就没什么信号。想想前半生的遗憾与喜悦，想想后半生的憧憬与期望，想想如果那个姑娘能与我同来，会是多么浪漫！

哗啦啦，哗啦啦，那是稻浪起伏的声音，风吹得蒙尘的心事全都烟消云散。遇见这一片稻田以后，我从来没有像现在一样喜欢上了秋天。没有为赋新词强说愁，没有理不清的杂乱，我站到田边望一望，风在拂动着稻田，好像在拨弄着心爱的乐器。

红光晕染着整片稻田的时候，两个青梅竹马的孩子在稻田边嬉闹，晚霞把他们的脸映照得红彤彤的，多可爱！

来生真想做个农夫。稻田边，我一直走，风一直温柔地吹……

秋天来了

过了立秋，天气似乎一下子就凉快起来了。走在街上，不再被灼热的红日烘烤得浑身冒火了。我又开始一个人出去散步，沿着湖边走很长很长的路。天气凉了，我又可以习惯性地坐在树荫下遐想、发呆了。盛夏就这样过去了，走得不留痕迹，走得不留遗憾。

本以为夏天胃口没那么好，加上出汗多，我能瘦回去一些，谁想到夏天还有无穷尽的雪糕和冰镇饮料等着我，结果一个夏天过去，我还胖了五斤，你说尴尬不尴尬？穿着短袖，一个肚子挺着，实在叫人着急。

说些诗情画意的事情吧，夏天里我写的东西不多，大概是因为被太阳晒得成天晕乎乎的。秋天一来，很多沉在心底的诗情又浮上来了。我喜欢坐在香樟树的树荫下，回忆着许多往事，还有一张张曾经出现又消失的熟悉的脸，就这样度过一个安静的下午。其实我还准备多写些关于盛夏的文章，结果立秋在日历上已经被翻过去。多余的对夏天的感情，留待明年再书写吧。

岁月安静，心底安静，万事恬淡。

这个夏天我被晒得很黑，有一天晚上我穿着白上衣和短裤在小区里散步，那天路灯出了点问题，远远看见哥哥走过来，我很奇怪他盯着我看了又看，但又不叫我。后来他跟我说，他只看见一身白衣服飘了过来。哈，我简直啼笑皆非。

被夏天的太阳晒蔫的不只有我，还有我窗台上的两盆海棠花，我一直浇水，结果有一天仔细一看，已经枯死了，我有些感伤地扔掉了这两盆原本鲜艳的花。

天气凉一些了，我也可以出去玩玩了。那一天，我一个人去了游乐园，玩得不亦乐乎，就在我坐过山车飞到顶端的时候，我看到了一轮橘红的夕阳，不再像夏天的烈日镶嵌着一圈金光，连太阳也换新装了。

我在半空中默默想，再见了，似火的盛夏，你留下的故事我都珍藏在日记本里了。刚刚开幕的秋天，你又带着什么样的悲欢来呢？无论带着什么来，我一定会回赠你描写金秋的漂亮诗篇。

扫码听朗诵

未红的枫叶

　　枫叶还没红呢，想写红枫叶染遍山丘的诗心已经蠢蠢欲动了。上周末，我跟随几个老朋友去郊外踏青。我们分两辆车前往，结果我们先到了，后面一辆车的几个朋友晚起了足足两个小时。没办法，我们只好先优哉游哉散起步来。

　　那个地方真美，我记得它还有个好听的名字，叫田野绿世界。一路踏着秋天的黄叶，枯叶在脚下嘎吱嘎吱作响，我才想起已到深秋了。南国的深秋，还是一片绿油油的，听北方的朋友说，那边已经光秃秃的了。为此，我常常感恩，生活在这么一片宜居的土地。

　　园中很久没有游客来了，显得有些残败，但是反而增添了洒脱的感觉，山水好像肆意泼墨出来的一样。一路走过去，全是枫树，只是叶子还是绿色的。听朋友说，要再等一个月枫叶才会变红，我暗暗想，到时候一定要再来一趟。

　　往前走，有一座粉红色的拱桥，连着小湖的两岸，叫幸福桥。我可要走一走，我最近急需更多幸福感，哈哈。小桥旁边有散落的粉红色的秋千，我没敢坐，我最近吃得太胖了，我怕把秋千压趴了。

　　园主给我们介绍，他会根据自己的感觉，把整个园子粉刷成不同的颜色，现在全是粉红色。真好，真浪漫！

　　不知道过了多久，第二辆车的朋友才到。一个朋友带来了新交的女朋友，他还有些不好意思："女性朋友，女性朋友，是不是女朋友她说了算。"一句话把我们都逗乐了。

　　我们先到的一个朋友开始搞怪了："后面的朋友跟紧了，前面大家看到的是开心桥，不对，是幸福桥。前面是兰花园，哦不对，是枫叶大道。"我跟他说："王导游，你能不能自己先把地点整明白了再带团？"又是一阵爽朗笑声。

　　小溪里有很多田螺，几个朋友干脆挽起裤腿下水摸田螺了，他们说要攒够晚上吃的一盘才肯上来。我呆坐在岸边，静静地望着这一片山水，还有嬉闹的伙伴，我心无波澜，感到无比的平静。

是谁，把天空也涂成了粉红色，晕染着流云，映照着这一片园林？我慢慢站起身，要告别了。满山的枫，等你红了，我再来看你。那时，一定是一个适合思念的季候。至于思念的是谁，我会藏头在我的诗歌里，等没人的时候，偷偷念给你听。

真想回去陪陪她

菊花盛开了，那颜色金黄金黄的，喝着茶，赏菊赏月，是多么惬意的一件事情！心渐渐平静下来，夏天的炽热渐渐过去了，我又添上了一件单薄的外套。这一年，好像经历了许多事情。趁着这如水明月，喝一杯青柑普洱，想想心事，想想未来，不觉已是夜半。

我是西安人，从小随着父母来到广州。我对西安这座城市的记忆已渐渐模糊了，感觉自己就是一个土生土长的南方人，粤语也是随口就来。

每当想起故乡的姥姥时，那份思念之情，尤其在中秋节，会特别浓烈。

姥姥刚刚给我打了一通电话，嘘寒问暖。我说："现在挺好的，等放假就回去看您。"

我坐在小区的湖畔，听着耳机里邓丽君的《但愿人长久》，想着一整个夏天的心事。起风了，树林摇曳着月光，斑驳在我身上。我又想起西安那一条条充满烟火气的巷弄，想起姥姥住的那栋小楼，几十年没变过的家居，各种盆栽令人赏心悦目。我童年爱玩的那辆大卡车还在吗？我童年骑过的小单车应该早就坏了吧？

在初秋的风里，我突然有种怀念的思绪。姥姥年龄渐渐大了，腿脚也不利索了。那年，我生病了，姥姥不顾家里人的反对，坐着飞机来广州看我。我躺在病床上，看到姥姥和大舅进来的那一刻，突然落泪了。还记得，那也是个月圆之夜。

重阳节，姥姥一个人住，会觉得孤单吗？我真想回去陪陪她老人家，哪怕是听听她从前的故事，哪怕是帮她捶捶腿；又或者，扶着姥姥，我们去巷弄外看月亮。

我已经年到三十了，这些年都拼搏得不容易。我把我小小的成绩说给姥姥听，姥姥一定很开心。可是，我在异地工作，繁忙的工作让我无法与姥姥相见。

思绪万千，在这一个重阳节之夜。粼粼月光泛在水上，一行一行临摹着我的心事——"剪不断，理还乱，是离愁，别是一般滋味在心头……"

待到月满人间

中秋节快到了，月亮也即将圆满，照彻人间。小时候，一点儿也不知道中秋节的意义，就等着吃月饼、吃螃蟹，然后跟着哥哥出去，拎个灯笼满大院疯玩。偶尔抬头看看那清亮的圆圆月亮，也不知道有啥好看的。大人们都说赏月，我一直想不通，这月亮能看出什么花样来？

小时候，我和哥哥都只爱吃莲蓉蛋黄馅的月饼，有时候为了一块月饼争来争去。大人们就看着我们，笑呵呵的。后来爸爸提议每人一半，我们还仔细盯着爸爸切月饼，谁也不能多一点少一点。有时候，爸爸会带着我们去赏菊花，那菊花可真漂亮，金黄的颜色仿佛被月光所点染。玩够了，就该写作业了，老师每每会布置我们写如何度过中秋节这样的作文，结果我跟哥哥几乎每次都写得差不多。

岁月如梭。后来，我们一家从西安来到了广州，离开了姥姥姥爷、大姑二姑。随着慢慢长大，我开始懂得中秋节的意义。一家人团圆，才是中秋节最重要的意义。

那年中秋节，家里有各种月饼，我和哥哥望着爸爸给我们切好的月饼，没有一个人动。过了一会儿，哥哥才缓缓地说："姥爷爱吃五仁馅的，不知道姥爷吃了没有。"爸爸便给姥爷姥姥打电话，我和哥哥高兴坏了。电话那头，姥爷姥姥也特别高兴。我给姥爷背了一句诗："举头望明月，低头思故乡。"姥爷夸我："小涛越来越有进步啦！"我问姥爷："姥爷，你吃月饼没有？"姥爷说："吃啦吃啦！"我和哥哥可开心了。挂了电话，我们又开始了一轮月饼争夺战。

那天夜里，爸爸带我们出去赏月。我和哥哥一人拎一个爸爸买给我们的灯笼。以前，灯笼都是姥爷亲手做的。爸爸说："你们看看月亮，那月亮多圆啊，我们和家乡的姥爷姥姥正看着同一轮月亮呢！"

我突然觉得，月亮好美，那清光照在人间，温暖了这个大大的世界。此刻，姥爷姥姥也一定看着月亮。我想对姥爷姥姥说："我一定会争气的，将来回去报答你们。"

那天的作文，我写进了对姥爷姥姥的思念，写进了月亮的柔美，写进了月饼的美味，写进了我对中秋佳节的理解。老师给了我满分，还鼓励我投稿给《小学生报》。没想到，还真给发表了。我寄了一份报纸给姥爷，听说姥爷复印了几十份，发给全县城的熟人，说这是他外孙发表的文章，就差没贴到电线杆子上了。那一刻，我感觉特别骄傲，我给姥爷姥姥争光啦！

再后来，我到了青春期，课程特别紧。可是我彻底爱上了文学，我在无数首诗里描写明月的美丽，尤其到了中秋时节，那圆圆的月亮多像一张皎洁可爱的姑娘的脸庞，她温柔地看着人间。我也爱中秋的菊花，一瓣一瓣，像数不清的心事，在月光下绽放。

又快到中秋节了，我准备了一份特别的礼物给故乡的家人们，就是我新出的书，里面记载着许多童年的往事、许多我人生道路上的故事。当然，还有一首首浸染着月光的诗，字字句句如泣如诉，写给你们。

待到月满人间，打一通电话给故乡的亲人吧，说说你的快乐、疲惫。他们念着你，如同你思念他们。在中秋，又或者，不是中秋，而是岁岁年年。

月亮走，我也走

中秋节当天，因为单位的安排，我去了一趟常州出差。那是个幽静的小城，我徜徉在一条条古朴的街道，感觉心旷神怡。

奈何，第二天夜里就要飞回广州了，下次来，再好好逛逛吧。

来到机场，没等多久，就开始登机了，我有些困，懒洋洋地找到了自己的位置。不久，一阵巨大的轰鸣声吵醒了我，我揉揉眼睛，不知飞机飞出江苏没有。我打开遮光板，顿时被眼前的美景震撼了。那皎洁的月亮仿佛近在咫尺。随着飞机的前行，可以看到云烟快速地掠过月亮。我不禁遐想，那月宫上肯定有美丽的传说。那一缕缕清光，映在我的眸中，我突然间有种想要落泪的冲动。

从来我们都是在地面上看月亮，今天在高空看到月亮，觉得她是那么亲切，那么温柔，她的光，她的美，她的阴晴圆缺，都是诗人们写不尽的诗篇。

飞机开始下降，我们沉入乌云之中，刚才那灿若圣光的月亮消失了，我不禁有些遗憾。但是，能在天上看到如此圆满的月亮，我十分感恩。

那些在远方的亲人朋友，我与你们天涯共此时。我想起远在上海的我的叔叔——著名作家李西闽老师，他给我的新书我才读到一半呢！我想起著名诗人曾新友老师寄给我的两本新诗集，我还等着回家细细品读呢！我想起我的干妈——广东电视台著名主持人侯玉婷妈妈，说好了要来家里吃饺子呢！最后，我想起了我远在故乡的姥姥，她年龄越来越大了，我真希望姥姥能健康长寿。

飞机刺破了乌云，离城市越来越近了。这时候，我抬头远望，那一轮皎洁的明月又可以看得见了，只是多了一层神秘感，没有刚才那样清亮透彻。我想起一句歌词："月亮走，我也走。"这首歌放在这个意境当中，如此贴切。

转眼间，飞机降落在广州白云机场。我下了飞机，月亮又像电灯泡那样小了。不过，周围一圈淡黄的光晕，仿佛是为月亮做的一件嫁衣。月亮姑娘，你的心上人是谁呢？

我喝了口水，才让自己从幻想中回过神来。

走在家门口的林荫道上，月光还是那样，透过树林，斑驳在我身上。我感到万分的温暖，从此不怕人生夜黑风高，月亮走，我也走！

秋来也秋去

秋天是一个适合想心事的时节，酷暑的余温慢慢被秋风吹散，有一些事情不再沸腾，开始往心湖底沉淀。

日子还是这样慢慢地流淌过去，多么平静的一年，无悲也无喜。

我的两盆海棠花被盛夏的艳阳晒枯萎了，现在早已尘归尘，土归土。我以前常常对着它们发呆，在阳台上，远看是群山，近看是花，就这样在暮光里静默一个下午。

到了秋天，我开始喝红茶了，把耳机塞进耳朵里，一杯又一杯，雾气慢慢消散在空气里。

我又晒黑了，是那种什么美白霜都拯救不了的黑。算了，黑了显瘦，我这样安慰自己。

我仍记得那天在秋风里，我一个人沿着江畔的绿道走了很远很远。天上的星星，一直闪着，我不睡，它就不睡。江水的微澜，摇摇荡荡，在梦畔。

《秋来也秋去》，这是我多么爱听的一首歌呀，每每回家的路上，听着这首歌，心里静如秋叶。

南国依然看不出一点秋天的样子，满世界绿油油的，多少花朵还在盛放，可夏天终究是留不住的。

那天散步的路上，我看着半缺的月亮，突然想到，还有不到一年我就30岁了。回首看看，只好说一声，再见了，这一段年华。你给我的回忆，我走多远，也不能忘，也不会忘。

秋来也秋去。想想一年过得真快，转眼已经快到深秋了，月亮又要圆了。可能是人慢慢长大了，心里越来越恬淡，一本小说，一张唱片，一个深夜，常常足以温暖我的心。

我挂在衣架上的蓝色围巾，好像开始蠢蠢欲动了，那是我最爱的一条围巾。是啊，时间过得真快，转眼可能又要冬风呼啸。

但愿往后余生，如秋之静美。绚烂的金秋，来年我再遇见你的时候，我已经三十而立了，年年的秋天都一样，但可能——

我们再不是少年了。

再回首，到秋叶漫天飘零中，我看见一个个秋天叠成我生命里最凄美的诗章。

扫码听朗诵

人间十月天

天气渐渐转凉了，阳光也不那样炽热了。我添上薄薄的秋衣，感受深秋那富有诗意的清寒。这是南国的人间十月天。

一年，又快到年底了。我的30岁年华，也快到末尾了。回望这一年，有遗憾，也有收获；有擦肩而过的缘分，也有一眼便难忘的遇见。30岁，是一个人的而立之年，我努力过，低落过，一切都无悔了。

闲暇时光，我爱在林荫道上踩着厚厚的落叶慢慢往前走，秋风萧瑟，吹拂我的面庞。一时间，一整年的片段闪现在眼前。春的明媚，无边的花海；夏的炽热，金光灿灿的湖面以及红日燃烧的地平线；终于，走到此，深秋的时节。在林荫道走累了，找个长椅坐下来，看着银杏树林金黄一片，一片落叶落在我掌心，沾染着微凉的寒露，这是不是上苍给我的一张明信片？静默地看着四周的一切，心里恬淡又温暖，回想着一整年的心事，许多事情放下了，释怀了。

有时候，真想回故乡走走，那里的人们已经穿上毛衣了。黄叶遍地，枯枝伸向天空，像在祷告着什么。清晨，披上大衣，去吃一碗小云吞，喝一碗热乎乎的油茶。寒风凛冽，再过几天，就要通暖气了。又或者，去公园里走走，小娃娃们穿得跟小熊猫一样，吧嗒吧嗒地走来走去，几对情侣坐在湖边，说着甜言蜜语。这是我记忆里的故乡，我梦里的故乡。

独在异乡为异客。虽然我在南方长大，我还是爱北国的清秋，爱在秋风萧瑟的早晨或者黄昏，去山间坐坐，吹吹风，想想心事。饿了，就去家门口的面馆来一碗油泼面，那感觉十分惬意。没事的时候，带个画板，去山水间写生，把人间的晚秋一笔一画收藏进我的画册里。

思绪又回到南方的秋天，天气还是挺暖和的，我还想写些关于秋天的诗歌，却发现自己已经快没词了，从前写太多了。但或许，留白也是一种美吧。

周末到了，我要去湖边坐坐，落叶尘归尘，土归土。我写过那么多关于盛夏的诗篇，也不枉夏花绿叶热闹一个季节。远望着湖光山色，我的30岁就要说再见了，时光汹涌而来，秋风吹得茫茫光阴美成了一首落款在人间十月天的朦胧诗。

人间晚秋

周末的时候，我爱去看枫林，那一片片火红的枫叶随风摇曳，实在太美了。我每每坐在湖边，四周全是枫树，夕阳照在湖面上波光粼粼。对岸还是浓密的枫林，秋风吹得枫叶林沙沙响。我打开笔记本，看到去年写的那首诗《枫林里的你》，如今重读，不禁有一番新的感触。那个公园有一间茶舍，我每次都会去那里喝茶，一个人点一壶青柑普洱，煮茶的女孩是个清丽的姑娘。我不言也不语，在我今天的诗歌里把她提起了一笔。

人们常说，心有多静，福有多深。我深深相信这句话。我的生活仿佛是一首舒缓的钢琴曲，我在光阴的长路上缓缓地向前走。不追名逐利，不急功近利，一切自有天意。我总愿意相信，一切都是最好的安排。

秋天是个适合想心事的季节，30岁这一年，我经历了许多事情。曾经一场大病，让我在床上卧病了十几天，那十几天真是难熬啊！也曾经遇到过事业的低谷，那段时间仿佛一切都不顺利，每到晚上，我都会到小区的花园里去看明月，有时候想着想着眼眶就红了。我没有跟任何人提起过那段黑暗的岁月，还好，一切都过去了。一切，总会过去的。

李清照有一句词我很喜欢："枕上诗书闲处好，门前风景雨来佳。"多么恬淡的意境！我在这一年买了许多书，每个周末都要读一本书，配上一杯拿铁咖啡，升腾的热气温暖了午后的时光。

30岁的光阴，就在悲欢中快要度过了。我29岁的时候，还像个孩子一样，但不知为什么，一到30岁，人马上成熟了许多，心境也恬淡了许多，如同这南国的晚秋，无悲也无喜。该收拾一下我的冬衣了，那件我最爱穿的棕色大衣，那条我最爱的蓝色围巾，终于快能穿戴了。有时候，一点点小满足就足够了，一年的时间，我长大了，不再是那个曾经大大咧咧的男孩了。

是不是该抓紧时间写一首《秋天就要过去了》呢？嗯，这是个好主意。谁会想到，某一天醒来，秋叶枯黄，红枫叶早已铺满了窗外的小径，直到路的尽头。凛冽的寒风中，长椅上有个穿棕色大衣的青年在笔记本上写着什么，他的表情平静、恬淡。

你看你看月亮的脸

我是个不喜欢热闹的人。每天晚上，我都尽量去遥望月亮。清亮的月光洒下来，我感觉无比的惬意。就算是冬天，我也会穿上厚厚的棉袄，到楼下去赏月。

过去的一年，我过得不容易，经历过几场大病，熬过了几次情绪的低谷。这些，又能向谁说呢？我每每坐到花园里，看着橙黄的月亮，潸然泪下。还好，一切都熬过去了，如今我平静了很多，看透了很多。万物静观皆自得，人生宁静方致远，带着一颗平静的心，静看人生风起云涌，很多时候就不会那样大喜大悲了。毕竟我已经快31岁了，该成熟了。其实，快乐并不来自热闹，一个人也可以很快乐。我没什么特别的爱好，也没有很多朋友，但我的世界还是挺丰富的。闲来无事，我会写写字，写写诗，听听音乐，焚上袅袅的沉香。有时候诗歌写到一半，我抬头看看，月亮刚爬上远处的山顶。我一脸静默，放下笔，就这样静静地看着，"不知天上宫阙，今夕是何年"。

新的一年，我打算给自己放个假，一个人背上包，去各地旅行。去丽江看看玲珑的月，去凤凰古城看看古典的月，去成都看看微醺的月，最后一站去我的故乡西安，看看历朝历代诗人们写过的月。每到一地，留下一首诗，把足迹留在千万里的路上，留在小巷里，留在山水间。

我特别喜欢一首老歌《你看你看月亮的脸》，如果说月亮有姣好的容颜，我想她一定是一位娴静的姑娘，有时素面朝天，有时犹抱琵琶半遮面。我戴上耳机，又播放那首歌"圆圆的圆圆的月亮的脸，扁扁的扁扁的岁月的书签……不忍心让你看见，我流泪的脸……"每次听这首歌，我都会被这凄美的歌词击中心里最柔软的部分。

又是一个晴朗的夜，天上的云烟被风吹散了，我一个人坐在白云山山顶，这里冬风呼啸，吹起我宝蓝色的围巾。远望去，整座城市霓虹闪烁，月亮静静地看着人间，人间多少人也望着月亮。今夜繁星满空，衬托着月亮。我轻轻地唱起："你看你看，月亮的脸……"

秋月情

我喜欢月亮，尤其是圆圆的清亮的月亮。那温柔的光，总能温暖我的心。

"不知天上宫阙，今夕是何年。"多么美的诗句，像梦一般陶醉我的内心。人间有许许多多悲欢离合，可是如果天上有宫阙，那里一定只有美妙的歌舞和仙境一般的琼楼玉宇吧。我是个爱想象的人，平时读唐诗宋词，里面描写月亮的诗词总会特别吸引我。

那年，我出国留学去了英国，在那里，我又感受到不一样的明月之美。有一天，我写论文写到深夜，从自习室回宿舍的路上，看到明亮的月亮刚好落在教学楼顶上，那场景美妙极了。月光照着我回宿舍的小路，一路是深秋的落叶，那一刻，我忽然想家了。

在英国，我遇到了我的初恋。刚开始，我和她暗生情愫，却谁也没有开口。有一天晚上，我在宿舍听歌看书，突然听到了一首陈百强的《恋爱预告》，我把其中几句歌词抄下来："窗外，星星对月儿说，甜蜜是这恋爱的预告。"我把这句歌词发给了她，她也开始听这首歌。我发微信跟她说："小雪，你看看窗外的星辰与明月，它们是不是在窃窃私语呢？"她好像明白了我的意思。后来，我们在一起了。那轮异乡的明月，是爱情的见证。虽然后来情缘还是结束了，我仍感激她，还有和她一样纯洁的明月，浪漫了我整个留学生涯。

回到国内，赏月的地方可就多了去了。转眼间，又到秋天了，月亮又要圆满了。我特别爱在银杏树林下仰望秋天的月亮，满地金黄的银杏叶仿佛被月光上了色。一个人坐在银杏树下的长椅上，想着大半年来的心事，有美好，有遗憾，有擦肩而过却一眼万年的人。想着想着，整个人心如止水，月光还是那样温柔地投在人间。这一年，我30岁了，年初那些写在日记本里的理想和抱负好像都落了空，却总有一些小喜悦、小满足可以慰藉心灵。我觉得身心仿佛得到了净化，虽然一个人，却一点也不孤单，暖暖的幸福感涌上心头。四周全是金黄色，一片银杏叶落在我身上，我愿意相信，那是秋月捎给我的一张明信片，她的柔情寄语全写在银杏叶的纹路里，我用指尖去触碰，去感受。

谢谢你，月亮，无论我在何方，你一直陪着我，我一点也不孤单。秋天来了，天气也凉了，人间万物都不及，一仰望，你那无边无际的温柔。

走向冬天

冬日暖阳，树影婆娑，又是一个和煦的初冬。我多么喜欢黄叶漫天，走在林荫道上那种浪漫的感觉，可是南方的树林还是绿油油的，枝叶繁茂，谁能看出已经到了初冬？

这几天新闻报道，北方一些城市已经下起了大雪，满世界的雪白。我虽然是北方人，但是从小在南方长大，看到雪的机会很少。秋天的落叶，冬天的飘雪，跟南国一点关系都没有。我住在广州，这里又称花城，四季都有鲜花盛放。这一年写绚烂花海的诗，已有十几篇了。我想写写黄叶满天的场景，走在厚厚的落叶上，发出"嘎吱嘎吱"的声音，可是完全凭幻想，一点儿也写不出来那种萧瑟的感觉。我敢保证，此时此刻的初冬，你在广州找不到一片落叶。

估计过一阵子，树叶才会开始依依不舍地落下来一些。这时候我会到大院里面去散步，感受一丝丝微凉的感觉。我真想去趟北国，去感受寒风、落叶，以及入冬的人间烟火气。

说来神奇，有一天，我做了一个美妙的梦，感受了一次北国的初冬。在梦里，我仿佛回到了故乡西安家门口的那条小街。那时间，好像正是黄昏，我一个人走到街上，一阵风过去，细碎的黄叶漫天飘落，我沿着林荫道，一直走到小公园里面，一路是金黄的落叶。这个小公园，我小时候经常来，好像一切都没有变。我似乎变成了孩子，走在落满黄叶的小路上，远处是橘红的夕阳。一阵风吹过来，我的小围巾飘到了湖面上，四周望望，家人们去哪了呢？天地，一片安详。

这样的梦境真奇特，醒来后，明月当空，窗外的香樟林郁郁葱葱，远处的山峦有一片暗红，那是一片枫林的颜色。

总算在梦里体验了初冬的感觉，那种苍凉是那么真实。当然，日子不是梦境，时光还是一天天流水般经过，这座城市的三角梅还似火焰般盛放，紫荆花还在迎风摇曳。更冷的冬天快要来了，这一年就快要走进最终的篇章了。我30岁这一年，有过喜悦，有过遗憾，有过落泪的夜晚，还好，一切都过去了。日子好像一天比一天凉了，走在太阳底下，也没那么热了。

时光荏苒，任你怎样挽留，一季一季的光阴都会很快过去。到年底了，要说再见了，我的30岁年华。南国的姹紫嫣红，北国的黄叶飘零，都被我收录进日记本里，一半绚烂，一半清寒。我有一条黑色的围巾再也找不到了，就好像我们走过的日子，许多东西一旦落下，就再也找不回来了。

我把一年的往事封存好，留在初冬的某一个清晨或日暮，然后不带一丝遗憾地走向更冷的冬天。

南国初冬

南国的初冬没有一点寒意，让人仿佛还身处暖春。那一树树的紫荆花，那桥上倒挂的三角梅，还是那样鲜艳地开放着。我独爱南国盛放的紫荆花，一次次将它写进诗里，无关爱情，无关悲喜。

体会到冬的寒冷，只有和在北国的朋友视频聊天的时候，才能完全感受得到。他们早已一个个裹得像个熊猫了，窗外可见纷飞的大雪。上次看到雪，还是我在英国留学的时候，对于我一个在南方长大的孩子，下雪是多么令人兴奋的事情！如今，那一场场晶莹的雪只留在我旧手机的一张张老照片里。

我还是那么爱喝茶，不过我几乎把各种茶都喝腻了。最近我泡的每一壶茶里，能放进去红茶、普洱茶、毛尖茉莉、藏红花……我自己喝得不亦乐乎，还感觉对茶文化做出了贡献，只是这个茶的名字太难取了。记得那天给同事尝了一小杯，他皱着眉头想了半天，脱口而出四个字："五味杂陈。"

周末我还是爱在阳台晒太阳，听我收藏的一张张老唱片。岁月的温柔，全在这温暖的阳光里了。虽然我已经晒得这么黑了，还是挡不住我对晒太阳的执着。而且我有一个歪理，那就是，黑了显瘦。很明显，朋友们不太接受这个观点："你看起来还是一样胖啊！"

音乐也带给我无尽的快乐，尽管这是个用手机听歌的年代了，我还是坚持用我的CD机听一张张珍藏的老唱片，那里有我的青春，有我的记忆。当年我在书桌上抄过的歌词，仿佛还能道出今天的心绪。

家里的小说都被我看得可以倒背如流了，我最近开始爱读几米的绘本，经常那里面只需一两句话就能直击我心里最柔软的地方。我特别爱读那一本《又寂寞又美好》，每一页都仿佛涂鸦着我此时的人生，又寂寞，又美好。

此刻，阳光从一个温柔的角度折射到我的书桌上，我那壶"五味杂陈"的茶被阳光穿透，我的小熊布娃娃歪着头打着瞌睡，我静静地把一张唱片放进碟机，那是香港歌手许冠杰的一张唱片，有一句我特别爱的歌词："人皆寻梦，梦里不知所踪……天造之才，皆有其用，展翅高飞，无需在梦中……"

安静的光影里，这初冬的一切，又寂寞，又美好。

扫码听朗诵

岁末了，归置一下自己的心

转眼今年又到岁末了，好像没经历什么，一年就又过去了。我翻了翻自己一年的日记，发现自己原来已经遗忘了许多事情。许多事情还滚烫着，许多事情已经失去了温度。

心房仿佛是一间杂物间，堆满了东西，结了蜘蛛网。拍拍灰尘，依稀可见一行行曾经写过的文字，替我记着那些感动过我的故事。

曾经许过的心愿，好像一个也没有实现，这就是命运的常态吧。我不知道自己算不算一个努力的人，但是我每天都在路上，每天都没有停下来。

这一年有没有后悔过什么呢？不小心打碎了我最爱的紫砂壶，因为递交材料晚了几天错过了加入省作协的机会，遗失了一张我最珍惜的奖状。后悔还没多体验一些事情，一年就要过去了。

我特别爱我日记里抄写下来的一句话："愿夏天留下来的遗憾，都是冬季美好的铺垫。"我也愿我所有的遗憾，都能圆满在未来吧。

我还是没有新交多少朋友，我可能真是个孤独的人，喜欢一个人喝茶，一个人听音乐，一个人散步，一个人看电影。但我的脑海里，充满着喧嚣，充满着许多交织在一起的情绪和回忆。

有些东西要从心房里清理出去了，比如关于某一个人的回忆，比如某一段难过得让人掉泪的日子，腾出空间放一些美好的事情吧。

下了班，我是个特别安静的人。我喜欢一句话："静而后则安，安而后则虑，虑而后则得。"那些吵闹的环境不适合我，只有一个人独处，才能慢慢进入一种静的状态，这是人生最美好的体验了。我不爱去KTV，不爱去夜店，我不知道吵闹了一整晚还能剩下什么。就这样，我过着一个人的小日子，平淡而又温暖。

也曾有过痛苦的时光，还好都熬过来了。人生很多艰难的时刻，熬一熬，就过去了。熬的时间多了，你就慢慢成熟了。

明年我就30岁了，我还没想好怎么面对这个跨度。我有种落寞的感觉，我有种青春散场的感觉，但是时光就是这样残忍，一回首，都是回不去的曾经。30岁，你会是美好的吗？我是个孩子气的人，我是不是也该长大了呢？或者说，我一定得长大呢？那我的那些绘本，那两把玩具枪，还有动画碟片该怎么办呢？

随遇而安吧，20岁到30岁，充满了美好与遗憾，让它们都随风去吧。随着今年的落幕，一切重新开始吧。

我还是一如既往地爱写诗，我的悲欢铭刻在一篇篇诗文里，还好，我生命里有诗歌，浪漫了我一个又一个年头。

窗外下雨了，岁末的雨天总是这么阴霾。我一件件擦干净心房里堆积一年的物件，把悲伤和欢欣的心事分成两个行李箱，整理干净。我拎着两个箱子，一路往前走，走到岁末的尽头，细雨中，走向一场盛大的告别。

我的春夏秋冬

春

冬意慢慢褪去，枯木上又萌出嫩绿的枝芽。我知道是时候把我的围巾和大衣一件件重新封存起来了，春天来了。

闲暇的时候，我喜欢一个人去大学城岛，打发周末的时光。那里的江边有一间精致的咖啡屋，我特别喜欢他们家的柠檬茶，常常手捧一杯冰冻的柠檬茶，呆坐到黄昏，看着江畔的父母们陪着孩子，牵着狗，徜徉在悠闲的时光里。人间在暖暖的春意里，缓缓摊开。

今年来了一场倒春寒，只是萧瑟了几天，又开始慢慢暖和起来。

春天是希冀的季节，我写下的诗篇，没了悲伤，没了阴霾，溢满着鲜艳的颜色。

一年的时光，就这样开幕了，我料想，今年会是美丽的一年。一个个小小的心愿，被偷偷写在我那本新买的棕色日记本里。它们，会开出一朵朵绚烂的花吧。

夏

闭上眼睛，我还能想起夏天洒满香樟林的阳光；闭上眼睛，我还能感受到眼皮上传来的温热。我爱在林荫道上沐浴着阳光，感受无边的热浪。每逢夏天，我都要来一次15公里的徒步，渴了就来一瓶冰镇的可乐，那滋味别提有多过瘾了。

南国的夏天，有着别样的风采，夏花盛放着年轻的生命，这座城市成了一片花海。

午后悠闲的时光，我爱泡一杯茉莉绿茶，坐在阳台上看着窗外安静的万物，天地间一片绿色，我每每在这样的时光里找到久违的宁静。

或许热恋更适合奔放的夏天，我在夏天也写下了许多篇浪漫的爱情诗。如果生活中遇不到，我愿意在诗里，在诗里的盛夏光影中，一次次邂逅那个美丽的女神。

秋

南国的秋天一点凉意也没有，仿佛秋天只是夏季的下半场，只是艳阳的光芒不再那么炽热了。这是个适合踏青的好时节，我常常与家人一起去郊外游山玩水，感受人间的花海和稻田、湖泊和山峦，一幅幅风景先是记录在镜头里，然后投影在我一篇篇诗歌和散文里。

秋天是诗人热爱的季节，这是个特别适合思念或者惆怅的季候。但我始终愁不起来，我的生活温暖而平淡，午后的一杯咖啡，一张唱片，就能让我幸福很久。

只是这个秋天，留下了一点点遗憾，我去看枫林的时候，枫叶还没有红，等我想起来再去的时候，已经错过了季节。我多么想欣赏一整片枫林火红的景象啊！

可是，谁的秋天不会留下一些遗憾呢？

冬

南国的冬天每每姗姗来迟，可这一年的冬天仿佛在一夜之间就来临了。一天醒来，我穿着单衣走在路上开始瑟瑟发抖，不禁感叹一句："冬天终于还是来了，我还以为它把南方的城市给忘了呢。"

从电视里看到，北国的天空洋洋洒洒飘着雪。我是个在南方长大的孩子，多想买张机票去故乡看雪啊！

南国的冬天，黄叶铺满了小区里的石板路，还在盛放的紫荆花在冬风中摇曳着。

一年就这样快过去了，留下了一点点美好，留下了一点点遗憾。我想在日记本里写一篇总结，许多事情却一时间无从说起。

经历年年岁岁的春夏秋冬，仿佛是观赏着同一个题材的电影，但配上不一样的心境和年华，却又那么不一样。

这一年的春夏秋冬，我不会忘记的，你们在我生命里依然温热。

回首过去，春天的翠芽，夏天的骄阳，秋天的落红，冬天的阴云，在同一个时空交织，我从中经过，就在一刹那，我黑色的大衣被染得五彩斑斓。

扫码听朗诵

我的青少年岁月

我十几岁时的艰难岁月，或许我永远不会忘记，它让我变得更坚强。

上初中的时候，我体弱多病，经常要请假去爸爸工作的医院输液。回到家，每天都是哥哥牛海给我补课。我的同学也经常过来看我。那段岁月很艰难，我经常一个人在家里，想着想着就哭了。

命运还是没有放过我，我的青春注定多苦难。上了高中以后，我得了一种罕见的皮肤病，整张脸都毁容了，跑遍了市里所有的皮肤科医院，医生都拿我没办法。我开始吃激素，人一下子胖起来，往日俊秀的模样也没了。

记得有一次，哥哥带我去复诊。中途我们停下来，哥哥说："牛涛，你很久没吃麦当劳了吧，我带你去吃一次。"我平时都戴着口罩，我去洗手间的时候，哥哥排队去买吃的了。我摘下口罩，想洗把脸，这时候有个孩子对旁人说："你看，那个人的脸好吓人啊！"

我一听，就傻了，鬼使神差地走出了麦当劳，一个人在街上游荡，完全忘了哥哥会有多担心。走了很久很久，我后悔了，可是身上一块钱也没有。我凭着记忆往家的方向走，不知过了多久，终于回到了家。我给爸爸打了个电话，放声大哭。爸爸赶紧给哥哥打电话，哥哥一直不敢接。爸爸知道哥哥怕自己弄丢了弟弟，不敢面对爸爸。

爸爸便给哥哥发了一条短信说："弟弟回家了，小海也回家吧，爸爸现在就赶回去。"

哥哥回到家，用力推了我一把，说："牛涛，你知道我有多担心你吗？"然后我俩便抱头痛哭。后来我才知道，哥哥一家一家商店问，有没有看见一个穿着黑衣服、戴着口罩的年轻人经过，一路边走边哭。爸爸回来了，看见我俩，也抱着我们哭了。我给爸爸跪了下来，说我错了，再也不会了。

那些年，我一个人在家，每天写作。我知道自己可能考不上大学了，我想将来用写作养活自己。我写下了许多伤感的文字，在病情又一次复发的时候，我全撕了。生命在那一段岁月，把我逼上了绝路。

后来，我们家旁边建起了一间皮肤病医院，爸爸和哥哥带我去看病，院长一看，说："你这不像皮肤病啊，像是血液病引起的。"结果吃了一周的药，满脸的红斑都褪去了。恢复了容貌以后，我开始疯狂学习，考上了一所还不错的大学。

记得我终于可以摘下口罩，和家人们出去吃饭的时候，抬头看看蓝天和阳光，一切真美！

多少篇文章里，我都一笔带过我的青少年岁月，可是我始终无法忘怀，因为那段岁月使我变得更加有意志力，更加经得起风雨，更让我知道了家人的爱有多么重要。

十几年过去了，我已进入30岁，我相信，往后余生会越来越好的。熬过了黑暗，便是黎明。我要努力回报家人的爱。

当你感到绝望时，抬起头看看，蓝天和阳光真的很美。放心吧，一切都会好起来的，真的。

扫码听朗诵

时光电影院

我爱看电影，尤其爱去电影院看电影。我住的小区对面，就有一家漂亮的电影院，这些年，我在那里度过了很多美好的时光。

喜剧片里令人开怀大笑的表情，战争片里炮火的洗礼，动作片里拳拳到肉的精彩，以及爱情电影里令人落泪的场面，无一不让我难以忘怀，无一不让我有种提笔写诗的冲动。

记得十年前，每当大学放假的时候，我无所事事，几乎每天都要去电影院里看一部电影，有时候几部电影的情节都给记串了。电影院外面有一间精致的奶茶店，等待电影开场的时候，我都会点一杯珍珠奶茶，在奶茶店里发呆，看着挂满墙的电影明星的照片出神。那些年，我的小外甥毛毛经常来广州找我玩，每次我都会带他去看动画片。电影开场前，我也会给他买一杯珍珠奶茶，但是特别嘱咐店员不要放珍珠，我怕他会噎住。

说实话，我这么一个大人看动画片，实在是有点无聊，每次我都会让毛毛坐在里面的位置，然后我把腿一跷，防止他往外跑，接着就舒舒服服地睡一觉。看完电影，毛毛会激动地跟我一路讲电影的情节，还让我发表感想，我看都没看，怎么发表感想啊！我只能尴尬地笑一笑，说："舅舅听你说，你说啥都对。"

电影里那些光影，那些线条，那些如梦一般的场景，常常成为我笔下的风景，成为我梦乡里的背景。

记得那年，我和那个我爱的姑娘常常一起去这家电影院看电影，我总会挑一些感人的爱情片一起看，我们一起感动，一起流泪。看完电影，我和她总会走到电影院不远处的湖边，一起看月亮，看星辰，说着电影里的情节，说着浓浓的情话。

无奈，我们还是走到了终点，那天她说："我们一起看完这部电影，往后余生，就各走各的路吧。"我含着泪，点了点头。那是我们最后一次约会，最后一次一起笑过、哭过。

后来，我常常一个人去电影院，坐在当年我们最爱坐的位置，只是身旁空落落的，少了一个人的存在。

时光荏苒，工作了以后，很少有时间去电影院了。偶尔去看一部电影，好像也没有当年那样容易被感动了，好像许久没有在电影院里掉过泪了。或许，人长大了，就会这样吧。

一个月明星稀的夜晚，我下了夜班，经过电影院的时候，突然想任性一把。我买了一张午夜场的电影票，看了一场令人感动的青春电影。那电影里无边无际的香樟树林，那男女主角分手时迷蒙的细雨，那骑着单车经过一路花荫道淋一身花雨的场景，仿佛是我曾经的青春。

看完电影，已经是午夜了，我又一个人走到湖边，我的身影被路灯投影到湖中。我感激生命里有电影院这样一个心灵的归宿，一个可以肆意开怀大笑或者感动落泪的地方。

那时的夜空挂着一轮明月，星星若隐若现，好像某一场电影里晴朗的夜空。

扫码听朗诵

命里的雨

雨水，可以是属于童年的。"大头大头，下雨不愁。人有雨伞，我有大头。"这首歌谣，简直成了我童年的成名曲。我小时候胖乎乎的，脸圆圆的，更符合这首歌的意境了。然后就莫名其妙的，我当上了幼儿园"大头队"队长。当然，我们这个队实力太强大了，加上我，我们一共招来了三个小胖子。

现在想想"牛大头"，听起来好笨的感觉啊，本来我的姓就不好起名字，在幼儿园又被起了个更土的名字。后来只要下雨，同学们就开始喊："大头娃娃准备登场啦！"

不过，这些都不是问题，我开始减肥，练跆拳道，加上很快个子就长到全班最高了，大头娃娃下不下雨都不愁啦！

雨水，也可以是伤感的。我在英国读书的时候，那个最令我铭心刻骨的姑娘就是在雨中提出了分手，我望着她的背影，脸上不知是雨水还是泪花。这把伞，还是一个月前她送给我的。因为在地铁上磕了一下，她还专门去买了几个晶莹的贴纸，细心地贴在伞把上掉漆的地方。

这么短的一段情愫，如此终结，令我唏嘘不已。后来我听人说，女生是不能送伞给男人的，反过来也一样，会有"散了"的意思。那把伞见证我们一起淋着微雨去买咖啡，去借书，我到如今也没有扔掉。这是我宿命里的雨，这是我宿命里的伞。何不安安心心地把它放在书房，偶尔，我还会想起那年在英伦有多少美丽的故事。泰晤士河旁的细雨里，你穿着蓝色长裙一转身，永远印刻在我的相机里。

这一年的雨，仿佛没有止境地下。有一天，我穿着我哥给我买的限量版跑鞋出去运动，没想到半道上下起了大暴雨，身上爸爸给我买的名牌衬衣也被雨水直接洗了。我坐在唯一一个能下脚的地方，一盘接着一盘吃肠粉，吃得我都快原地爆炸了，雨才慢慢停下来。单位发出通知，当日可在家办公，我赶紧打了辆车回家。可惜了，父亲和哥哥送给我的礼物被我一次性全报废了。

回到家的楼下，我看见一个高高胖胖的男生觉得很面熟，结果他先喊出了我的名字："你不是大头娃娃牛涛吗？"

故友啊，我也绵里藏针："我记得你啊，你是我们三人组的老二赵刚。"

原来老二赵刚和我们"大头队"老三秦小林正准备去吃饭，就把我也带上了。

那一天出来，还是落着很大的雨。我们聊了各自的发展、各自的生活状况，扯来扯去，聊得酣畅淋漓。原来幼儿园同学也能如此亲近啊！最后，老二举起酒杯，说了一句："这一杯我们敬大头老大，别忘了我们20多年前那首歌谣啊！"

"大头大头，下雨不愁。人有雨伞，我有大头！"

那间小酒吧

当我和朋友再去天河那条街的时候，那间小酒吧已经关门了，徒留我们满心的遗憾。听说老板娘小糖离开了广州，去了丽江，在那里开了一间酒吧。

我和我的两个朋友——张琦、金雨，曾经多爱来这里喝酒啊！每次坐下来，点一杯精酿啤酒，听着舒缓的音乐，人慢慢就放松下来了。我的酒量比他俩都大，他们喝一大杯就醉了，我喝了五大杯还是清醒得很。所以呢，总是我来买单。

酒馆的老板娘小糖是个清丽的姐姐。有一次，我送给她一本我的中英双语的诗集，她非常爱读，说成了我的"迷妹"，我一时还真有点不好意思。

酒馆里经常有外国朋友来喝啤酒。有一次，我看到一个留着长发的外国叔叔在认真读我的那本诗集，便过去打了声招呼。我说这本诗集是我写的，他愣了愣，看了看作者的照片，对我说："你真是个有才华的年轻人，你的诗歌充满浪漫的气息。"那天晚上我和他聊了很久，他是英国人，刚好曾住在我曾经留学过的哈德斯菲尔德镇，我们便更有话题了。

我在这间酒吧还交了不少朋友。

有一次，我喝得微微醉了，抱起沙发上的吉他便唱起歌来，惹得许多人回头看我。我用力地一扫弦，没想到有一根弦竟然断了，我只好悻悻地把吉他放回了原处。

你说，这怪我太用力，还是怪吉他太脆弱了？后来，我还是买了一把新吉他给老板娘小糖。

我们几个朋友往往会喝到很晚，天南地北地聊。张琦是个大学老师，每次一喝多就一本正经地要给我们普及金融知识，我们听得要多无聊就有多无聊。金雨是个热爱绘画的理工男，每次他给我们看他的新画作时，我们都会有一种共同的预感，他又要谈恋爱了。这种预感每次都应验。

每当这时候，小糖都会坐在旁边，微笑着听我们聊天，也不说话，那模样有一种娴静的美丽。

我喜欢那种舒缓的音乐，我喜欢那种身心都放松下来的感觉。

酒吧的装饰壁画也很特别，营造了一种在异国的别样感觉。可惜，这一切都留在过去了。

前几天小糖给我发微信，我看到她在丽江的酒吧更加漂亮，她说，欢迎我们去丽江的时候找她玩。我欣然答应。

冬日某晚，我路过酒吧旧址的时候，看着这间永远打烊的黑暗中的酒吧，想起曾在里面认识的朋友如今都不知去了何处，想起曾经的美好时光，不禁感慨万千。驻足了很久，我裹紧我的大衣，继续往前走。

霓虹慢慢亮起来，别担心，别遗憾，世界这么大，我们终会再遇见。

我会暖暖地想起你们的，在每次微醺的时刻。

打鱼的父女

尽管时光过去了这么久，那夕阳里打鱼父女的身影，我一直没有忘记。那年，我和一帮朋友去乡下采风。那是个古朴的村落，旁边有一个很大的湖泊，它的名字我却忘了。

那天傍晚，朋友们说去喝酒，我有些不想去，便一个人去湖泊旁边坐着发呆。那天的夕阳真美，红彤彤的，溢满了整个湖泊。我坐在一棵老榕树下，哼着一首老旧的歌谣。

突然间，我看见湖面上驶来一叶扁舟，船上好像是一对父女，他们离我很近，可是没有注意到我。

波光粼粼，风吹树林，我能看清那姑娘穿着碎花布衣，她婀娜的身影、俊俏的侧脸在夕阳里成了一幅剪影。

这对父女一撒网，七八条青鱼就尽收网中。我浮想联翩，这个姑娘叫什么名字呢？这个地方，竟然滋养出这样清秀的女孩。

收了网，船慢慢靠岸了，水浪一波一波，把船推向岸边。姑娘的父亲摇着桨，好像一点也不费力气。姑娘唱起了一首我不熟悉的山歌，真悠扬！

我坐在榕树下，拿出笔记本，写了一首诗，名字就叫作《打鱼的父女》，那首诗我已经找不到了。

多美好啊，夕阳里打鱼的乡村姑娘，引得一个诗人妙笔生花。

终于，船靠岸了，父女俩把鱼往岸上拎，我主动走过去，说："大叔，姑娘，我来帮你们吧。"

大叔说："那太谢谢你了。"近看，这姑娘更好看了，她身上仿佛有栀子花的清香。

"你在这里等谁呢，先生？"姑娘问我。

"等你啊！"我意识到自己太冒犯了，"哦不，我想看看你们的收成，买条鱼回去。"

大叔很热情："不如你来我们家吃吧，我们要煮一条鱼，刚好太多了，价钱就算你一点点。"我痛快地答应了。

来到大叔和姑娘的家里，他们烧起柴火开始炖鱼，香味飘满了小屋。吃饭时，我才知道大叔姓赵，姑娘叫赵晓莲。她一直低着头不说话，只是微微笑着。原来，晓莲从小就没了母亲，跟着父亲一起干活，长大了，就跟着父亲打鱼。

赵大叔喝了几杯，对我说："牛先生啊，你要是有合适的对象，就给阿莲介绍一个，这孩子命苦啊，我希望她有个好归宿。"

我看着晓莲俊俏的面容，差点脱口而出："我就是啊！"我赶紧说："我尽力，我尽力，晓莲是个好姑娘。"

那天，我们三个聊到很晚才结束，没想到，晓莲也特别热爱文学，从小就收集各种文学杂志来看。我送了她一本我的诗集，她乐得满脸是桃花红。

回到家，有一天傍晚，我接到了晓莲的电话，她说，她特别爱看我的诗。我说："想你们了，晓莲。"

晓莲说："涛哥，你去阳台看看。"

"看什么？"我问。

"你抬头看看天边的夕阳，我就在夕阳下。至少，我们望着同一轮橘红的夕阳。"

我走到窗台，夕阳正浓。

扫码听朗诵

书房

艳阳的光影折射进来，照在我摊开的一本小说上。一杯温热的普洱茶缓缓冒着热气，仿佛让时光流得更慢了。

这是我的书房，一张书桌，两个书柜，墙上挂着一个大电视。书房连着一个小阳台，阳台外面可以看到大院里的一个小湖。阳光明媚的时候，一湖金光闪烁着，宛如一块镶金翡翠。满怀心事的时候，我会坐在阳台，看着阳台外的风景，从日暮直到星光满天，将秘密的心事说给星辰听。

我的两个书柜摆满了我收藏的小说和诗集，有很多本我都已经读了很多遍。那些书就这样静默地陪伴着我，温暖着我的精神世界。每当周末的午后，我都会选一本新小说，泡上一壶茶，在书桌旁用一个下午好好享受一番文字里的世界，那感觉真惬意！

每当夜晚，我便会选一张想听的唱片，静静聆听。唱片机旁有一个架子，放满了各种唱片。我酷爱收藏唱片，每到一个地方，都要去那里的唱片店淘宝。只可惜，现在是个用手机听歌的年代，唱片店越来越少了。可是我还是固执地爱听唱片，尤其是怀旧唱片，那一首首歌曲陪伴着我的每一个春夏秋冬。

我最近养了一只小猫，它特别爱趴在我的书桌上睡觉，或者趴在阳台上和我一起晒太阳。我给它取了一个名字，叫小米。每次它来闹腾我，只要我说："小米，别闹，我要写作了。"小米便乖乖地趴在书桌上，一声不吭地盯着我的稿纸，好像它能看懂一样。

我很爱坐在我的书桌旁冥想我的人生，想想走过的路，想想未来的路，让自己的心一点一点净化，等睁开眼睛的时候，一切仿佛都清爽了很多。

墙上挂满了我从小到大的照片，有时候我会盯着照片墙发呆，那么漫长的岁月，怎么说过去就过去了呢？转眼，我已经来到而立之年。

我的书架上，插着一束满天星。说来奇怪，那可是我去年春节买的年花，没想到现在都没枯败。有一次一个同学来我家里，问我："你新买的花啊？"我苦笑说："以前可能叫花，现在成标本了。"

我爱我的书房，我爱这里的一切，那是我一个人的小天地。

某个月光皎洁的夜里，我读书读累了，便打开唱片机，放入一张老唱片。"任时光匆匆流去我只在乎你，心甘情愿感染你的气息……"小米扑到我怀里，我抱着小米，坐到阳台上沐浴月光，看着远处一湖碧波，看着万家灯火。

那一刻，好安静，好温暖。秘密的心事，说给明月听。

扫码听朗诵

我的"秘密花园"

　　我家楼下的二楼露台上，有个不大的花园，平时很少人去，那是我的"秘密花园"。曾经多少个日夜，我都在花园中发呆，听音乐，看书，度过了无数宁静的时光。

　　园中有一条爬满藤蔓的长廊，长廊的尽头是一个小亭子，我经常捧着一本书坐在亭子里看书。有时候下起了蒙蒙小雨，我捧一杯热茶坐在亭子里，感受无边无际的雨气，一种莫名惬意的感觉在烟雨中蔓延。

　　小花园的右边，是一条小溪流，上面架着一道拱桥。以前，我总是带着西安来的我的小外甥毛毛在池塘边看鱼。小外甥问我："大金鱼每天游来游去，它们无聊吗？"我说："毛毛，它们可开心了，每天都可以跟自己的小伙伴在一起玩。"后来，不知为什么，小溪流干涸了，池塘里的金鱼也不知去了哪里。听说小外甥毛毛回了故乡，跟同学们说："我舅舅家最好玩的就是楼下的小花园了。"

　　有一天，我正在园中看书，一只黄白相间的小猫爬到我脚边，我知道它一直在园中流浪，便把我手中的玉米香肠分了它一半，小猫吃得可开心了。后来，我每次去花园都带两根玉米香肠，它一根，我一根，我俩吃得可欢了。我还专门给它起了个名字，就叫"小香肠"。

　　每当晴朗的夜里，在园中总能看到明亮的月亮，看到万家灯火。月光洒在园中的花草上，一切都那么安详美丽。有一段时间，我的情绪特别消沉，小花园便成了我疗伤的地方，"小香肠"好像也知道了我心情不好，静静地趴在我脚边。那一夜夜的月光，特别亮，晒干了心伤，暖干了眼泪。

　　有一次，我特别倒霉，大年初一的早上摔骨折了。整个新年期间，家人都出去玩了，只有我每天拄着拐杖一瘸一拐地来到小花园里看小说，听音乐。但是，那个春节我反而过得有滋有味的，一个人的世界，真清净，真美好！春节期间，我给"小香肠"买了很多好吃的，好好改善了一下伙食。

就这样，多少个春夏秋冬流过去了，小花园真正成了我的"秘密花园"。就像我无法忘记我的青春一样，我无法忘记在花园里度过的日日夜夜。

今夜，或者是心静如水，或者是愁绪淡淡，我又走进我的"秘密花园"里，我听见风掠过草叶的"沙沙"声，看见"小香肠"开心地跑过来，抬头望望，万家灯火璀璨，夜云散尽后，不变的是那明亮如水的月光。

我常常感激命运，在世俗的尘嚣之外，我总有这样一个归宿，我美丽的温暖的"秘密花园"。

三盘肠粉

此时此刻，看着我的双下巴和大肚子，我对肠粉真是又爱又恨。

小时候，梦想开一家肠粉店，每天一屉一屉地蒸肠粉，下了班，就给自己蒸一盘大份的牛肉加蛋肠粉，再配上一碗浓浓的皮蛋瘦肉粥，那滋味别提有多过瘾了。

这个童年的小幻想，自然是破灭了。但我对肠粉的钟爱，一点也没减少。

已经数不清有多少个早晨，我发誓再也不吃肠粉了。因为每天早上的三盘肠粉，让我又胖了快十斤。整整半年的减肥成果，基本上又泡汤了。

今天上班，一看到肠粉店冒出的阵阵白烟一点点消失在小雨中，我一下子又控制不住自己了。

"三份牛肉加蛋肠粉，一碗皮蛋瘦肉粥，再来两根油条。"几乎每天早上上班前，我都会出现在肠粉店，老板娘已经习惯了我的大饭量。

三盘肠粉在眼前瞬间只剩下三个空碟了。

我坐在座位上发呆。

记得小学的时候，每天早上爸爸都要比我们早起15分钟，去菜市场给我和哥哥买肠粉。我给自己编了一句打油诗："吃前就想得很美，吃后就认真忏悔。"

我已经咬牙切齿决定下周早上戒掉肠粉。同事们都说，你吃一盘不行吗？

说实话，真的不行，要不就不吃，要不就得吃十成饱。唉，愁死我了。

叉烧肠粉、玉米肠粉、牛肉加蛋肠粉，一个个名字听起来就让人流口水，而且永远吃不腻。

岁月也没有辜负我的胃口，我的体重卡在190斤下不去了。

最近听说，街角那间肠粉店因为租金太高，准备关门了。我一阵难过，毕竟在这里吃了三年。

沿着潮湿的街道一直往前走，我心里未免有些失落。但是我安慰自己，没地方吃肠粉，说不定就瘦下来了。

突然，我的眼睛亮了起来，拐过一个小胡同，这里新开了一家肠粉店——云浮石磨肠粉！

我的三盘肠粉早餐，又有地方可以安排起来了。减肥嘛，先放一放，放一放。

最后的旧居

我小时候住的那栋五层小楼要拆掉了，这是我听楼下的保安老哥说的。

这天下班后，我专门走到那片住宅区。天色已晚，剩一抹玫瑰色的晚霞还悬在天边，似乎预示着什么事情的结束。

我的童年是在欢乐中度过的，我有一个双胞胎哥哥，我俩每天都在疯玩，看动画片、堆积木、采野菊花、骑滑板车。这个大院的每一个角落，都留下过我们奔跑嬉戏的足迹。

今夜的月色朦胧不清，空气中是浓郁的玉兰花香，这香气萦绕在树荫下，浓烈得催人欲醉。我想这时候如果来一场骤雨，那满溢出来的不是雨水，而是倾杯而洒的花茶。

许多往事，浮上心头。比如说小时候那个常来家里的"玩具叔叔"，他是爸爸的一个朋友，每次来家里都给我和哥哥带玩具，他简直是我们童年的偶像。比如说我们那个特别爱吹牛的小学同学，老师问他最擅长做什么，他来了一句"我最擅长做机器狗"，直接把我们给整蒙了。而且后来我发现，他连四驱车都拼不好。不过，这一点也不影响我们成为好伙伴。

如今，当我看着踏着滑板车一路狂奔的小娃娃们，他们是这个大院子的林荫里新的主人，他们还留在我再也回不去的童年里，他们小小的身影没有扛过一点痛苦或无奈，就这样被春风护航着，一直到林荫道的尽头。

几十年的灰色小楼，已经斑驳了一片片墙皮，剥落了一段段往事。曾经发生过的温暖的忧伤的难忘的雀跃的事情，如今或许谁也想不起来。

我想，那些日子随着某一次轰塌，将会彻底结束吧。多么不舍得，那是我唯一的童年岁月，曾经来过的凭证。可是，人终归要走向新的日子。我已经不年轻了，跨过了青年就要迈入中年，不能再如此念旧了。

某一天，当曾经的家、曾经的童年变成一堆堆破烂砖瓦，我好像听见记忆里小小的我在哇哇地哭，我又好像看见一个中年的我温和地沉默。

明月之下，让我再望一眼那栋闪着灯光的五层楼，留存一幅画面，永远在记忆里。

好不甘，好不甘！

乡愁

　　乡愁，对于我来说是一条跨不过去的河流，是一场回忆里依稀美好的童年，是人间到天堂的距离。

　　我在西安出生，可是我的姥姥姥爷家在潼关，那是西安旁边的一个小县城。虽说不大，但麻雀虽小五脏俱全。小小的县城，弥漫着温暖的人间烟火气，那是我儿时的回忆。

　　我有个双胞胎哥哥叫牛海，小时候因为父母都在医院工作，上班太忙了，所以每隔一年，我和哥哥其中一个人就被送回潼关，由姥姥姥爷照顾。哥哥先被送回去了，有一次，爸爸带着我去看哥哥，哥哥连普通话都不会说了，满嘴地道的陕西话，我是一句也听不懂。听说哥哥的玩具谁都不准玩，可是哥哥见了我，拉着我就去玩具箱拿玩具。要知道，那时候我俩还不熟呢，还不知道我们是兄弟。

　　后来，哥哥被接回西安了，我来到了潼关。那段日子真美好啊，姥姥姥爷每天早上会带着我去吃肉包子，喝油茶。巷弄里的小伙伴第一次见我，对我说："牛海，你怎么好几天都没见人了，你的弹弓呢？咱们去玩。"我勉强听懂了他们的话，用普通话说："我不是牛海，我是牛涛，我从西安来的。"

　　尽管如此，没过几个月，我也会讲陕西话了，跟着一群小伙伴天天疯玩。

　　大舅二舅经常带我去西沟，那是一片河滩，两岸草木繁茂。大舅教会了我怎么捉蚂蚱，二舅教会了我怎么折纸飞机。西沟那一弯明亮的月亮，是乡愁的颜色，常常出现在我的梦乡里。

　　我记得有一次，我发高烧了，姥爷正在给我熬中药。这时候，爸爸竟然来了，满身的黑色污迹。原来，爸爸为了回来看我，却又买不到火车票，从西安扒了一辆运煤火车回潼关。我的眼泪一下子流了下来："爸爸，我难受。"爸爸坐在我身旁，看起来脏兮兮的："小涛，爸爸回来了，给你带药了。爸爸就是医生，会治好你的。"

潼关的家是一座二层小楼，没想到，我在这里遭了一次劫难。有一次，我在二楼楼梯边上玩玩具车，一不小心，从长长的楼梯上滚了下来，头也出血了，浑身都是擦伤。正好大舅二舅都不在家，姥爷抱起我就往县医院跑，姥姥也从后面追上来。我一路都在大声地哭，我实在太疼了。听姥姥说，我在急诊室里面包扎伤口的时候，姥爷在门外哭了。一辈子坚强，从未掉过眼泪的姥爷，为了我心疼地哭了。

我的家人，多么爱我啊！

转眼，我和哥哥都长大了，回西安读幼儿园了。姥姥姥爷特别挂念我们，经常给父母打电话，只想听听我和哥哥的声音。后来，学会了写字之后，我一直给姥姥姥爷写信，我想，姥姥姥爷看到后一定会很开心吧。

再后来，我们一家从西安来到了广州，见到姥姥姥爷的机会更少了。一天夜晚，我和哥哥一起躺在床上发呆，我说："我想姥姥姥爷、大舅二舅了。"哥哥沉默了一会儿，说："我也是。"

时光如白驹过隙，我已经忘记有多少年没回过潼关了，等我研究生毕业，回到潼关看望姥姥姥爷的时候，姥爷已经有些老年痴呆了，看着我半天没认出来，直到我大声地说："姥爷，我是牛涛啊，我研究生毕业了。"

姥爷愣了愣，两行泪水顺着脸颊流了下来："小涛，小涛回来了，小涛有出息了。"那一次，我才意识到，原来姥姥姥爷已经那么苍老了，我一阵阵心酸。

令我万分遗憾的是，我还没多陪陪姥爷，姥爷就去世了。看着遗像里慈祥的姥爷再也回不来了，我泪如泉涌。

那年，我回去看望姥姥的时候，没有第一时间回家。那时夜色茫茫，我去了西沟。清风吹着我，我安静地坐在河边，满心是浓浓的乡愁。两个孩子在河边嬉戏玩耍，那弯明月亮亮的，就好像童年时的模样。我好像回到了孩童时，姥姥姥爷牵着我的手，温馨地走过明月下的故乡。

扫码听朗诵

乡愁之地

"乡愁"这个词，我常常不敢写，它包含着一个人一生难以回去的故乡。这个地方，有着我依恋和依恋我的人。或许破落，但那里承载着我曾经最干净的回忆，不染尘俗，不沾霓虹。

乡愁，安安静静地坐落在我记忆的深处。那座城里，有许多人的名字模糊了，有许多张面孔再也认不出来。我睡过的木板床，现在看起来硬得让我脖子疼。可是我为什么还是经常怀念这片热土？因为，它是我的根。

我人生的磨难，从小学就开始了，每周都要经历大大小小的病痛，16岁时更是因为一种血液病导致浑身溃烂了三年。所以，我常常喜欢在那些为数不多的记忆里找快乐。在家乡潼关度过的那段日子，便常常令我在夜半时分忍不住流泪。

转眼间，我已经在广州工作了十年，逐渐实现着小时候的文学梦想。然而，我仍然迷途了，我不知道自己往前走，会走到什么地方。

乡愁，虽有忧愁，却是很多人心里最温暖的地方。我愿意在我的院子里栽上几棵有温度的乡愁，等它们发芽、结果。

或许我们都不害怕告别本身，而是害怕任何一种念念不忘的情感，在我们反复想起时，慢慢淡忘了。

快过30岁，我在西安的乡愁也慢慢断了，毕竟我只在那里生活过几年。我的乡愁，乘着万里的风，又在广州落脚了。

这种感觉，在我去英国留学时最为明显。我怀念广州的夜景，怀念与家人一起走过的白云山栈道，怀念广州的早茶……

人再长大一些时，"乡愁"这个概念便缩小了，只要在我爱的人身边，乡愁便找到最终的归宿。

四季纷至沓来，留一部分美丽的片段在心里，我们可取名为乡愁，其他凌乱便随风而去吧。

纷繁世界里，我会去很多地方，也会前往一些人永远回不去的乡愁之地。

怀念陈百强

"愁绪挥不去，苦闷散不去，为何我心一片空虚……"此刻，陈百强的歌声又在我的唱机里响起，清澈绝世的声音可绕梁三日。

南国的雨季来临，我坐在窗边，看着雨雾中的夜都市，轻轻哼着他这首流传大江南北的名作《偏偏喜欢你》。

一种无法说清楚的情绪，像雨中的雾，在蔓延，在蔓延……

记得初次听到陈百强先生的歌曲，我还在上小学四年级。我小时候和父母从陕西来到广州，很长的一段时间里，我听不懂更不会说粤语。

记得那时候的课堂上，老师偶尔用广东话讲课，有时候同学们都笑了，我左右看看，完全不知道大家因为什么笑。

有一天，家里买了一张名为《一生何求》的唱片，封面上的歌者陈百强，眉眼忧郁、冷傲，却气质无双。初听一遍，他的歌曲让我着了迷。动人的旋律，干净的嗓音，一下子击中了我的心。虽然一时不明白歌词唱的是什么，我却深深惊讶于这世上竟有这般感人的音乐！

大约半年以后，我已经基本上能够流利地讲粤语了，这全因为我每天晚上用复读机听陈百强的歌，字字句句渗透进了脑海里。

那时候还是CD和磁带的天下，这种听歌的方式能够让人安静下来，用心听完一张专辑。没有满天飞的八卦消息，没有铺天盖地的音乐推荐和口水歌，那是个不浮躁的年代，我怀念那样的岁月。

而Danny（陈百强）的一张张专辑，都摆在我的书桌上。他温和儒雅地笑着，看着灯下的我，或悲或喜，或不悲不喜，岁月静好。

歌听得多了，我开始试着写诗，想把歌中那些美丽的意境写成长短句。刚开始，语文老师看着我交上去的作文直发愣，以为我想偷工减料，因为那时候没人听说过小学生写现代诗。

不过，命运很快让诗歌成为我人生最骄傲的部分。

我的一首现代诗《前进，在人生的旅途》获得了全国中小学生"小作家杯"大奖赛三等奖，这首励志诗的意境就取自陈百强的歌曲《摘星》。

打那以后，老师特许我可以用现代诗题材来写作文。

上了中学以后，我更加自由了。我用自己的零用钱，基本买全了陈百强的所有专辑和精选集。《今宵多珍重》《孤雁》《念亲恩》《漫长盼望》……一首首歌曲，一个个日夜，一次次悲伤喜乐，交错在一起。我没有再喜欢上任何一个流行明星，却固执地听这些香港三四十年前的老歌。

私以为听过这样的经典以后，万般皆下品。

时间就这样流过去，我开始大量地发表诗歌作品，每一种情绪，每一处到过的风景，都被我用诗歌的形式从笔尖流淌出来。后来，我开始尝试自己写歌词，谱曲，自学电子琴，音乐又成了我抒发自己情绪的不竭泉眼。

2013年，陈百强逝世20周年的时候，我去了台山的陈百强纪念馆。玻璃柜里陈列着他曾经获得的奖杯，他许多次演唱会所穿的白西装，还有一尊他的铜像，仿佛已等了我很久。

那天，窗外下着细雨，纪念馆里没什么人，我静静地坐在一架钢琴旁，听着萦绕整间纪念馆的乐曲《涟漪》——

"生活，静静似是湖水，全为你变出千般美，全因为你，变出百样喜，留下欢欣的印记……"

我看着墙上在阳光里微笑的Danny，想起这十年与他的歌声有关的往事，明明不带一点悲伤，眼眶却湿润了。

时至今日，我已快到而立之年，在工作之余，文学与音乐已成为我最大的爱好。我作词作曲的一首《悲伤逆流成河》被著名歌手邰正宵老师看中，亲自演唱。

我自己也灌录了八首全由自己创作的歌曲。而写诗更成了我的挚爱，我主编《南粤诗刊》，几乎以每年一本的速度出版诗集，大红色的获奖证书在家里填满了三个箱子。

陈百强的歌声，依旧伴随着我。不过，我听出了更多歌曲背后的悲伤和无奈，听出了旷世孤独的味道。

有人把陈百强比喻成紫水晶，高贵，清冷，孤独，一生在港岛写着、唱着自己的歌曲，不追名逐利，不附和潮流。

Danny，你虽然已经离开了快30年，歌声却依然在人间回荡，还有这样一个孩童，听着你的音乐，浪漫又诗意地走过了20年……

扫码听朗诵

我的音乐梦

年少时期，我曾经对音乐一无所知。后来在父母的带领下，我疯狂地迷上了香港怀旧音乐，那些香港黄金岁月的流行歌曲伴我度过了一个个日夜。我独钟爱陈百强的歌曲，他的每一张唱片我都有，《梦里人》《烟雨凄迷》《一生何求》……每一张都那么浪漫、醇厚，令人难忘。

我记得那时候有个电台节目叫作《我的黑胶时代》，主持人是梁永斌，陪伴我度过了不知多少个写作业的夜晚。每当放到陈百强的歌，我都会跟隔壁的哥哥牛海大声喊："广播放Danny的歌啦！"哥哥往往也会回复我："我听到了，放的是《今宵多珍重》。""愁看残红乱舞，忆花底初度逢。难禁垂头泪涌，此际恨月朦胧。"他的歌词总是那么浪漫、抒情，有情调。

后来在一次活动中，我遇到了梁永斌老师，我对他说我是听着他的节目长大的，他笑笑说："谢谢你，其实有人说我长得像陈百强。"其实，真有几分像。

后来再大一点，我就尝试着自己写歌词了。我写的第一首歌词《幻城》，没想到就获得了大禹杯原创歌词大奖赛的一等奖，同时我的歌词《葬月烟雨》也获得了该大奖赛的三等奖，当时真的把我乐坏了。音乐人方禹老师将《幻城》制作成了歌曲，旋律悲伤凄迷，一度受到人们欢迎。

也许和当时所有的年轻人一样，这个时候，我和哥哥牛海一起迷上了周杰伦的歌曲，他的饶舌歌曲实在是太酷了，中国风歌曲又是那么感人。有很长一段时间，我都爱学周杰伦戴个鸭舌帽，后来他不戴了，我也就不戴了。他开始留斜刘海了，我也开始留斜刘海了。

记得我买的周杰伦的第一张专辑是《跨时代》，那时候他已经红了很久了，我才有零花钱买专辑。其中的一首《烟花易冷》，尤其让人陶醉。

2013年周杰伦的演唱会来到了广州，我买了票专门去看，激动得整场都在尖叫。演唱会结束后，爸爸给我打电话，问我在哪里，要来接我。爸爸在电话里说："牛涛，牛涛，说话呀！"我喝了口水勉强说道："我的嗓子完全哑了，说不出话了。"

这应该就是每个人曾经疯狂的青春吧。

再往后，就该说到我自己的音乐了。2020年，我也成了歌手，推出了我的首支单曲《爱情新纪元》，这首歌由我作词作曲，推出后获得了新音乐榜年度最佳单曲奖，引起了小小的轰动。后来在疫情期间，我写了一首《中华有座山，名叫钟南山》献给敬爱的钟南山院士。一次偶然的机会，钟南山院士听到后对我说："谢谢你牛涛，你的歌曲鼓舞了我的斗志。"这令我万分感动。再后来，我作词作曲的歌曲《悲伤逆流成河》被著名歌手郈正宵老师看中并亲自演唱。我作词的歌曲《城门外》被电影《仙剑风云》作为主题歌……

音乐，仿佛是一场梦，将我笼罩、陶醉、熏陶。我想就这样在音乐的旋律里，一直走下去，被别人感动，也去感动别人。假如有一天我们见了面，我没带什么见面礼，我唱一首我新写的歌给你听，好吗？

我青春岁月中的"碧空云雀"

我曾听人说，喜欢一个人，不光要喜欢高光时刻的他或她，还要在沉落的时候不改这份喜欢。

我对酒井法子，这位来自日本的偶像，就是这般的喜欢。

相信许多"90后""00后"，已经对她不是很了解了。但是在20世纪90年代，酒井法子，这位有着可爱容颜、靓丽歌声的日本女偶像，可谓是红极一时，被人们称为"碧空云雀"。我并不了解那段岁月，我也是一位"90后"，直到2006年上初中，因为看了日剧《同一屋檐下》，才开始了对她的喜欢。

电视剧里，酒井法子是那么温婉动人，她笑起来眉眼弯弯，如此美丽。这部感人至深的日剧，我看了应该不止50遍。当然，到后来只是为了看她，一位来自日本的姑娘，酒井法子。

后来我便开始收集她的唱片，她的歌声甜美可人，许多日语歌我甚至学会了哼唱。她出演的电视剧，我更是一部不落地全看完了。

她的一颦一笑，她的泪眼蒙眬，她的吴侬软语，一次次浮现在我的梦乡里。

时光转眼到了2009年，一则新闻惊世而出，酒井法子失踪！当时我刚好放学，看到这条新闻，心情一落千丈。等到酒井法子又出现在镜头前的时候，她已经成了一个到警局自首的吸毒者。

那天，我在家里的阳台，对着昏黄的傍晚，好像落泪了。在我心里如此圣洁的女神，竟然多年在吸毒！我一时没法接受这个事实。我相信，她的万千歌迷影迷也难以接受这个现实。

直到过了一年多，我买了一本她的自传《赎罪》，才知道了她的很多故事。她的命运并不像荧屏上那般光彩，黑社会的父亲，拉她一起吸毒的不求上进的丈夫，红颜薄命，我想说的正是酒井法子吧。我心里重新接纳了她做我的偶像，毕竟她仍然那么美好，毕竟只有她陪伴我长大，毕竟每个人都应该有一次改过自新的机会。

仿佛是冥冥之中的缘分，2014年，一位香港朋友说要送我一张亚洲流行音乐节的门票，我刚开始并不是很想去，因为当时已经上大学了，我在没日没夜地写我的第一篇论文。但是当我无意中看到这场音乐会的海报，顿时兴奋得跳了起来，酒井法子也会出席这场音乐会并献唱。从来没独自去过香港的我，自己订好了酒店，在那个春天，奔赴了一场盛大的圆梦之旅。

演唱会当晚，酒井法子压轴出现了，她穿着一身黑色长裙，献唱了她的名曲《碧绿色的兔子》，其实现场的反应并不热烈，大部分观众是来看其他明星的，甚至对台上这位女歌手不是太了解。可是我却呐喊着，泪湿了眼眶。

那晚的感动，我在心里藏了许多年。

转眼又过去了四年，2018年的冬天，我已经工作了。有一天，我在网上看到酒井法子要来香港办演唱会，一下子又兴奋了起来。我真没有想到，有生之年还能见她一面。可是我一看日期，心里凉了一大截，领导曾跟我说那天要跟他一起出差。可我看了出差日程以后，又被缘分的奇妙惊呆了。我们就是在当天要去香港出差，而且晚上自由活动！

那天晚上，我从未如此近距离地看到酒井法子的倩影，那些耳熟能详的歌曲感动了整个礼堂。演唱会结束很久后，还有人在用日语呼唤她的名字，我也一直喊着"Noriko！Noriko！"

时间一下子又过了几年，算算我已经喜欢酒井法子20年了。人生有几个20年？我无悔，她让我知道美丽、可爱、温柔汇聚在一位佳人身上，是何种模样。

后来我开始自己做音乐，一天，音乐公司跟我说给我准备了一份生日礼物，非常特别。结果我手机上收到一段视频，我好奇地打开，竟然是酒井法子为我录的一段视频。酒井法子穿一身红色连衣裙，对着镜头说："祝福诗人牛涛的作品越来越棒，加油哦！"

这是公司联系了日本的经纪公司，做了很多工作才达成的。我心里又是惊讶，又是感动。这段未了缘，一直有续集。

如今，我已经快30岁了，酒井法子的那个年代越走越远。可是我仍然记得，可是我永远难忘酒井法子，她曾带给我感动，带给我惊喜，带给我美的享受。念着你，就等于念着我的青春年华。

此刻天朗云清，我站在最高楼层的阳台上，以日语呼唤你的名字，你是彩云间最美的"碧空云雀"！

黎明的光：致一个劳动者

你从地铁的人潮里挤出来的时候，天已经完全黑了。人间充满着烟火气，有人得意，有人惆怅。有人过着别人难以想象的美好生活，也有人连平顺地喘气都是奢望。你不属于这两种极端的任何一种。

你已经快30岁了，这真是个不上不下的尴尬的年龄。好像20岁出头时的雄心壮志，都打了水漂。但是曾经以为过不去的坎，曾经以为要毁灭你的苦，却都一个个挨过去了。去年过年回家，你第一次真真切切感受到，父母变老了。以前的同学，有已经当上老板的，也有在五金店切割玻璃的，你同样不属于这其中的任何一种。

回头看看，往前望望，真有些疲惫了，却每每能打起精神再上路。

毕竟，在这个竞争越来越激烈的时代，你哪怕想要维持现状，都要拼命努力。快30岁的年龄，就这么被烈日晒着，月光冰着，雨夹雪熬煮着，一天一天往下过。

或许你还单着，一人吃饱全家不饿，又或许，你有一个快要谈婚论嫁的恋人，但是一想到结婚要面临的压力，你和他，你和她，都要再认真想想。

到了家门口，你习惯性摸了摸手提包，没有感受到"丁丁当当"的响声。你心头一紧，把包里所有的东西全部倒出来，落实了你的担忧，出门忘带钥匙了！你已经饿得两眼发晕，可不得不等人上门开锁。

你突然间有些心力交瘁，嗯，有一点点。当老板突然打来电话时，这种心力交瘁的感觉一下子几乎演变成崩溃，老板凶凶地说，你的报告写得一塌糊涂，打回去重写，明天上午交到他办公室……

进门，一场回南天让你的家里潮湿得跟发过大水一样。用手机点了个牛肉拉面，想了想又改成了青菜拉面。不是为了省钱，而是因为你已经胖了六斤。

等改完报告，吃完晚饭，已经快夜里11点了。你坐在沙发上，慢慢静了下来。这样混沌又抓狂的日子，什么时候是个头呢？

长大后的日子，跟以前想的不一样呢。跟所有的成功故事不一样，跟所有的浪漫电影不一样，跟老师说的不一样，就连跟小时候流水账一样的情景喜剧也不一样。

你曾经有过梦想，有过出人头地的壮志。你的动机或许很简单：我成功了别人就会羡慕我的爸妈，我要证明给那些曾经看不起我的人看，我能行……

后来你才发现，梦想梦想，或许就是一个用来想一想的梦。后来你只活在为了一份稳定工资而卖命的职场里，久久未听闻梦想了。它太奢侈，它太神秘，神秘得让你连追寻它时都不知道往哪个方向走……

熄灯，晚安。得赶紧睡觉了，不然明天6点半起来赶地铁，跟要你的命一样。

你会问，我是谁呢？我怎么一直把你的生活看得这么清楚呢？假设我是那个主宰梦想的神吧，今晚你会梦到我。

我们，终于在梦里的繁星下见面了。我为你造了一场盛大的梦境。我握握你的手，先开了口："对于你的人生，你大可放宽心。"

我俯瞰人间，知道你这样是为了争一口气，为了生存在拼搏，仍然守着你的原则你的底线你的良知，已经很了不起了。

每一天都会有艰难和迷茫，那只是你困于当下的纠结和痛苦，你要抬起头往前看，往更远的长路看，就算一个富翁比你富有一万倍，他也羡慕你，因为你比他年轻。

我知道，你曾经爱文学，也爱音乐，更爱从前那个苗条的自己。一步步来，这是你可以实现的梦想，去记录下一些能够温暖你心窝的文字，去买几张你最爱的专辑，然后开始选择一种你最喜欢的运动。

有个词我特别爱用，那就是"事缓则圆"。不着急，慢慢来，你要像一颗苹果慢慢成熟，最后红透一样，一天进步一点点，最后惊艳所有人。

愿你能温柔以待自己的心，也能艰苦磨炼你的意志。怎样做才能变成更好的自己，答案已经在你心里了。我不说，你也知道。

你见过星星吗？星光微弱，却倔强闪烁。你见过凌晨四五点的光景吗？温度最低，夜也最暗，却是黎明来临前的时刻。

一直往前走吧，把琐碎的烦恼踩成尘埃。时间不会负你，走到黑夜的尽头，走到迷茫的终结。

好了，我下次再来你的梦里看你，拉拉钩，你会越来越好，你也必将通过你辛勤的劳动，换来明媚的未来。

一会儿你醒来的时候，别怕那道刺芒，那是黑夜过后，黎明的光。

另外，出门记得带钥匙。

行走延安，感悟"梁家河的岁月"

在这个细雨霏霏的7月初，我和同事们坐上飞往延安的航班，去到我心中的革命圣地——延安。北国的细雨，夹带着一丝微凉，却浇灭不了我心中的火热。

宝塔山和延安革命纪念馆，给我留下了深刻的印象。我印象最深的是习近平总书记走过的知青岁月……

前往梁家河，也就是习近平总书记当年下乡的地方。旅途中，宣讲员杜老师在车厢里给我们上了一堂"车厢里的党课"。很久以前，我读过《习近平的七年知青岁月》。这次重温习近平总书记的知青岁月，让我常读常新。

习近平总书记离开家乡，来到这贫瘠的地方时才十五六岁。我不禁想，如今，在这个年龄段，有多少人还生活在蜜罐里啊，而习近平总书记已经开始了辛苦的劳作。我印象特别深刻的是，习近平总书记带了一个大箱子，里面装的全是书。我不禁感慨，热爱读书对一个人的成长是多么重要！

听着杜老师的讲述，我仿佛回到那个火热的年代。习近平总书记在这里，刚开始不适应，在一篇文章《我是黄土地的儿子》里写道，来到梁家河，要过"四大关"。即"跳蚤关""饮食关""劳动关"和"思想关"。

"跳蚤关"。习近平总书记刚到梁家河时，最受不了的就是跳蚤。当时，跳蚤一咬就是成片的红包。最后，红包变成水泡，再烂掉……后来，乡亲们撒了药粉，跳蚤这一关才算过去了。

"饮食关"。吃惯了细粮的城里娃，要天天吃粗粮，就这样还得经常饿肚子，肉更是难得见一回。如今想起"光盘行动"，我觉得特别有意义，辛辛苦苦种出来的粮食如果被浪费，不仅可惜，还是一种罪过。

"劳动关"。一年下来，习近平总书记风里雨里，在窑洞里铡草，在牲口圈里铡草，一样一样地学。每天高强度的劳动，考验着知青们的体力，习近平总书记用最大的毅力坚持着。

要说前"三关"是体力上的煎熬，最难熬的就是"思想关"了。从大都市北京到贫瘠的山沟沟吃苦，人都会有想不通的时候，习近平总书记也不例外。在一个冬天，他跑到姨和姨夫家里。姨和姨夫给他做了思想工作："我们那个时候都找机会往群众里钻，你现在不靠群众靠谁？"母亲齐心还特意给大队党支部书记写了一封信，恳请党支部书记好好指导教育习近平。经过一段时间，他真正成了乡亲们的"自己人"。

宣讲员杜老师讲到这里，我不禁想，我们每一个人一生都要过无数的"思想关"。每当我彷徨踌躇、不知所措时，我又去读习近平总书记的"从不服输"和"一直坚持"，书中写他"贴近黄土地，贴近农民，下决心扎根农村，立志改变梁家河的面貌……"这点点滴滴，让我觉得点点星光照亮了我前行的方向。

奶奶常跟我讲一句话："小涛，做人要有吃苦的精神。"听到"吃苦的精神"，我又想起习近平总书记在梁家河的故事。习近平总书记与人民群众紧密站在一起，带领大家辛勤劳动。同时，习近平总书记还不断地加强学习，赢得了百姓们的口碑。白天，他宣讲文件，是主抓生产的领导，也能够抄起铁锹打土坝、植树；晚上，则变成夜校老师，带领大家识文字、学文化。在人民群众推荐下，他成为大队党支部书记，为老百姓做了无数的好事、实事。这些好事、实事，不仅留在了梁家河那片黄土坡，也永远留在了老百姓的心里。

转眼间，我们很快来到了梁家河，雨没有停，我撑着雨伞，一步一步往习近平总书记当年住过的窑洞走去。来到窑洞，我被眼前的炕惊呆了：当时，10个人挤在一个炕上，睡觉连翻个身都难。窑洞的门口处，陈列着习近平总书记当年读过的书，从古典名著到中外政治著作。回想当时，在如此艰苦的条件下，习近平总书记还能够坚持学习，难能可贵！

我在窑洞旁边的书店买了一本《梁家河》，准备回去再好好学习。封面上印着一句话："我人生第一步所学到的都是在梁家河。

不要小看梁家河，这是有大学问的地方。"

回程路上，思绪万千。

习近平总书记的知青岁月，留给我们的是一份十分宝贵的精神财富，告诉我们年轻人，不要贪图享乐，得过且过，要发扬艰苦奋斗的精神，在困境中吃苦耐劳，自强不息，成为对社会对祖国有用之人。

在今后的工作中，我更要积极努力，发现自我，发展自我，认识自我，而后打破自我，最后重塑自我，超越自我，不断努力，燃烧无悔的青春！

人生需要平均分
——读康辉自传性随笔《平均分》有感

在一次特殊的机缘巧合下，我认识了央视著名主持人康辉，他签赠了我一本他的自传性随笔《平均分》。封面是康辉穿着西装的英俊潇洒的半身照，我如获珍宝，爱不释手。

康辉在自序中这样写道："若论起天分，我便是那平凡中最平凡的一个。"但是从小，他便是一个优秀的"别人家的孩子"。从小，奖状便贴满了家里的墙面，一路走来的成绩都是最突出的。他似乎从来就有一股顽强不屈的学习韧劲，不达目的誓不罢休。我认为，正是这种学习上的刻苦精神，造就了他目前的人生光辉。

他也是同学们眼里的好学生会干部，带领同学们一起出游，一起搞活动，内敛和细腻的风格与卓尔不群的领导风范，在他年少时期便开始展现出来。考上中国传媒大学后，他开始接受广播语音系统的训练，也开始了自己在主持界"打基础"的阶段。一个人成功必有原因，"踏实可靠，努力钻研"便是本书前几章留给我的深刻印象。

康辉在书里介绍，他毕业以后，顺利进入中央电视台，功夫不负有心人，成为《新闻联播》的主播。直播的过程中，有辛苦，有欢笑，也有遗憾，还有各种突发状况，康辉用汗水和努力让自己和这个金牌栏目渐渐同频共振。

时光荏苒，最让他印象深刻的就是2008年汶川大地震和奥运会的直播，这两项可谓是非常重要的直播任务，一个承载着国人的悲痛，一个满载着国人的喜悦，康辉好像不用休息一样，开足了马力，只为把第一手消息送到国人面前。这种功力，来自他多年的打磨和努力。

还有多少记忆，都铭刻在他的脑海，一次又一次锻炼着他，鼓舞着他，世博会、神舟发射、共和国成立70周年……他的形象一点一点深深镌刻在了亿万观众的心中。

康辉的职业，一直都是主播。某一天，他被定为全国人民的大联欢春晚的主持人。第一次主持春晚，他和主持团队一起打磨，一起感受"文艺范儿的气场"，最终，他完美地完成了任务。那次春节联欢晚会，令许多人印象深刻。他还会客串嘉宾，在央视同行的节目里展示拿手节目，他的形象顿时由庄重变得生动起来，他不再是"念稿子"的那个人了，让人们看到了他多才多艺的一面。

读罢康辉的这本自传，他的形象更加鲜活，他的成功绝不是轻易得来的，他人生的每项"平均分"都远远不只合格。从中，可以感受到他数十年如一日的努力。他从不会骄傲自满，他真诚待人，他自律自省，尊重长辈，团结同事。他身上的闪光点，在这本书中闪闪发亮，令我们敬佩，也激发了我向优秀者学习的热忱。

我因此更加确信，一个懂得自律的人，成功会永远伴随在左右。

评李西闽《以博尔赫斯命名的房间》

翻开李西闽老师的新书，我一口气读完了这一个个精彩的故事。每一个故事都有闪烁的光芒，每一个故事都有命运里的无奈、悲伤。虽然这是一本中篇小说集，但是似乎主脉的情怀和表达是贯通的，几乎每一篇小说都有一个卑微得像空气一样的人物，但他，或者她，还是一样顽强地活着。

李西闽在为卑微者呐喊！我仿佛看见他悲悯的眼泪，我仿佛看见他生命中经过的许多影子。他写到了侏儒，写到了遇到家庭暴力的女人，写到了不孝的瘾君子，写到了穿行在上海的卑微的打工者，写到了无家可归的流浪诗人。我为这些故事掉下了眼泪，没有人去关心他们的死活，他们像野草从石缝里生长出来，忍受着风霜雨雪，但是摆在他们面前的只有一条路，他们要活下去。

我敬佩李西闽老师的一点，就是他的笔锋一直在书写着小人物，甚至是流浪狗一般的小人物的命运，他们处在艰苦的岁月，但他们想要活下去。生活的枷锁，家庭的重担，情欲的撕扯，让他们时常感到非常迷茫，纠结，痛苦。

我十分喜欢《小跳蚤》这篇小说，古灵精怪的小跳蚤让人怜爱。她的倔强，她的出其不意，她心底里的善良，都是其他小说里似乎从未出现过的。这篇小说也为李西闽老师赢得了大奖。

无论高贵还是卑微，很多时候我们都是孤独的，哪怕你的爱人就躺在你身边，你依然是孤独的。李西闽用悲悯的笔写出了几代人的盛大的孤独，宛如弥漫整个黄昏的血色云海。当一个人孤独久了，性格就开始变异了，繁华霓虹、红男绿女都离他很远很远，即使站在都市的中央呐喊，也不会有人关注你。生命，本就卑微。

我十分佩服李西闽高超的想象力，他能把故乡和上海这两个地方用情感一起烘托出来。李西闽作品的宝贵之处，就是你永远猜不透情节的下一步会怎样走，这种阅读体验非常过瘾。

我想起那个侏儒董雷在上海卖唱的桥段，不禁有些心酸。李西闽笔下的故事，击中了我们内心最柔软的地方。我们很卑微，但我们也是一条条生命，我们还有很长的路要走。

我感恩李西闽能够写出这本为卑微者呐喊的小说集，他的世界一定充满了丰富的情感。李西闽，是善良的，是悲悯的，是小说界的战士。合上书，我闭上眼睛，沉思了很久，我愿卑微者也有他的快乐、他的爱情，天气再冷，也有人为他取暖。

《以博尔赫斯命名的房间》，我终于看完了，里面的故事不知道还要在我的梦境里上演几场。我感恩李西闽的新作能为卑微者发出强大的声音，这是一件功德。让我们推开一扇门，看见卑微者的生活。李西闽悲悯的眼泪，让人红了眼眶。

李西闽，在为卑微者呐喊！

以小说的姿态欣赏一座城市的万种风情
——评杨静仪小说《广州风情录》

提笔写下这篇书评时，我已经深深陶醉于这部以广州这座城市为背景的小说。这部作品虽以小说的姿态呈现，但每一章都美如一篇散文，如诗如画，在美景的牵引下，故事跌宕起伏。

杨静仪的写作功底在于，在完美呈现风景的同时，故事剧情也非常紧凑，使阅读感非常美妙。她的文笔的确值得称赞，把广州这座美丽城市的许多为人知或不为人知的景色，贯穿到故事情节当中，让人仿佛置身于她笔下的美景之中。我在阅读过程中，仿佛感受到烟雨在弥漫，仿佛闻得到草叶的芬芳，仿佛看到了崇山峻岭，也仿佛置身于沉静的展厅里，细细品味。

杨静仪塑造了许多个性格分明的角色，单小宇、杨青青、金童等。他们是延续故事的重要角色，每一个角色都会有内心描写，各种情绪刻画得非常到位，给人留下了深刻的印象。故事时而恬淡，时而峰回路转，极具画面感。

杨静仪写到了武夷山，写到了那里的姑娘美得"像吸饱了露水的鲜花"。我也是写作者，但能这样生动地描写女性美，令我佩服不已。她也写到了如梦境一般的天池，那个地方在杨静仪笔下令人向往，天池上"一抹柔丝一样的浮云悠然飘游"，何等深的文学功底才能写出这样美妙的词句！随着故事的情节发展，一幕幕景色令人流连、眷恋、感怀。主人公的脚步来到广州沿江路的酒吧，我曾无数次去过这里，但在杨静仪的笔下，我才第一次感觉到这一处风景是如此曼妙，呈现着夜都市的万种风情。小说中，沿江路的酒吧、霓虹点点投影在江上，"像一卷展开的清淡水墨画"，这简直是诗歌一样美妙的句子。

在杨静仪的笔下，广州的许多风景作为故事的背景板，展现着这一座城市特有的风情。文德路"低调而沉静"，越秀公园风景如画，山水相依。杨静仪还写到了广东民间工艺博物馆中一个我们很少听说过的场景，令人感受到不一样的广州魅力。

掩卷沉思，杨静仪的这部小说对于发现广州、传播广州、赞颂广州，都是一件功德。看得出，她对广州这座城市深深的热爱和渗透到骨子里的了解。我愿意这样称呼杨静仪老师，她是一位"浪漫诗人一般的小说家"。她的这部作品，对于广州本地读者而言，是一次对家乡的再了解，再感受；对于不熟悉广州的读者而言，更是打开了一扇窥见"广州万般风情"的大门。

《广州风情录》，是一部诗一般美好的小说，是一本满溢着"广州味道"的笔记，相信这部汇聚杨静仪老师心血的作品，一定能够在文坛留下独特的一笔，能够受到广大读者的喜爱。这部作品，具有很强的思想性、可读性和美学价值。能够以小说的形式展现绚烂的广州，这是一个作家对于广州的贡献，这源于深深的热爱。

愿你在《广州风情录》里，看见广州的万种风情！

在诗歌里窥见另一种人间
——评曾新友诗集《悟润诗心》

曾新友老师是我非常敬重和敬佩的一位诗人，我们在一次活动上认识，他赠送了我两本他的诗集，其中一本就是《悟润诗心》。

翻开这本诗集，一股清新的气息扑面而来，人间万物都在他的笔锋下显得清秀、动人、深刻、不拘一格，许多篇章都给我留下了深刻的印象。大部分诗篇短小而精妙，短短几句，其味无穷。我特别注意到，一些生活中很细微的事物都能在他的笔下体现出不一样的美感，这得益于一个诗人细致入微的观察力、描写力。

如今，绿色与生态诗歌大行其道，许多诗人在写，许多读者爱看。我认为曾新友的这本诗集为生态诗歌开拓了不一样的可能性，写出了"曾新友式"的生态诗歌。比如诗集的第一部分，大部分诗篇是写春天的，其中不乏令人惊叹的诗句。在《春赏山林》这首诗歌里，其中两句给了我极大的震撼，"冬天积蓄的隐私，在春天都能找到出口……"对于春天的描写，不流于春花烂漫这样的表面现象，而是通过高超的想象力，让诗歌具有了很强的质感。这也是生态诗歌的立意所在，不是描写花花草草的诗歌都能成为生态诗歌，成功的生态诗歌是诗人透过景物、季节进行思考，提炼出来的精华。又如《除夕遇上立春》这首诗歌，结尾几句尤其体现了曾新友的高超想象力和描写力道，"城市已三代同堂的活力天空，扯起一段诗韵，去填一段放晴的里程"。短短三句，给人无限的遐想空间，可谓妙哉！

在接下来的一章，曾新友用更加温柔的笔触献礼人间风物，我读到《思念掉进心海》时，被深深打动，"眼神与半边冷月邂逅窗前，浅浅淡淡的忧伤轻敲玻璃门窗……"短短两句，抒发出诗人的万般思绪，给人以极强的画面感。如果说这是心绪与情景对碰出的诗意火花，那么这一部分的另一首诗更能代表生态诗歌的美感。在《湖边鲜花照片》中，曾新友的想象力再一次触动我的心魂，"原装的鸟声在空旷中，荡起湖面的粼光，倒影中的孤芳，激起爱怜的笑脸"。可以看出，这首诗要表达的意境是诗人面对一幅照片产生遐想，其高明之处在于几句描写就让画中景"活了过来"。从诗集的这一部分，看得出诗人的想象力和柔情，各种风物美景仿佛插上了翅膀，人与自然在诗意地对话。此外，诗人对于语词的运用非常娴熟，心境与意境、场景相互交融，展现了生态诗歌不一样的风情和美感。

特别引起我关注的是，诗人竟可以用他人的诗歌名称来作诗，比如《幽静的森林是否有失踪的消息》这首诗，就是从著名生态诗人华海老师主编的《庚子生态诗歌选本》中选取诗歌名称，以此作出一首令人惊叹的生态诗歌，意境流畅且毫不违和。这本身就是一种大胆的创新，一种高度凝聚的诗歌写作能力，以及对生态诗歌的致敬。"《圆月》站在《雪后》，被《喜马拉雅绿》《隔离》"，第一句便令人拍手称赞，四首诗歌的名字重组成了两句流畅而新奇的诗。

时光在这本诗集中缓缓进展，一句句诗凝聚成一幅幅印刻在脑海的画面。诗人写到了冬天，在《枯冬看树》里，写下了这样生动的句子："冬天的禁地，绿叶举不起自己的翅膀，骨感的躯干，仿若一尊消瘦的暮年……"冬天的画面豁然在眼前，从一棵树瞬间窥见一整个肃杀的冬天。在另一首诗里，曾新友对飞鸟的描写更是令人赞叹："多种优美而优雅的空中芭蕾线条，排列成生态的模特，丰富了自然的霓裳……"这种生态美感，着实令人耳目一新，他用丰富的想象力和强悍的语言能力，构建了一幅唯美的景象。生态诗歌的魅力，完美地展现了出来。

掩卷沉思，一句句诗犹在唇齿之间，一幅幅生态画卷犹在眼前，背景是春夏秋冬，是蓝天，是星空，是百味的人生。曾新友的这本诗集，对诗歌，尤其对生态诗歌做出了独有的不一样的贡献。《悟润诗心》，如题目所写，诗人在感悟大自然、感悟人生后，拥有了一颗温润的诗心。我们在曾新友的诗歌世界里，窥见了另一种别具生态美感的人间。

乡愁，在梅村升腾起
——读潘小娴《一树梅花一溪月》

　　故乡，是许多作家写作离不开的主题。但我在作家潘小娴的新书《一树梅花一溪月》中，看到了不一样的乡愁，看到了作者对故乡那种刻骨铭心的眷恋，对故乡风物印刻脑海的记忆，以及对往事一幕幕生动的刻画。

　　潘小娴的文字，充满了人性的温暖，充满了质朴又不失华丽的情感。在她的笔下，故乡梅村活了过来，那只大白鹅活了起来，天堂电影院重新开始放映，那些故土的饭菜仿佛重新散发出浓香。一章章读下来，我仿佛看见一个清丽的小女孩走在故乡明媚的阳光下，那一串串童真的光阴刻在文字里熠熠生辉。这也是这本书令人称赞之处，仅仅用文字就勾勒出如此真实的场景，潘小娴的文字功底之深可见一斑。

　　我独爱《我们的天堂电影院》这篇散文，在这篇散文里，雪白墙壁上的一幕幕老旧电影成为潘小娴童年时美丽的记忆。那个年代的人清贫却苦中作乐，深深打动读者的内心。这样宝贵的记忆，留在了潘小娴的笔下，成为永恒的记录。

　　梅村，那个充满烟火气却离我千万里的地方，是这本书绕不开的主题。读罢全书，我仿佛一个人走过梅村的一条条街道，我仿佛跟随着一个小女孩的步伐，看到了一幕幕生动温暖的场景。潘小娴的文字魅力，得益于她的刻画能力，把自己的记忆用文字素描成一幕幕仿佛真实可见的场景。

　　本书的另一个亮点，就在于潘小娴对家乡美食的描写。腊肉的浓味，酿豆腐的清香，"老虎粥"的滋味，在她笔下仿佛升腾起浓郁的香气，让人不禁想品尝一口。而潘小娴对故乡美食的描写，不仅仅停留在对食物滋味的刻画，还融进了童年的经历，一个小女孩在相对清贫的年代，对于美食的向往，可爱，童真，令人怜爱。

　　如今，潘小娴站在此地回望家乡，两种鲜明的对比也常常出现在这本书里。从她对故土、对童年非常清晰的刻画里，可以看出她对故土深深的眷恋，以及非常有力道的描写功底。梅村，这个我曾经非常陌生的远方，在读罢她的这本书后，仿佛成了我非常熟悉的地方。

每个人的故土都充满着故事。潘小娴的这本书，是对自己的童年最好的留影，是对故土最好的献礼。

写到这里，南国的斜阳正浓，我仿佛看见了蜃景，如炊烟般的乡愁在梅村——那个我向往的地方，缓缓升起。

二

小说

假人

我们每个人都见过商场里的假人模特。他们穿着各式各样的服装，站在橱窗里，或站在川流不息的顾客中央，有的面带微笑，有的好像在思考着什么，凝视着远处。

没有人会去关注这些假人模特，他们的作用只是展示新款时装。他们站在人群中央，静静地看着眼前形形色色的人流。可是，谁敢保证，这些假人模特不是活的，不是有思想的，他们只在白天装作一动不动。

在夜里没人的时候，商场里黑漆漆、空荡荡的。一个假人模特，突然转了一下脖子，慢慢地走动起来，他理理服饰，对着镜子照了照，露出一个满意的微笑，然后悄悄地走出商场，混在人流里，消失了踪影……

初到大都市

像很多从小镇上出来，到大城市闯荡的年轻人一样，李东也抱着一腔热血来到了这喧闹繁华的大都市。他想闯出一片天地，活出个人样。

李东只有初中文化水平，因为家里没有钱，所以他没有上高中。为了不让别人看不起，李东起早贪黑地干活，一分钟都不闲着，只为了能给家里多赚一点钱。可是，待在那个小镇上，他无论怎么努力都没有办法赚来大钱。

去年，李东的奶奶患了肺癌，这可不是一个省钱的病。家里很快就花完了仅有的积蓄。求遍了医生，奶奶还是去世了，只留下一笔繁重的债务。李东本就困难的家境雪上加霜。李东急了，再这样下去，就真没有活路了，他一狠心，在一个清晨给父母留下一张纸条，一个人搭火车去了远方——一个繁华的大都市。他希望在那里赚来更多的钱，替家里还上债务。

可是，大城市并不像人们想象的那样遍地机遇。他一连跑了很多天找工作，都没有任何结果。这年头，任何一个招工摊位都挤满了人，像一堵石墙一样密不透风。

很快，带在身上的一点钱也快花光了，李东甚至想过要不要回去，可是他很快就否定了这个想法。就这样回去，也太没面子了。

就在李东只剩下一天的饭钱的时候，他终于在报纸上看到一条招聘广告，是一个大型商场要招人，对学历和户口没有什么限制，只要吃苦耐劳就行了，而且工资也不算低。

看着这条招聘广告，李东的眼睛里一下子放出了饿狼看见食物时的绿光。他忍住一顿饭没吃，打车来到了这个商场。

这家商场有些偏僻，顾客也不是特别多，看上去有种冷清的感觉。李东没有想太多，这时候只要有能混口饭吃的地方就很不错了。他理了理衣服，走了进去。

古怪的应聘

奇怪的是，偌大一个商场竟然很少员工。李东心想，看来自己看到这条招聘广告的时间还挺早的。李东问了很多人，终于找到了人事部的办公室。

说是人事部，其实就是一间黑屋子。李东深吸一口气，推门进去。

屋里一个人都没有，空荡荡的。只有一张桌子，上面摆着两杯未喝完的茶。屋子的角落站着一个面无表情的假人模特，估计是商场服装区用来展示时装的。

李东有些失望，转身准备离开。这时，他听见背后有一个人叫了他一声："小伙子，来干什么呀？"

李东回头一看，那张桌子旁边竟然坐着一个穿着米黄色西装的中年男人！可是，刚才自己完全没有看到这个人。

"您……刚才这间屋子里不是没人吗，怎么？"李东有些反应不过来。

"噢，我刚才弯腰到桌子底下系鞋带，可能你没看到。"中年男人回答道，"你来有什么事吗？"

"您好，我是来应聘的，我看到了咱们商场刊登的招聘启事。"

"招聘启事？我们没有什么招聘启事呀？"

"我在报纸上看到的。"李东有些纳闷，这个人怎么连自己商场的招聘启事都忘了？

"你可能看错了，请回吧。"中年男人点起一根烟，抽起来。

李东只好自认倒霉，往门口走去，心想连到这里来的车费都白花了。可是他明明看到这家商场的招聘启事了，怎么可能出错呢，难道自己看错了？

正准备打开门，身后的男人突然发话了："你等等，我们这里服装区缺一个收费员，你会会计吗？"

"会，会。我曾经在家乡开了一家粮油店，算账什么的不成问题。"李东露出了笑容，好像一下子有了些希望。

"会算账就行了。你留下来吧，反正我们缺人手。一会儿我让老王带你熟悉一下工作环境。我叫张黄，你叫我老张就行了。"

"谢谢您，谢谢您，张总。"李东乐坏了，没想到歪打正着，竟然把工作问题解决了。

"呵呵，不是什么张总。行了，你出去吧，到二楼财务室里找老王吧，他叫王汉。他会帮你解决下面的事情的。工资嘛，以后再谈。"这个叫张黄的男人笑笑说道。

"好的，谢谢。"再道了一次谢，李东从房间里退了出来。正准备往外走，他突然听见屋子里传来两个人的交谈声。李东记得屋子里只有张黄一个人，还有就是那个站在角落的面无表情的假人模特。

难道……李东觉得有些不对劲。他忽然想起来，桌子上摆着两杯茶。

算了，其他事就不要想太多了，能找到一个落脚之处已经很不错了。李东这样安慰着自己，迈开大步往二楼走去。

老王很热情地接待了李东，给他安排了工作，并且把他介绍给了其他员工。这天晚上，李东就睡在地下室宿舍里。

虽然环境不是特别好，但是能有这样一个安身之处，李东已经很满足了。

假人的手机

第二天到来了，天还没亮，大家已经开始起来忙碌了，运作一个商场不是一件轻松的事。

今天商场里要进一批假人模特，已向工厂订好了。这时，装满了假人模特的卡车已经停到了楼下。小梁叫上李东一起下去搬。

小梁虽然年纪不大，可已经在这里工作很久了。他告诉李东，虽然他是收费员，但是由于商场里比较缺人手，所以平常其他的事他也得帮忙做。

想想也对，一整天坐在那里只收费，这活也太轻松了，简直对不起那份工资。而且，买衣服的人也不算多。

卡车运来了很多假人模特，大家每人一个往回抬。李东也抬起一个女假人，往回搬。这些假人都已经穿好了衣服。

正搬着，李东突然发觉这个假人的衣服口袋里竟然装着什么东西。李东有些纳闷，这明明是刚订购的，衣服也是新买的，口袋里怎么可能有东西呢？李东伸手一掏，竟然掏出了一叠钱和一个手机！

在假人模特的衣服口袋里竟然发现了这些东西，李东愣在那里。

这时小梁走了过来，李东把这件奇怪的事告诉了小梁。

"可能是他们弄错了吧。"小梁把手机拿在手里看着，没想到这个手机里面还有很多未接来电，估计是失主打过来的。

李东按照这个号码打了过去，可奇怪的是，这竟然是一个空号。

"算了，就当是白捡了一个便宜吧，反正没有人认领。"小梁抬起他手里的假人，往前走去。

"你也快点跟来呀，上班才一天，别偷懒啊！"前面传来小梁的声音。听到这句话，李东也抱起了这具假人赶紧追了上去。

费了九牛二虎之力，李东终于把这个东西抬上了服装区。原来假人模特这么沉，在楼道拐角处，他不小心把假人的额头在扶手上磕了一下，幸好没有在上面磕出什么痕迹，否则上班第一天就把公家的东西弄坏，肯定得吃不了兜着走。

全部假人模特都被搬上了楼，放置在服装区。李东搬上来的那个女假人模特，正好放在收款台的旁边，她就这样微笑着看着他。李东觉得有些不自在。

天完全亮了，商场打开了大门。由于这天是工作日，所以购物的顾客并不多。李东趴在桌子上，觉得有些无聊。

这时，他想起了刚才那个手机还放在口袋里，这可是不义之财。李东拿在手上，一时不知该怎么处理为好。

突然，他发现手机里竟然出现了一条未读短信，是谁发来的呢？

李东疑惑地打开了这条短信，可是短信的内容让他的头皮一下子炸了。

短信这样写道："你刚才把我磕疼了，下次要注意了。"

李东觉得背后一阵发凉，他抬起头一看，那个女假人还是微笑着站在自己的身旁，一动不动。难道这条诡异的短信是她发的？

除了自己，谁又知道刚才在楼道里把这个假人模特磕了一下？李东的心里颤抖起来。

眼前的这个假人，还保持着那完美的笑容，望着李东的一举一动。

楼下的声音

一天很快就过去了，李东回到了宿舍里休息。今天上午虽然比较清闲，可是下午又进了一批货，经理让他也帮忙去搬，活活累了一下午，人都快散架了。

小梁和李东住在一间屋子。小梁躺在床上看一本恐怖小说，名字叫《假人》，封面是一张苍白的流着泪的白面具。看到李东进来了，小梁把书放下来。

"怎么样，兄弟，第一天干活感觉怎么样，很累吧？"小梁问道。

"累倒是不累，我以前干过比这累得多的活，就是碰到一些怪事情，怎么也想不通。"

"你是说那个手机吧，别把它放心上，可能是发货商出了点问题。"

"这倒也解释得过去，可是……"李东有些犹豫，白天那件事太古怪了。

"可是什么？"小梁凑过来，不知李东要说什么。

"上午我接到了一条短信，好像是那个假人模特发给我的。"李东把整件事告诉了小梁。

听完这条短信的来历，小梁也吓了一跳："李东，我告诉你一件事，是在你来之前发生的，听完你别害怕。在你之前，我们这里曾经有一个服装区的收费员，她是个女的。我和她还是好朋友。收费员在月末的时候都要熬夜把当月的账统计整理一下，报上去。那一夜，她熬夜算账，下班的时候我还和她打了声招呼。可是第二天，她竟然失踪了。警方调出监控录像，也没有发现任何出入的身影。我到现场的时候，竟然看见一个假人模特的身上穿着那天晚上她穿的衣服！"

"不会吧，就是说一个假人杀了她？小梁，你是不是恐怖小说看多了，把故事情节当现实了？"

"你爱信不信。"小梁很不满意李东竟然不相信他，蒙起被子呼呼大睡起来。

房间里很快静下来。

李东失眠了，躺在床上辗转反侧睡不着觉。他好像听见楼下的人一直对着天花板敲着，震得地在轻微抖动，好像在安装吊扇。李东有些不高兴，这么晚了还发出噪音影响别人休息，也太不像话了。

楼下的敲击声很有节奏感，听起来很沉重。李东被吵得实在没辙，只好随手拿起旁边桌子上的一本商场宣传单看起来。

看到一半，李东的头皮一下子炸了，这个商场并没有负二层！那么，楼下的声音是……

恐怖短信

第二天醒来时，已经不早了，李东赶紧从床上爬起来。

昨天晚上的事太奇怪了，地下竟然传来了声音。李东甚至有些怀疑这是不是自己的错觉，或者是迷迷糊糊中做的一个梦。

穿好工作服后，李东赶紧来到了商场。大家都已经在工作了。李东发现地有些潮湿，便低着头往前走着，防止自己一不小心跌倒。

走着走着，李东突然和一个女士撞了个满怀。他赶紧道歉：
"对不起，对不起，您没事吧？"

　　眼前是一个衣着华丽的女士，看起来像是来购物的少妇。

　　"噢，没关系。是我没注意。"说完，这个女士便走到远处去
挑选服装了。李东则急匆匆地坐到收银台后，小梁刚好也在那里。

　　"早呀，李东。"

　　"早！刚才来这里的时候在过道不小心撞了一个女顾客，不
过幸好没起什么争执。人品挺好的，根本没怪我。"李东对小梁
说道。

　　"奇怪，我们现在还没开门呢，怎么可能有顾客？你看错了
吧？"小梁有些丈二和尚摸不着头脑。

　　"就是在进服装店的拐角处，一个穿着华丽的女士呀！怎么可
能看错了，可能是哪个员工的家属吧。"李东说道。

　　"李东，我告诉你一件事，你听了可别害怕。"小梁的声音有
些不对。

　　"怎么又是这一句，有话快说。"

　　"那个拐角处，正摆着一个穿着华丽时装的女假人模特。"

　　李东一听，不禁打了个哆嗦。

　　这一天不知为什么顾客特别多，李东只好一边当服务员，一边
当收费员，忙得手脚并用。有一个顾客看上了立在李东收费台旁边
那个女假人模特身上的衣服，刚好这一款没有存货，李东只好把这
件衣服从假人上卸了下来。

　　最后，这个顾客把这件衣服买走了。那个女假人成了"裸
体"，看起来挺难过的。李东另找了一件红色的衣裙给她穿上。

　　忙碌的一天很快过去了，李东又回到了宿舍。小梁不在，他和
几个朋友去打牌了。李东坐在床上，仔细地回想着这几天发生的奇
怪事情，却怎么也想不通。

　　突然，抽屉里响起了一声音乐。李东把那个诡异的手机就放在
抽屉里。李东拿起来一看，手机上又来了一条短信。李东深吸一口
气，把这条短信打开。

短信这样写着："讨厌，你为什么把我的衣服卖出去了？我最喜欢那件衣服了。你现在给我穿的这件大红色裙子好土呀，你给我换回来。"

又是那个假人模特发来的短信！

李东的手颤抖了一下，差点把手机摔到地上。这个假人到底是不是活的？怎么一直纠缠着自己？

李东站起身来，跑到服装区，绕着这个女假人转了三四圈，怎么也看不出端倪。假人始终保持着不变的微笑。李东拍了拍她的脑袋，摸了摸她的眼睛，完全是工业材料做的。无论怎么看，这个"人"都是一个死物。

带着疑惑的心情，李东又回到了宿舍。

这天夜里，李东做了一个梦。他梦见自己走进一个仓库，里面是新运来的假人模特，老板让他清点一下数量。

不知道为什么，这次买了这么多假人。李东穿梭其间，一个个数着。突然，他惊恐地意识到，这间屋子除了自己，存在着无数个呼吸声。李东往周围一看，全部的假人都动了起来，他们齐齐睁开眼睛，盯着自己看……

梦到这里，李东醒过来，惊出一身冷汗。

惊魂一夜

第二天白天没有发生任何事情，李东也没有接到新的古怪短信。

小梁打电话来说昨天玩得太晚，今天早上觉得不舒服，好像感冒了，请一天假去看病了。

天色再度暗了下来，今天是月末的最后一天了。今天晚上李东得待在服装区熬夜把过去几天的账计算出来。

晚上9点过后，商场开始清场，顾客和员工们都回去了，全商场的灯也关上了。偌大的商场一下子静了下来，就剩李东一个人坐在桌子旁。

全场就剩一个人了。不，应该说就剩一个活人了，周围还有很多假人站在黑暗中，保持着他们永远不变的表情和姿势。有时候，曾经越是热闹的地方，到了空无一人的时候，越显得荒诞恐怖。

李东就是这么觉得的。远远望去，周围是一片漆黑，让人心里没底。很多个假人站在周围，一动不动的，看得人有些不安。

想起前一个女收费员的莫名失踪，李东觉得有些害怕。他把桌子上的收音机打开，想听听节目驱赶一下这种不好的情绪。

没想到，刚打开收音机就听到一个女人说道："今晚我们在这里陪着你。"李东打了个哆嗦，赶紧把收音机关了。这不是徒增恐怖气氛嘛。

周围静悄悄的，没有什么异常。李东慢慢放下心来，静静算着自己的账。

忽然，远处的衣服架子旁好像闪过一个黑影，李东的心一下子揪紧起来。他起身走过去一看，什么也没发现，可是当他准备走回去的时候，突然一下子吓傻了，那里竟然少了一个假人模特！

李东神情恍惚地回到椅子上，心跳猛地加速。难道这些假人到了夜里会……他不敢往下想。他平静了一会儿，准备再次开始记账的时候，不禁惊呆了，桌上的账本被一支红笔画得乱七八糟！

见鬼了，一定是见鬼了。李东疯了似的跑进洗手间，打开水龙头拼命地洗脸，想让自己清醒清醒。

不过，更恐怖的事情发生了。厕所里的一间隔间竟然关着门，里面好像有人。李东愣在原地，不敢出声。商场明明已经清场了，厕所里怎么可能还有一个人？难道是刚才那个闪过一个黑影的假人模特？

这时候，门里面的人说话了："你觉得我们是不是人？嘻嘻……"

李东夺门而逃。

真相后的恐怖

第二天，商场发现财务科的钱全部不见了。而李东手机上又收到了一条短信："这些钱我们先借来用一用，你们对我们太不好了，这回我自己买想要的衣服。"

因为这天晚上是李东值班，所以商场把责任归到了他身上。无奈之下，李东只好辞职，继续游荡在都市里，艰难地寻找着工作。当然，这几天辛苦工作的工资，商场一分钱都没有付给他。

不过，李东倒是很庆幸离开了那个恐怖之地，如果再让他在那个恐怖的商场里待一夜，他非疯掉不可。到现在，他也没搞明白，这几天遇到的事情到底是怎么回事。

不过，自此之后，李东的手机里再也没有接到那些恐怖的假人模特发来的短信，而那个捡来的手机也被李东扔了。

工作依然很难找，一周之后，李东终于在一个停车场里找到了一个保安的职位。虽然工资不高，但是也算清闲，而且不会遇上那些令人心惊肉跳的事情。他现在悟出一个道理，那些偏僻的地方千万不要去，那里往往阴气很重，经常会碰上一些匪夷所思的事情。

这一天傍晚，李东在街边散步，路过一个报摊的时候，他买了一份报纸，读报是他长期养成的习惯。

报纸上的头条，是一条刑事新闻，李东定睛一看，上面竟写着自己以前工作过的那个商场的名字。

"近日，一个大型盗窃团伙在我市落网，这个团伙主要偷盗各个大型商场里的财物和现金存款。"

据警方了解，他们的头领是一个姓梁的男子。这个团伙的作案手法极其怪诞，往往由这个梁姓男子作为职员混入一家商场，摸透这家商场的底细，然后择时机下手。他们往往在夜间扮成假人模特，吓走值夜班的工作人员，然后潜入财务室把现金盗窃一空。

李东恍然大悟，原来这一切都只是那个小梁的骗局，自己那几天还被吓得半死。李东露出了舒心的笑容。

就在这时，他的手机响了，竟然来了一条短信。李东把它打开，顿时瞪圆了眼睛。

短信这样写道："哼哼，李东，你以为小梁被捕了吗？我告诉你，那只是像小梁的一个假人。真正的小梁，正在人海中找你。嘻嘻，就快找到你了。"

李东倒吸了一口气，手中的报纸掉落到了地上……

惊魂出租车

1

夕阳从梧桐叶中透射下来，洒在油绿的草坪上。淡月在天边露出一个芽，看起来像一个人微微翘起的半张笑脸。街上过客行色匆匆，都在忙着回家吃饭。

沈江把车窗摇了下来，默默欣赏着窗外的一切。自从五年前干起出租车这一行，似乎已经很久没这么放松过了。长期的劳累，已经让沈江才刚50岁出头，就得了一身职业病。可为了给正在上大四的女儿凑学费，他每天都得转起四个轮子往回拉钱。

不过，今天不知怎的，特别走运，上午就拉了几个远程客。所以下午，沈江就把车停在公园旁，好好睡了一觉。今天他感冒了，全身都没力气，昏昏沉沉地睡了很长时间。

天边的夕阳渐渐暗淡下去，沈江不禁又想起了那不愿回忆的往事——

五年前，当他下岗没工作时，是铁哥们老赵介绍自己入了出租车这行，他心里一直很感激老赵。老赵有个儿子，与自己的女儿差不多大。三年前有一天傍晚，他接了个长途客，要去市郊，他当时感冒了没力气，就打电话让同是司机的老赵替自己接这趟活。谁都想不到，当天夜里，老赵被这个乘客给杀了，抢了他的车跑了。

听说，老赵死得很惨，被钝器敲得脑袋开了花。估计他是想自己这辆贷款买来的车不被抢走而与劫匪展开了搏斗。后来，老赵的儿子不学好，进了监狱，从此沈江就再也没听说过老赵家的事。

自从这件事之后，沈江就很怕开夜车。他总是觉得，老赵就坐在他车上，呲着一口血牙要向他索命……

这几年，沈江几乎没睡过一个好觉，夜夜做噩梦。这件事让他心里觉得愧对老赵，愧对他们一家子，可惜，人死不能复生。

"唉！"想起这一桩桩心事，沈江便没了兴致看风景，把车窗摇了上去，准备睡一觉，等到归队时间再回去。

"咚咚咚，咚咚咚！"一阵急促的敲击车窗声，把沈江的睡意全都驱散了。

沈江坐了起来，揉着眼睛往车窗外望了一眼，只见一个身穿黑色皮夹克的年轻人好像想搭车，一脸焦急的样子。想到今天赚得够多，自己又累得够呛了，沈江便摆摆手，示意他自己已经收工，不载人了。

年轻人似乎明白了沈江的意思，快步从车窗前离开了。沈江摇低座位，把报纸摊在脸上，继续享受这难得的悠闲。

"咚咚咚！"又是一阵敲击声，把沈江再度从梦中惊醒。车窗前又站着刚才那个年轻人，嘴里嘟囔着，听不清在说什么，但人好像很着急，估计是有什么急事，但搭不到车了。

干这行这么多年，沈江虽谈不上敬业，但也从没有拒载过任何一个有急事的客人，当然这次也不会例外。沈江把车窗摇下来，想问个究竟。

"小伙子，有急事啊？"他往外喊了一句。

"师傅，真有急事，我爸在医院生命垂危，现在又是下班高峰期，拦不到其他车，您就载我一程吧！车钱我双倍付您。"年轻人低下头对沈江说，声音里还带着哭腔，看样子事情真的挺严重。

"好吧，上车！"沈江爽快地答应了年轻人的请求，把座位调好，准备发动汽车。毕竟，见父亲最后一面是不能耽搁的事，自己能帮就帮一把吧，沈江这样想。

"谢谢您！"年轻人露出一脸的喜悦，拉开车门上了车。

沈江一踩油门，载着他向前飞奔而去。夜幕在天边，慢慢降临。

2

黄昏的马路上十分拥挤，沈江的车缓慢行驶着。

"小伙子，你父亲住哪家医院啊？"沈江关切地问了一句。

"噢，在郊区，就是广田机场旁边那一家。"年轻人答道，听声音似乎已慢慢平静下来。

听到这个地方，沈江愣了一下。广田机场附近的郊区是个很荒凉的地方，路也很不好走，而且自己从没听说过那一片有什么医院，会不会是自己记错了呢？

"小伙子，广田机场旁边有医院？我好像没听说过呀。"沈江虽算是老司机了，可从没听说过有这么一家医院。

"噢，是家最近新建的大型医院，可能您不知道，这里只收治重症病患，一般人是不太了解的。"年轻人解释道。

听到年轻人很确定的回答，沈江没有再犹豫，一换挡就向环城高速开去。

"小伙子，父亲得的是什么病啊？"沈江问道。

"癌症末期，已经没得救了。我刚才接到医院电话，通知我说父亲他处在弥留阶段了，我请了假往那赶的。现在想起来平时工作忙没空陪他，心里挺内疚的。"年轻人说着低下了头，看起来心里很难过。

"别难过了，谁都会经历这个阶段，最主要的是最后这点时间，一定别给自己留遗憾。"沈江安慰了年轻人几句。做出租车司机这几年，常常会碰到不同的人、不同的事，许多人世的酸甜苦辣都能从各种各样的乘客口中体验到。

"您说得对。"年轻人听了沈江的话，若有所思地点点头，仿佛陷入了深深的沉思中。

见到年轻人的表情很凝重，沈江便没有再说什么，他顿时有些欣赏这个年轻人的孝顺。比起自己那每天打扮时髦、不思进取、连话都不愿和自己说的女儿，沈江真希望自己有这么一个孝顺的儿子。

天色黯淡下来，车子亮起两束强光，向着更加偏僻的地区开去。

3

车子驶下高速公路，进入城郊了。道路变得越来越泥泞，车子被震得左摇右晃，荒山野岭的根本见不着人烟。沈江不禁有些疑惑，这个小伙子是不是心里太急，把路线给记错了呢？

"小伙子，医院是这么走的吗？怎么路越来越不好走啊？"沈江转过身去问道，心里有些丈二和尚摸不着头脑。

"没错，就是这么走的。"后座传来年轻人的回答，不知是外面风太大还是怎么了，他的声音显得有些低沉。

车子在坑坑洼洼的土路上艰难地前行着，周围也从都市变成小镇，从小镇变成乡村，最后干脆一丝人烟都没有了，两旁齐腰高的野草被狂风摇曳着发出"沙沙"声。车窗外，天色已经完全暗了下去。空无一人的石子路全靠车灯照亮，沈江喝了口茶，隐隐有点害怕。但都开到这儿了，总不能把人家半道上请回去吧。

想到这儿，沈江给自己暗暗打了打气，换挡加快了速度，想快点开出这鬼地方，车子卷着尘沙向远方猛地奔去。

说实话，沈江有点后悔接了这趟活，要不然，他已经在家吃饭了。

"咣当！"车子不知被什么绊了一下，剧烈的摇晃使沈江和年轻人都从座椅上弹了起来。那一瞬间沈江听见后座传来一声金属的撞击声，不禁心里"咯噔"一下。

"师傅，慢慢开，不用着急。"年轻人镇定下来，对沈江说。

"嗯，好的。"沈江理了理思绪答道，心里开始思考刚才的声响是从哪里传来的。

车的后座并没有放什么金属类东西，而且车身震动并不会引起那样的声音。如果要找声源，那一定是从年轻人放在身旁的黑包里传出来的。

想到这里，沈江不禁有些疑惑。一般人的包里，怎么会塞着金属物品？莫非这包里装着……刀？

不会的，不会的。沈江安慰着自己，一个孝子去医院看望自己病重的父亲，怎么会带着刀？这么一想，沈江又平静下来，握着方向盘继续朝前开去。

路似乎越来越难走，凹凸不平的路面上到处是水坑，稍不留心，车子就可能会熄火，甚至翻进一旁的水沟中。随着车的微微震动，后座又隐隐传来细微的声响。沈江决定要探一探这到底是怎么回事。

沈江一转方向盘，故意把车子开上一个大土包，想要听清楚那个声音。"咣当！"就在这时，后座再次发出清脆的金属声，一下下都刺在沈江心上，让他一阵心慌，差点轮子打滑。这一次，沈江听清楚了，那声响确实是刀片状的金属碰撞的声音，而且不止一把，不是菜刀就是水果刀。

沈江使劲摇摇头，希望自己别胡思乱想。可是在这空无一人、荒山野岭的郊外公路，突然发现与自己同坐一辆车的人竟然随身带着长刀，不是谋财害命，难道另有隐情？

沈江不禁倒吸了一口凉气，手心里冒出了汗。夜风继续呼啸着，出租车不断往更黑的地方驶去……

4

"师傅，您怎么了？我看见您好像有些不安，是不是我不该说我父亲病危的事？"年轻人似乎从后视镜中看到了沈江的表情变化。

"啊，没……没什么，就是有点担心能不能及时赶到。"沈江强装出镇定，生怕让这个人察觉出自己的变化。

"是这样啊，您不用担心，我看没有问题的。"年轻人笑道，似乎想安慰眼前这个有些怪的大叔。

沈江清楚地听见自己"咚咚"的心跳声。他仔细回忆刚才的事，不禁越想越觉得蹊跷。刚上车的时候，年轻人似乎很关心自己父亲的状况，可自从车开进了郊外，他就有些满不在乎，竟然可以笑着回答自己的问题，这难道不奇怪吗？

"不行，我得探探他的虚实，我可不能成为这月黑风高杀人夜的冤死鬼。"沈江咬着牙对自己暗说，准备问他几句，看这小子到底是不是去医院看望父亲。

"你……"话刚出口，沈江又有些踌躇不定，万一人家包里只是装着几个数码产品，或买把军刀纪念品之类的东西送给父亲，自己这么问岂不是要闹笑话？

但是转念一想，是命重要，还是面子重要，非得等到白刀子进，红刀子出才后悔？

两种想法在剧烈地斗争，沈江咬着嘴唇，仿佛忍受着巨大的痛苦。有时候，前途未卜、生死难测的感觉，最让人崩溃。

"师傅，你刚才问我什么？"年轻人探前一点，不知刚才司机想问自己什么。

"啊，你……父亲真的病重？"沈江结巴地问出这个毫无技巧的问题。如果是不好惹的罪犯，听到这话应该会警觉起来。但警觉的后果，沈江似乎没想那么远。

"是啊，要不然我大半夜跑郊外来干什么？"年轻人的语气听起来似乎有些不爽，好像不太满意这个司机佬唐突的提问。从表面上看起来，这个人好像没什么猫腻，不像一个穷凶极恶的罪犯。或许沈江太累了，一点声音都会让他胡思乱想起来。

这种胡思乱想并没有停止。沈江偷偷从后视镜往后望，突然惊讶地发现，年轻人的眼睛竟然像猫头鹰似的死死盯着自己，他的手已不知不觉地放在了黑包上，好像随时准备抽出那把刀来。

沈江的心又一下子悬在嗓子眼上：莫非他感觉到我的怀疑，准备动手了？沈江有些紧张，腿肚子开始控制不住地抽搐。

在这空无一人的野外，杀个人跟掐死只蚂蚁般无声无息，然后，尸体会被一人高的杂草掩埋。车子的牌照会被撬下来，凶手开着车逃之夭夭……

沈江不敢再想下去，他真后悔今天出这趟车，后悔接这个不速之客，后悔刚才没有在市区打开车门逃出去。如果今天早早归队，别偷那会懒，哪至于葬身在这鸟不拉屎的野外？想着想着，沈江发现衬衣已经完全被汗湿了。车开到这一段，已经完全没了路灯，两旁杂草地上有几头牛望着这辆疾驰而过的车子。

沈江四周望着，盘算着脱身的方法——必须想出一个万全之策保自己的命。

"师傅，你好像很紧张，该不是我耽误你什么事了吧？"年轻人突然问了一句，吓得沈江哆嗦了一下。

"没……没有，多大个事嘛，你这忙我是帮定了。"沈江一字一顿回答，他尽量让自己显得若无其事。但他似乎没想到，突然的热情也可能会让对方察觉到。

现在已经是夜里快8点了，沈江开车远离市区也差不多几十公里。方圆几十里内，就剩自己和带着刀的黑衣人，要是动起手来，胜算几乎是零。沈江有些泄气，自己一个50来岁的半老头，怎么也打不过这血气方刚的持刀歹徒。四周望望，除了一个破旧的水壶，连个防身用的东西都没有。

沈江暗暗叹气，早知如此，就应该带把刀再出车，起码还能和歹徒过上几招。

可是，现在想这些已经晚了，或许，歹徒下手的时间也在一分一秒地逼近。

5

一片乌云缓缓盖住了本就黑暗的夜空，月亮也消失在荒山那头，令本就难辨东西的石子路更加难走。

沈江小心翼翼地偷偷望了后视镜一眼，年轻人的手不知何时已经从黑包上拿开，开始掏出手机发短信。

看到这一幕，沈江悬着的心放下了一些。

可仔细一想，他又犯起了嘀咕。这人为什么不直接打电话，而是不嫌麻烦地发短信？难不成他在约同伙守在某个路口合伙对付自己？一个人都够自己受的了，更别提再来几个了。

最近郊区建成了信号塔，手机在郊区也可以打电话，这人完全没有必要发短信。沈江掏出自己的手机一看，信号是满格的，这也更证实了自己刚才的想法。如果现在拨通110报警，那么这个歹徒一定会提前下手，反而对自己不利，不如静观事态，找找逃生的机会，沈江心里暗暗盘算着。

一大片野鸟飞过头顶，发出怪异的叫声，叫得沈江脑子里乱乱的，他不禁开始想象一把一尺长的刀从胸口刺入的感觉，鲜血顺着刀刃往下滴，染红了座椅，几个小混混把自己扔进某个水沟，被鱼蟹吞食……

"好可怕。"沈江情不自禁地脱口而出了一句。

"可怕什么？"后座传来一个疑惑的声音。

千万不能露馅！沈江立刻擦了擦额头的汗，尽最大努力让自己镇定下来。因为如果让这亡命之徒察觉到自己神色不对，或许他会提早下手。

"噢，我是说，这荒野空荡荡的挺吓人的。"沈江赶紧给自己找了个借口，不知能不能骗过这个人。

"我还以为出什么事了呢。没事，您就当欣赏风景，这一路上不是挺美的嘛！"年轻人似乎意识到沈江的慌乱。

"对，对对对，就当是欣赏风景。"沈江长舒了一口气，庆幸自己刚才没露馅，躲过了一劫。

汽车穿行过乡野，来到了一个小镇上。四周行人多了起来，沈江四周扫视着，暗暗给自己找着逃生的机会。突然，他看见前面的岔路口出现了大塞车，旁边竖着一个白底红字的牌子。

沈江一踩油门，冲了过去，终于看清了牌子上的内容：警察查车。

太好了，我有救了！沈江心里一阵狂喜，这一定是警方为通缉后座上的这个在逃犯而在市郊设下的封锁线，等我把车开到关卡的时候，我就不顾一切地冲下车，告诉警察我车上载着这个罪犯！

想到这儿，沈江心里的恐惧一下子烟消云散，他踩足了油门向排着的车队跟过去。

"喂，师傅，你走错路了，左边那条路才去广田机场，你看头顶上的指示牌。"年轻人似乎也看到了"警察查车"这块标志，赶紧让沈江换道行驶。

他果然是想逃，沈江不由得想：我绝不能放弃这个机会！沈江暗暗下决心。

"没走错！这条路也能去广田机场。"沈江大声地答道，声音里充满了对生还的希望。

"喂，你睁大眼睛看看，广田机场的指示箭头指向左边那条路，这条路这么堵，为什么非得走？我可是赶着去见我老爸最后一眼，错过了可就没有机会了！要是误了事，你承担得起吗？"年轻人有些愤慨地说，声音好像很急很焦虑，让人分不清他是做戏还是真有其事。沈江往后一看，年轻人眼睛里竟然全是泪花，一副心急如焚、悲伤万分的样子。

"不好意思。"沈江本来没有想说这句话，可在这种情况下，竟然脱口而出了这句没有骨气的谦语，对一个想杀自己的歹徒怎么能心软……

说实话，沈江真的把自己搞糊涂了。面前这个满眼泪水的年轻人无论怎样都和杀人犯联系不上，但刚才那几声刀片声响却让他心存蹊跷。

或许，是自己多心了？一个孝子赶往医院看自己临终的父亲，自己只是负责送他到目的地而已。又或许，这个人在演戏？他的眼泪只是因为看见警察而装的？

沈江陷入了比之前更大的迷惑中。要不自己有可能丢命，要不耽误了别人的大事……这一步棋可万万错不得。

就在这时，年轻人发话了："师傅，刚才我太激动是我的不对，我向您道歉，可您替我想想啊，我知道这么晚了不该让您开远车，可是我的事儿却耽误不得啊，如果晚到一秒，就一秒，我可能见到的就不是人，是尸体啊！师傅，您就帮帮我，我多给您钱，让您至少一个月都不用出车了，您看成吗？"年轻人说得声泪俱下，随手塞过来十几张百元大钞，泪水顺着面颊滴落下来。

沈江有些感动，他平时只要遇见别人有难，就一定会帮，何况这个人都这么求自己了。如果他是图自己的钱，干吗塞给自己这么多钱？但万一这人……

沈江被年轻人的话语冲昏了头，没有顾上想这个万一："小伙子，你这个忙叔叔是帮到底了，就冲你这份心，这些钱我不要。现在我就换左车道，咱们加足马力，越快越好！"沈江有些激动地说，换挡倒车退出了车队，向左车道全速奔去。

"谢谢您，谢谢您！您真是好人，大好人！这钱您一定得收，总得让我表示表示。"年轻人破涕为笑，把钱硬往沈江兜里塞。

沈江也没有强推，心想收这么多钱，也不枉忙活一晚上，回去给女儿买双名牌皮鞋，也在女儿面前长长脸。最重要的是，沈江平时最听不得别人叫他"好人"。一听到这个词，他浑身的干劲就全被激发出来，整个人飘飘然的，让干什么就干什么。

夜更深了，夜空散开一片墨黑的碎云，沈江的车以最高速向机场那条路冲了出去，渐渐远离了警车查车处那一点点光亮。

假如，我是说假如，这个后座上的年轻人真是心怀鬼胎的劫匪，那么沈江生还的概率一下子又跌到了零，他不可能再次在郊外幸运地遇上警方的封锁。

可转念一想，这世上哪有那么多劫匪，莫非半夜搭出租去远方的人都是穷凶极恶之徒？若总是这么想，出租车司机这活就没有人敢干了。

6

离广田机场应该越来越近了，沈江握着方向盘，心里轻松了许多。可是窗外空无一人的郊野景象，蓦然让他想起了老赵出事的那天晚上。沈江不禁又陷入了沉思。

"师傅，您想什么呢？一脸的苦闷，是不是因为我刚才冒犯了您？如果是这样，我向您道歉。"年轻人见沈江开车有些心不在焉，于是说。

"噢，跟你没关系，我只是想起了一些不愉快的往事，老是憋在胸口难受。"

"要不您跟我说说，反正车程这么长，咱们不聊点什么也有些无聊。"

沈江看见有个这么愿意听自己心里话的人，也挺高兴，干脆把老赵的事一股脑儿全说给了这个年轻人听，好好倾诉了一下藏在心里的苦闷。

听了沈江的话，年轻人很久都没有反应，沈江不知是否自己说了什么不太妥当的话。

"其实，我觉得您没必要内疚，这事儿……也不能怨您。"年轻人安慰了一句，让沈江心里挺暖的。

这么多年来，关于老赵的事，沈江从未和人提起，这潭苦水一直憋在心里。当然，也从没有人安慰过自己，今天和眼前这个年轻人一下子说出了自己的心事，沈江觉得心里痛快多了。

"要说出租车这行当，确实挺危险的，像您这么认真负责的司机，还真是少见。"年轻人笑道，一脸和善的表情。

"嘿嘿，过奖过奖，都为混口饭吃，养家糊口，谁又管它危险不危险呢。"沈江黯然一笑，心里被夸得有些得意，刚才的郁闷一下子都忘了。

他似乎没注意到，年轻人的脸色变得有些难看，或许，他只是因为路程太远，心里有些焦急吧。

路面渐渐泛起一层淡淡的轻雾，远方的天际隐隐可见闪烁的飞机灯影，沈江松了一口气，离广田机场应该不远了吧。

7

夜空似乎明朗了许多，压在沈江心头的黑云也慢慢消散开来。

后座的年轻人在不断地打电话，听起来像是在和医生讨论他父亲病情的事。年轻人要求医院给父亲用最好的药，他马上就赶到，说话的声音有些呜咽，听起来让沈江都替他感到难过。

不过现在回想起来，沈江又觉得有些羞愧。半小时前，自己竟因为一点声响而怀疑这个年轻人是不怀好意的杀人犯，这未免也太荒唐了。

当时，自己一心想要冲出车去找警察，如果不是他及时制止了自己，还不知道要闹出多大的乱子。丢面子倒是小事，如果真耽误了小伙子见父亲最后一面，那就真对不起人家了。

沈江不禁为自己的鲁莽感到有些可笑，这样一个孝顺的好青年怎么会是歹徒呢？但同时，沈江也暗暗庆幸，毕竟自己在关键时刻及时清醒过来，做了正确的选择，没造成什么严重后果。

盘旋崎岖的郊野路上起了一层淡雾，车灯只能勉强照亮前面很短的路。出租车后面似乎有一辆小轿车和沈江的车同行在这条并不宽敞的路上。

年轻人不知何时合上了电话，靠在软椅上闭上了眼睛，似乎在想着什么。他一脸疲惫，面颊深深凹陷了下去，一副身心疲惫的样子，或许是为了患癌的父亲长期操劳的缘故吧。沈江心里泛过一阵感慨，现在这世道，像这样的儿女应该已经不多了，和自己的女儿比起来，简直有天壤之别。

望着后视镜，沈江心里默默想着。突然，他发现年轻人外套里的衣领蓝白条相间，似乎有些像监狱里犯人的制服。

"哎，我又多想了。"沈江咧开嘴笑了笑，突然发现时间已经到了夜里9点了。平时这个时候，收音机上都会有沈江爱听的节目。看到时间到点了，沈江随手打开了广播按钮。

音响里顿时传来柔缓低沉的二胡声。沈江微微舒展了一下身子，觉得浑身都舒畅起来。

"听众朋友，现收到一条最新消息，暂时中断节目。"二胡声戛然而止，一个洪亮的女声响了起来。

"真扫兴，正在兴头上呢。"沈江发了一句牢骚。

"今日下午5点13分，城南区男子监狱一名杀人犯越狱。警方已布下全市搜索线进行追捕……"

是一条涉案新闻，沈江平时对市里发生的案件新闻都很感兴趣，刚才的不满随之烟消云散，仔细听了起来。

"此人于三年前因犯故意伤害罪而入狱，其作案手段极其残忍。下面公布此在逃犯的外貌特征，如果市民发现符合此特征的男子，请立即与警方联系……"

沈江把音量调到最大，想要听清楚下面的内容。

"……男，21岁，越狱时身穿黑色皮夹克上衣及牛仔裤，随身携带一只黑色旅行包，犯人脸颊消瘦，额头有一颗明显的黑痣。请广大市民留意具有此特征的青年男子，发现可疑情况请立即报警。"

消息很快播完了，广播又回到了音乐状态。这时，沈江突然有种哭笑不得的感觉，不自觉地打了个冷战。

皮夹克？黑色旅行包？

这不就是后座上的那个年轻人吗？难道他刚好与那个逃犯打扮得一样？不可能，怎么会有这么巧的事？沈江心里一下子乱了起来，不知该如何是好，刚刚平静的心一下子又跌回到冰点。他不禁开始思考一个城市里会有多少人穿着黑色皮夹克，提着旅行包。

夜风吹得更紧了，树林中传出一声声乌鸦的怪叫，听起来像许多婴儿的哭声，听得沈江心里发毛。

后座的年轻人一直没说话。沈江死死地盯着后视镜，想要看清这个人听到广播的反应，可年轻人把头压得很低，根本看不清他的表情。沈江放慢了车速，想象着自己如何逃生，可四周没有一个人，如果激怒了这个亡命之徒，反而对自己不利。这时他才开始后悔，如果在警察查车的时候，自己没有同情心泛滥，就不会开到这鬼地方来，让自己的逃生机会减低到零。如果他真是越狱杀人犯，那么一定不会介意再多杀一个人。而自己亲眼见过他的脸，他肯定不会留这么一个证人的。

想着想着，沈江的手不禁颤抖起来。此刻，他不能确定这个人就是广播里说的杀人犯，万一只是服饰恰巧一样而已呢？沈江一时没了主意，心里努力盘算着如何才能知道真相。

对了！广播里不是说犯人的额头有一颗黑痣吗？刚才没注意，我得看个究竟。沈江突然有了主意，猛地刹住车，慢慢地回过头去。

"小伙子，请你抬起头来。"沈江的声音有些颤抖，他下意识地感到自己的生死就在一线之间。

"干什么？"年轻人缓缓抬起头，沙哑着嗓音说，眼神里突然带着一种让人心寒的冷光。

这一幕把沈江惊呆了，年轻人的额头不偏不倚有一颗黑痣！他瞪圆了眼睛，全身都动弹不得。

"你不就是那个杀人犯……"沈江一脸惊恐，可他的话还没说完，表情已经凝固在这一秒——

一把长长的水果刀插进软椅靠背，直接刺进沈江的背部，鲜血染透了座椅。沈江刹那间感到背部一阵钻心的剧痛，痛苦得叫出了声，睁着眼盯着眼前这张狰狞扭曲的脸。这一次，他终于看清了这个人的样子，这张脸让他一下子回想起了那个因他而死的人——老赵。

"老混蛋，现在你知道我是谁了吧。就是你害死我爸，如果没有你，我们家就不会破，都是你害的，都是你害的！老子今天杀了你！"年轻人歇斯底里地吼着，握着刀继续向前捅着，鲜血一股股冒了出来。

沈江的意识开始模糊，鲜血从他嘴角流了下来。这一瞬，他觉得很后悔，后悔没有早点识破这个歹徒的面目，后悔没有把握刚才的逃生机会。但同时，他又突然觉得自己似乎解脱了，今后再也不用每天生活在噩梦中，再也不用每天为生计奔波劳顿。

乌鸦的叫声更加肆无忌惮，梦魇般弥漫着整个郊野。沈江一点点失去了知觉，最后一刻，他想起了老赵，想起了女儿，想起了许许多多的事情。年轻人的狂笑和咒骂在他耳际渐渐模糊……

沈江明白了，这个年轻人就是老赵的儿子。自己死在他的手里，或许是命中注定，血债血还。

其实，老赵的儿子这次越狱，就是为了找到沈江并把他干掉。原本他并不知道这个的士司机就是沈江，直到沈江给他讲老赵的故事，他才认定了就是眼前这个人害死他爸。因此，当沈江听到广播认出他的时候，年轻人就从包里掏出水果刀，刺向了沈江。一切都是巧合，一切都是必然的结果。

夜雾更浓了，一幕血案被掩盖在郊野深处……

8

一周之后。

沈江费力地睁开眼睛，发现四周都浮散着纯白色，几个白色的身影在他周围晃动。他咬牙坐了起来，才发现这不是天堂，而是医院。

"你终于醒过来了。"一位身穿笔挺制服的警官走了进来，坐在沈江的病床边。

"警察先生，这是怎么回事呀，我记得自己好像已经……"沈江满脸疑惑，一下子反应不过来。

"噢，事情是这样的，你听我慢慢解释。"眼前这位高大的警官笑了笑，"那天晚上，你的车开到我们在城郊设的查车处时，我们队一个负责维持车辆秩序的警员发现了你车后座上的人特别像我们正在通缉的犯人。原本，我们打算直接对其实施逮捕，但又担心歹徒会挟持你作为人质，所以我们派了一辆警车保持距离跟着你的车，准备抓住机会再行事。"

"那后来呢？"沈江对下面的事似乎有些记忆模糊了。

"当你的车快到广田机场的时候，突然停了下来，立刻引起了我们的警觉。谁也没想到，歹徒竟然在毫无征兆的情况下突然拔刀。我们的警员立刻行动，制服了歹徒，当时你因失血过多已经失去了知觉。我们赶忙开车把你送到了医院，抢救了一晚上。还好，因为有软椅隔着，刀刃并没有伤到要害部位。"警官的脸上浮现了一丝笑意。

"警察先生，感谢您救了我的命！"听完警官的陈述，沈江顿时百感交集，紧紧握住了警官的手，一时间泣不成声，一种劫后余生的激动一下子涌上心头来。

"只是，那个人被逮住了吗？"沈江又想起一个重要的问题。

不知为什么，听到这句话，警官的面色突然变得凝重起来，紧紧皱起了眉头。"当时，你已经奄奄一息了，需要马上到医院进行抢救。我们商量之后，决定用警车将你立刻送往医院。另外留下两名年轻警员开着你的的士把犯人押回警局。谁知，当我们把你送到医院后第二天联系警局时，才得知押着犯人的的士根本没有回到警局。不知犯人又使了什么阴谋诡计，竟然再度消失得无影无踪。"

"可恶！这个人太狡猾了！"沈江不禁愤怒起来。

"是的，这名犯人的确很狡猾，几次从我们手中逃脱。不过你放心，我们已在全市各个交通要道，还有火车站、机场、码头布下天罗地网，他无论如何都逃不过法律的制裁！"警官的声音变得洪亮有力，眼里透出坚定的光芒。

"我相信您！"沈江被这个警官的精神所深深打动了，敬佩之情油然而生。

就在这时，一个面戴口罩的年轻医生走了进来。"14床病人，到休息时间了。"

按照医院规定，沈江这样的病患最好在术后多休息，少说话少活动。

"那好，我先告辞了。你先好好休息，努力把伤养好。下周我会来录口供。"警官起身向沈江告辞。

"谢谢您，我一定会配合调查工作的。希望能早日抓到凶手。"沈江伸出手，与警官握手言别。

门口的年轻医生推着一个医疗架走了过来，着手给沈江置换输液瓶。

病房一下子静了下来，沈江望着天花板，不禁又回想起那天晚上的事来。一阵后怕从他心里升起来。他着实没想到，自己还能活下来。如果当时不是警方一路跟着他的车，自己或许早就……

沈江不敢再想下去。

"你的死期到了……"一个幽怨的嗓音在沈江耳边响起来，沈江蓦然抬起头，突然发现这个年轻医生的额头有一颗明显的黑痣……

病房里传来一声尖叫，正走在医院长廊的警官听到声响，掏出佩枪狂奔向沈江的病房。

这一次，沈江是否还能死里逃生？